ペリリュー・沖縄戦記

ユージン・B・スレッジ
伊藤　真／曽田和子 訳

講談社学術文庫

はしがき

私はアメリカ第一海兵師団第五連隊第三大隊K中隊の一員として、中部太平洋にあるパラオ諸島のペリリュー島と、沖縄の攻略戦に参加した。本書はその訓練期間と戦場における体験を記したものである。戦史でもなく、また、私一人だけの個人的な体験談でもない。私といっしょに戦争という深淵に呑み込まれていった戦友たちのために、彼らに代わって語り継ぎたい、そう思って書いたものだ。戦友たちが評価してくれることを願っている。

筆を起こしたのはペリリュー島での戦いを終えた直後、ソロモン諸島パヴヴ島の基地で体を休めていたときのことだった。そして復員後、詳細なメモをもとに全体の構想を練り、その後も長年にわたって少しずつエピソードを加えていった。しかしいずれの出来事も、心の中では何度も繰り返し鮮明に思い返してきたが、今まで文章にまとめ上げることができなかった。

第一海兵師団がペリリュー島と沖縄の攻略戦で果たした役割については、公刊されていないものも含めて種々の歴史書や文書に目を通し、広範囲にわたって調べた。しかしそこで述べられている戦闘の諸相と、前線での私の体験とのあいだには大きな落差があり、驚きを禁じ得なかった。

太平洋戦線での体験は脳裏を離れることがなく、その記憶は私の心につねに重くのしかかってきた。しかし時の癒しのおかげで、今では夜中に悪夢から目覚めて冷や汗と動悸に襲われることもなくなった。つらい営みではあるが、ようやく私は自分の体験を書き上げることができるようになったのだ。この回想録によって、私は第一海兵師団の戦友たちに対して長いあいだ感じてきた責任を果たすことができる。彼らはわが祖国のためにあまりにも大きな苦しみを味わったのだ。一人として無傷で帰還することはできなかった。多くは生命を、そして健康を捧げ、正気を犠牲に捧げた者もいる。生きて帰ってきた者たちは、記憶から消し去ってしまいたい恐怖の体験を忘れることはできないだろう。しかし彼らは苦しみに耐え、務めを果たした——本国の安全が保たれ、そこに暮らす人々がいつまでも平和を享受できるように。払った犠牲はあまりにも大きかった。私たちはそんな海兵隊員たちに、大きな恩義を負っている。

ユージン・B・スレッジ

目次

ペリリュー・沖縄戦記

凡例

一、本書は『WITH THE OLD BREED : At Peleliu and Okinawa』(Presidio Press:New York,1981)の日本語訳である。ただし底本は二〇〇七年刊 Presidio Press Trade Paperback Edition を使用し、謝辞、ヴィクター・D・ハンソンによる序文などのほか、脚注の一部を割愛した。

一、原著では本文中、背景説明にあたる部分をイタリック体にしているが、本書では行頭に罫線を施して示した。

一、原著の脚注は、本書では「原注」として各章末にまとめた。

一、本文中の括弧( )[ ]は、いずれも原則として原著者による注記である。ただし、左記のような地名にかかる場合はその限りではない。

一、第一部、ペリリュー島に関する本文および地図(七八、一二八、二一二頁)には、日本側の地名を適宜括弧内に収めた。第二部、沖縄の地名には、現在の読みをルビとして振り、それと異なる場合に限り、原綴りを片仮名表記に改めて括弧内に収めた。

一、兵員数は「〜名」の表記が概ね慣例となっているが、本書では「〜人」を採用した。

一、訳者注はそのつど文中に「訳注」として示した。

ペリリュー・沖縄戦記

第一部　ペリリュー——黙殺された戦闘

第一部に寄せて

今から三七年前、第一海兵師団が中部太平洋のペリリュー島を攻略した。この作戦は、第二次世界大戦全体を考えると、大きな役割をになっていなかった。

戦争が終わってしまえば、勝敗を決したのはどの戦闘で、無理に戦うまでもなかったのはどの戦いかを判断するのは、一見、簡単なことのように思える。だからペリリュー島の戦闘も、振り返ってみればどれほど戦勝に貢献したかは疑わしいとされた。そもそも第二次世界大戦自体、その後の朝鮮戦争とベトナム戦争のせいで影が薄くなっている。

しかしペリリュー島攻略戦に参加した第一海兵師団の将兵にしてみれば、あの戦闘が大きな役割をになっていなかったなどとは言えるはずもない。あのとき、あの島で戦った者にとっては、つらく、苦しく、いつ果てるとも知れない血まみれの任務だった。一個師団規模の戦闘にしては、異例の大損害を被《こうむ》った作戦でもあった。

本書の著者ユージン・B・スレッジは、第一海兵師団第五連隊第三大隊K中隊の一員としてペリリュー島攻略戦を戦った。光栄にも、私も同じ第三大隊でI中隊を指揮する機会に恵まれた。本書の記述に接して、私の記憶も鮮やかによみがえってきた。

著者の体験を綴ったこの回想録は、ペリリュー島攻略の意義やアメリカの大規模な戦略などを知るための本ではない。海兵隊の一兵士がみずからの目で見た激烈な戦いの証言である。虚心に読んでいただきたい。戦場に身を置いた経験を持つ読者なら、多くの共通点を見出さずにはいられないだろう。

一九八一年　ジョージア州アトランタにて

ジョン・A・クラウン
アメリカ海兵隊中佐

第一章　海兵隊員の誕生

一九四二年一二月三日、私はアラバマ州のマリオンで海兵隊への入隊を志願した。マリオン・ミリタリー・インスティテュートの一年生に在籍していたときのことだ。両親と兄のエドワードは、できるだけ長く大学に留まり、陸軍の技術部門の士官に任官する資格をとったほうがよいと、強く反対した。しかし、このままでは戦地に赴《おもむ》く前に戦争が終わってしまうと焦りを募らせていた私は、一刻も早く海兵隊に入隊したかった。シタデル陸軍士官学校を卒業して少尉に任官していた兄は、大学を出て将校になれば、すばらしい人生が待ち受けているぞと翻意を促した。両親も、私が志願兵として入隊する――つまり「砲弾の餌食《えじき》」にされるだけの一兵士になる――と思うと、戸惑いを禁じ得ないようだった。そこで海兵隊の新兵募集係がマリオンのキャンパスにやってきたとき、私は新設のV－12と呼ばれる将校訓練課程に応募して家族との折り合いをつけた。

募集担当の軍曹は、紺色のズボン、カーキ色のシャツにネクタイ、それに白い帽子という礼装で、靴は見たこともないほどぴかぴかに磨き上げられていた。軍曹はあれこれ質問を浴びせ、次々と書類に記入していった。「傷跡、生まれつきのあざ、そのほか何か他人にない特徴は？」と訊かれて、私は右膝に二・五センチほどの傷跡がありますと答えた。どうしてそんなことを訊くのか尋ねると、軍曹は言った――「つまりだな、太平洋のどこかの島の海岸で、きみが日本兵《ジャップ》の砲弾にやられて首に吊るした認識票を吹っ飛ばされても、その膝の傷跡さえわかっていれば死体の主《ぬし》がきみだってわかるだろう」――のちに私が知ることになる、海兵隊特有のあけすけな物言いの、これが最初の洗礼だった。

　マリオン・ミリタリー・インスティテュートの一学年は一九四三年五月の最終週に終わり、私は七月一日にＶ-12の要員としてアトランタにあるジョージア工科大学に出頭するまで、六月いっぱいをモービル市の自宅で過ごした。

　七月一日、列車がアトランタ駅に着くと、私はタクシーで大学へ運ばれた。このキャンパスのハリソン寮に、一八〇人から成る海兵隊の分遣隊が起居していた。新兵は年間を通じて（私の場合は約二年間の予定だった）大学の授業を受け、修了後はヴァージニア州クアンティコにある海兵隊基地へ移って、士官候補生として訓練を受けることになっていた。

　この分遣隊の指揮をとっていたのは、根っからの海兵隊員であるドナルド・ペイザント大尉だった。第一海兵師団の一員としてガダルカナル島の戦い（訳注―一九四二年八月～四三年二月）に従軍した大尉は、軍人としての任務に、われわれ訓練生の指揮官であることに、誇りと喜びを感じているようだった。海兵隊をこよなく愛する大尉は、一見、ひどく威張りくさっている印象だった。今になって思えば、すさまじい戦闘を生き抜いてきた大尉は、無事に帰還し、平穏なキャンパスで任務につく幸せを喜んでいただけだったのだと思う。

　ジョージア工科大学での暮らしは気楽で快適だった。つまり、戦時中だという気がまるでしないのだった。授業は退屈で、さっぱりやる気が起きない。教授たちの多くもわれわれの存在にあからさまに顔をしかめていた。学問なんかに身が入るはずはなかった。海兵隊には戦うために入隊したのに、これでは大学生活に逆戻りではないか。われわれは我慢がならなかった。私を含めた九〇人——分遣隊の半数——は、一学期が終わると成績不良で退学処分となり、志願兵としてあらためて海兵隊に入ることになった。

カリフォルニア州サンディエゴの海兵隊新兵訓練所《ブートキャンプ》へ列車で出発する日の朝、寮の前に整列したわれわれに、ペイザント大尉が激励のスピーチをした。諸君は分遣隊のなかでも最もすぐれた人材であり、有望な海兵隊員である。みずから進んで戦場に赴こうとする精神は実に見上げたものだ。大尉はこう言ってわれわれを称賛した。大尉の本音だったと思う。

大尉の話が終わると、バスに分乗して駅へ向かった。道中は歌と歓声が絶えなかった。ようやく戦争に行けるのだ。しかし、そのとき前途に何が待ち受けているかわかっていたら、そんなに浮かれていられただろうか？

「ディエゴ行きの連中」——サンディエゴへ向かうわれわれはそんなふうに呼ばれていた——は、アトランタの大きなターミナル駅で、軍用列車に乗り込んだ。まるでピクニックにでも出かけるように、みな浮かれた気分で、とてもブートキャンプに——そして戦地に——向かう雰囲気ではなかった。アトランタからサンディエゴまで大陸を横断する旅は数日かかり、その間は何事もなく過ぎていった。だが、退屈はしなかった。初めて西部を目にする者も多く、われわれは車窓の景色を楽しんだ。女性には片っ端から手を振り、大声で呼びかけ、口笛を吹いて冷やかした。食事は食堂車で摂《と》ることもあったが、列車が側線に停車しているあいだに、駅舎内のレストランで食べることもあった。

行き交う列車はほとんどが軍用列車で、無蓋《むがい》の貨車を連ねた長い列車が、戦車、半装軌車《ハーフトラック》、大砲、トラックなどの軍需物資を満載していた。兵員輸送列車は西へ向かうものも東をめざすものもあったが、大半が陸軍兵を運んでいた。こうして行き交う列車を見ていると、わが国がこの戦争にいかに大きな力を傾けているかがひしひしと感じられるのだった。

ある朝早く、われわれはサンディエゴに到着した。荷物をまとめ、車外に整列すると先任曹長がやってきて、列車に同乗していた下士官たちに、誰々をどのバスに乗せろと指示を飛ばした。この曹長はわれわれ一〇代の新兵にはかなりの年輩に見えた。われわれと同じ緑色の海兵隊のウールの軍服を着ていたが、胸には従軍記章、左の肩にはフレンチ・フーラジェールと呼ばれる緑の飾り緒をつけていた（のちに私も第一海兵師団第五連隊の一員として、軍功のあった部隊を表すこの編み紐をつける栄誉に恵まれることになる）。だが、この曹長はそれに加えて、腕の外側にループ状の飾り緒を二本、これ見よがしに着用していた。これはフランス政府が、第一次世界大戦中に傑出した軍功をあげた連隊（つまり第一海兵師団第五連隊か第六連隊）に贈ったものだ。ということは、先任曹長はまさにその当時、第一海兵師団第五連隊か第六連隊に所属していたことになる。

先任曹長は、これから受ける厳しい訓練について手短に注意を与えた。愛想のよい、思いやりのこもった口調はまるで父親のようだった。おかげでとんだ思い違いをしでかしたわれわれは、バスを降りたとたんに待ち受けていた思いも寄らぬ現実に、大きなショックを受けた。

「隊列を解いて、指定のバスに乗車せよ！」。先任曹長が命じた。

「さあ、おまえら、さっさとバスに乗るんだ！」と下士官たちが怒鳴った。列車がサンディエゴに近づくにつれて、下士官たちが居丈高《いたけだか》になっていくのを私は感じていた。

わずか数キロ走っただけで、バスは広大な海兵隊新兵訓練所に到着した――ブートキャンプである。はやる気持ちを抑えて窓の外に目をやると、新兵の小隊がいくつも隊列を組んで行進しているのが見えた。各小隊に付き添う訓練教官が独特の抑揚で声を張り上げながら、隊列の足並みに合わせて号令を掛けている。新兵たちは、まるで缶詰イワシのように身を寄せ合って隊列を組んでいる。その張りつめた――というより、怯えた――顔つきを目にして、私は不安がこみ上げてきた。

「さあ、おまえたち、クソいまいましいバスからさっさと下りるんだ！」

われわれはあわててバスから下り、ほかのバスから下りてきた新兵たちといっしょに整列を終えると、六〇人ほどのグループに分けられた。そのとき、作業班を運ぶトラックが数台通り過ぎていった。乗っているのはまだ訓練中の新兵や、訓練を終えたばかりの兵たちだ。全員がにやにやとわけ知り顔でこちらを見ながら、「きっと後悔するぞおー」と、冷やかし声を残していった。これが新入りの新兵に対するいわばお決まりの挨拶だった。

しばらくすると、伍長がわれわれのグループに歩み寄り、怒鳴り声をあげた。「小隊、気をつけ。右向け、右！　前進、進め。駆け足、進め」

伍長はわれわれの隊列を率いて、通りを行ったり来たりした。もう何時間も走ったのではないかと思うころ、ようやく二列に並んだ仮兵舎の前にたどり着いた。われわれの当座の住まいだ。われわれは息も絶え絶えだったが、伍長は息を弾ませている様子もない。「小隊、止まれ。右向け、右！」。伍長は両手を腰に当て、見下すようにわれわれを一瞥《いちべつ》すると、「おまえら、なっとらんぞ」とどやしつけた。これ以降、伍長はくる日もくる日もあらゆる機会を捉えて、われわれがいかに「なっとらん」のか思い知らせることになる。「おれはドハティ伍長、おまえたちの教官だ。この小隊は、九八四小隊。おれの命令に従う必要がないと考えている馬鹿者がいたら、今すぐ前へ出てこい。おれがこの場でケツをぶちのめしてやる。おまえたちの魂は主イエスのものかもしれんが、ケツは海兵隊のものだ。おまえたちは新兵だ。海兵隊員ではない。海兵隊員に必要な能力や資質が、おまえたちにあるとは限らんからな」

誰一人身じろぎ一つしようとせず、息をするのさえ憚《はばか》られる思いだった。みな、かしこまっていた。まったく教官の言うとおりで、疑問の余地はないからだった。

ドハティ伍長は決して大柄ではなかった。身長は一八〇センチ足らず、体重は七二キロぐらいだろう。筋肉質で、胸板は厚く、腹も引き締まっている。赤ら顔に薄い唇。名前からするとたぶんアイルランド系だろう。アクセントからニューイングランドの出身と見当がついた。ボストンかもしれない。とてつもなく冷たい緑色の目で、オオカミのようにわれわれを睨《にら》みつけてくる。おまえたちをバラバラに引き裂いてやるとでもいうように。それをしないのは、ひとえに海兵隊がわれわれを必要としているからではないか——われわれが砲弾の餌食になれば、温存された正真正銘の優秀な海兵隊員が日本軍の陣地を攻略できる——われわれは、そんな気がしてくるのだった。

ドハティ伍長がタフで情け容赦のない人物であることを疑う者はいなかった。海兵隊員なら、教官に怒鳴りつけられた経験は誰にもあるはずだ。しかし、ドハティ伍長は大声を張り上げたりしなかった。その代わり、氷のように冷たく、脅しをきかせて叫んだ。われわれは背筋の凍る思いがした。伍長の脅しにたじろがなくなれば、日本兵《ジャップ》だっておれたちを殺せるもんか——われわれはそう信じていた。伍長はつねに非の打ち所がなかった。軍服は最高の仕立屋であつらえたようにぴたりと体にあっていて、背筋を伸ばした寸分の隙もない立ち居振る舞いは、いかにも軍人らしい無駄のなさをうかがわせた。

世間では、教官といえば軍曹を思い浮かべる。しかし、ドハティ伍長はわれわれの尊敬を勝ち得たうえに、大いにわれわれを縮み上がらせた。したがって、訓練は二本線の伍長の袖章ではなく、六本線の袖章をつけた曹長でさえやってのけられないほどの効果をあげた。私はすぐさま一つの明白な事実を思い知ることになった——この男がこの先数週間、われわれの運命を一手に握るのだと。

ドハティ伍長はわれわれを訓練するのに訓練所の広い練兵場はめったに使わず、サンディエゴ湾の浜辺に近い砂地まで徒歩行軍や駆け足を命じた。深く軟らかい砂地を歩くとひどく体力を消耗する。だが、それこそがまさに伍長の狙いだった。何時間も、くる日もくる日も、われわれは軟らかい砂地を行き来して訓練に明け暮れた。私を含む隊員はみな、最初の数日は両脚がひどく痛んだ。

一日の訓練が終わると、ドハティ伍長は仮兵舎へ戻るわれわれをその場に留め、一人にライフルを差し出すよう命じて、今からライフルを持ったまま匍匐前進《ほふくぜんしん》をやってみせると宣言した。伍長はまず、銃床《じゅうしょう》の台尻を砂地につけてライフルを立て、手を離して倒れるに任せてから、こんなことをするやつがいたら惨めな目にあうぞと釘を刺した。小隊には何十人という兵がいたが、どういうわけか、私がたびたびライフルを差し出す役目を仰せつかるのが不思議だった。伍長はみずからライフルを持って範を示し、そのうえで匍匐前進を命じた。当然、前を行く仲間が砂地を蹴れば、後続の兵士のライフルは砂をかぶる。こうして（伍長はほかにも策を弄した）毎日数回、われわれはライフルの手入れをするはめになった。おかげで「ライフルは海兵隊員のいちばんの友である」という海兵隊の信条を、われわれは早々に、身をもって学ぶことになった。実際、何物にも代え難い、かけがえのない友としてわれわれはライフルを取り扱った。

訓練が始まって間もないころ、伍長が新兵の一人にライフルについて質問したことがあった。新兵はつい「自分の銃《ガン》」と口を滑らせた。伍長が新兵の耳元で何事かささやくように指示すると、新兵は思わず顔を赤らめた。新兵は片手にライフル、もう一方の手にペニスを握ったまま、仮兵舎の前を行きつ戻りつしはじめた。まず片手のM1ライフルを掲げて「こいつはおれのライフル」、次にペニスをつかんだもう一方の手を動かして、「こいつはおれの銃《ガン》」と声を張り上げる。今度はライフルを高々と掲げながら「こいつはジャップをやっつけるため」と叫び、「こいつはお楽しみ用」ともう一方の手を突き上げてみせた。この一件以来、散弾銃や迫撃砲、大砲や艦砲を指すのでないかぎり、われわれが「ガン」という言葉を使わなくなったのは言うまでもない。

ブートキャンプの典型的な一日は午前四時の起床喇叭《らっぱ》とともに始まる。肌寒い闇のなかで寝床を出て、急いで髭《ひげ》を剃り、着替え、食事を済ませる。そして厳しい一日は、午後一〇時ちょうどの消灯喇叭とともに終わりを告げる。ただし起床までのあいだ教官がいつ何時われわれを叩き起こし、ライフルの抜き打ち点検を行ない、密集隊形の教練を課しても、あるいは練兵場を周回してこいとかサンディエゴ湾に近い砂地で駆け足をしてくるよう命じても不思議はなかった。しかし、この無情で理不尽としか思われない、いじめも同然の「訓練」は、のちに戦場で私を救うことになった。戦争は誰にも——とりわけ歩兵には——眠ることを許さないのだ。戦闘がわれわれに約束してくれるのは、永遠の眠りだけなのだ。

最初の数週間、仮兵舎を二、三度移ったことがある。「九八四小隊、ただちに隊列を解き、ライフルと個人装備一式を携行し、用具一式を衣服袋《シーバッグ》に収納して、一〇分後に立ち退けるよう準備せよ」。すると兵たちは大あわてで自分の装備をかき集め、荷造りを始める。みな親しい相棒が一人や二人はいて、互いに力を借りながら背嚢《はいのう》を背負い、重たいシーバッグをきしむ肩にかついだ。

　新たな仮兵舎の前に着くと小隊はその場に止まり、各自が部屋を割り当てられ、解散して荷物の片づけにかかる。だが兵舎に足を踏み入れたとたん、ふたたびライフル、弾薬帯、銃剣を持って集合するよう命令が伝えられる。訓練中はこうして絶えず追い立てられていた。伍長の「訓練」の才は並外れていた。

　小柄な兵士にとって、密集隊形の行軍訓練は、苦痛以外の何物でもない。「小兵《こひょう》」はどの小隊にもいて、背丈の順に並んだ隊列の最後尾で、大股で必死になってついていく姿がしばしば見受けられた。身長が一七五センチの私も背は低いほうで、ふだんは整列すると小隊の先頭から三分の二ほどの位置にいた。ある日、銃剣の訓練を終えた私は隊列から遅れをとって、歩調を合わせることができなくなった。すると横に並んで行進を始めたドハティ伍長が、いつもの口調でこう言った――「おい、隊列と歩調を合わせて、その歩調を保つんだ。でかいさもないとおれもいっしょに医務室に運ばれるほどしこたまケツを蹴り上げてやる。でかい手術を受けけんとおまえのケツの穴からおれの足を引き抜けんぐらいにな」。この辛辣な言葉が耳にこびりついて、私はなんとか調子を取り戻し、二度と遅れることはなかった。

　毎朝点呼を終えると、薄暗がりのなか、われわれはアスファルト敷きの練兵場へ駆け足で向かった。そこでは「ライフル体操」がわれわれを待ち受けている。フィジカル・トレーニング担当の筋骨たくましい教官が、各小隊の新兵たちを前に木製の踏み台に上がる。その振り付けに従って退屈な体操が延々と続く。スピーカーからは往年のヒット曲「スリー・オクロック・イン・ザ・モーニング」が雑音に混じって流れてくる。リズムに合わせて体を動かす趣向だ。われわれは、壇上で一人だけ激しく体を動かす教官に悪態をついて退屈をまぎらわせ、われわれが手を抜いていないか目を光らせて、しつこく何度もやってくる訓練教官の足音に聞き耳を立てた。ライフル体操は体を鍛えてくれただけではない。真っ暗な闇のなか、忍び寄ってくる教官の気配に絶えず耳を澄ませていたおかげで、聴力も著しく研ぎ澄まされた。

こうして強いストレスにさらされながら、命令に従っているうちに、われわれは規律を身に着けていった。そのときは気づきもせず、理解もしていなかったが、このことがのちに戦場で明暗を分けることになった——戦闘を首尾よく切り抜けるかしくじるかを。そして生死さえも。聴力の鍛錬も思わぬ形で役に立った。夜中に陣地に侵入してくる日本兵の気配を、塹壕《ざんごう》のなかで聞き分けることができたのだ。

やがて、訓練は次のライフル射撃へ移ると発表があった。われわれは躍り上がった。

訓練初日の早朝。われわれはライフル射撃場で二人一組のチームに分かれて、空砲射撃の指導を受けた。一週間にわたる訓練は「射撃の手始め《スナッピング・イン》」と呼ばれる、いわば入門編だ。照準の正しい調整法、引き金の絞り方、射撃の予告、射撃を安定させるための負い革の使い方など、基本的な動作を叩き込まれた。おそらく第二次世界大戦を通じて、どの国のどの部隊も、これほど徹底した効果的な射撃訓練は受けたことがないだろう。

訓練教官とライフルの専任指導官たちは、新兵一人一人につきっきりで指導に当たり、あらゆる動作に完璧を求めた。さまざまな射撃姿勢をものにするため、ねじれた腕が悲鳴をあげ、負い革が関節を締めつけ、筋肉に食い込んだ。多くの者は座り撃ちの姿勢を体得するのに四苦八苦した（そんな撃ち方は実戦では一度も目にしなかったが）。私も指導官からじきじきの「手ほどき」を受けた――「正しい姿勢」が身に着くまで、指導官が私の両肩に全体重を預けてきたのだ。全員が私と同じように座り撃ちの姿勢を叩き込まれた。銃器の取り扱いの心得がある者も、こうしてたちまち自分の流儀を捨てて、海兵隊のやり方を身に着けていった。

正確な射撃術に劣らず徹底されたのは、ライフルを安全に扱うことだった。原理原則が容赦なく叩き込まれた――「銃口は標的に向けておけ。撃つつもりのないものには決して向けるな。ライフルを手にするときは、弾丸が装塡《そうてん》されていないことを、そのつどかならず確認せよ。これまでにも『弾丸が装塡されているはずのない』ライフルがもとで、多くの事故が起きてきたんだ」

翌週になると、いよいよ実弾を使った射撃訓練に移った。最初のうちこそ戸惑いを覚えた銃声にも、たちまち慣れた。一週間にわたる徹底的な訓練のおかげで自然と力量を発揮することができた。訓練は円形の黒点標的を狙って、一〇〇、三〇〇、五〇〇ヤード（約九二、二七四、四五七メートル）の距離から射撃を繰り返す。その間、「監的壕[1]」の要員はほかの小隊が務めた。射撃場の士官が「右よし、左よし、射線の全兵員、準備完了。射撃始め！」

と命じると、私はライフルが体の一部になり、体がライフルの一部になったように感じた。私は、我を忘れて射撃に没頭した。

射撃場でも相変わらず規律は厳しかった。今や嫌がらせのような訓練に代わって、真剣かつ実際的な射撃術の指導が続いていた。それでも、ルールを破ればその場で即刻厳しい処置が下された。「撃ち方やめ」の命令のあと、私の隣にいた兵士が相棒に話しかけようとちょっと振り返ったことがある。その拍子にライフルの銃口が標的から逸《そ》れた。目ざとく気づいた射撃場担当の大尉が、件《くだん》の兵士の背後から駆け寄りざまに思い切り尻を蹴り上げた。そして突っ伏した兵士を引きずり起こすと、大声を張り上げてこっぴどく叱りつけた。われわれは大尉の言わんとするところを肝に銘じた。

われわれは手だれの兵士になった気分で、最後の訓練を受けるため、ふたたび仮兵舎に戻った。しかし訓練教官たちの見る目は違っていた。すぐに以前と変わらぬ嫌がらせが始まったのだ。

八週間にわたる長く苦しい訓練が終わってみると、ドハティ伍長をはじめとする訓練教官たちが見事に任務を果たしたことがわかった。われわれは肉体的にたくましくなり、忍耐強さを身に着け、学ぶべきことを学んでいた。もっと大切なのは、精神的にタフになったことだろう。ある訓練教官補が、どうやら本物の海兵隊員になれそうだと認めたほどだ。

一九四三年一二月二四日の午後遅く、われわれはライフルも持たず、弾薬帯も身に着けず、整列した。緑色の軍服に身を包んだわれわれは、めいめいが地球と錨《いかり》をあしらった海兵隊のブロンズ製のエンブレムをそれぞれ三つ授与され、ポケットにしまった。続いて大講堂まで行進し、ほかの小隊とともに階段状の座席に着席した。

ブートキャンプの修了式だった。背の低い、愛想のよさそうな少佐がステージに上がって祝辞を述べた。「兵士諸君、諸君は新兵訓練を無事に終え、今まさにアメリカ海兵隊の一員になった。誇りを持って海兵隊の記章を身に着けてほしい。偉大にして誇り高き伝統を受け継ぐのだ。諸君は世界でも最精鋭の戦闘集団の一員である。その名に値する活躍を期待する」。われわれは記章を取り出すと、緑色のウールの上着の襟の折り返しに一つずつと、外地用軍帽《キャップ》の左側に着けた。少佐がきわどい冗談を飛ばすと、われわれは笑って口笛を鳴らした。少佐は「兵士諸君、幸運を祈る」と結んだ。ブートキャンプに入ってから、「兵士諸君」などと敬意を込めて呼びかけられたのはこのときが初めてだった。

翌朝の夜明け前、九八四小隊は仮兵舎の前で最後の整列を終えると、シーバッグをかつぎ、ライフルを肩に掛けて、軍用トラックの列が待つ倉庫前まで重たい装備に苦心しながら移動した。倉庫に着くと、氏名と行き先を告げられた者は指定のトラックのもとで指示を待てと、ドハティ伍長が告げた。

「じゃあまたな。気をつけろよ」。仲間が隊列を離れていくなか、挨拶を交わす囁《ささや》き声がそこここで聞こえる。われわれは、友人との再会が望めないことを知っていたのだ。ドハティ伍長が告げた――「ユージン・B・スレッジ。五三四五五九番。個人装備一式とM1ライフルを携帯。歩兵。キャンプ・エリオット」。

ほとんどの者が歩兵に指名され、キャンプ・エリオットかキャンプ・ペンドルトンの基地へ向かった(2)。だが、仲間の手を借りてトラックに乗り込んだそのとき、なぜこれほど多くの者が歩兵部隊に所属することになったのか、その理由に思いいたった者は皆無だった。実のところ、われわれはこの先、死傷者が右肩上がりに増えているライフル中隊あるいは前線部隊の補充要員として、太平洋の戦場へ送られることになっていたのだ。最前線で戦う運命がわれわれを待っていた。われわれは、まさしく砲弾の餌食となるべき一兵卒にすぎなかったのだ。

全員の配属先が発表されると、いよいよトラックが動きだした。私は出発を見送るドハティ伍長を見た。ドハティという男は好きになれなかった。だが、私はこの伍長を尊敬していた。われわれを海兵隊員に育てあげてくれたのだ。今、われわれを見送りながら、ドハティは何を考えているのだろう——私はふとそう思った。

原注

(1)「監的壕」とは射撃場の着弾地点のことをいう。通常は覆いのついたコンクリート製の待避壕があり、その上に垂直のレールに標的を取りつけたものが設置されている。この壕のなかで係の兵士が射手のために標的を設置し、命中を確認し、スコアをつける。

(2) キャンプ・エリオットはサンディエゴの北郊にある小さな基地である。第二次世界大戦後はほとんど使われなくなった。キャンプ・ジョーゼフ・H・ペンドルトンはサンディエゴの北約五六キロにある。現在も第一海兵師団の拠点であり、海兵隊の水陸両用部隊にとって西海岸最大の基地となっている。

第二章　戦闘準備

歩兵部隊の訓練開始

　キャンプ・エリオットの建物は、大半がクリーム色の壁に黒い屋根の、小ぎれいな木造の兵舎だった。典型的な二階建ての兵舎はH字形の構造で、Hの字の縦の線の部分が兵の居住区画だ。窓を多くとった居住区画には、金属製の二段ベッドが一部屋に二五台ほど並び、部屋は広くゆったりして、照明も明るかった。従軍中、私が兵舎で寝起きしたのはこのキャンプ・エリオットで過ごした二ヵ月だけだった。あとはテントか青空の下だ。

　ここでは誰もわれわれ新入りを怒鳴りつけたり、命令をがなりたてて急《せ》き立てたりすることもなかった。下士官たちはくつろいだ様子で、のんびりしていた。一部の立ち入り制限区域を除けば基地のなかは自由に歩き回ることができた。消灯喇叭《らっぱ》と就寝は午後一〇時。新兵訓練所《ブートキャンプ》の厳しい規律としごきに堪えてきたあとだけに、籠から放たれた鳥のような気分だった。近くに寝起きしていた仲間といっしょに基地のバー（下士官用のクラブ）で生ビールを飲み、酒保でキャンディやアイスクリームを買い、基地内を探索した。みな新たに手にした自由に浮かれていた。

　最初の数日は、海兵隊の歩兵連隊が用いるさまざまな兵器の取り扱い方について講義を聴き、実演を見て過ごした。三七ミリ対戦車砲、八一ミリと六〇ミリの迫撃砲、50口径（〇・五インチ）機関銃、30口径の重機関銃と軽機関銃、それにブローニング自動小銃（BAR）。また、ライフル分隊の戦闘戦術についてもあらためて習った。兵舎ではさまざまな兵器に関する話題でもちきりだった。三七ミリ砲か、軽機関銃か、それとも八一ミリ迫撃砲か、どれを担当するのが「得な任務」かといったことだ。そんなときはかならずと言っていいほど、知ったかぶりをして、何でも最新情報をつかんでいるとうそぶく輩《やから》がいたが、多くの場合——いや、だいたいいつも——ニューイングランドの出身と決まっていた。

「八一ミリ迫撃砲の訓練を終えたやつに酒保で聞いたんだが、まったくあの迫撃砲という代物はひどく重くて持ち運ぶのが大変らしいぞ。三七ミリ砲にすればよかったって言っていた。三七ミリ砲なら、ジープに乗って引っ張ればいいんだからな」

「キャンプ・ペンドルトンにいる知り合いから聞いた話だが、訓練中に迫撃砲を発射したとたん砲弾が爆発して、教官と砲手たちが吹っ飛ばされたそうだ。だからおれは軽機関銃にする。悪くないらしいぞ」

「馬鹿言え。第一次大戦中にフランス戦線で戦った伯父が言っていたが、機関銃兵の平均寿命は二分ぐらいだったらしいぜ。おれはライフル兵になる。重たい武器を引きずらなくて済むしな」

こんな調子だ。いったい何をほざいているのかと、みな呆れるばかりだった。

ある日、訓練のために整列すると、担当したい兵器ごとにグループに分かれるよう指示された。希望するグループが定員を超えた場合、われわれは次に希望するグループに回った。扱いたい兵器を選べと言われたこと自体、驚きだった。どうやら割り当てられた兵器よりも、みずから選んだ兵器のほうが訓練にも身が入り、上達もするということらしい。私は六〇ミリ迫撃砲を選んだ。

訓練初日の朝、仲間とともに軽戦車が何台か並ぶ倉庫の裏へ行進していくと、担当教官の三等軍曹が座って話を聞くように命じた。軍曹は身だしなみのよいハンサムな金髪で、ほどよく色の褪《あ》せたカーキの制服が「筋金入り」の軍人であることを物語っていた。穏やかな物腰には自信がみなぎっている。威張りくさったところは微塵《みじん》もなく、怒鳴り散らすこともない。自分自身と果たすべき任務をよくわきまえ、相手が誰であろうと、道理にもとることは決して容赦しない人物であることがたちまち見て取れた。ただ、物事を突き放して静かに眺めているような、超然としてつかみどころのない雰囲気もあった。それは、太平洋戦線で戦闘を体験した、古参兵の多くに共通する特徴だった。ときには、心ここにあらずといったふうで、物悲しい瞑想に耽《ふけ》っているように見える。自然ににじみ出る、身に備わった気質で、意識してできるものではない。私は海兵隊に入隊して間もないころから、古参兵たちのそうした特徴に気づき、注意を傾けていた。しかし、それが何なのかを理解できるようになるのは、ペリリュー島の戦いのあと、戦友たちのあいだに同じ兆候を認めるようになってからのことである。

「いいかね、きみたちは今やアメリカ海兵隊員だ。ここはブートキャンプではない。気持ちを楽にして、訓練に励み、しっかり任務を全うすることだ。そうすれば無事に戦場から帰還する可能性が高くなるだろう」。この一言はわれわれの心をつかんだ。教官は尊敬と称賛を勝ち取った。

「私の任務は、諸君を六〇ミリ迫撃砲手に育てることだ。六〇ミリ迫撃砲は歩兵部隊にとって、効果的かつ重要な兵器だ。六〇ミリ迫撃砲を使えば中隊正面に位置する敵の攻撃を粉砕できる。敵の防御線を切り崩すこともできる。少し前方にいる敵に向かって、仲間の頭越しに撃ち込むことになるから、自分がやっていることを正確に理解しなければならない。さもないと射距離が足りず味方に損害を与えることになる。迫撃砲が日本兵《ジャップ》を相手にどれほど効果を発揮するか、ガダルカナルで迫撃砲手を務めたこの私が何よりの証人だ。何か質問は？」

　こうしてわれわれの訓練が始まったのは一月の肌寒い朝のことだった。われわれは青空のもと、地面に腰を下ろし、教官の言葉に耳を澄ました。

「迫撃砲は砲身の内側に旋条《せんじょう》のない滑腔砲《かっこうほう》で、発射弾を砲口から先ごめで装塡《そうてん》し、大きな射角で発射する曲射砲だ。組み立てた砲の重さは約二〇キロ。発射筒《チューブ》――つまり砲身――と、二脚架と、底板で構成されている。ライフル中隊にはいずれも二門または三門の六〇ミリ迫撃砲が配備される。大仰角の高角射撃をするから、とくに遮蔽物《しゃへいぶつ》や尾根の向こうに身を隠してわが軍の火砲から守られている敵部隊を砲撃するのに効果を発揮する。ジャップの連中も迫撃砲を持っていて、使い方も実によく心得ている。連中はことさらわが軍の迫撃砲や機関銃を破壊しようと躍起になる。これを叩いておかないと自分たちが打撃を被《こうむ》るからだ」

軍曹は迫撃砲の各部の名称を説明すると、続いて砲撃訓練の動作を実演してみせた――運搬のため折り畳んであった二脚架のストラップをはずし、底板を地面にしっかり固定してから二脚架の先端を地面に突き立て、照準器を砲身にぱちんとはめ込む。われわれは五人一組に分かれ、全員が一連の動作をきちんとこなせるようになるまで練習した。教官は続いて、照準器の十字照準線と射距離照準線上の気泡の位置を調節する複雑な仕組みについて説明して、砲を設置し、目標に対してどのように照準を合わせるのかを教えた。われわれは、コンパスで目標の方向を見極め、それに応じて砲身の前に正しく照準棒を立てられるようになるまで、何時間も訓練を繰り返した。

各分隊は、習ったことをどれだけ早く、どれだけ正確にできるか、激しく競い合った。第一砲手を務める番になると、私は所定の位置まで走っていき、右肩から砲を降ろして設置し、照準棒に合わせて照準を定めると、手を離して「準備完了」と叫んだ。すると軍曹がストップウォッチを確認し、かかった時間を読み上げる。この間、同じ分隊の仲間からは激励のかけ声が盛んに飛んだ。各分隊とも、隊員が第一砲手、第二砲手（第一砲手の指揮に従い砲弾を砲身に装塡する）、そして弾薬を運ぶ弾薬手を交代で務めた。

訓練は徹底を極めたが、初めて実弾を扱ったときはかなり緊張した。丘の中腹に並べられた空《から》のドラム缶に向かって発射したところまではよかった。だが、前方一八〇メートルほどのところで最初の一発がドカーンと鈍い音を立てて炸裂《さくれつ》したとき、私はすぐに、自分がなんとも恐ろしい兵器を取り扱っていることに気がついた。弾着点から雲のような黒煙が上がる。鋼鉄の破片が飛び散り、八メートル×一六メートルほどの範囲で塵《ちり》の煙を舞い上げた。三発続けて撃ち込むと、約三二メートル四方の範囲に鉄片が飛散した。

「あんなに鉄片が飛んできたら、ジャップもかわいそうなもんだな」と、気の優しい仲間の一人がつぶやく。

「そのとおり。ずたずたになる。だが敵もすばやく撃ち返してくることを忘れるな」と軍曹が言った。

　そこが戦争と狩猟の違いだと、私は思った。戦場から生還した私は、それまで趣味でやっていた狩猟をやめた。

　白兵戦の訓練も受けた。おもに柔道の技とナイフを使った戦闘術である。柔道の指導教官は、自分に立ち向かってくる相手を、片っ端から投げ飛ばしていった。白兵戦で柔道の技がいかに威力を発揮するか、見せつけようとの狙いだった。

「教官。ジャップのやつらは四〇〇メートル以上も先からおれたちを狙って機関銃や大砲を撃ち込んでくるっていうのに、こんな取っ組み合いの練習をして何の役に立つんですか？」と誰かが質問した。

　教官は答えた。「太平洋戦線では、日が落ちるとジャップはかならずわが軍の陣地に兵を送り込んで、戦線を突破しようとする。できるだけ多くのアメリカ兵の喉を切り裂くことだけが狙いの場合もある。やつらはタフで、接近戦が得意だ。対処できないわけではないが、方法をよく心得ておく必要がある」

これ以降、誰もが心して指導を受けたのは言うまでもない。

「ジャップと戦うときは、汚い手を使うことをためらうな。アメリカ人はたいてい子供のころから、ベルトより下を殴ってはならないと教わっている。スポーツマンらしくないからだ。だが、ジャップはそんなことを習っちゃいない。それに戦争はスポーツなんかじゃない。やられる前に、相手の股間を蹴り上げろ」と教官は唸《うな》るように言った。

われわれは「ケイバー」と呼ばれるナイフのことも学んだ。少人数ごとに塹壕《ざんごう》にひそんで夜をやり過ごすには欠かせない、海兵隊員の友だ。ケイバー社が製造しているこの強力なナイフは、幅四センチ弱、刃渡り一八センチほどの刃を備えており、一三センチほどの把手《ハンドル》は、革を固く重ねたレザーワッシャーでできている。上部ハンドガードの刃の側《がわ》には「USMC」（合衆国海兵隊）の文字が刻印されている。大きい割に軽く、見事にバランスがとれたナイフだ。

「歩兵部隊が携帯している——あるいは携帯するのが望ましい——見てくれのよいナイフの数々についてはいろいろ聞いているだろう。投げナイフ、短刀、短剣だのだ。だが、ほとんどが役立たずだ。このケイバーも、ジャップを切り裂くより、携帯口糧の缶詰を開けるのに使うほうが多いかもしれない。しかし、いざジャップが壕に飛び込んできたら、ほかのどんなナイフよりも頼りになる。頑丈で、最高のナイフだ。敵がドイツ軍なら戦闘ナイフなど必要ないだろう。しかしジャップが相手となると話は別だ。戦争が終わるまでには、自分か、隣の壕にいるやつが、侵入してきたジャップ相手にきっとこのケイバーを使うことになるだろう。それは保証してやる」。実際、教官の言うとおりだった[1]。

キャンプ・エリオットの教官たちは、プロの軍人としての務めを見事に果たした。われわれに学ぶべきことを示し、この戦争を生き残れるかどうかは、それをどれだけよく身に着けていくかにかかっていることを、はっきりと思い知らせてくれた。

しかし思い返してみれば、基地のなかで日々訓練に明け暮れていたわれわれは、外の世界でどんなことが起きているのかよくわかっていなかった。それは若さゆえの、無邪気な楽天主義のせいだったのかもしれない。すでに何百万人もの兵士が命を奪われている世界戦争で、自分は敵の砲弾の餌食《えじき》となるために訓練を重ねているという空恐ろしい現実は、どこまでも人ごとにすぎなかった。自分の命が有無を言わさず断ち切られてしまうかもしれないという事実、まだ少年とも言える年齢で、体に障害を被るかもしれないという事実を、われわれは心に刻むことがなかった。唯一の不安と言えば、砲火のなかで怖《お》じ気《け》づいて、任務を果たせないのではないかということだけだった。恐怖心に負けたら「臆病者」に見られる——そんな懸念が頭から離れなかった。

ある日の午後、ブーゲンビル島の戦い（訳注—主たる交戦は一九四三年一一月〜四四年三月）に加わった二人の古参兵が兵舎に立ち寄り、世間話をしていった。ブーゲンビルの戦いで第三海兵師団とともに抜群の活

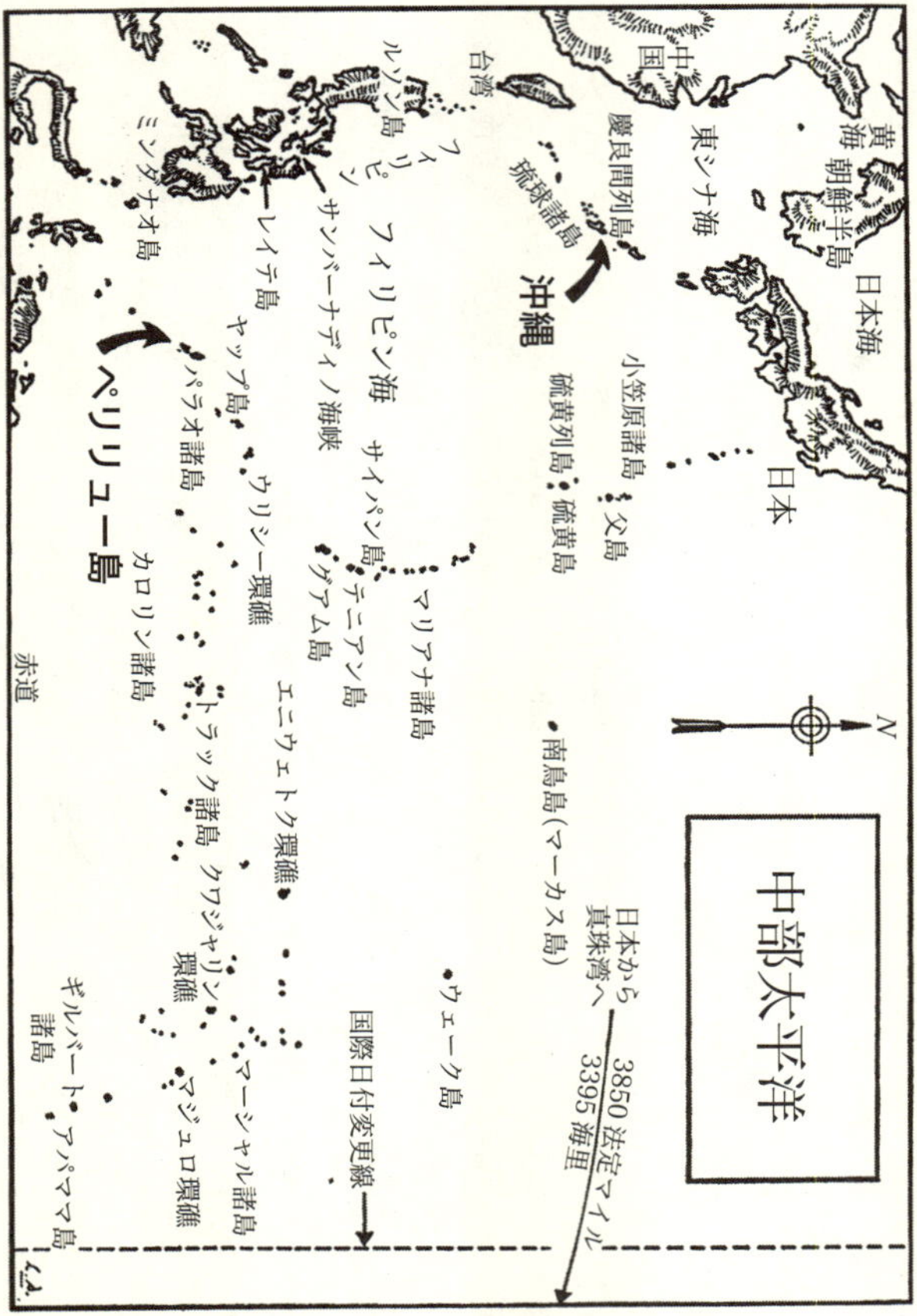

中部太平洋
N
日本から
真珠湾へ
3850 法定マイル
3395 海里
黄海
朝鮮半島
日本海
日本
中国
東シナ海
慶良間列島
琉球諸島
沖縄
台湾
ルソン島
フィリピン
サンバーナディノ海峡
レイテ島
ミンダナオ島
フィリピン海
小笠原諸島
硫黄列島
父島
硫黄島
南鳥島（マーカス島）
ウェーク島
マリアナ諸島
サイパン島
テニアン島
グアム島
ヤップ島
ウリシー環礁
パラオ諸島
ペリリュー島
カロリン諸島
トラック諸島
エニウェトク環礁
クワジャリン環礁
マーシャル諸島
マジュロ環礁
国際日付変更線
ギルバート諸島
アパママ島
赤道

躍を見せた襲撃大隊の所属だった。教官を除けば実戦を経験した兵に会うのは初めてだったので、われわれは二人を質問攻めにした。

「怖くはありませんでしたか?」と、仲間の一人が訊いた。

「怖くなかったか? 冗談じゃない。弾が飛んでくる音を初めて聞いたときは、クソ恐ろしくて、ライフルも構えていられなかったほどだ」

もう一人の古参兵は言った。「いいか、怖じ気づくのは誰もいっしょさ。怖くないなんて言うやつは大嘘つき野郎だ」。われわれはほっと胸をなで下ろした。

キャンプ・エリオットに滞在中、迫撃砲の訓練は間断なく続いた。われわれは、特別訓練の一環として最後に水泳のテストを受けると、太平洋戦線へ向けて輸送艦に乗り込むことになる。だが一九四四年一月のこのとき、われわれは幸いにして、その年の秋に直面する状況をまったく予測できなかった。われわれは、自分たちが戦う戦闘はこの戦争に勝つために避けては通れないのだと固く信じて、熱心に訓練に励んだ。


これより前、一九四三年一一月二〇日から二三日にかけて、中部太平洋のギルバート諸島にあるタラワ環礁で、第二海兵師団が注目すべき攻略作戦を敢行していた。多くの軍事史家はこのタラワの戦いを、近代戦史上、初の正面切った水陸両用強襲作戦とみなしている。

タラワ環礁は、五〇〇メートルほど沖合に延びた珊瑚礁がぐるりと島を囲んでいる。思いがけず急変する潮の流れの影響を被りやすく、そのため水位が下がり、ヒギンズ・ボート（車輛と兵員を揚陸するための小型上陸艇）が暗礁《リーフ》に座礁してしまうことがあった。

作戦計画では、リーフを越えて兵員を揚陸するのに、水陸両用トラクター（通称アムトラック）を用いることにしていた。しかし、アムトラックは最初の三波までの上陸部隊を運ぶ数しかなかった。アムトラックに乗り込んだ最初の三波が上陸すると、後続の支援部隊は、日本軍の猛烈な砲火をかいくぐり、海岸まで歩いて上陸するのを余儀なくされた。ヒギンズ・ボートがリーフに乗り上げてしまったからだ。

第二海兵師団は甚大な損害を被った——死傷者は三三八一人。ただし師団は日本軍守備隊四八三六人をほぼ全滅させ、生き残った日本兵は一七人にすぎなかった。

国内世論と一部の軍首脳のあいだでは、膨大な死傷者を出した海兵隊に対し、厳しい批判の声があがった。同時に、「タラワ」の名はアメリカ国内に知れ渡った。それは、アメリカ国民の勇気と犠牲の精神を象徴するものとして、独立戦争中に持久戦に耐えたフォージ渓谷、テキサス独立戦争でメキシコ軍に対してアメリカ側独立軍が全滅したアラモ砦、第一次世界大戦の激戦地ベローウッド、そしてガダルカナル島と並んで、国民の記憶に長く留まる地名となったのだ。

キャンプ・エリオットで訓練を受ける若い海兵隊員たちは、それから約九ヵ月後、自分たちが第一海兵師団の一員としてペリリュー島の攻略に加わるようになろうとは夢にも思っていなかった。日本軍とアメリカ軍はペリリュー島で激戦を繰り広げ、第一海兵師団が払った犠牲はタラワで戦った第二海兵師団のざっと二倍に達した。しかも悲しいことに、戦後、この島の攻略は必要だったのかと疑問が投げかけられた。複数の海兵隊史家は次のように指摘している――ペリリュー攻略戦は第二次世界大戦のなかでも比較的知られておらず、その意義がいまだによく理解されていない作戦の一つである。それはペリリュー島で戦い、死んでいった兵士たちを追悼するうえで、不幸なことである。

ついに戦地へ

一九四四年二月二八日早朝、私を含む第四六補充大隊の兵士は、サンディエゴ港の波止場で兵員輸送トラックを下り、整列すると、太平洋戦線へと向かう軍用輸送艦への乗艦を待った。輸送艦プレジデント・ポーク号は、平時にはプレジデント・ライン社の豪華客船だった。今は戦艦色の灰色に塗装を施されて陰気な雰囲気を漂わせ、対空砲や救命ボートが不吉な印象を与えている。

輸送用装備一式、寝袋（マットレスにカンバス地のカバーがついている）、M1カービン銃にヘルメットと、私は重い装備を背負い、急なタラップをよじ登るようにして上甲板に上がると、一層下の兵員室へ向かった。ハッチを開け、階段を下りていくと、すえたような臭いの熱い空気が全身に吹きつけてくる。

雑踏する兵員室に立ったまま、われわれは士官が隊員名簿を確認し、各人に寝床《サック》を割り当てるのを忍耐強く待った。サックは金属パイプ（頭と足元のところで、床から天井まで伸びる金属の支柱に蝶番《ちょうつがい》で固定されている）のフレームにカンバスの布をくくりつけたものだった。上下のサックは互いにチェーンで留めてある。

サックに上がると、上下のサックの間隔は六〇センチほどしかなかった。マットを敷いて装備を広げると、体を伸ばすスペースはほとんどない。私に割り当てられた寝床は一番上で、サックを四段ばかり上がらなければならなかった。

天井の電球がぼんやりとあたりを照らしていた。私は、熱気にむせ返る薄汚れた兵員室を逃れて、甲板に上がっていった。甲板も兵士たちで溢れていたが、空気は新鮮だった。

われわれの多くは気持ちが高ぶって眠るどころではなかった。何時間も艦内をうろつき、水兵と談笑し、荷物の積載作業を最後まで眺めて、ようやく真夜中近く、下へ降り、寝床にもぐり込んだ。数時間後、エンジンの振動で目が覚めた。急いで軍用ブーツを履き、ダンガリーのズボンを穿《は》き、上着を着て甲板に駆け上がる。私は不安と期待でいっぱいだった。時刻は午前五時前後。甲板には海兵隊員が鈴なりになっていた。スクリューが一回転するたびに、われわれは母国を離れ、未知の世界に近づいていく。誰もがうち沈んでいた。

とげとげしい疑問が次々と頭のなかを駆けめぐった。生きてふたたび家族の顔を見ることはできるだろうか？　任務は立派に果たせるだろうか、それとも敵を前に怖じ気づいてしまうだろうか？　自分に敵が殺せるだろうか？　とりとめのない幻想が浮かんではたちまち消えていく。もしかしたら自分は後方部隊に配属され、日本兵を一人も目にしないかもしれない。いや、歩兵となって、敵前から逃亡し、部隊の名を汚すかもしれない。それとも日本兵を何十人も殺し、海軍勲功章か銀星章を授与されて国民的英雄になるだろうか。

水兵たちがあわただしく大索《おおづな》や綱を投げ降ろしていた。外洋へ出る準備に追われているのだ。私はようやくわれに返った。

プレジデント・ポーク号は汗みずくのわれわれを船倉に抱え、われわれの与《あず》り知らない目的地に向かって、ジグザグに進んでいった。私のように船旅が好きな者にとってさえ、日課は退屈だった。毎朝、日が昇るころに寝床を起き出す。歯を磨き、泡の出ないシェービングクリームで髭《ひげ》を剃って洗面を終える。士官か下士官の指揮のもと、柔軟体操を行ない、さらにライフルの点検を行なう。任務と呼べるのはこんな程度だった。

数日ごとに総員退去の避難訓練があり、格好の退屈しのぎになった。水兵はしばしば砲撃訓練を行なった。

手紙を書き、大いに世間話に興じるほかは、多くの時間を調理室へ通じる長蛇の列のなかで過ごした。艦内の食事は忘れがたい経験だった。食事のたびにわれわれは列に並び、ハッチを通って調理室へ入る。だがハッチをくぐったとたん、いきなり熱風の洗礼を受ける。それは兵員区画に独特の臭いと大差のないもので、ペンキと油と煙草と汗の臭いに、油焼けした料理とパンの臭いが混じっているのだ。厳しい訓練に耐えてきた者でなければ、たまらず吐き気を催すだろう。しかし、われわれはすぐに慣れてしまった。慣れないことには体が持たないのだ。

われわれはカフェテリアに並ぶように列をつくって、少しずつ前へ進み、海軍の汗だくの給食係にほしい料理を伝える。それを区分けされた真新しいスチールのトレイに盛ってもらう。給食係は全員綿のTシャツを着て、腕には入れ墨を彫っている。絶えず顔から流れる汗を拭いている。換気扇が唸りを立てるなか、われわれは折り畳み式の長テーブルに向かって、立って食事をする。何もかもが触ると熱かったが、清潔ではあった。だがある水兵の話によると、このテーブルは、太平洋戦線で反攻を開始した当初、輸送する傷病兵の手術台として使われていたという。それからというもの、このテーブルで食事をするたびに、私は腹の底になんとも言えない奇妙な感覚を覚えた。

食堂はひどく暑かった――少なくとも摂氏三八度近くはあった。それでも私は熱い「ジョー」(ブラックコーヒー)をがぶ飲みした。海兵隊や水兵にとって、「ジョー」はパンに代わる「命の糧」なのだった。調理した乾燥ポテトには思わず顔をしかめた。第二次世界大戦中に製造された乾燥食品特有の、不快な後味が残ったのだ。パンもとんだ代物だった――苦みと甘みと生《なま》のままの小麦粉の味が混ざったようで、胃にもたれた。熱いブラックコーヒーがパンに代わって命の糧になったのも無理はない!

蒸し風呂のような調理室で食事を終えると、われわれは甲板に出て涼んだ。誰もが汗だくだった。甲板で食べられればよかったのだが、食事は調理室で摂《と》るのが規則だった。

ある日、いつものように食堂へ続く列に並んだ私は、士官専用の食堂が見える窓の前を通り過ぎた。なかの様子を見ると、海軍と海兵隊の士官たちが、きちんと糊づけされたカーキ色の軍服に身を包み、換気のきいた室内でテーブルについている。白い上着のウェイターがパイやアイスクリームを給仕していた。むせ返るような熱気のなか、乾燥食品と湯気を立てる「ジョー」にありつこうとのろのろ進む列に並んだ私は、ふと、将校養成課程をあわててやめてしまったのは間違いだったのかもしれないと思った。実際、士官に任官すれば議会では紳士としての扱いを受けるうえに、艦内でも人間らしい扱いが受けられる。それもまた捨てがたいのではないだろうか……。しかし、ひとたび戦場へ出て最前線に立ってしまえば、士官に約束された優雅な生活もさまざまな特権もたちどころに吹き飛んでしまう。あとになってそのことを知った私は、すっかり納得したのだった。

三月一七日の朝、艦首前方の水平線上に白波が見えた。何千キロにも及ぶグレート・バリア・リーフだ。プレジデント・ポーク号はこのリーフを抜けて、この先、ニューカレドニアへと向かう。艦が近づくと、珊瑚礁の上に、からからに乾いた木製の船の残骸がいくつかそびえているのが見えた。何年も前に暴風雨で打ち上げられて座礁した難破船に違いなかった。

ニューカレドニア島のヌーメア港に通じる水路に入ると、海は青から緑へと色を変えた。港の近くにかわいらしい白い灯台があった。灯台を取り囲むように、また高い山地の裾野には、タイルで屋根を葺《ふ》いた白い家々が寄り添うように並んでいる。ヌーメアは地中海の小さな海港を思わせた。

プレジデント・ポーク号はゆっくりと港内を進んでいった。接舷に備えてスピーカーから特別海上任務の要員に待機の命令が伝えられる。艦は細長い倉庫が並ぶドックに係留された。倉庫ではアメリカ軍の人間が木箱や機材を運んでいる。停泊中の艦船は大半がアメリカ海軍のものだが、なかにはアメリカや外国の商業輸送船、それに風変わりな格好の漁船も何隻か混じっていた。

ニューカレドニア

狭苦しい兵員輸送艦に詰め込まれて何週間も海上生活を送ってきたわれわれは、ふたたび陸《おか》に上がってほっとした。われわれは海兵隊のトラックに乗り込み、ニューカレドニア本島の町ヌーメアの中心部を走り抜けた。古いフランス風の建物が故郷のモービルやニューオーリンズの旧市街を思い起こさせる、すてきな眺めだった。

トラックは両側に山並みの迫る曲がりくねった道を快調に飛ばした。小さな農場が点在し、谷間には大きなニッケル鉱山が見えた。すでに切り開かれている土地もあったが、低地のほとんどは鬱蒼《うっそう》としたジャングルに覆われていた。気候は涼しく快適で、ヤシの木をはじめとする植生が、ここが熱帯の地であることを物語っていた。三、四キロも走ると、トラックはキャンプ・セントルイスに入った。われわれはここでさらなる訓練を受け、その後、交代要員として「北方」の戦闘区域に送られることになっていた。

キャンプ・セントルイスはテント張りのキャンプで、テントの列のあいだを縫って走る通路は舗装もされていなかった。われわれは割り当てられたテントに分かれ、装備を整理すると、食事のために調理室に向かった。調理室は丘の上にあり、その手前に営倉《えいそう》があった。周囲に有刺鉄線を巡らせた、電話ボックスほどの大きさの檻《おり》が二つ立っている。問題を起こした者はこの檻に拘禁され、一定の時間ごとに消火用の高圧ホースで放水を浴びるという。キャンプ・セントルイスは軍律が厳しいから、この噂はほんとうだろうと思った。いずれにしろ、自分は決して問題を起こすまいと心に誓った。

ここでの訓練は講義と野外演習に分かれていた。戦場から戻った古参の士官と下士官が、日本軍が用いる武器、戦術、戦い方についてレクチャーする。訓練は徹底していて、いっときも息を抜くことはできなかった。訓練は一〇人か一二人のグループに分かれて行なわれた。

私が振り分けられたグループは、たいてい大柄な赤毛の伍長が指導に当たった。「ビッグ・レッド」と呼ばれ、海兵隊の襲撃大隊の一員として南太平洋のソロモン諸島の戦いに従軍した経歴を持つこの大柄な伍長は、気さくだが情け容赦がなく、とことんわれわれを鍛え上げた。伍長はある日、われわれを小さな射場に連れていくと、日本軍のピストル、ライフル、そして重機関銃と軽機関銃の撃ち方を教えた。それぞれの武器から数発発射し、それからわれわれを五人ぐらいのグループに分け、一・五メートルほどの深さの穴に入るよう命じた。穴の前には三〇センチほどの高さに土が盛られ、背後の急な斜面が弾止めの役目を果たしていた。

「生き抜くために、すぐにも身に着けておかねばならん大事なことが一つある。それは、敵弾がどんな音を立てながら飛んでくるのか、それがどんな武器から発射された弾なのかを正確に知っておくことだ。いいか、おれがこの笛を吹いたら姿勢を低くして、次に笛を吹くまでそのままの姿勢でいろ。笛が鳴る前に立ち上がったら、頭を吹き飛ばされて、故郷に残された家族が保険金を受け取るはめになるぞ」

　笛が鳴り、われわれはその場にしゃがみ込んだ。伍長は銃器の種類を言っては、そのつど、われわれの頭越しにその銃器の弾を数発ずつ、弾止めに向かって撃ち込む。続いて助手たちも加わってすべての銃器をいっせいに発射する。その間およそ一五秒だったが、われわれはもっと長く感じた。頭の上を弾がピシッパシッと音を立てて飛んでいく。機関銃の曳光《えいこう》弾《だん》が数発、弾止めに撥《は》ね返されて、白熱した弾がシューシューと音を立てながら壕のなかに転がり落ちてきた。みな縮み上がって思わず体をよけ、火傷《やけど》を負う者はいなかった。

　訓練のなかでは、これは最も貴重なものの一つだった。おかげでペリリュー島と沖縄でたびたび命拾いをし、傷を負わずに生き抜くことができたのだ。

　銃剣の訓練を担当したのは老練な三等軍曹だった。人並みはずれたその腕前は、全国誌が取り上げて紹介したこともある。かつて襲撃部隊が訓練場として使った、石炭殻を敷き詰めた路上で、軍曹は驚くべき妙技を披露した。銃剣を振りかざして突撃してくる敵から、素手で身を守るすべを伝授したのだ。

「いいか、よく見ておけ」と軍曹は言った。

　軍曹は隊員のなかから私を名指しすると、隙を見て銃剣で自分の胸を突いてみろと命じた。私は一瞬、メア島にある海軍刑務所のことが頭をよぎり、教官刺殺の罪で鉄格子のなかに閉じ込められている自分の姿を思い浮かべた。私は銃剣が軍曹の胸に突き刺さる寸前に剣先を逸《そ》らした。

「何をやってるんだ、馬鹿者。銃剣の使い方も知らんのか？」

「ですが、軍曹、ほんとに刺したら自分はメア島へ送られてしまいます」

「おまえにおれが刺せるものか。その前に命令に違反したおまえのケツを、おれがぶちのめしてやる」

「オーケー」。私は腹を決めた。「そこまで言うなら、目撃者もいるわけだし」と内心つぶやく。

　私は軍曹に向かって突進し、胸を狙って銃剣を突いた。軍曹は巧みに横へよけ、照星《しょうせい》の後ろをつかむと、前方にぐいと引き寄せる。私はライフルを握ったまま地面につんのめった。仲間が大笑いした。「やつを突き刺すんじゃなかったのか、スレッジハンマー？」と誰かがヤジを飛ばす。私は決まりが悪かった。

「黙れ。わかったふうな口をきくな」と、軍曹がからかった兵士をたしなめた。「今度はおまえの番だ。前に出ろ。実力のほどを見せてもらおうじゃないか」

　ヤジを飛ばした仲間は自信ありげにライフルを掲げ、軍曹に向かって突進し、そして私と同じく地面に転げることになった。軍曹は一人ずつ全員に自分を襲わせていった。結局一人残らず投げ飛ばされてしまった。

行軍訓練ではジャングルに分け入り、湿地を渡り、どこまでも連なる険しい丘の斜面をいくつも登った。ヒギンズ・ボートに分乗して、沖合に浮かぶ小さな島々に上陸する演習も数えきれないほど行なった。毎朝食事を済ませると、ライフル、弾薬帯、水筒二つ、戦闘用背嚢《はいのう》、ヘルメットと携帯用軍用食のK号携帯口糧を持ち、隊列を組んで基地を出発する。途足《みちあし》を五〇分続け、一〇分休憩《テイク・テン》するのがふつうだった。しかし士官や下士官はいつも急《せ》き立て、一〇分休憩をとらないこともしばしばだった。

銃器の訓練は、もっぱらライフルの使い方に時間が割かれた。重火器（迫撃砲や機関銃）の訓練には時間が割り当てられなかった。「北方」の戦場へ行った補充兵は欠員に応じて配属されるからである。それは配属先がめいめいの専門と一致しないかもしれないことを意味する。野外演習や障害物を使った演習を重ねるにつれ、われわれは肉体的にも精神的にも、きわめて強靱になった。

五月の最終週、われわれ第四六補充大隊は、数日のうちに北上して戦場に向かうとの知らせを受けた。一九四四年五月二八日、われわれは装備をまとめ、海軍の輸送艦ジェネラル・ハウズ号に乗り込んだ。当初から軍用輸送艦として建造されたらしく、プレジデント・ポーク号とは比べようもなく快適だった。ずっと新しく、隅から隅までペンキも塗りたてで、ぴかぴかだ。私はわずか一二人ほどの仲間といっしょに、小さいがよく換気された主甲板の一室を割り当てられた。プレジデント・ポーク号の洞窟のような、悪臭のする穴蔵とは雲泥《うんでい》の差だった。ジェネラル・ハウズ号には図書室もあり、本や雑誌を借りることもできた。初めてアタブリン錠ももらった。マラリアを予防するための、黄色の小さな苦い錠剤だ。これを毎日一錠服用した。

六月二日、ジェネラル・ハウズ号はガダルカナル島の北西に位置するラッセル諸島に到着し、豊かなココヤシの木立に縁取られた入り江に入った。均整のとれたココヤシの木立も、澄んだ海水も美しい。艦上から、砕いた珊瑚で舗装された車道と、ピラミッドのように先端の尖《とが》ったテント群がココヤシのあいだに見えた。ここが第一海兵師団が師団本部を構えるパヴヴ島だった。

下艦は翌朝と知らされたわれわれは、甲板の手すりに寄りかかり、埠頭にいた数人の海兵隊員と話をして過ごした。気さくで、控えめな彼らの態度が印象的だった。カーキ色の軍服や緑色のダンガリーのズボン姿で、こぎれいにしていたが、目はうつろで、疲れているように見えた。若くてうぶな補充要員のわれわれを相手に、先輩風を吹かせるそぶりもない。それでも、彼らはエリート海兵師団の一員だった。ガダルカナル島の攻略、最近ではニューギニア島北東のニューブリテン島グロスター岬への上陸作戦（訳注―主たる交戦は一九四三年一二月～四四年一月）で華々しい戦果をあげ、本土でも知らない者のいない存在だった。グロスター岬をあとにしたのが五月一日前後。したがって、彼らはかれこれ一ヵ月近くこのパヴヴ島に滞在していたことになる。

その夜、多くの者はよく眠れなかった。何度も何度も装備を点検し、すべてに異常がないことを確かめるのだった。気温はニューカレドニアに比べてずっと高い。私は甲板に出て横になった。二人の海兵隊員がマンドリンと古びたヴァイオリンで、なんともいえぬすばらしいマウンテンミュージックを奏《かな》でていた。フォークソングとバラードの演奏はほとんど夜を徹して続き、われわれはすてきな音色に聴き入った。

古参兵たちとともに

一九四四年六月三日午前九時ごろ、私はいつものように山のような装備を背負い、一歩一歩、慎重に足を踏みしめながらジェネラル・ハウズ号のタラップを下りた。待ち受ける兵員輸送トラックへ向かう途中、古参兵の列の前を通り過ぎた。祖国へ帰還するために乗艦を待っているのだ。身に着けているのは背嚢と個人の持ち物一式だけ、兵器は何一つ手にしていない。何人かが、きみたちに会えてうれしいよ、と声をかけてきた。われわれは、彼らと交代する補充要員だったのだ。日に焼けた古参兵たちは疲れて見えたが、故郷への帰路につけてほっとした表情を浮かべていた。もはや彼らの戦争は終わったのだ。だが、われわれにとっては、終わりの見えない戦いが今まさに始まろうとしていた。

珊瑚の砕石を敷き詰めた大きな駐車場で、少尉がわれわれの名前を読み上げ、頭数を数えてグループ分けをしていった。われわれのグループは一〇〇人あまり。その前で中尉が声を張り上げた——「第五海兵連隊第三大隊」。

海兵隊の五つの師団のどこに入隊したいか選ぶことができたら——もちろん、そんな自由はなかったが——、私は迷わず第一海兵師団に入隊していたろう。海兵隊は最終的に六つの師団で構成され、いずれの師団も戦功をあげている。しかし、第一師団は多くの点で個性が際だっていた。日本軍に対する反攻の緒戦となったガダルカナル島の戦いに参加し、ソロモン諸島の北方にあるニューブリテン島ではグロスター岬で二度目の大規模な戦闘を経験していた。今は三度目の作戦、パラオ諸島攻略に備えて骨を休めているところだった。

連隊のなかでは、第五海兵連隊を選んでいただろう。入隊する前から、第一海兵師団における第五連隊の由緒ある歴史のことはしばしば耳にしていた。戦功が第一次世界大戦のフランス戦線にまで遡《さかのぼ》る連隊であることも承知していた。海兵隊のほかの師団に所属する仲間も、自分の部隊に、そして自分が海兵隊員であることに誇りを持っていた。海兵隊員なら当然のことだ。しかし、第一師団、そして第一師団第五連隊は、海兵隊のすぐれた伝統を受け継いできたばかりでなく、この連隊独自の伝統と遺産も守り抜いてきた。それは「古き海兵隊《オールド・コー》」との、時を越えたつながりとでも言えばよいだろうか。

私はたまたま、希望どおりの師団と連隊に配属された。まるで運良く賭にでも勝ったような思いがした。

兵員輸送トラックは海岸沿いの道を進んだ。ココヤシの木立を抜け、砕いた珊瑚に覆われた曲がりくねった道路を行く。「第五海兵連隊第三大隊」と書かれた標識の近くで停車し、われわれは荷物を降ろした。下士官が私をK中隊に配属した。まもなく少尉がやってきて、本国で重火器（迫撃砲と機関銃）の訓練を受けた一五人ほどの兵を呼び集めると、一人一人に、担当したい武器を尋ねた。私は六〇ミリ迫撃砲を希望し、重量が三〇キロを超える火炎放射器をかつぐには小柄にすぎるように見せようとした。結局、私は迫撃砲隊に配属され、迫撃砲班第二分隊のテントに荷物を運び込んだ。

アメリカ本国からニューカレドニア経由で到着したばかりのわれわれ補充兵にとって、パヴヴ島は「熱帯の楽園」と呼ぶにはいささか物足りないと思う程度にすぎなかった。だが、グロスター岬の戦闘から戻った古参兵たちは、ひどくショックを受けていた。(2) われわれが最初に感じたように、パヴヴ島は、マキッティ湾に入港する輸送艦の上からは風光明媚《ふうこうめいび》な島に見える。しかしいったん上陸すると、一帯に生い茂るココヤシの森は腐ったココナツの実に覆われ、息が詰まるような臭気に満ちていた。硬いと思われた地面は実は軟らかく、人や車が往来すればたちまちぬかるみと化してしまうのだった。

パヴヴ島は、海兵隊の隠語で言う「僻地《ブーンドック》」の典型だった。パヴヴ島での暮らしがどのようなものだったのか、戦後の今となっては説明するのも難しい。「ロック・ハッピー（珊瑚礁の島暮らしで気が変になった）」とか、太平洋の任務は退屈でたまらないといった不平不満を漏らしたのは、たいていハワイやニューカレドニアなど後方基地の兵員たちだった。彼らの苦情といえば、アイスクリームがまずいとか、ビールが冷えていないとか、米国慰問協会主催のショーが少なすぎるといった不満が大方のところだ。だがパヴヴでは、生活していくのも苦労の連続だった。

たとえば作業班が六月から七月にかけて行なったのは、排水設備の改善や、砕いた珊瑚で道路を舗装するなど、骨の折れる任務ばかりだったが、それは水浸しやぬかるみの生活を避けるためだった。規定によれば、テントはすべて簀子《すのこ》を敷くことになっていた。だが、簀子を敷いたテントなど、パヴヴ島では一度もお目にかかったことがない。

作業班の仕事で私が最も苦手としたのが腐ったココナツの実を拾う作業だった。集めたココナツの実はトラックに積み込み、湿地に捨てる。運がよければ、実から出ている芽をつかんでうまく持ち上げることができた。しかしほとんどの実は腐っていたから、ぐしゃりと崩れて、悪臭のするココナツミルクを全身に浴びることになるのだった。

われわれは、戦争努力のために自分たちが行なっている重要で不可欠な、機密の仕事について、あるいは自分たちに下されている命令の思慮に富んだ意味について、馬鹿馬鹿しい皮肉な冗談を言い合った。要するに、われわれは「アジアチック」になっていたのだ。アジアチックとは、極東地域であまりに長らく軍務についてきた隊員たちに特有のエキセントリックな態度を指して使う、海兵隊の隠語である。

パヴヴ島に上陸して一週間、私はこの島の食事や生活環境について、さんざん不満を並べていた。すると、中隊仲間の古参兵の一人（私とはのちに親友になった）が、口調は控えめながら、たしなめるような調子で私に言った――「戦闘を経験するまでは、不平を言うべきことなど何もないぞ。戦場ではここと比べようもないほどひどいことになるんだ。今は泣きごとなど言わず、黙ってろ」と。私はすっかり恥じ入った。しかし最初の数週間、パヴヴ島が腐ったココナツの臭気でむせ返るようだったのは事実だし、飲み水までが腐った実の味がした。私は今でも、ココナツの実の臭いを嗅《か》ぐと気分が悪くなる。

各大隊にはそれぞれ調理室があったが、食事はどこでも同じで、携帯用軍用食のC号携帯口糧を温めたものだった――乾燥卵、乾燥ポテト、それにあの我慢のならない豚肉の缶詰「スパム」だ。合成レモネード（いわゆる「電池の電解液《バッテリー・アシッド》」）は、食後に余った分を洗剤がわりにして、調理室のコンクリートの床に流して漂白するのに使った。かなり効果があった。また、毎週毎週、温めたC号携帯口糧ばかりを食べさせただけでは不足だろうとばかりに、四日連続で朝、昼、晩と三食オートミールのこともあった。噂によれば、補給物資を載せた輸送艦が撃沈されたらしい。いずれにしろ、われわれの唯一の慰めは本土の家族が小包で送ってくれるちょっとした食べ物だった。一方、基地のパン焼き職人たちが作るパンもずしりと重い、例のとおりの代物だった。端のほうを持つと残りの半分が重みでちぎれてしまう。しかも小麦粉にはコクゾウムシが巣食っていたから、小さな甲虫が麦の種よりもたくさん混じっていた。それでもわれわれはやがて慣れてしまい、かまわず食べるようになった。気のきくやつはこんなことも言った――「栄養満点だ。甲虫どもがちょうど肉がわりになる」

最初のころは、入浴施設がなかった。毎朝ヘルメットに水を汲んで髭を剃るのは簡単だったが、体を洗うとなると問題だった。毎日午後になると、決まってスコールがやってくる。すると全員が裸になって、石鹸片手にテントを飛び出す。コツは、雨がやむまでに急いで石鹸の泡を体につけ、こすって、洗い流すことだった。熱帯の天候は気まぐれで、雨はいつやむのか予測もつかない。にわかに降りだしては突然空が晴れ上がり、泡だらけのまま流す水もない兵士が一人か二人、かならず取り残されるのだった。

朝の診断呼集の光景も、島に着いたばかりのころは奇異に見えた。グロスター岬から戻った兵士たちの健康状態は劣悪だった。彼らは何週間も湿地に雨ざらしで戦った。第二次世界大戦中、あれほど多くの兵士がずぶ濡れになった作戦はない。K中隊に配属された私は、彼らの姿を見て愕然《がくぜん》としたものだ。たいがいの者がやせ細り、極度に衰弱している者もいた。脇の下や手首、足首は熱帯性の皮膚病にやられている。医者の回診のため呼集がかかると、二人一組でココヤシの茂みの下で裸になり、互いに綿棒でメチルバイオレットを塗る。治療を要する隊員が多すぎて、軍医の監視のもとで患者同士が互いに治療するしかなかったのだ。足の皮膚の炎症がひどくて歩くこともできない兵士は、軍用ブーツを切り裂いてサンダルのようにしていた。パヴヴ島の蒸し暑い気候が回復を遅らせたことは言うまでもない。

「海兵隊の上層部はパヴヴ島のことなど忘れちまっているに違いない」と一人が言った。

「神様だってお忘れに違いないさ」ともう一人が応じた。

「そんなことは絶対ない。神は万物の創造主なんだ」

「じゃあきっと、パヴヴ島を作ったことを忘れたいと思ってるんだな」

パヴヴ島で、われわれは荒涼たる僻地《へきち》にいるもの悲しさを感じていた。だからこそ右のようなわびしい会話も交わされる。太平洋地域の主要な島にある大規模な基地では、兵たちは活気溢れる部隊の活動に目を見張り、行き交う航空機や艦船を通じてほかの基地や本国とのつながりも感じることができた。だがパヴヴ島では、われわれは本国からはおろか、文明の名に値するあらゆるものから何百万キロも離れているかのような孤独感に苛《さいな》まれていた。

われわれがパヴヴ島の不快な生活やフラストレーションに耐え抜くことができたのは、二つの理由があったと思う。第一に、第一海兵師団がエリート戦闘集団だったことだ。規律は厳格だった。団結心も強く、一人一人、何をすべきで、何を期待されているか、よくわかっていた。ぶつぶつ文句を言っているときでさえ、全員がしっかり任務を果たしたのだ。

第二に、師団の構成が若かったことが挙げられる――約八〇パーセントが一八歳から二五歳のあいだで、本国を離れたときは約半数がまだ二一歳になっていなかった。規律を叩き込まれた若者は、よく苦境に耐えることができる――たとえ自分の望まないことであっても。事実、われわれは自分の部隊に誇りを持つ意気軒昂《いきけんこう》な若者の集団だった。

さらにもう一つ、われわれのやる気を駆り立てる要素があった――日本人に対して燃えるような憎悪を抱いていたことだ。これは私の知るかぎり、海兵隊員全員に共通する激しい感情だった。ゲッチイ大佐の偵察隊の悲劇(3)などを聞くにつけ、底知れぬ強烈な憎悪がわれわれを煽《あお》り立てていたのだ。ある日、腐ったココナツの実を山積みにしていると、古参の海兵隊員が通りかかり、われわれの部隊の古参兵二人と挨拶を交わしていった。今の兵を知っているかと、一人が訊いた。

「いや、見たことないな」と誰かが答えた。

「ガダルカナル島でゲッチイ大佐の偵察隊が皆殺しにされたとき、脱出に成功した三人のうちの一人だ。ものすごく運の強いやつさ」

「ジャップはなぜ偵察隊を待ち伏せしたんだ?」。私はうっかり馬鹿な質問をしてしまった。

信じ難いといった表情で、ある古参兵が私を見つめ、ゆっくりと、断固とした口調で言った。「やつらほど卑劣なクソ野郎どもはいないからだ」


ゲッチイ大佐の事件だけではない。死んだふりをしておいて手榴弾を投げつける日本兵の手口、負傷したふりをしてアメリカ軍の衛生兵に救いを求め、近づいた相手をナイフで刺し殺す卑劣なやり口。それに加えて真珠湾の奇襲攻撃。おかげで海兵隊員たちは日本兵を激しく憎み、捕虜にとる気にもなれなかった。

後方支援に当たる非戦闘部隊の兵士はもちろん、水兵や空軍兵でさえ、海兵隊の歩兵が日本兵に抱いたほどの根深い敵意を持ち合わせていないことは珍しくなかった。戦後に書かれた公刊戦史も海兵隊の歩兵の回想録も、こうした憎悪にはめったに触れていない。しかしあの戦いのさなか、海兵隊員たちは間違いなく、心の底から、激しく日本兵を憎んでいた。こうした憎悪を否定したり軽視したりするなら、私が太平洋の戦場で生死を共にした海兵隊員たちの固い団結心や熱烈な愛国心を否定するのと同じぐらい、真っ赤な嘘をついていることになるだろう。

日本兵もまた、われわれアメリカ兵に対して同様の憎悪を抱いていたに違いない。ペリリュー島と沖縄での戦場体験を通じて、私はそう確信した。彼らは狂信的な敵愾心《てきがいしん》を抱いていた。つまり、日本兵たちは、戦後の多くのアメリカ人には——そしてひょっとして現代の多くの日本人でさえ——ほとんど理解できないほど強烈に、自分たちの大義を信じていたのだ。

海兵隊員の日本兵に対する憎悪と、日本兵の大義に寄せる火の玉のような熱い思いは、両者のあいだに容赦のない、残忍かつ狂暴な戦闘をもたらした。それは、太平洋を舞台にした戦争特有の、理性のかけらもない、原始的な憎しみのぶつかり合いだった。このような殺し合いは世界に類がない。戦場の部隊がどのようなことに耐え抜いたかを理解するためには、海兵隊が戦った戦争のこうした様相を十分に考慮しなければならない。

パヴヴ島では、基地から離れた海岸や入り江で、何度も上陸演習を行なった。週に数回は実施したように思う。たいていアムトラックを使った。最新モデルは後部開閉板《テールゲート》がついており、アムトラックが海岸に乗り上げるとすぐに開き、兵が走り出て展開できるようになっていた。

「急いで砂浜から離れろ。できるだけ早く、とっとと海岸を越えて内陸をめざせ。日本兵《ニップ》のやつらはあらゆる武器を使って海岸に猛射を浴びせてくる。だからすばやく内陸に移動するほど生き延びるチャンスが大きくなるんだ」。士官も下士官も、そうわれわれに声を張り上げた。同じことをくる日もくる日も、何度も繰り返し聞かされた。上陸演習のたびに、われわれは先を争ってアムトラックから浜辺へ飛び出し、二〇メートルほど内陸へ移動する。そこで、散開と前進の命令を待つのだ。

アムトラックの第一波はライフル部隊の兵を揚陸する。第二波はライフル兵に加え、機関銃兵、バズーカ砲兵、火炎放射器兵、そして六〇ミリ迫撃砲兵を運ぶ。通常のパターンでは、私を含む第二波は第一波の二〇メートルほど後方から、エンジン音を轟《とどろ》かせて海水を撥《は》ね上げるアムトラックで海岸をめざした。第一波が上陸すると、アムトラックはすぐに海岸を離れて向きを変え、われわれ第二波を通り越してふたたび沖へ出ていく。そして沖合で並んで待つヒギンズ・ボートから、歩兵の支援部隊が乗り移る。演習ではすべてが順調にいった。しかしこれは日本兵のいないパヴヴ島での話だ。

ペリリュー島に向かう前の上陸演習や野外演習に加えて、中隊に属するあらゆる小火器についてあらためて指導を受け、射撃の練習も行なった――M1ライフル、ブローニング自動小銃（BAR）、カービン銃、45口径ピストル、そしてトンプソン式短機関銃《サブマシンガン》だ。火炎放射器の使い方も習った。

火炎放射器の訓練では、ヤシの木の切り株を標的にした。順番がくると、私は重たい燃料タンクを背負い、噴射口を両手で支え、二〇メートルほど先の切り株に向けて引き金を引いた。ヒューという音とともに赤い炎の流れが吹き出し、噴射口からの反動を感じた。液体が跳ね返るような大きな音を立ててナパーム剤が切り株に命中する。私は顔に熱を感じた。切り株から黒い煙が勢いよく上がる。まるで家の庭にホースで水を撒《ま》くように簡単に、地獄の炎のような火炎を自由に噴射できるのだ――そう思うとうまく標的に命中させた興奮もさめてしまった。敵を銃弾や砲弾の破片で殺害するのは、残酷ではあるが、戦争では避けることができない現実だ。しかし相手をこうして焼き殺すというのは、考えただけでも身の毛もよだつ恐ろしい行為だった。それでものちに私は、この火炎放射器なしには日本兵を島の陣地から一掃することはできないという事実を、思い知らされることになった。

海兵隊の古き伝統を受け継ぐ古参兵たちは、われわれ新参者の隊員に大きな影響を与えた。そしてこのころから私は、彼らの存在の大きさが身に染《し》みてわかるようになってきた。ヘイニー一等軍曹がまさに好例だった(4)。

わがK中隊の駐屯地でもヘイニーを見かけたことはあったが、初めて注意を惹かれたのはある日シャワーを浴びていたときのことだった。体の洗い方が独特だったのだ。私を含め、十数人の新兵が素っ裸で全身に泡をつけたまま、呆気《あつけ》にとられてその驚くべき光景に目を見張り、思わず震え上がった。ヘイニーは左手に性器を持って、まるで靴を磨くように官給品のブラシでごしごしと洗っていたのだ。海兵隊員が持つ備品の一つであるこのブラシは、頑丈な木製の柄《え》に、合成繊維を細く裂いた丈夫で硬い毛がついている。本来は、海兵隊員の装備のなかでも厚手のカンバス地のものやダンガリーの軍服を手入れしたり、ときには床まで磨いたりするためのブラシだ。ヘイニーはそのブラシで性器をごしごしと洗っていたのだから、実に印象的だとでも言うしかない。

ヘイニーが初めて古参兵らしいところを見せつけたのはピストルの射撃場でのことだった。その日、ヘイニーは安全管理の担当だった。私は列に並んで射撃訓練の順番を待っていた。一人前にいたのは補充部隊からやってきた新任の少尉で、先に射撃訓練を開始した。撃ち終わると、私の後ろに並んでいた同じく新任の将校が彼に声をかけた。少尉はピストルを持ったまま振り返った。そのときヘイニーは私の隣でココヤシの丸太のベンチに座っていて、それまで射撃のお決まりの号令のほか一言も発していなかった。ところが少尉の銃口が標的から逸《そ》れたとたん、ヘイニーは獲物に飛びかかる猫のように電光石火《でんこうせっか》の反応を見せた。珊瑚混じりの砂利を一掴み、少尉の顔にまともに投げつけたのだ。続いてヘイニーは拳《こぶし》を振りかざして、当惑した少尉を叱り飛ばした。あれほど激しい叱責は見たことがない。将兵を問わず、射撃線に並んでいた者はとたんに凍りついた。肩に金色のぴかぴかの階級章を着けた問題の少尉は、弾倉《だんそう》を空《から》にして、ピストルをホルスターにしまうと、見るからに赤面したまま、目をこすりながら歩き去った。ヘイニーは何事もなかったようにベンチに戻った。固唾《かたず》をのんで見ていたわれわれも、ようやく胸をなで下ろした。この事件以来、誰もが安全規則を以前よりも意識するようになった。

ヘイニーは私と同じくらいの背丈で、体重はおよそ六一キロ。砂色の髪を角刈り《クルーカット》にし、肌は真っ黒に日焼けしている。贅肉とは縁がなく、筋肉質で頑健だ。それほど肩幅が広いわけでも体格がよいわけでもないが、その肉体はミケランジェロの人体図を思い起こさせる――あらゆる筋肉をくっきりと見分けることができたのだ。胸は厚いほうで、とくに両肩の後ろの筋肉はまるでこぶのように盛り上がっている。腕も脚も特段太くはないものの、隆々《りゅうりゅう》たる筋肉のおかげで鋼鉄を巻いているようだ。やぶにらみの目が特徴的な小さな造りの顔は、ひどく日に焼けたしわくちゃの革で覆われているように見えた。

部隊のなかで親しい相棒がいないのはヘイニーぐらいだったと思う。むっつりと無愛想な一匹狼というタイプだったわけではない。ただ自分だけの世界に住んでいたというだけだ。周囲のことなど目に入らないのではないかと思うこともしばしばあった。ヘイニーの意識のなかにはライフルと銃剣、そしていつも念入りに足に巻きつけているゲートルしかないようだった。ことに銃剣に対する思い入れは強烈なようで、敵を刺殺したくてうずうずしているらしかった。

われわれは日に一度、かならず自分の武器の手入れを行なった。しかしヘイニーは朝の点呼の前、昼食時、そして午後の訓練を終えたあとにもM1ライフルの手入れを忘れなかった。それは一種の儀式だった。ヘイニーは一人ぽつんと座り、煙草に火をつけ、ライフルを分解しにかかる。そして細心の注意を払って隅々までくまなく磨く。続いて銃剣を磨く。この間、小声で独り言をつぶやき、しばしばにやりと笑い、短くて吸えなくなるまで煙草を吸う。ライフルがきれいになると組み立て直し、銃剣を装着。数分間かけて宙に向かって突き、かわし、床尾《しょうび》で敵を打ち据える動きを繰り返す。それが終わると静かに座ってさらに一本煙草をくゆらせ、何か命令が下るのを待つあいだ、また独り言を言ってはにやにやしているのだ。ヘイニーはこれら一連の動作を、まるでK中隊のほかの二三五人の兵など存在しないかのようにこなした。孤島のロビンソン・クルーソーさながらだった。

ヘイニーを「いかれている《アジアチック》」と片づけてしまっては事の本質を見逃すだろう。ヘイニーはそんな状態を超越していた。中隊には筋金入りの個人主義者や変わり者、厄介者の古株や、実際に「いかれた」連中などいくらでもいたが、ヘイニーは一種独特だった。この世の者ではなく、神が天界から海兵隊に送り込んできた男ではないかと私には思えたほどだ。

特異な性格ではあったが、ヘイニーはわれわれK中隊の若い隊員の心を奮い立たせるものを持っていた。われわれと「古き海兵隊」を直接結びつける存在だった。われわれにとって、ヘイニーこそ「古兵《ジ・オールド・ブリード》」（訳注—第一海兵師団の愛称）そのものだった。われわれはヘイニーに敬服し、ヘイニーを愛した。

もう一人、K中隊の中隊長、ホールデイン大尉——通称「高射砲《アク・アク》」——を挙げるべきだろう[5]。ある日の午後遅く、ライフル射撃場から帰路につくと激しい雨が降りはじめた。われわれは土砂降りのなかを何度も足を滑らせながら、パヴヴ島の泥道をとぼとぼと歩いた。そのうち、先頭を歩いている人物が道を間違えて、われわれは迷子になってしまったのではないかと思えてきた。夕暮れの豪雨のなかではどの道も同じように見えた——深い轍《わだち》が刻まれた水浸しの小道で、両側にはココヤシがそびえ、どこへ通じるともなく曲がりくねりながら暗がりへ消えていく。私は惨めな思いでくじけそうになりながら、泥に足をとられまいと、なんとか前へ進んでいた。すると列の後ろから大股で追いついてくる大男がいた。都会の歩道でも歩くように軽い足取りで歩いている。男は私に追いつくとこちらに顔を向けて言った

――「どうだ、若いの、すばらしい天気だと思わないか」

「かならずしもそうとは言えませんね」。私はにやりとして大尉に答えた。大尉は私が補充兵だと気づき、K中隊をどう思うか訊いた。すばらしい部隊だと思うと、私は答えた。

「南部の出身だな？」と大尉は訊いた。アラバマ州の出であることを伝えると、大尉は私の家族、故郷、教育などについて次から次へと質問をした。話しているうちにまわりの闇がすっと消えていくように思えた。心が温かくなった。最後に大尉は、こんな雨でも永遠に降るはずはないから、そのうち体も乾かせるだろうと言った。そして私にしたように、ほかの兵士とも話をしながら列を前へと進んでいった。大尉はわれわれ一人一人を人間として扱い、心から関心を示してくれた。ともするとわれわれは、戦うために調教されている動物のような惨めな気分になったものだが、ホールデイン大尉の心遣いのおかげでそんな思いを打ち消すことができた。

上官も部下もホールデイン大尉のリーダーとしての資質を称賛した。私の知るかぎり最も優秀で、最も人気のある士官だった。K中隊の隊員たちは一人残らず私と同じ思いだった。「主将《スキッパー》」の愛称で呼ばれ、大きなしっかりとした顎に、温かい人柄がにじみ出たくっきりと

した顔立ち、そしてこの上なく優しい目。どれだけ剃っても、伸びかけの髭がいつもうっすらと顎を覆っていた。実に大柄な人物で、私が背負うと首から腰まですっかり覆われてしまう背嚢も、大尉が背負うとポケットに入れた財布ほどに小さく見えた。

規律には厳格で妥協はしなかったが、穏やかな性格の大尉は決して怒鳴りちらして命令を下したりはしなかった。知性、勇気、自信、そして思いやりを持ち合わせた希有《けう》な人物で、われわれの尊敬と称賛の的であった。K中隊の隊員はみな、「アク・アク」が指揮官であることが心強く、ありがたかった。われわれのような幸運に恵まれていないほかの部隊の兵に同情すら抱いたほどだ。パヴヴ島に駐留する士官のなかには、ふんぞり返ったり、むやみに兵に命令を下したりすることで、自分の階級の高さを見せつけようとする者もいたが、ホールデイン大尉はただ静かに指示を与えるだけだった。だからわれわれは大尉を愛し、全力で任務に当たったのだ。

八月に入ると訓練は目に見えて厳しさを増していった。同時に「つまらない」規律の遵守《じゅんしゅ》にもうるさくなった。兵器や装備の点検が日に日に増え、作業班の任務やキャンプ周辺の清掃作業も頻繁になっていった。パヴヴ島の劣悪な生活環境にほとほと嫌気がさしていたわれわれは、ペリリュー島への出発を前に、ますます苛立ちと嫌悪感を募らせていった。

「おまえたち、こんなことで落ち込むな。部隊を戦える状態にしておくための海兵隊特有の計画の一環にすぎないんだから」。すべてを達観したような古参兵が穏やかに指摘した。

「何を馬鹿なことを言っているんだ？」。興奮した兵がかみつくように口を挟んだ。

古参の哲人は答えた。「つまり上官たちの計算はこうだ。おれたちを気が触れんばかりの状態にしておけば、敵前上陸したとき、日本兵《ニップ》相手に鬱憤《うっぷん》を晴らすだろうとな。ガダルカナルの前もグロスターの前も同じだった。後方部隊の連中にはこんないじめはしない。連中はおれたちを残忍な気分にさせ、爆発寸前で、悪意に満ちた状態《マリシャス》にしておきたいのさ。これはおれがつかんだ内部情報だから間違いない。おれの経験から言っても、作戦の前はかならずこうなるんだ」

「筋は通ってるな。あんたの言うとおりかもしれない。でもその『マリシャス』ってどういう意味だ？」と誰かが言った。

「まぬけを相手にしている暇などない」と哲人は唸るように言った。

「どっちにしろ、もうパヴヴ島は飽き飽きだ」と私は言った。

「それがお偉方の狙いなんだ、スレッジハンマー。パヴヴにせよどこにせよ、うんざりすれば、どこへだって勇んで出かけていくだろう。仮にニップのやつらが待ち受けていてもな」と哲人が言った。

これにはみな押し黙り、最後は言うとおりだと納得した。私が知るなかでも思慮深い隊員たちにも、同じ意見の者は大勢いた。

劣悪な生活環境とつまらない規律の強要に不平を並べることでは、私も人後に落ちなかった。しかし今振り返ってみると、あの環境と規律の強制を耐え忍ぶことがなかったら、ペリリューと沖縄で直面した精神的肉体的な重圧に対処できたかどうか、大いに疑問だ。日本兵は必勝の信念に燃えて戦いを挑んできた。それは、野蛮で、残忍で、非人道的で、苛酷きわまる、汚らわしい営み《ダーティ・ビジネス》だった。この戦争に勝って生き残るためには、好むと好まざるとにかかわらず、この現実にふさわしく兵員を養成することが必要だった。われわれの指揮官たちはこのことをよく知っていたのだ。(6)

原注

（1）アメリカ海兵隊は現在もケイバー社の優れた戦闘ナイフを使用している。海兵隊では今や「ケイバー」は、戦闘ナイフを意味する普通名詞になっている。

（2）ガダルカナル島の戦いのあと、第一海兵師団はニューブリテン島グロスター岬攻略作戦に備えて、オーストラリアのメルボルンで休養し、補給に当たった。このためグロスター岬で戦った兵士たちは、今度もまたオーストラリアに戻るものとばかり思っていた。しかし彼らはガダルカナル島から一〇〇キロ北方のラッセル諸島の隔絶した島、パヴヴ島に送られてしまったのである。

（3）ガダルカナル島上陸作戦の一週目に、海兵隊の部隊が日本兵を一人捕虜にした。この日本兵が言うには、自分の部隊はマタニカウ川の西方で飢えに苦しんでいて、海兵隊が「解放」してくれるなら投降すると主張した。第一海兵師団の司令部と第五連隊から二五人の兵（偵察兵、情報兵、軍医、そして通訳）を選び、師団の情報将校であるフランク・ゲッチイ大佐が偵察の任務を帯びて出発した。軍事行動というよりは、むしろ人道的な任務だった。偵察隊が闇のなかで上陸艇から降りるやいなや、待ち伏せしていた日本軍が襲いかかった。生き残ったのはわずかに三人の海兵隊員にすぎない。

(4) エルモ・ヘイニー一等軍曹は、第一次世界大戦中に第五海兵連隊第三大隊K中隊の一員としてフランスで従軍した。大戦間の時代には四年ほどアーカンソーで教師をし、ふたたび海兵隊に入隊して元のK中隊に配属された。そしてガダルカナル島とグロスター岬の作戦に参加。後者では英雄的行為に対して銀星章を授与された。ある海兵隊員が語ったところでは、「手榴弾数発で数人のジャップを片づけた」という。

第一海兵師団がペリリュー島を攻略したとき、ヘイニー一等軍曹は五〇歳を超えていた。階級こそ下士官クラスの一等軍曹だったが、K中隊の指揮系統のなかでは特段役割は担っていなかった。戦場ではあらゆる場所に顔を出しているのではないかと思うほどの活躍ぶりで、仲間の失敗を正してやるなど、なにかと手を貸していた。ペリリュー島では上陸二日目に、これ以上の暑さと戦闘にはもはや耐えられないことを残念そうに認め、最前線から身を引いた。

(5) アンドリュー・アリスン・ホールデイン大尉(海兵隊予備役)は一九一七年八月二二日、マサチューセッツ州ロレンスに生まれた。一九四一年、メイン州ブルンズウィックのボウドイン大学を卒業。

ホールデイン大尉は第一海兵師団の一員としてガダルカナル島で戦い、ニューブリテン島グロスター岬の攻略作戦ではK中隊の中隊長を務め、銀星章を授与された。あるときは五日間続いた戦闘中、夜明け前の闇のなか、ホールデイン大尉と指揮下の海兵隊員たちは一時間のうちに五回も日本軍の銃剣突撃を受け、ことごとく撃退したという。大尉はペリリュー島でも緒戦から一貫してK中隊の指揮をとった。しかし一九四四年一〇月一二日、あと三日で海兵隊が陸軍にあとを譲ってペリリュー島を離れるというとき、戦闘中に戦死した。太平洋戦争の全体を通じて、K中隊の隊員や、ホールデイン大尉を知る第一海兵師団のほかの部隊の戦友たちも、そのときほど大きな喪失感に襲われたことはなかった。

(6)

戦後、海兵隊は多くの不当な批判にさらされてきたと私は思っている。批判者たちは悪意があったわけではなく、海兵隊が堪え忍んだ戦闘のストレスと恐怖の大きさをよく理解していなかったのだろう。ライフル、機関銃、強力な砲弾などを生んだ現代のテクノロジーは、戦争を長期にわたるおぞましい大量虐殺へと変貌させた。その現実に即した訓練を受けなければ、兵士が正気を保ったまま無事に生還することは望めなかったのである。

第三章　ペリリュー島へ

八月下旬、われわれはパヴヴ島での訓練を完了した。二六日ごろ、K中隊はLST（戦車揚陸艦[1]）六六一に乗艦。三週間にわたる航海ののち、ペリリュー島の海岸に敵前上陸することになる。

ペリリュー島を強襲するライフル中隊を乗せたLSTは、アムトラック（水陸両用トラクター）を積んでいた。このアムトラックが、上陸を敢行する兵員をLSTから海岸へと運ぶのだ。われわれが乗り込んだLSTは、中隊全員を収容するだけの兵員室を備えておらず、どの小隊がどの場所を占めるかは、それぞれの小隊長がくじを引いて決めた。わが迫撃砲班は運に恵まれた。艦首楼《かんしゅろう》にある、主甲板に面した兵員室を引き当てたのだ。主甲板に固定された上陸用舟艇《しゅうてい》や装備の下、あるいはその周囲に陣取ることを余儀なくされた小隊もあった。

錨《いかり》を上げると、われわれはまずガダルカナル島へ直行し、第一海兵師団はタサファロンガ沖で機動演習を行なった。このあたりの海岸線はわれわれが上陸をめざすペリリュー島とは似ても似つかない地形だった。それでも数日間にわたり、大部隊や小部隊で上陸演習に励んだ。

ガダルカナル島の上陸作戦に加わった古参兵のなかには、そのとき命を落とした戦友の墓を訪れたいと望む者もいた。だが顔見知りの古参兵たちの願いは聞き入れてもらえなかった。彼らの憤懣やるかたない気持ちは私にも理解できた。

訓練の合間を縫って、私は仲間といっしょに海岸をあちこち見て回った。そこここに打ち捨てられた日本軍の上陸用舟艇が残骸をさらし、擱座《かくざ》して炎上した輸送船、山月丸《やまづきまる》や、二人乗りの潜航艇の残骸も目に留まった。ガダルカナル島の戦いに加わった古参兵の話によれば、難なく上陸してくる日本軍の増援部隊を、なすすべもなく丘の上から眺めているのはひどく心細いものだったという。当時、ガダルカナル島を含むソロモン諸島一帯の制海権は日本海軍が握っていたのだ。激戦の模様を物語るかのように、今も一帯はおびただしい樹木が(激しい砲爆撃で)なぎ倒されたままになっていて、ジャングルの茂みのあいだには、白骨と化した数体の遺骸を目にすることができた。

気が重くなることばかりではなかった。毎日午後、訓練を終えてアムトラックで帰還すると、われわれは船室へ駆け込んで装備を片づけ、裸になって、主甲板の下にある戦車甲板《タンクデッキ》へ降りていく。アムトラックがすべて帰還したあとも、艦首の扉と昇降ランプは降りたままになっている。兵士たちがシーラーク水道の青い海(ガダルカナルの戦いで撃沈された艦船が海底に眠っているこの海域は、いみじくも「鉄 底 海峡《アイアンボトム》」と呼ばれている)で泳げるようにという艦長の計らいだった。われわれは何のためにここにいるのかも忘れ、童心に返って美しい海で泳ぎ、もぐり、水を撥《は》ね上げた。数時間がまたたく間に過ぎていった。

第一海兵師団の強襲部隊を乗せた三〇隻のLSTは、九月四日早朝、ついに錨を上げ、一路ペリリュー島をめざして進発した。三四〇〇キロ近い航海のあいだ、海は穏やかで、スコールも一度か二度しかなかった。

毎朝、食事を終えると、私は仲間といっしょに艦尾の扇形甲板へ出かけていき、ヘイニー一等軍曹のショーを見物するのが日課になった。カーキ色の半ズボンと軍用ブーツにゲートルという出《い》で立《た》ちの軍曹は、例によって銃剣突撃の練習とライフルの手入れを律儀に行なうのだ。銃剣は鞘《さや》に入ったままだし、ターゲットはカンバス地に覆われた支柱である。訓練棒と違って支柱はあいにく微動だにしない。だがヘイニーはおかまいなしだった。ロープのコイルや備品に腰を降ろした十数人の中隊仲間が一服したり雑談したりしながら見守るなか、何やら独り言をつぶやきながら、軍曹はざっと一時間ばかりこの儀式を続ける。ときにはヘイニーのすぐ足元で仲間が『ピノクル』をしていることもあったが、ヘイニーもトランプに興じている連中も平然としたものだった。ときおり、通りがかった水兵が目を丸くしてヘイニーを見つめることもあった。あいつは頭がいかれているのかと、尋ねる水兵もいた。私はいたずら心が抑えきれず、「いや、おれたちの部隊じゃ珍しくもない」と答えてやる。すると相手は、ヘイニーに向けていた訝《いぶか》しげな目を、私に向けてくるのだった。

海軍の水兵たちは、海兵隊の歩兵は少し頭がおかしく、荒くれ者で、向こう見ずな連中だと思っているらしい――私はいつもそんなふうに感じていた。もしかすると、そのとおりかもしれない。だが「どうにでもなれ」と開き直った態度でいなければ、戦場で待ち受ける運命に正気で立ち向かうことなどできなかったろう。

われわれ兵卒は、めざすペリリュー島がどのようなところかろくに知らなかった。パヴヴ島での訓練中には、フィリピンに進攻するダグラス・マッカーサー将軍の右翼線の安全を確保するために攻略する必要がある島だということ、またペリリュー島には将軍を支援するのに格好の飛行場があるということは聞かされていた。

長く連なるカロリン諸島の最西端に位置するパラオ諸島は、いくつかの大きな島と一〇〇を超える小さな島々から成っている。最南端のアンガウル島と北端の二つばかりの小さな環礁を除くと、島々は珊瑚礁にぐるりと周囲を取り囲まれている。八〇〇キロほど西にはフィリピン南部が、南へほぼ等距離のところにニューギニアが横たわっている。

ペリリュー島は、その珊瑚礁のなかにあって、ロブスターの鋏《はさみ》のように、二本の陸地が延びている。南側の半島は、平坦な土地から北東へ延び、珊瑚の小島とマングローブの生い茂る干潟《ひがた》の入り交じった湿地帯になっている。それよりも長い北側の半島は、中央部を平行して走る隆起珊瑚礁の尾根、ウムルブロゴル山（中央高地）が占めている。

島は南北が約九キロメートル、東西は約三キロメートル。南部のほぼ平坦な開けた土地に、日本軍は数字の「4」の字に似た滑走路を持つ飛行場を建設していた。ウムルブロゴル山と、飛行場を除く島の大半はジャングルに覆われ、野生のヤシの木立と草地がわずかに点在するばかりだ。密生するジャングルのため、航空写真を見ても、上陸前に潜水艦が撮影した写真を見ても、情報将校たちは峻険な島の地形をまったく見抜けなかった。

上陸予定の海岸線には注意を要する暗礁《リーフ》が横たわり、内陸の隆起珊瑚礁の尾根には日本軍が堅固な陣地を構えていた。ペリリュー島の攻略作戦は、タラワ環礁とサイパン島で上陸部隊が直面した問題を併せ持つことになった。五〇〇メートル以上も連なるリーフはきわめて手強《てごわ》い自然の要害だった。このため上陸部隊の兵員も装備もアムトラックで揚陸する必要があった。水深が一定ではないことを思えば、ヒギンズ・ボートでリーフを乗り越えていくことはできないからである。

パヴヴ島を離れるに先立って、われわれは第一海兵師団がペリリュー島攻略に備えて約二万八〇〇〇人に増強される予定だと聞かされていた。しかし、誰もが知っていたように、増強される予定の要員には、戦闘訓練を受けてもいなければ、戦う装備も備えていない連中が数多く含まれていた。彼らは師団付きの特殊技能兵であり、強襲部隊の上陸前は艦上で、その後は海岸で物資の補給をはじめとする任務につくことになっていた。彼らは実際に戦うわけではなかったのだ。

ペリリュー島へ向けて出航した時点で、第一海兵師団は将兵一万六四五九人を数え、一七七一人が後方部隊としてパヴヴ島に残った。このうち歩兵は三個連隊、わずか九〇〇〇人ほどにすぎない。情報部によれば、ペリリュー島には一万人以上の日本軍守備隊が待ち受けていると推定されていた。われわれ歩兵のあいだでは、もっぱら双方の兵力の比較が話題の的となっていた(2)。

上陸前日

一九四四年九月一四日、夕食を済ませた私は、仲間と二人でLST六六一の手すりに寄りかかり、戦争が終わったら何をしたいか語り合った。私は翌日のことは気にかけていないふりをした。相手も同じだった。二人とも、相手と自分を少しは欺くことができたかもしれない。だが、本心を隠し通すことはできなかった。夕日が水平線のかなたへ沈み、鏡のような海面に照り映えていた陽光も闇にのみ込まれていく。これまで眺めてきた太平洋に沈みゆく夕日は、いつ見ても美しかったことを私は思い起こしていた。故郷のモービル湾に沈む夕日よりもさらに美しかった。そのとき、ある思いが稲妻のように私を貫いた――自分は明日、生きてふたたび夕日を見ることができるだろうか？　パニックに襲われた私は、膝から力が抜けそうになった。私は手すりを握りしめ、会話に夢中なふりをした。

船団の影が海上を滑る黒い塊と化していくころ、艦内スピーカーの声が二人の会話を遮った。「総員に告ぐ。総員に告ぐ」。二人で、あるいは少人数のグループで静かに会話をしていた仲間たちは、いつにも増して真剣に命令に聞き耳を立てているように見えた。「全員兵員区画へ戻れ。全員兵員区画へ戻れ」

私は親友といっしょに兵員室に戻った。下士官の一人が作業班に命じて、別の区画へ携帯

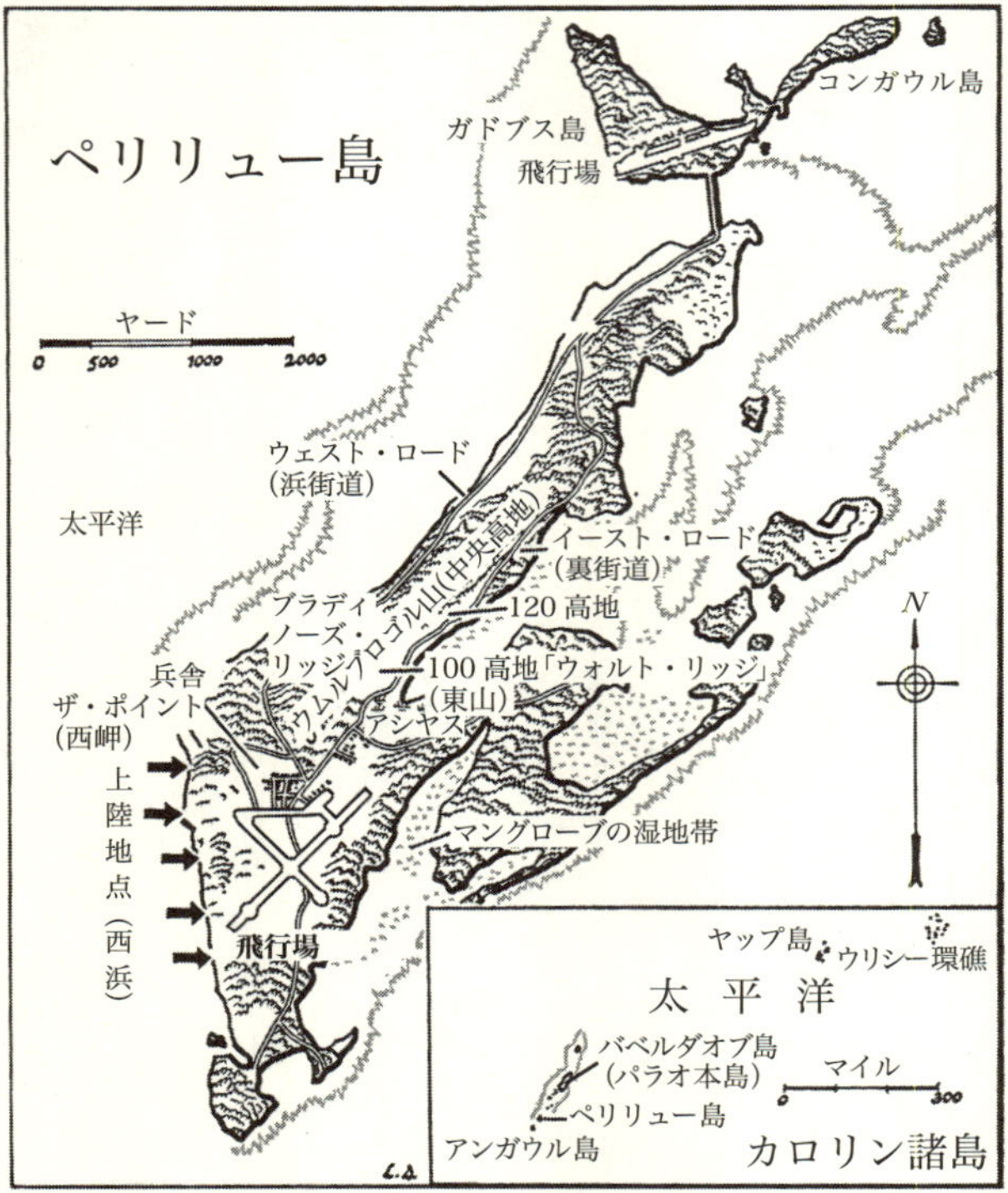
ペリリュー島
コンガウル島
ガドブス島
飛行場
ヤード
0 500 1000 2000
ウェスト・ロード
(浜街道)
太平洋
イースト・ロード
(裏街道)
ウムルブロゴル山(中央高地)
ブラディ
ノーズ・
リッジ
120高地
兵舎
100高地「ウォルト・リッジ」
(東山)
ザ・ポイント
(西岬)
アシヤス
上陸地点(西浜)
マングローブの湿地帯
N
飛行場
ヤップ島
ウリシー環礁
太平洋
バベルダオブ島
(パラオ本島)
マイル
0 300
ペリリュー島
アンガウル島
カロリン諸島

口糧と弾薬をとりに向かわせる。作業班が戻ってくると小隊長が顔を見せ、われわれに「休め」と命じてから、伝えておきたいことがあると言った。眉をひそめた士官の顔には疲労の色が浮かび、何か心配事があるように見えた。

「諸君も承知のとおり、明日はいよいよ攻撃開始日（Dデイ）だ。ルパータス少将の話では、きわめて厳しい戦闘になるが、すぐに終わる。四日、あるいは三日で片がつくはずだ。タラワのときと同じく、激戦にはなるが、長くはかかるまい。すぐに休養基地へ戻れるだろう。

訓練で学んだことを肝に銘じておくように。アムトラックに乗ったら、頭を低くしているんだぞ。サイパンでは外の様子を見ようとして舷側《げんそく》から頭を出す兵がいて、無駄に多くの犠牲を出した。アムトラックが海岸に停止したら、ただちに飛び下り、できるだけ早く海岸を離れるんだ。アムトラックは後続の部隊を乗せるために沖へ戻っていく。だから進路を妨害するな。それと、戦車もわれわれのあとから上陸してくる。戦車兵に歩兵をよけている余裕はないから、諸君が道を空《あ》けてやれ。ともかく一刻も早く海岸を離れることだ！　日本軍《ジャップ》は海岸のわれわれに猛爆を浴びせてくる。浜に釘づけにされたら、大砲や迫撃砲を食らって一巻の終わりだぞ。

武器はすぐに使えるようにしておけ。ジャップはかならず水際でわれわれを阻止しようとする。艦砲射撃が海岸から内陸へ移ったとたん、銃剣突撃を仕掛けてくるかもしれん。だからアムトラックを下りるときには、あらゆる事態に備えておけ。小火器には弾丸をこめ、安全装置をかけておけ。迫撃砲の高性能炸薬弾《さくやくだん》（ＨＥ弾）は、中隊前面への砲撃要請に即座に応じられるよう密閉容器のテープをはがし、弾薬袋にしまっておけ。水筒を満たし、携帯口糧と塩の錠剤を受け取っておくこと。それから武器の手入れを忘れるな。起床は夜明け前。攻撃開始時刻（Ｈアワー）は〇八時三〇分。今晩は早めに就寝するように。休養が大切だ。幸運を祈る。しっかりやってくれ」

　小隊長が船室を出ていくと、下士官たちが弾薬、Ｋ号携帯口糧、そして塩の錠剤を配った。

「ガダルカナルの演習中にも、今回の猛攻は激しいが早く片がつくって噂を聞いたが、師団長が言うんだからほんとうかもしれんな」と仲間の一人が言った。

「ありがたい限りだ。考えてもみろよ、たった四日、ひょっとしてほんの三日で従軍星章をいただきってわけだ。クソっ！　三日や四日なら何だって我慢できるさ」。テキサス訛りの兵がつぶやいた。

　それが多くの兵士の気持ちだった。「戦闘は激しいがすぐに終わる」という噂は繰り返し聞いていた(3)。われわれは、そうした噂に師団長がお墨付きを与えたことで勇気づけられていた。そして、師団長がいい加減なことを言うはずはないと、この先も自分に言い聞かせることになる。作戦がずるずる長引いて、ガダルカナルやグロスター岬の二の舞になるのは真っ平だったのだ。われわれの士気は高く、どんなに苦しい状況にも立ち向かえるよう訓練は受けてきた。それでもわれわれは、さっさとけりがつくことを願っていたのだ。

われわれはベッドに座って武器の手入れをし、戦場に携行する品物を背嚢《はいのう》に詰め、装備を整理した。いつの時代も、どんな軍隊も、戦闘部隊は重い背嚢を背負って戦場に赴くのが常だが、われわれはできるだけ軽装で、携行するのは最低限の必需品だけだった——南北戦争当時、迅速な行動を本領とした南部連合軍の歩兵部隊のように。

私が背嚢に詰めたのは、折り畳んだポンチョ、靴下一足、K号携帯口糧二箱、塩の錠剤、カービン銃の予備の弾丸（二〇発）、手榴弾二個、万年筆とインクの小瓶に防水ラップにくるんだ便箋、歯ブラシと練り歯磨きの小さなチューブ、防水ラップに包んだ家族の写真と手紙、それにダンガリーキャップ。

ほかに装備や衣類としては、迷彩模様のカバーがついたスチール・ヘルメット、左の胸ポケットに「ＵＳＭＣ（合衆国海兵隊）」の文字と海兵隊のエンブレムを染め抜いた、ごわごわしたダンガリーの緑色の上衣とズボン、カービン銃を磨くための使い古しの歯ブラシ、薄手の綿の靴下、足首まである軍用ブーツとカンバス地の薄茶色のゲートル（これに私はズボンの裾をたくし込んだ）。暑さを考えて下着のシャツやズボン下は着用しなかった。仲間の多くと同じように、片襟に海兵隊のブロンズ製のエンブレムをしっかり留めたのは、げんをかついだのだった。

織物のピストル・ベルトには、応急処置のための包帯を収めたポーチと水筒二つ、カービン銃の一五連弾倉《だんそう》（「クリップ」と呼ぶ）二つを入れた弾薬入れ、防水ケースに収めた頑丈な真鍮製コンパスを装着した。右の腰に革の鞘《さや》に収めたケイバー・ナイフを吊るし、手榴弾も一個、安全レバーをベルトに引っかけた。厚手の刃のついたナイフも持った。肉切り包丁を思わせるこのナイフは父親が送ってくれたもので、六〇ミリ迫撃砲弾を収納する頑丈な木箱に巻いたワイヤの締め金を切断するのに便利だった。

カービン銃の銃床《じゅうしょう》には、予備の弾倉二つを入れた弾薬入れをくくりつけた。カービン銃には銃剣の取りつけ具がなかったので、銃剣は携行しなかった。背嚢の外側にはカンバス・カバーに収めたトレンチ・ショベルを引っ掛けた（ただし、硬い珊瑚でできたペリリュー島では役に立たないことがのちに判明した）。

士官はおしなべて同じような服装をしていた。違いといえば織物のピストル・ベルトの種類と携帯している武器ぐらいだ。

われわれはあたかも翌日のことには関心がないふりをして話をしていたが、戦争のことには決して触れなかった。祖国へ最後の手紙を書く者もいた。

「スレッジハンマー、おまえ、戦争が終わったら何をするつもりだ？」と、向かいのベッドから戦友が訊いてきた。頭の切れる、知的好奇心の強い若者だった。

「わからないよ、オズワルト。おまえは何をするつもりなんだ？」

「脳外科医になりたいと思ってる。人間の脳って実に驚くべきもので、すごく惹かれるんだ」

しかし、オズワルトは夢を実現することなくペリリュー島で戦死した。

そこここで聞こえていた会話も次第に途切れていき、みな、寝床についた。だが、私はなかなか眠れなかった。郷里のこと、両親のこと、友だちのことが頭に浮かんだ。そして――自分は任務を果たせるだろうか、負傷して体の自由を失うのだろうか、それとも殺されてしまうのだろうかという思いが心を領していった。戦死するなんてあるはずがない、なぜなら神はこの私を愛しているのだからと私は自分に言い聞かせた。しかし、すぐにまた別の思いが私をとらえた――神は私だけではなく、万人を愛しておられるのだと。明日の朝には、そしてその先にも、多くの者が死んでしまうか、傷を負うか、心を打ちのめされてしまう、いや、心も体もずたずたにされてしまうのだと。私は胸苦しくなり、冷や汗がどっと噴き出した。結局、「おまえはどうしようもない臆病者だ」と自分を罵《のの》り、自分に言い聞かせるように「主の祈り」を唱えながら、私は眠りに落ちていった。

一九四四年九月一五日　Dデイ

「さあ、みんな、起きるんだ」。下士官がそう言いながら兵員室に入ってきた。私は眠った気がしなかった。船はすでに速度を落とし、停止しようとしているのがわかった。時計の針を戻すことさえできたなら――そんな思いに打たれた。外を見ると、照明を消した甲板はまだ漆黒《しっこく》の闇に包まれている。われわれは寝床を飛び出して、着替えを済ませ、髭《ひげ》を剃り、朝食に備えた。メニューはステーキと卵。第一海兵師団では出撃前の定番で、元はオーストラリアの流儀だという。だがステーキも卵も砂を嚙むようだった――緊張のあまり胃が締めつけられていたのだ。

船室に戻ってみると、ちょっとした問題が起きていた。真っ先に食事を済ませて四五分ほど前に戻ったヘイニー一等軍曹が、船室の傍《かたわ》らにあるトイレの、二つしかない個室の一方に腰を据えていたのだ。ダンガリーのズボンを膝まで下ろし、愛用のゲートルを軍用ブーツの縁《へり》に丁寧に折り返し、にやけた顔で独り言を言いながら、落ち着き払って煙草をくゆらしている。仲間はそわそわしながらもう一方の個室の前に並んで、次から次へと用を足していた。船室の反対側のトイレにまわって用を足してくる者もいたし、待ちきれずにほかの部隊の区画にあるトイレめざして駆けていく者もいた。ふだんならトイレが混み合って困るようなこともなかったが、Dデイの朝ともなると誰もが緊張し、硬くなり、怖《お》じ気《け》づいていた。用を足しておくことがいかに重要か、古参兵たちは身をもって学んでいた——激戦のさなかでは食べたり眠ったりするのもままならないが、排便はなおさらなのだ。私ものちに、戦場で思い知らされることになった。仲間はヘイニーの態度にぼやいたり顔をしかめたりしていたが、相手が一等軍曹だけに、急いでくれとは言えなかった。ヘイニーはそんなことなどこ吹く風で、気が済むまで居座った末に、ようやくトイレを出ていった。

ベッドに装備をきちんと並べ、すぐに装着できるように整理をして主甲板に出てみると、曙光が射しはじめていた。すでに甲板に出ていた仲間はみな、静かに話し合ったり、一服したりしながら、ペリリュー島を眺めている。私はスナフの姿を見つけると、歩み寄った。スナフはわれわれ迫撃砲第二分隊の砲手だ。だからいつも離れずにいたのだ。それにスナフはグロスター岬の戦いをくぐり抜けてきた古参兵でもある。古参兵たちのそばにいると私は心強かった。彼らは状況を見通す確かな目を持っているからだ。

スナフは煙草の箱を取り出して、「一服したらどうだ、スレッジハンマー」と間延びのした南部訛りで言った。

「いえ、けっこうです。煙草はやらないって、さんざん言ったじゃないですか」

「賭けてもいいぞ、スレッジハンマー。今日一日が終わるまでには、おまえも手当たり次第に煙草を吸いまくってるだろうよ」

私は気のない笑顔を向けた。それから二人で島のほうを眺めた。雲一つなく晴れ渡った空に、日が昇ろうとしていた。穏やかな海をそよ風が渡っていった。

ベルが鳴り、スピーカーから命令が流れた――「各員装備を着用し、待機せよ」。スナフと私は、険しい表情で装備をとりに走る仲間とうなずき交わし、短く言葉をやり取りしながら、船室へ急いだ。雑踏する船室で、われわれは互いに手を貸し合って背嚢を背負い、ショルダーストラップのねじれを直し、弾薬帯を腰に巻いた。将軍や提督は地図や大量の補給物資のことで気を揉んでいたかもしれない。だがそのときの私は、背嚢の背負い心地と、軍用ブーツの履き心地がすべてだった。

二度目のベルが響いた。スナフは重さ二〇キロを超える迫撃砲を持ち上げ、負い革を肩に掛けた。私は一方の肩にカービン銃を掛け、もう一方の肩で重い弾薬袋をかつぐ。二人は連れ立って階段を下りると、戦車甲板に向かう。そこには下士官がいて、われわれが乗り込むべきアムトラックを指示していた。指し示されたアムトラックを見て、私は膝から力が抜ける思いだった。それはわれわれが訓練に使った最新型のものではなく、後部に扉がついていない。これだとアムトラックが海岸に乗り上げたあと、われわれは背の高い舷側を乗り越えて地上に飛び下りなければならず、その分いっそう敵弾に身をさらすことになる。私はショックのあまり、口もきけなかった。だが、仲間のうちには不平を口にする者もいた。

LSTの艦首の扉が開き、昇降ランプが下がった。アムトラックのエンジンがいっせいに轟音を響かせ、排気ガスを吐き出す。頭上では換気扇が唸りをあげている。開いた艦首扉からまばゆい陽光が差し込んでくるなか、先頭のアムトラックが発進し、カタカタとキャタピラの音をきしませながら昇降ランプを下っていった。

われわれが乗り込んでいたアムトラックも、ガタンと揺れて発進した。われわれは側板につかまり、互いに肩を寄せ合って、アムトラックの振動に身を任せる。キャタピラーが昇降ランプの鉄板をきしませると、アムトラックは巨大なアヒルのように、ぷかりと海面に浮いた。あたりには、耳を聾《ろう》さんばかりの艦砲射撃の砲声が轟き渡っている。われわれの上陸に先立って、わが軍の艦艇がペリリュー島の海岸と内陸の日本軍陣地を狙い撃ちにしていたのだ。

海兵隊は、われわれ新兵を徹底的に訓練し、新兵と古参兵が一体化した軍律厳しい戦闘師団に育て上げてきた。その強大な戦力が、今、幅三キロ、長さ九キロの隆起珊瑚礁の小島に向かって解き放たれ、われわれを個々の運命へと容赦なく駆り立てようとしているのだ。

私を乗せたアムトラックは、耳をつんざく砲爆撃の真っ只中、火炎と黒煙を噴き上げるペリリュー島の海岸めがけて突き進んでいった。身のすくむようなあの戦慄の瞬間《とき》を前にしては、私がそれまでに体験してきたことも、その後に私の身辺に起こったさまざまな出来事も、すべてが色褪せていく。

第二次世界大戦が終結して以来、歴史家と軍事専門家のあいだでは、ペリリュー島攻略作戦が必要だったのかをめぐって、論争が繰り返されてきた。だが、結論は今も得られていない。この戦闘のあと、わが軍がペリリュー島で勝利を収めなければマッカーサー将軍がフィリピンを奪還できなかったわけではないという意見が大勢を占めていた。こうした見方は、現在もなお優勢だ。

ウィリアム・ハルゼー提督は、パラオ諸島攻略作戦の中止を提案した。情報部の当初の見込みに反して、フィリピンにおける日本の航空戦力が思ったほど強力ではないと知ったからである。だがマッカーサー将軍は、作戦は予定どおり遂行されるべきだと主張した。チェスター・W・ニミッツ提督は、作戦はすでに発動されており、今さら中止はできないと指摘した。

当時はヨーロッパ戦線が重大な局面を迎えており、ペリリュー島を攻略したあとも、太平洋戦線では戦局が目に見えて有利に展開することがなかったため、この作戦の存在を知る者、戦闘の実態を理解している者は、現在もはなはだ少ない。それでも多くの者にとって、ペリリュー島をめぐる攻防は、海兵隊が戦ったなかで最も苛烈な戦闘であることに変わりはない。

作戦の総指揮をとった第三水陸両用軍団長のロイ・S・ガイガー少将（のちに中将）は、ペリリュー島の戦いこそ太平洋戦争全体のなかで最大の激戦だったと再三再四述べている。戦後まもなくアメリカ海兵隊総司令官を務めたクリフトン・B・ケイツ大将は、ペリリュー島の戦いは敵も味方も死力を尽くした攻防戦であり、頑強に抗戦する日本軍を相手に、海兵隊は比類のない高い戦闘能力を発揮したと評している。

ペリリュー島の戦いは、その後の戦闘に甚大な影響を及ぼしたという点でも見過ごすわけにはいかない。なぜなら、この珊瑚礁の島でわが軍と対峙した日本軍は、従来の戦法を転換していたからだ。上陸するわが軍を総力を挙げて水際で撃滅する戦術に見切りをつけた日本軍は、とりわけウムルブロゴル山（中央高地）を中心に、島の内陸奥深くに洞窟やトーチカを配置した堅固な防御陣地を築き、それぞれの陣地同士が互いに援護できる複雑な防御態勢を敷いたのである。

それまでの日本軍は、海兵隊の上陸部隊が海岸線に橋頭堡を確保してしまうと、バンザイ突撃を繰り返し、自滅してしまうのが常だった。猛然と突進してくる何千という日本兵を、海兵隊は屠《ほふ》っていった。バンザイ突撃が成果をあげた例《ためし》は一つもない。

ところがペリリュー島で約一万の日本軍守備隊を率いた指揮官、中川州男《くにお》大佐は、配下の第一四師団にバンザイ突撃を禁じ、上陸してきた海兵隊を陣地の間近まで引きつけて応戦するよう命じた。巧みに配備された防御網は、海岸線から島の中心部を走る尾根筋の地下深くに陣を構えた師団司令部にまで、網の目のように一分の隙もなく張り巡らされていた。兵士が一人しか入れない小さな陣地もあれば、何百人も収容できる大きな洞窟もあった。したがって、前進する海兵隊の前に、これという防御線は存在しなかった。島そのものを一つの前線に見立てた日本軍は、水も漏らさぬ完璧な「縦深防御《じゅうしんぼうぎょ》」の態勢を築いたのである。そして、最後の守りが落ちるまで、守備隊は徹底抗戦を続けた。

峻険な地形に助けられて、日本軍の戦術は目覚ましい成果をあげた。おかげで第一海兵師団が払った犠牲は、タラワ環礁の攻略に当たった第二海兵師団の二倍をさらに上回る。すべての攻略部隊に占める死傷者の割合は、硫黄島でのそれに匹敵する。日本軍は、その硫黄島でもふたたび複雑に入り組んだ縦深防御態勢で臨み、兵力を温存し、消耗戦に持ち込んだのだった。日本軍は沖縄本島の南部でも、粘り強く頑強に抵抗を続けた。執拗極まりない日本軍の抵抗を支えた巧妙な縦深防御の戦術は、規模こそさらに拡大していったものの、このペリリュー島での戦闘が先例となったのだった。

原注

（1）LST（戦車揚陸艦）は喫水が浅い水陸両用艦の一種で、第二次世界大戦中に開発された。LSTは直接海岸に乗り上げ、艦首にある大きな二枚扉を開いて、積載した車輌を揚陸することができる。また、ペリリュー島攻略戦の場合のように、兵員を揚陸するために使われるアムトラックなどを海上で降ろすこともできた。

（２）第二次世界大戦中、水陸両用作戦の立案者たちは、攻撃側の防御側に対する兵力の安全比率を三対一とみなしていた。このためペリリュー島攻略作戦の指揮官たちにとっては、海兵隊総勢三万人を投入すれば、日本軍守備隊に対して十分な数的優位を確保できる計算になる。これに対し、一万人を超える日本軍守備隊を制圧するには歩兵などの戦闘要員が不足しているとして、少なくとも一人の連隊長――勇名をはせたルイス・B・（チェスティ）・プラー大佐――が異を唱えた。しかし第一海兵師団長ウィリアム・H・ルパータス少将と参謀たちは、杞憂《きゆう》にすぎないと考えた。

（３）上陸前日、ペリリュー島攻略作戦を取材する報道機関の特派員たちへ宛てた封書のなかで、ウィリアム・H・ルパータス少将は、ペリリュー島は短く激しい戦闘の末に四日で制圧できると予測していた。このため、戦闘が長引いて翌月に及んだ時点でも、上陸部隊の戦術上の方針は、短期決戦という少将の予想を引きずることになった。また、少将の楽観的な見通しを真に受けた三六人の記者の多くは、ペリリュー島に上陸すらしなかった。上陸した者のなかでも、島内に留まって当初の危機的な戦況を取材しつづけたのはわずか六人にすぎなかった。したがって、ペリリュー島で実際に起きていたことを、報道陣はほとんど目にすることがなかったのである。

第四章　地獄への強襲

午前八時〇〇分、Hアワー（攻撃開始時刻）。戦艦の巨大な一六インチ砲の砲口から、雷鳴のような大音響とともに赤く長い閃光が走り、黒煙が噴出した。巨大な砲弾は機関車のような轟音《ごうおん》を残して大気を切り裂き、島をめがけて飛んでいく。

「すげえ。あの一六インチ砲をぶっ放すと、一財産吹っ飛んじまうな」と、近くの仲間が言う。

「いくら金がかかろうと、おれの知ったことか！」と別の仲間が応じた。

一六インチ砲の圧倒的な迫力に比べれば、巡洋艦の八インチ砲の一斉射撃も、小型艦艇の速射砲の連射も、すっかり影が薄れてしまう。だが、ふつうなら潮の香りがすがすがしい晴れ渡った大気は、早くも鼻をつく硝煙《しょうえん》とディーゼル燃料の臭いに満ちていた。強襲部隊が陣形をととのえ、私の乗ったアムトラックが海上で静かにアイドリングしているうちにも、艦砲射撃はますます激しさを増し、耳をつんざく轟音のなかでさまざまな口径の火砲の砲声を聞き分けるのはもはや不可能になった。隊員同士、大声を張り上げなければ相手の言葉も聞き取れない。いよいよアムトラックの隊列が進攻を開始すると、大型艦はさらに激しい砲撃を加えつつ、両翼へ移動していった。背後からわれわれの頭上を越して砲撃すれば、弾着距離が不足する恐れがあるからだ。

われわれは海岸へ向けて進発する合図をじりじりしながら待っていた。その時間は永遠に続くかとも思え、張りつめた空気に我慢が限界を超えそうだった。戦場では待機する時間がかなりの割合を占めるものだが、後にも先にも、ペリリュー島への進攻の合図を待っていたあの耐えがたい拷問のような時間ほど、極度の苦悶に満ちた緊張と不安を味わったことはない。艦砲射撃が苛烈になるにつれて、いやが上にも緊迫感が募り、体じゅうから冷や汗が噴き出した。胃がキリキリと痛む。喉が詰まってつばを飲み込むのもままならない。膝から力が抜けそうで、私はアムトラックの舷《げんそく》側に弱々しくしがみついているしかなかった。吐き気も襲ってきた。今にも胃のなかのものをぶちまけて、自分が臆病者であることをさらけ出してしまうに違いないと、不安がよぎる。しかしまわりの兵士も、まさに私と同じ心境のようだった。私はとうとう耐えきれなくなり、われわれ上陸第二波の指揮をとる海軍士官の方を見やった。そのときだった。士官が海岸に向かって旗を振るのが見え、あきらめにも似た安《あん》堵《ど》感《かん》と、怒りの入り交じった思いがこみ上げてきた。アムトラックの操縦手がエンジンをふかす。キャタピラーが海水を撥《は》ね上げ、われわれは進撃を開始した――上陸部隊の第二波として。

すさまじい光景を目の当たりにしながらわれわれは前へ突き進んだ。先を行くアムトラックの隊列が暗礁《リーフ》に接近すると、砲撃を受けて巨大な水柱がいくつも噴き上がった。海岸は今や見渡すかぎり火炎に包まれ、その向こうに煙が分厚い壁のように立ちのぼっている。大規模な海底火山の噴火を見るようで、島へ向かうというより、燃えさかる地獄の底へ吸い込まれていくようだ。実際、多くの者にとってこの島が終焉《しゅうえん》の地となるのだ。

小隊長はみずから気を奮い立たせ、ハーフパイントのウィスキー・ボトルを取り出した。

「いよいよだぞ、みんな」と、小隊長は叫んだ。

映画のせりふそのままだ！　どこか現実離れしているように思えた。

ペリリュー島、上陸決行日（Dデイ）　海岸は艦砲射撃と空爆による爆煙で覆われている（アメリカ海兵隊所蔵）

小隊長がウィスキー・ボトルを差し出したが、私は断った。こんな状況では、コルクの香りをかいだだけで気を失ってしまいそうだ。小隊長がボトルに口をつけて長々とたっぷり飲んだあと、部下が二人ばかり見ならった。そのとき突然、ものすごい衝撃とともに大型の砲弾が炸裂《さくれつ》し、右前方の至近距離に巨大な水柱が噴き上がった。危うく命中を免れたのだ。アムトラックはエンストを起こした。前部が急激に左へ傾き、前方を行くアムトラックの後部に激突した。そのアムトラックもエンストを起こしたか被弾したようだが、どちらかはわからなかった。

エンジンが停止したまま、アムトラックはしばらく海に漂っていた。ぞっとするような状況だった。敵の射撃手にとっては格好の餌食《えじき》だ。操縦席の後ろのハッチから前方を覗くと、操縦手が必死に操縦桿と格闘していた。まわりには日本軍の砲弾が鋭い音とともに次々と落下して、あたりかまわず爆発している。ジョン・マーメット三等軍曹が身を乗り出して、何か叫んだ。私には聞き取れなかったが、操縦手はその一言で落ち着きを取り戻した。エンジンがふたたび始動する。炸裂する砲弾が次々と水柱を噴き上げるなか、われわれはふたたび前進を開始した。

艦砲射撃が海岸から内陸へと移りはじめた。急降下爆撃機の空爆と機銃掃射もあとを追う。すると日本軍は押し寄せるアムトラックの隊列にさらに激しい砲火を浴びせてきた。鳴り響く騒音をつんざいて、砲弾の破片がぶんぶんと唸《うな》りながら空中に飛び散る不気味な音が聞こえた。

「スタンバイ」。誰かの声がした。

私は迫撃砲の弾薬袋を左の肩にかつぎ、ヘルメットの顎紐《あごひも》を締め、右肩のカービン銃をかつぎ直して、倒れないようバランスをとった。心臓が早鐘を打つ。ついにアムトラックが海岸に到達し、ゆるやかな砂地の斜面に数メートル乗り上げた。

「海岸へ急げ！」と、アムトラックが急停止する直前に下士官が叫ぶ。

兵士たちは先を争って次々と舷側を乗り越えていった。私はスナフのあとについて舷側によじ登り、左舷の船縁《ふなべり》に両足でしっかり立って、できるだけ遠くへ跳躍しようとした。そのときだ。機関銃の掃射音が響くと同時に、私の顔をかすめるように、目の高さを曳光弾《えいこうだん》が飛び去った。思わずカメのように首をすくめた私はすぐさまバランスを崩し、砂地に転げ落ちた。弾薬袋、背嚢《はいのう》、ヘルメット、カービン銃、ガスマスク、弾薬隊、それに腰に吊るした水筒などがもつれ合う。「海岸を離れるんだ！　海岸を離れるんだ！」。その言葉が何度も脳裏を駆け抜けた。

いったん足の裏に陸地を感じると、アムトラックでリーフを越えたときのような恐怖は感じなかった。だが立ち上がろうともがいても、足は砂を掻くばかりだ。そのときがっしりした手に肩をつかまれた。「まずい、日本兵《ニップ》がトーチカから出てきやがった！」――そう思ったが、ケイバー・ナイフに手が届かない……。だが幸いにも、砂から顔を上げて見ると、そこには身をかがめて心配そうに見つめる海兵隊員の姿があった。私が機関銃にやられたと思い、這い寄って助けにきてくれたのだ。私が無傷なのを確かめると、この兵士はくるりと向きを変え、猛然と這って海岸を越えていった。私もあわててあとに続く。

あたりかまわず砲弾が降り注いでいた。破片が唸りをあげて飛び散っては砂浜を打ち、数メートル後方で水しぶきを上げた。初めは艦砲射撃にひるんだ日本軍も立ち直りつつあった。機関銃とライフルの弾雨が激しさを増し、猛烈な勢いで頭上を飛び過ぎる敵弾は増える一方だった。

砂浜のはずれまで来たところで地面に伏せて振り返ると、われわれを揚陸したアムトラックがあわただしく向きを変え、ふたたび沖へ出ていくところだった。閃光と猛然たる爆発、金属的な音を立てて飛び交う弾丸――私は悪夢のような世界のただなかにいた。視界がぼやけてほとんど見えない。衝撃のあまり頭がしびれて思考が止まる。

つい先ほど上陸したあたりにＤＵＫＷ（ゴムタイヤのついた水陸両用トラック）が上陸してくるのが見えた。ＤＵＫＷは停止した瞬間、真っ黒な煙にすっぽりと包まれた。直撃弾を受けたのだ。破片が飛び散った。六〇センチ四方ほどの金属板が高々と舞い上がり、大きなパンケーキのように浅瀬に落ちて水しぶきを上げた。私は銃火にさらされた兵士がよく陥る、妙に超然としたまま心がすくんでしまう状態で、その様子に見入っていた。炎上するＤＵＫＷから、脱出してくる乗員は一人もいない。

海岸やリーフ上のあちこちで、アムトラックやＤＵＫＷが何台も炎に包まれていた。巨大な鞭で打ち据えるように、日本軍の機関銃が海面に長い水しぶきの列を刻んでいく。迫撃砲や大砲の砲弾も降り注ぎ、容赦なく水柱が噴き上がる。リーフの上で、煙を上げるアムトラックから脱出する海兵隊の一団がほんの一瞬目に入った。鉄片と銃弾が水しぶきを上げるなかで、倒れる者もいる。膝まで海に浸かりながら、負傷した戦友を助けようと仲間が悪戦苦闘している。

私は身震いし、息が詰まった。怒りと苛立ちと無念の思いがこみ上げ、激しい嫌悪感に襲われる。それは、仲間が窮地に陥っているのを目にしながら、何一つ手が打てず、みすみすやられてしまうのを見守っているほかないときに、いつも私の心を苛《さいな》む感情だった。私は一瞬自分が置かれた窮状を忘れ、吐き気を覚えた。「なぜ、なぜ、なぜ？」と神に問いかける。顔を背け、目の前に繰り広げられている光景が幻影であってほしいと願った。これが戦争の酷薄な真実の姿だった。戦友たちがなすすべもなく殺戮《さつりく》されていく。私の胸に嫌悪感が溢れていった。

　私は起き上がると、身をかがめて浜辺の斜面を駆け上がり、遮蔽物《しゃへいぶつ》の陰に飛び込んだ。満潮線のわずか先、海岸の端に到達してふと足元を見ると、黒と黄色に塗り分けられた大型の砲弾が、半ば砂に埋もれて頭をのぞかせていた。先端に取りつけられた金属板に圧力が加わると信管が作動するようになっている。私はわずか数センチのところで踏むのを免れたのだ。

ペリリュー島、上陸決行日（Dデイ）　著者らが進発する前の、地獄のような海岸線の光景（アメリカ国立公文書館所蔵）

　私は遮蔽物を盾に砂地に伏せた。目の前に四五センチほどの長さの蛇の死骸が横たわっている。色鮮やかな、子供のころに飼っていたアメリカの在来種に少し似ていた。ペリリュー島で蛇を目にしたのはこのときだけだ。

　束の間、私は海岸を襲う砲火から逃れることができた。あたりは火薬と硝煙の臭いに満ちている。珊瑚や砂地は飛散した火薬で黄色く変色している。遮蔽物の端に、一・二メートルほどの高さの大きな白い杭《くい》が立っていた。海岸に面した側にペンキで日本語が書いてある。ニワトリが泥だらけの足で歩き回ったようにしか見えないが、ここが敵地であることを示していた。われわれは祖国の勝利に向けて、この地を占領しようとしているのだ――そう思うと私は誇らしかった。

下士官の一人が、遮蔽物を出て右手へ移動するよう合図した。私はほっとした。われわれが防御に使うのを防ぐため、日本軍が迫撃砲弾を浴びせてくるに違いなかったからだ。幸い今のところ、敵の砲手は海岸と後続の上陸部隊に狙いを絞っているようだった。

前線をぼんやり眺めて突っ立っている古参兵が目に入り、走り寄って足元に伏せた。あたりには銃弾が金属的な鋭い音を立てて飛び交い、炸裂している。「伏せたほうがいいぞ」と私は大声で叫んだ。

「上を狙いすぎだ。葉っぱばかりに命中しているぞ、スレッジハンマー」。古参兵はこっちを見向きもせず事もなげに言う。

「葉っぱ？　木なんていったいどこにあるんです？」。私は怒鳴り返した。

古参兵は驚いてあたりを見回した。海岸のはるか向こうに、砲弾に撃ち砕かれたヤシの木が一本、辛《かろ》うじて視認できるだけだった。近くには膝より高いものなど何もない。古参兵はあわてて伏せた。

「どうもおれはおかしくなりかけているな、スレッジハンマー。銃声がグロスター岬のジャングルで聞いたのとそっくりだったんで、葉っぱに当たっていると思ったのさ」。古参兵は無念そうに言った。

「誰か煙草をくれ」。私は近くにいる同じ分隊の仲間に大声を張り上げた。

「だからそのうち吸いはじめるって言っただろ、スレッジハンマー」。勝ち誇ったように言ったのは、スナフだった。

仲間の一人が一本差し出してくれて、震える手でいっしょに火をつけた。これまで頑として煙草はやらないと宣言してきただけに、みんなはさんざん冷やかした。

私は何度も右翼方向に目をやった。上陸してくるはずの第七海兵連隊第三大隊の姿を探していたのだ。しかし目に入るのは海岸から内陸へと進撃しつつあるわが第五連隊第三大隊K中隊の見慣れた顔ばかりだった。後方では陸続と部隊が到着しつつあったが、右翼方向にはわが中隊以外に友軍の姿はなかった。

「K中隊第一小隊はこっちへ移動だ」「K中隊迫撃砲班、こっちへ」――見覚えのない士官や下士官たちが大声で命令を飛ばしていた。やがて、第七連隊の士官や指揮官たちが、われわれと同名の第三大隊K中隊を取りまとめた。この間一五分ほど、第五連隊と第七連隊の将兵が入り乱れ、戦列では大混乱が続いていたのだ。


第一海兵師団は約二キロメートルに及ぶ海岸線に、左から右へ第一連隊、第五連隊、第七連隊を並んで上陸させた。第一連隊からは北側のホワイト海岸1、2と呼ばれる地点にそれぞれ一個大隊が上陸。師団の中央ではオレンジ海岸1、2に第五連隊から第一大隊と第三大隊が上陸した。右翼を固める第七連隊からは、五つある上陸地点の南端に位置する

オレンジ海岸3を第三大隊が強襲するはずだった。
　われわれ第五連隊第三大隊K中隊は、上陸作戦の最初の数分間の混乱のなかで、第七連隊第三大隊の上陸部隊より先に、予定よりやや右方向にずれた地点に上陸してしまった。このため偶然、右翼線で両連隊の部隊が混ざり合ってしまったのである。一五分ほどのあいだ、わがK中隊は上陸地点の最右翼で敵弾にさらされていたのだ。

　われわれは内陸に向かって進撃を開始した。わずかに数メートル進んだとき、右手の低木林から敵の機関銃が火を噴いた。日本軍の八一ミリ迫撃砲と九〇ミリ迫撃砲もわれわれめがけて砲撃を開始する。全員が地面に伏せ、私は浅い窪《くぼ》みに飛び込んだ。中隊は完全に釘づけにされた。いっさい身動きがとれない。砲弾が次々と降ってきて、ついには一つ一つの爆発音が区別できなくなった。間断なくすさまじい爆音が轟《とどろ》き、ときおり砲弾の破片が頭上すれすれで宙を切り裂いていく音が、喧騒《けんそう》のただなかに聞こえてくる。煙と塵《ちり》でかすんで視界が悪い。全身の筋肉がピアノ線のように張りつめていた。発作にでも襲われたように、ガタガタと身震いがした。とめどもなく汗が噴き出す。私は祈り、歯を食いしばり、カービン銃の銃床《じゅうしょう》を握りしめて、日本人を呪った。グロスター岬の攻防戦に参加した小隊長が近くにいたが、私とたいして変わらず、ただ身を縮めているだけだった。防御と呼ぶにはあまりにも頼りない浅い窪みで敵弾を避けながら、私は小隊長と、遮るもののない平坦な珊瑚の上に身を伏せている仲間たちが気の毒でならなかった。

日本軍は攻撃の手を緩めようとせず、迫撃砲の集中砲火はいつ終わるとも知れなかった。弧を描いてあたり一面に落下してくる大型の砲弾が恐ろしかった。いずれこの窪地も直撃弾を食らうに違いない、と私は思った。

この間、命令が伝えられ、そこここで衛生兵を呼ぶ声が響いていたとしても、耳を聾する音の洪水のなかではまったく聞こえなかった。私は独りぼっちでこの戦場に放り出され、なすすべもなく爆発の嵐のなかに身をさらしているような心細さをひしひしと感じていた。やれることと言えば、ひたすら耐えて、生き残れるよう祈るばかりだ。あの火炎渦巻く嵐のなかでは、立ち上がるのはまさしく自殺行為に等しかった。

ペリリュー島オレンジ海岸3（西浜の南部）、上陸決行日（Dデイ）　第5海兵連隊第3大隊K中隊が上陸した地点の右翼（アメリカ海兵隊所蔵）

上陸直後のあわただしい展開のなかで猛攻を浴びて以来、初めて集中砲火にさらされて、私は今までにない感覚が湧き上がってくるのを感じた――このうえない、絶対的な無力感だ。砲撃は三〇分ほどでやんだが、私には何時間にも思えた。時間は意味をなさなかった（激しい砲撃下にあるときはとくにそうだ。私はいつでも、砲撃がどのくらい続いたのか判断がつかなかった）。

進撃の命令が伝えられ、私は立ち上がった。全身を珊瑚の粉がうっすらと覆っていた。体に力が入らず、仲間もよくぞあの砲火を生き延びたものだと、信じがたい思いだった。

歩行に支障がない程度の負傷兵たちが、すれ違いながら海岸のほうへ戻っていった。ふたたびアムトラックに乗り込んで、沖合に停泊中の艦艇に収容してもらうのだ。とくに親しかった下士官の一人が、左の上腕に巻いた血染めの包帯を押さえながら、足早に通り過ぎた。

「ひどくやられましたか?」と、私は大声で訊いた。

下士官はぱっと明るい笑顔を浮かべた。そして陽気に言った。「おれを哀れむな、スレッジハンマー。値百万ドルの名誉の負傷で国へ帰れる。おれの戦争はこれで終わりだ」

足早に戦場をあとにする下士官と、互いに手を振って別れた。

われわれは低木の密林を進撃し、あちこちにひそむ敵の狙撃兵に対して、一瞬たりとも警戒を怠ることはできなかった。空《あ》き地に出て、停止するよう命令が下されたところで、私は初めて敵の死体に遭遇した——日本軍の衛生兵一人とライフル兵二人の遺体だった。衛生兵が救護しようとしていたところ、砲弾を受けて戦死したに違いない。衛生兵のわきの救急箱は開いたままで、包帯や薬が丁寧に収納されている。衛生兵は仰向けに倒れ、裂けた腹が口を開けていた。珊瑚の細かい粉が付着してきらきらと輝く内臓に、私は怖《お》ぞ気《け》立ち、ショックに打ちのめされた。これが生きた人間だったのだろうかと、私は苦悶した。人間の内臓というより、子供のころに狩猟で仕留めて解体したウサギやリスの臓物のようだ。日本兵の遺体を見つめながら、私は吐き気に襲われた。

汗と埃にまみれたK中隊の古参兵がやってきて、死体を見て、次に私を一瞥《いちべつ》した。そしてM1ライフルを肩に掛け、死体の上にかがみ込むと、衛生兵の顔から鼈甲《べっこう》の縁がついた眼鏡を親指と人差し指で手際よくつまみ上げた。カクテルパーティでトレイからオードブルをとる招待客のように、さりげない仕草だった。

「スレッジハンマー、こんなにたくさんめぼしい土産《みやげ》が転がってるのに、口を開けて突っ立ってるやつがあるか」。古参兵は非難がましく言った。それから眼鏡を差し出し、私に見せながらつけ加えた。「この分厚いレンズを見てみろ。このクソ野郎どもは半分も見えてないんじゃないか。その割に射撃術は見事なもんだがな」

古参兵は続いて死体から南部式拳銃を取り上げ、腰のベルトを抜き取って革製のホルスターを取りはずした。次にヘルメットを脱がすとなかに手を入れ、丁寧に折り畳まれた日章旗を取り出した。旗は一面手書きの文字で埋めつくされていた。ヘルメットは古参兵が投げ捨てると、珊瑚の地面に当たってカタカタと鳴った。古参兵はさらに死体を裏返し、背嚢のなかを物色しはじめた。

やがて古参兵の相棒が歩み寄り、ほかの日本兵の死体を身ぐるみはがしにかかった。この古参兵も旗やその他のものを手に入れ、それから日本兵たちのライフルのボルトをはずし、銃床を地面に打ちつけて壊した。あとで日本兵が潜入してきて使われないようにとの措置だった。「じゃあな、スレッジハンマー。つまらんものを持ち帰るなよ」と、最初に来た古参兵が言うと、相棒と二人で去っていった。

この間、私は身じろぎもせず、口をつぐんだまま、ただ茫然《ぼうぜん》とその場に立ちつくしていた。二人の古参兵が背嚢とポケットをまさぐるために引きずり回した日本兵の死体は、大の字のまま投げ出されていた。私は思った――自分もいずれ、敵兵の死体をこれほど無頓着に扱えるほど、感覚が麻痺してしまうのだろうか？　あんなに冷然と敵兵の遺品を略奪できるほど、戦争は私からも人間性を奪っていくのだろうか？　そのときはわからなかったが、やがて、露ほども気にしなくなる時が私にもやってくる。

そこからわずか数メートル離れた浅い小さな谷間で、友軍の衛生兵が負傷兵を治療していた。私は歩み寄って、熱い珊瑚の地面に腰を下ろした。衛生兵は膝立ちで、たった今担架の上で絶命した若い海兵隊員の上にかがみ込んでいた。死んだ兵士の首半分が血染めの包帯に覆われている。品がよくハンサムな、少年のようなその顔は、血の気が失せて青白かった。「これほど哀れで、無駄なことがあってよいものか。まだ一七歳そこそこだったろうに」――そう私は思った。少年の母親がこの光景を目にしなかったことを私は神に感謝した。衛生兵は死んだ兵士の顎を左手の指でそっと支えながら、右手で十字を切った。声を押し殺してすすり泣く衛生兵の、埃にまみれ、日焼けし、悲しみに歪《ゆが》んだ頬を涙が伝っていた。

モルヒネを投与された負傷兵たちは生ける屍《しかばね》さながらに、座ったり横になったりして、辛抱強く「衛生兵《ドク》」の手当てを待っていた。頭上では砲弾が轟音を響かせて飛び交い、ときには近くに着弾した。口早にまくしたてる悪魔の声のように、機関銃の音も絶え間なく鳴り響いていた。

われわれは内陸へ向かって前進を再開した。低木の茂みは中隊の足取りを遅らせたかもしれないが、敵の砲撃からうまくわれわれの存在を隠してくれた。ほかの中隊は、視界の開けた飛行場を前に釘づけになっている。砲声と砲弾の炸裂音が地鳴りのように響いていた。自分たちもこれからその真っ只中に突っ込んでいくのかもしれないと思うと、私は恐ろしくなった。

わが第三大隊では上陸後まもなく副隊長が戦死し、おまけに野戦電話と通信兵たちを乗せたアムトラックの大半がリーフの上で立ち往生してしまったため、部隊の統率をとるのは困難だった。中隊同士の連絡が途切れただけでなく、右翼に展開しているはずの第七連隊第三大隊とも連絡が途絶した(1)。

ほかの部隊と行き交いながら顔見知りと挨拶を交わすうち、私は相手の異様な表情に気づいてぎょっとした。挨拶に笑顔で応えようとしても、自分の顔も太鼓の皮のように張りつめている。緊張のあまり顔の筋肉がこわばっていて笑うことができない。分隊の仲間も周囲の誰もかれも、まるで仮面をつけたようによそよそしく見えることに気づいて、私はショックを受けた。

さらに東へ進撃し、南北に走る小道に行き当たった地点でわれわれは小休止をとった。すると第七連隊第三大隊と横一線に並ぶ位置まで進むため、別の小道に出る地点をめざして速やかに前進せよとの指示が伝わってきた。

われわれは鬱蒼《うっそう》とした低木林と、狙撃兵の激しい銃撃をくぐり抜け、海を見下ろす空き地に出た。K中隊は島の東岸、当初の目標地点に到達したのだ。前方には浅い湾が広がり、上陸用舟艇《しゅうてい》を阻止しようと、鉄条網やその他の障害物が敷設《ふせつ》されている。こんな海岸に上陸しなくてよかったと、ほっとした。

そのとき、わがK中隊の十数人のライフル兵が銃撃を始めた。数百メートル先の湾の入り口にあるリーフに沿って、日本兵が海を横切ろうとしていたのだ。ほかの隊員も銃撃に加わった。敵兵は左手から細く延びたマングローブの沼地を出て、右手にある南東部の岬をめざしていた。一二人ばかりの敵兵が交互にリーフの上を走ったり海中を泳いだりしている。わがK中隊がそのただなかにライフル射撃を見舞っているあいだ、日本兵たちはときには首まで海に浸かりながら進んでいった。リーフの上を駆けていた敵兵の大半は、水しぶきとともに海中に没した。

われわれはすでに東岸に到達して、しかも視界の開けた場所で敵を銃撃できることに浮かれていた。取り逃した数人の日本兵は岬の岩をよじ登っていった。

「いいか、おまえたち、狙いを定めて一気に撃ち抜くんだ」と三等軍曹が怒鳴る。「いくら銃声だけ響かせたって殺せやしないぞ。銃弾で殺すんだからな。ずぶの素人《しろうと》じゃあるまいし」

さらに数人の日本兵がマングローブの茂みから走り出た。ライフルがいっせいに火を噴き、敵兵は海水を撥ね上げ一人残らず倒れた。「そうだ、その調子だ」と軍曹は唸るように言った。

この間、迫撃砲部隊は装備を下ろし、砲を設置すべく待機していた。われわれはカービン銃を携帯していたが、銃撃には加わらず、横で見つめていた。敵までの距離からして、射程が長く殺傷能力も高いライフルを使う必要があったからだ。

迫撃砲部隊の後方からもライフル兵たちが銃撃に加わった。わが部隊は左右に展開しているはずの友軍の部隊といまだに連絡がとれなかったが、古参兵たちはそんなことにはおかまいなしで、リーフを走る敵しか眼中になかった。

「前進準備！」と命令が飛んだ。

茂みのなかへ引き返しながら、古参兵が不平を漏らした。「いったいどういうことだ。命がけで戦って、目標地点に到達したと思ったとたんに退却命令とは」。ほかの仲間も文句を言いはじめた。

「いい加減にしろ。第七連隊と連絡をつけなければならないんだぞ」と下士官が言った。

われわれは深い藪《やぶ》にふたたび分け入っていった。しばらくのあいだ、私はまったく方向感覚を失い、どこへ向かっているのかわからなくなった。

鬱蒼とした低木林を縫う小道は実は二本あって、約一八〇メートル離れて平行して南北に走っていた。その事実をわれわれ海兵隊は把握していなかった。不正確な地図と、視界の悪さ、そして日本軍の狙撃兵がしきりに攻撃してきたことが重なって、二本の小道を見分けることは困難だった。

われわれK中隊を最右翼にして、第五連隊第三大隊が一本目（西側）の小道に出たとき、実は第七連隊第三大隊とは横一線に並んでいた。しかし視界が悪く、互いに連絡がとれなかったため、第五連隊第三大隊では第七連隊に大きく遅れをとっていると誤解していた。このため、第七連隊第三大隊に追いつこうと、われわれは前進を命じられたのだ。そのことに気づいたときには、われわれは第七連隊第三大隊より三〇〇メートル前後も前方に進んでいた。わがK中隊はこのとき、最も敵の攻撃を受けやすい最前線の最右翼の部隊となっていた。上陸直後の混乱のときとあわせて、この日二度目のことだった。第五連隊第三大隊は全体として、東の海岸地帯に広がる敵地のただなかに、深く突出する最前線を形成してしまっていた。さらに悪いことに、第三大隊の中隊同士も互いに連絡がつかなかった。各中隊は孤立して、日本軍に退路を断たれて包囲されるかもしれないという、重大な危機にさらされていたのである。

気温はますます上昇し、私は汗まみれだった。立て続けに塩の錠剤をなめ、何度も水筒からなまぬるい水を飲まずにいられなかった。水はいつ補充できるかわからないだけに、できるだけ節約するように言われていたのだが。

後方の指揮所から汗だくの伝令が心配顔で走ってきて、「おい、みんな。K中隊の中隊長はどこだ？」と訊いた。われわれは「高射砲《アク・アク》」ことホールデイン大尉がいそうな場所を教えた。

「最新情報は？」と誰かが不安そうに訊いた。指揮所からの伝令にかならず投げかけられる質問だ。

「なんとかして第七連隊と連絡をつけないとまずいと大隊長は言っている。日本軍《ニップ》が反撃してきたら、両連隊のあいだにまともに飛び込まれてしまうからな」。そう言うと伝令は急いで立ち去った。

「なんてこった！」と近くにいた兵が言った。

　われわれはさらに進み、空き地に出たところでK中隊のほかの部隊と合流することができた。小隊ごとに整列し、死傷者の報告をする。日本軍の迫撃砲や大砲の攻撃が激しくなった。盛んに砲撃を加えてきたため、反撃の予兆とも思われた。大方の砲弾はわれわれの頭上を越えて後方に着弾した。どうして敵がこれほど距離を誤るのか不思議だったが、そのときはただ運がよいのだと思った。前方ほどない距離にある茂みの縁まで移動せよと、命令が下った。午後四時五〇分ごろ、広々とした飛行場の向こうに、隆起珊瑚礁の尾根の南端が視界に飛び込んできた。この稜線《りょうせん》一帯をわれわれは「血染めの鼻の尾根《ブラディノーズ・リッジ》」と呼んでいた（訳注―ウムルブロゴル山の俗称。中央高地一帯。）。その山地のふもとで、雲のように舞い上がる砂塵《さじん》にまぎれて移動しつつある車輌が何台か見えた。

「なあ、飛行場の向こうにいるあのアムトラックの連中は、あんなに日本軍の戦列に近づいて何をしてるんだ？」と私は隣にいる古参兵に聞いてみた。

「アムトラックなんかじゃない。ニップの戦車だ！」と彼は答えた。

ペリリュー島、上陸決行日（Dデイ）　午後、海兵隊が日本軍の戦車隊を撃破した直後（アメリカ海兵隊所蔵）

敵の戦車のあいだに砲弾が炸裂しはじめた。友軍のシャーマン戦車の一部が飛行場の端に到着し、われわれの左手方向から砲撃を始めたのだ。埃と爆煙で視界がかすみ、敵の歩兵部隊は確認できなかったが、友軍は左翼方向から猛烈な攻撃を加えていた。

速やかに展開せよとの命令が伝わってきた。ライフル兵たちは茂みの端の小道に沿って横一線に展開し、手近なものの陰にできるだけ身を隠すようにして伏せた。硬い珊瑚の岩盤に深く塹壕《ざんごう》を掘るのは不可能に近く、ペリリュー島攻略戦では終始、身のまわりに岩を積み上げたり、倒木や瓦礫《がれき》の陰に隠れたりして身を守るしかなかった。

スナフと私はライフル兵たちの数メートル後方、小道を挟んだ反対側の浅い窪地に六〇ミリ迫撃砲を設置した。

「敵の反撃を撃退すべく準備せよ。敵はI中隊正面より反撃中」。命令を聞いてみなピリピリしていた。

スナフが迫撃砲を組み立て、私は弾薬袋に入れた容器から高性能炸薬弾《さくやくだん》（HE弾）を一発取り出した。ようやく応射の機会が来たのだ！

「撃て！」とスナフが叫んだ。

そのとき、後方にいた友軍の戦車がわれわれを敵と誤認してしまった。私が砲身の先から砲弾を落とし込もうと手を伸ばした瞬間、近くで機関銃が火を噴いた。友軍の機関銃のような音だった――しかもよりによって背後から！　窪地の縁からそっと頭を出して、埃と煙を透かして見ると、背後の空き地にわが軍のシャーマン戦車が見えた。戦車がわれわれの右後方に向けて七五ミリ砲を放つと、砲弾はわれわれの近く、目の前の小道が曲がったあたりで爆発した。続いてその付近から日本軍の野砲が戦車に反撃する音が聞こえた。私はふたたび砲身に砲弾をこめようとしたが、またもや戦車の機関銃が撃ってきた。

「その砲弾を撃たれるなよ、スレッジハンマー。当たったらおれたちは木《こ》っ端《ぱ》微塵《みじん》だ」。窪地のなかで近くにしゃがんでいた弾薬手が心配そうに言った。

「心配するな。やられそうになったのはおれの手だけだ」と私は言い返した。

シャーマン戦車と日本軍の野砲は相変わらず撃ち合いを続けている。

「あの戦車のやつ、ニップの野砲をやっつけたら七五ミリ砲をこっちに向けてくるに決まってるぞ。そしたら一巻の終わりだ。やつはおれたちをニップだと思い込んでるんだ」。いっしょにいた古参兵が言った。

「なんてことだ！」と誰かがうめいた。

突然私は焦燥に駆られた。私は鍛錬を重ねた戦意溢れる第二迫撃砲手のはずだった。だが味方の戦車に銃撃されて、今はぶるぶる震える恐怖の塊に一変してしまった。私がひどく狼《ろう》狽《ばい》したのは、ただ機関銃で掃射されていたからではない。それが友軍のものだったからだ。敵に殺されるのは最悪だが、現実にあり得ることで、私も覚悟はできていた。だが友軍の誤射で命を落とすのはとうてい受け入れられない。あまりにもひどい話だ。

「迫撃砲を守れ」と、小道の向こうから命令する声が飛んだ。

歩兵が一人、みずから左手のほうへ這っていくと、やがて戦車の銃撃がやんだ。われわれは前進しすぎていたため、戦車の搭乗員が日本軍の野砲の援護部隊と勘違いしたのだと、あとになって判明した。だから日本軍の砲弾もわれわれの頭上を飛び越えて、背後で炸裂していたわけだ。悲劇的なことに、われわれのことを味方の戦車に伝えてくれた兵士は、戦車にのぼっていたところを敵の狙撃兵に撃ち落とされて戦死した。

左手方向の激しい砲撃はほぼやんでいた。日本軍の反撃を撃退したということだ。残念ながら、私は味方の戦車のおかげで釘づけにされ、まったく役に立てなかった。

仲間と小道の向こうにあった日本軍の野砲を見にいった。よくできた、手強《てごわ》い火砲に見えたが、一九世紀の野砲のように木製の車輪がついているのが意外だった。日本軍の砲手の死体は野砲のまわりにばらばらに横たわっていた。

「こんなにでかいニップのやつらは見たことないな」と古参兵の一人が言う。

「このクソ野郎どもを見ろ。一八〇センチ以上の巨漢揃いだ」。別の仲間が言う。

「噂に聞いていた『関東軍の精鋭』って部隊のやつらに違いない」と伍長が口を挟んだ。

それまでの海兵隊の経験からして、日本軍の反撃といえば自殺行為にも等しいバンザイ突撃を思い起こしたが、今度ばかりは違っていた。敵はかならずバンザイ突撃を仕掛けてくると、歴戦の古参兵が言い張るのをこの日も何度も聞かされていたのだが。

「やつらはバンザイ突撃をしてくるに決まってるから、粉々に吹っ飛ばしてやろうじゃないか。そうしたらこの蒸し暑い岩山ともおさらばだ。司令官は第一師団をメルボルンに帰してくれるかもしれないぞ」

ところがバンザイ突撃どころか、日本軍の反撃は戦車と歩兵が協同した、見事に組織された逆襲だった。われわれの左翼にあった海兵隊の部隊によって撃滅されるまで、歩兵約一個中隊と戦車およそ一三輛が、飛行場を越えて整然と進撃してきたのだった（訳注―日米の史料によれば実際の台数は一三輛から一七輛のあいだではっきりしない）。日本軍はペリリュー島ではこれまでとは異なる戦法をとってくるかもしれない――このときの日本軍の反撃は、われわれにそんな警告を与えてくれた。

第五連隊第三大隊のI、K、L中隊は、日没までに互いに連絡をつけることができなかった。その晩、各中隊はそれぞれに円形の守備隊形を組んで夜に備えた。危うい状況だった。その部隊は孤立し、ひどい暑さのなかで飲み水は底を突きそうで、弾薬も少なくなっていた。そんななか、敵兵があちこちにひそむ真っ暗な茂みを突っ切って、ルイス・ウォルト中佐が連絡兵一人を連れてやってきた。中佐は各中隊の位置を確認し、飛行場の端に展開していた第一海兵師団の隊列へと導いてくれた。中佐のこの偉功は国家最高の名誉章に値したはずだ！

夜になってある噂が流れてきた。第一海兵師団は上陸時および引き続く戦闘で甚大な損害を被ったというのだ。顔見知りの古参兵たちは、これまで経験した戦闘のなかでも最悪の一日だったと言った[2]。

　窪地に迫撃砲を据えつけ、K中隊の前方に砲弾を二、三発撃ち込んで照準を調節すると、ようやく一息つくことができた。相変わらず喉の渇きは耐えがたく、胃はキリキリと痛み、ぐっしょりと汗をかいていたが、K号携帯口糧に入っているブドウ糖の錠剤をいくつかなめると少しましになった。補給部隊がいつ水を持ってきてくれるか知るよしもなかったが、私は水筒の残りわずかな水を飲み干した。その間にも、頭上では両軍の砲弾がますます盛んに飛び交い、風を切ってしきりに鋭い音を立てている。小火器の銃声も一帯にカタカタと響いていた。

　夜空にはパラシュートのついた照明弾が振り子のように揺れながら、気味の悪い緑色の光を地上に投げかけていた。その光を受けた木々の影が、乱舞するように揺れ動く。そんなながか、私は右足の靴を脱ぎにかかった。

「スレッジハンマー、いったい何やってんだ？」と、スナフが腹立たしげに訊いてきた。

「ブーツを脱ごうと思って。足が痛いんです」と私は答えた。

「おまえ、いかれちまったのか？」と、スナフがどやしつけた。「ジャングルの奥か飛行場の向こうからニップが飛び出してくるかもしれないんだぞ。靴下のままでどうするんだ？　命令があったらこのタコ壺をとっとと出ていかなきゃならんかもしれんのだぞ。連中は夜明け前にはバンザイ突撃を仕掛けてくるはずだ。こんな珊瑚の地面を靴下で走り回れるとでも思ってるのか？」

うかつでした、と私は答えた。こってり油をしぼられた。全島を攻略し終えるまでに一度でもブーツを脱げたらましなほうだと、スナフは言った。いっしょに身をひそめていた相棒が歴戦のつわものだったことを私は神に感謝した。

スナフは何気なくケイバー・ナイフを取り出し、右手がすぐ届くあたりで、珊瑚の地面に突き立てた。私は照明弾の緑色の光のなかに浮かぶその長い刃に目をやった。スナフがすぐに手の届くところに突き立てた理由に思い当たると、たちまち胃が締めつけられ、背中や肩に鳥肌が立った。スナフは続いて45口径自動ピストルをチェックした。迫撃砲の反対側にうずくまりながら、私もスナフにならってケイバー・ナイフを地面に突き立て、カービン銃をチェックして、最後に手近なところに積み上げてある迫撃砲弾（ＨＥ弾と照明弾）を点検した。われわれは長い夜に備えた。

「今のはこっちのですかね、それとも敵の？」。砲弾が頭上を飛ぶたびに私はスナフに訊いた。

砲弾が飛んできて、爆発する――そこには情けも容赦もない。遠くから空を切って接近してくるのが聞こえるだけで、全身の筋肉が硬くこわばった。恐怖に押し流されまいとして、なんとかふんばってみる。そんなとき私は、どうしようもない無力感に襲われた。

砲弾の甲高い咆哮《ほうこう》がいよいよ間近に迫ると、私は歯をぎりぎり言わせて食いしばった。動悸がし、口が渇き、自然と目が細くなる。全身を汗が流れ、呼吸は乱れて短い喘《あえ》ぎに変わり、息が詰まるのを恐れてつばも飲み込めない。あとは祈ることしかできなかった――ときには声に出して。

集中砲火を浴びたときや、長時間にわたって敵の攻撃にさらされているとき、一発の砲弾が爆発するごとに、心身はいつにも増して大きなダメージを受ける。私にとって、大砲は地獄の産物だった。巨大な鋼鉄の塊が金切り声を響かせながら、標的を破壊せんと迫りくる——これ以上に凶暴なものはなく、人間の内に鬱積《うっせき》した邪悪なものの化身《けしん》と言うしかない。まさに暴力の極みであり、人間が人間に加える残虐行為の最たるものだった。私は砲弾に激しい憎悪を覚えるようになった。銃弾で殺されるのは、いわば無駄なくあっさりとしている。しかし、砲弾は身体をずたずたに切り裂くだけでなく、正気を失う寸前まで心も痛めつける。砲弾が爆発するたびに、私はぐったりして、力をなくし、消耗せずにはいられなかった。

砲撃が長時間に及ぶときは、悲鳴をあげ、すすり泣き、あたりかまわず泣きわめきたくなり、私はこの抑えがたい激越な衝動としばしば必死に戦わなければならなかった。ペリリュー島の攻略は遅々として進まず、砲撃下でいったん自制心を失えば、私の精神はばらばらに打ち砕かれてしまうのではないかと、不安に駆られた。肉体を粉砕するだけでなく、精神をも粉微塵にする砲弾の破壊力が憎かった。戦闘体験のなかで、私にとっては激しい砲撃を浴びることが最も恐ろしかったのだ。

夜は永遠に続くかと思われたが、私はうたた寝さえできなかった。夜明け前の数時間、日本軍はさまざまな火砲を動員して密林を砲撃してきた。ちょうどルイス・ウォルト中佐がわれわれを見つけてくれたあたりに集中している。砲弾は甲高い音を立てながら次々と頭上を飛び越え、向こうの茂みで爆発した。

「まったくすごい音だな。ニップの砲手たちはあの茂みをぼこぼこにしてやがる」と、隣のタコ壺の仲間が言った。

「そうだな。おれたちがまだあそこにいると思っているらしい。いずれまっすぐあのあたりめがけて反撃に出てくるに違いない」とスナフが答える。

「あっちにいなくて助かったな」。迫撃砲分隊の仲間が言った。

　日本軍は誰もいないジャングルの茂みに続けざまに砲弾を撃ち込んで、ますます猛撃を加えていた。ようやく少し下火になると、誰かがくすくす笑いながら言った――「おい、日本のクソ野郎ども、今さらやめないでほしいな。がら空きの茂みめがけて砲弾を使い果たしてほしいものだ」

「そううまくはいくもんか。あの調子だと砲弾はまだまだ残っていそうだ。夜が明けたらこっちの位置は丸見えだから、こっぴどくやられるぞ」と別の仲間の声がした。

　上陸初日、第五連隊の歩兵中隊は何度も物資の補給を要請したが、補給部隊もすぐには応じることができなかった。日本軍は終日、第五連隊が上陸した海岸一帯に大砲、迫撃砲、機関銃を動員して、間断なく激しい攻撃を加えてきた。敵の観測手は、水陸両用車輌が上陸するなり、それを狙い撃ちするように砲手に指示した。このため重要な補給物資の揚陸も、負傷兵の後送も困難を窮めた。この日、ペリリュー島は全島が最前線と化していたのだ。敵の砲火の標的にならないのは、戦死者だけだった。海岸作業部隊は全力を尽くしたが、あまりにも多くのアムトラックが破壊され、補給物資をわれわれのいる前線まで運ぶことができなかった。(3)

そのころわれわれは自分たちのことに手いっぱいで、海岸にいる部隊が苦戦を強いられていることは知るよしもなかった。われわれは愚痴をこぼし、罵《ののし》り、飲み水が届くようにと祈った。私はほかの仲間に比べれば水を節約していたが、それでも夜に備えて迫撃砲を設置し終えるころには、水筒は二つとも空《から》になっていた。

夜空が白みはじめるころ、砲弾はまだ飛び交っていたが、小火器の銃声は次第に散発的になっていった。だが突然、日本軍の機銃弾が頭上を襲った。これほど狭い範囲にこれほど猛烈な機銃掃射が加えられるのは見たことがなかった。曳光弾の閃光が走り、われわれが迫撃砲を設置した窪地の上、三〇センチもないあたりで銃弾がはじける。われわれは地面に仰向けに横たわったまま、機関銃の連射音がやむのを待った。

ふたたび機関銃が火を噴き、そこへ第二の機関銃が加わる。三人目もいたかもしれない。青白い曳光弾の光が何本も頭上を流れていく（わが軍の曳光弾は赤かった）。飛行場のあたりから撃っているらしい。敵の十字砲火は少なくとも一五分は続いた。まさに猛射というにふさわしかった。

この機関銃攻撃を受ける直前に、われわれは日の出とともに出撃するよう命令を受けていた。第五連隊を挙げて飛行場を突っ切って攻撃せよというのだ。出撃時間までには敵の機関銃攻撃がやむようにと、私は祈った。まったく身動きがとれなかった。窪地の縁から頭を出そうものなら、大きな草刈り鎌でなぎ払うように、跡形もなく吹き飛ばされていただろう。一五分ほどして射撃が唐突にやみ、われわれは安堵のため息をついた。

上陸二日目

ようやく夜が明け、それと同時に、たちまち気温が上がりはじめた。

「飲み水はいったいいつ来るんだ?」。仲間たちが唸り声をあげた。前の日にも熱ばてで倒れる者があとを絶たなかった。水が必要だった。このままでは攻撃中に全員が卒倒してしまうだろう。

「前進準備!」。命令が響いた。各自が装備を整理する。続いてスナフが迫撃砲から二脚架を取りはずして折り畳み、ストラップを掛けた。一方、私は残った砲弾を弾薬袋に収納した。

「水が飲みたい。もうどうにかなってしまいそうだ」と私は言った。

そのとき、近くの仲間が大声でわれわれを呼んだ。「来いよ、井戸を見つけたぞ」

私はカービン銃を手早くつかむと、急いで声がしたほうへ向かった。弾薬帯に空の水筒が当たって跳ね返る。二〇メートルほど先で、K中隊の一団が直径約四・五メートル、深さ約三メートルの穴のまわりに集まっていた。なかを覗いてみると、牛乳のような色をした水が半分ほど底に溜まっている。飛行場には日本軍の砲弾が降りはじめていたが、喉がからからで、かまってはいられなかった。すでに一人が穴に下り立って、水筒を満たしては上で待つ仲間に手渡していた。声をかけてくれた仲間は裏地をはずしたヘルメットに口をつけていた。白濁した水をがぶがぶ飲むと、「ビールってわけにはいかないが、少なくとも液体だ」と言った。水を待ちわびるわれわれに、ヘルメットや水筒が穴の底から回されてきた。

「みんな、一ヵ所に固まるな。狙い撃ちされるぞ」と誰かが叫んだ。

「吐き気がする」と、最初に水を飲んだ仲間が私を見て言った。

そのとき、中隊付きの衛生兵が叫びながらこっちへやってきた。「みんな、その水を飲むな。毒が入っているかもしれないぞ」。私がたっぷり水の入ったヘルメットに口をつけようとしたとき、隣にいた仲間が倒れた。脇腹を押さえ、激しく嘔吐している。私は珊瑚の粉で濁った水を投げ捨て、衛生兵といっしょに介抱した。この兵士はいったん後方へ護送されたが、やがて回復した。毒だったのか、汚染されていただけなのか、真相はわからずじまいだった。

「装備を装着してスタンバイ」と命令が飛んだ。

やり場のない怒りに苛立ちながら、私は迫撃砲のある窪地に戻った。ちょうどそのころ、作業班が飲み水の缶と、銃弾と携帯口糧を運んできた。二〇リットル入りの缶から水筒のコップに水を満たすのを、友人と互いに手伝った。気ばかり焦り、二人とも手が震えた。アルミニウム製のコップを覗くと、意外にも水は茶色かった。それでもかまわず口を満たした

――そしてひどく喉が渇いていたにもかかわらず、思わず吐き出しそうになった。ひどい味だ。錆《さび》と油をたっぷり含み、悪臭がする。あらためて手元のコップを見て仰天した。鼻を突く茶色い水の表面に、青い油の膜がゆらゆらと揺れていたのだ。腹がよじれるように痛んだ。

いかにひどくても、この水を飲むか、熱ばてで倒れるかしかない。飲み干すと、コップの底にコーヒー滓《かす》のような錆の澱《おり》が残り、胃がキリキリ痛んだ。

われわれは装備をかつぎ、飛行場を突っ切る攻撃に備えた。昨晩以来、第五連隊第三大隊の前線は南に面し、第二大隊と背中合わせになっていたから、ほかの大隊とともに北へ向かって前進するには、まず右方向へ移動しなければならなかった。夜明けとともに前線へ向けた日本軍の砲撃が始まったので、われわれは分散隊形をとって速やかに出発しなければならない。ようやく攻撃態勢がととのうと、地面に伏せて前進命令を待つよう指示された。私はほっとした。日本軍の攻撃が激しさを増していたからだ。友軍の砲兵部隊、艦艇、そして航空機は、われわれの攻撃に先立ち、前方の飛行場や、その向こうの尾根にすさまじい砲爆撃を加えている。この砲爆撃は半時間ほども続いていた。それがやめば前進だと、私は覚悟をしていた。

焼けるように熱い珊瑚の地面に身を伏せながら、目の前に広がる飛行場のほうを見やる。かげろうが踊るように揺らめいて、ブラディノーズ・リッジが歪んで見えた。熱風が顔に吹きつける。

低く身をかがめた下士官が、指示を叫びながら足早に通り過ぎた。「みんな、どんどん前へ進むんだ。立ち止まらずに早く飛行場を渡りきったほうが撃たれる可能性は低いぞ」「行くぞ」と士官が飛行場のほうへ手を振って叫んだ。われわれは前進を開始し、最初は歩いて、やがて小走りになって、左右に広く散開しながら、進撃する。遮るものもなく、襲いかかる弾雨のなか、歩兵四個大隊が飛行場を突き進んだ――進撃方向に向かって左から右へ第一連隊第二大隊、第五連隊の第一大隊と第二大隊、そしてわれわれ第五連隊第三大隊の順で、われわれは飛行場の右端を進んだ。そのときの私は、任務を遂行することと、生き延びることしか頭になく、戦闘の全貌をつかもうという気は起きなかった。しかしあとになって、あの様子を戦闘の渦中ではなく、上空から見たらどのように見えただろうかと、しばしば思うことがあった。当時は身のまわりのごく限られた状況と、耳をつんざく騒音しか意識になかった。

飛行場はブラディノーズ・リッジからは一望のもとにあった。重火器を高地に集中的に配備していた日本軍は、最大約九〇メートルの高度にある観測地点から進撃するわれわれを見下ろして、重火器に指示を出していたのだ。われわれ迫撃砲分隊の前方を進む部隊が見えたが、それが先を行く第二大隊なのか、あるいはわが第三大隊の仲間が右方向へ移動しているのか、よくわからない。一八メートルほど後方にも友軍の姿が見えた。

身を隠すところもない飛行場をわれわれは足早に進んだ。砲弾がえぐった穴や砕けた珊瑚を越え、ますます激しくなる敵の砲火をくぐって進む。右側にも左側にも、できるかぎり姿

ペリリュー島、9月16日　弾丸が飛び交うなか、飛行場を越えて進撃する第5海兵連隊の部隊（アメリカ海兵隊所蔵）

勢を低くして走る歩兵たちの姿があった。砲弾が金切り声をあげて風を切り、あたり一面に炸裂する。海岸に上陸したときよりも恐ろしい状況だったと言えるだろう。ここではわれわれを乗せる車輌もない。身を守ろうにも、アムトラックのあの薄い鋼鉄の舷側さえもないのだ。砲弾が絶えず轟音を響かせ、鉄片が文字どおり雨のように降り注いで、われわれの命をつけ狙う。そのなかをわれわれはむき出しで、自分の脚力だけを信じて走っていた。

私はかつて見た第一次世界大戦のニュース映像を思い出した——西部戦線で、砲火のなかを連合軍の歩兵部隊が攻撃を仕掛けていた。歯を食いしばり、カービン銃の銃床を握りしめながら、私は何度も繰り返し祈りの言葉をつぶやいた——「主は私の牧者であり、私に乏しいものはない……死の陰の谷を歩みながらも、災いを恐れはしない。あなたが私と共におられるから。あなたの鞭と杖が私の慰め……」（訳注—旧約聖書詩篇第二三篇）。

太陽は容赦なく照りつけ、暑さが体力を奪っていく。砲撃の硝煙《しょうえん》と土埃が視界を遮る。炸裂する砲弾が地軸を揺るがすかのようだ。この世のものではない激しい雷雨に弄《もてあそ》ばれているようだ。敵の銃弾が金属的な音を立ててはじけ、体の両側を腰の高さで曳光弾が飛び去っていく。だが炸裂する砲弾のなかでは、小銃弾などどうでもよい気がしてくる。爆音が響き、飛び散る破片がぶんぶんと唸りながら宙を切り裂く。吹き飛ばされた珊瑚の塊が顔や手を刺し、鋼鉄の破片が都会の道路に降る雹《ひょう》のように硬い岩の上にぱらぱらと落ちる。どこを見ても、砲弾は巨大な爆竹のように閃光を走らせていた。

立ちこめる硝煙を透かして、被弾した海兵隊員たちが次々ともんどり打って倒れるのが見えた。私はもう右も左も見ずに、ただまっすぐ正面を見すえる。前進するほど敵の攻撃は熾《し》烈《れつ》を極めた。爆発の衝撃と騒音が万力《まんりき》のように耳を圧する。今にも被弾して倒れるのではないかと、歯を食いしばってその衝撃を覚悟する。身を隠せそうな窪地がいくつかあったが、前進しつづけよとの命令が頭をよぎる。誰一人として飛行場を渡りきることなどできないように思われた。だがわれわれには確信があった――海兵隊のすぐれた規律と卓越した士気があれば、この攻撃はかならず成功すると。

飛行場を半分ほど渡ったあたりで、私はつまずいて前のめりに転んだ。その瞬間、大型の砲弾が左前方で閃光と轟音とともに爆発した。破片が地面に跳ね返り、倒れている私の頭上を唸るように飛び過ぎていく。右手のほうで、破片を受けたスナフがうめき声をあげて地面に突っ伏した。左の脇を押さえているスナフに私は急いで這い寄った。幸い、スナフを襲った破片はそれほど勢いがなく、しかも運よく分厚い織物のピストル・ベルトに当たっていた。幅広のベルトの縫い糸が二・五センチ四方ほど擦《す》り切れていた。

私は傍《かたわ》らに膝をつき、いっしょに脇腹を調べた。ただの打ち身だった。恐るべき強運だ。スナフを直撃した鋼鉄の塊が地面に落ちていた。二・五センチ四方ぐらいの大きさで、一センチほどの厚さがあった。その破片を拾ってスナフに見せると、スナフは背嚢を指さした。地獄のような騒然たる状況のなかで、相変わらず恐怖心は消えてはいなかったが、私はまだ熱を持っていた破片を落ち着いて両手のあいだで転がして冷《さ》ましてから、スナフの背嚢に入れた。スナフが何か叫んだ。どうやら「行こう」と言ったらしい。私は迫撃砲の負い革に手を伸ばしたが、スナフは私の手を押しやり、自分の肩にかついだ。われわれは立ち上がり、力のかぎり速く前へ前へと進んだ。ようやく飛行場を渡りきり、K中隊の仲間たちに追いついた。飛行場の北東側の低木の茂みで、みな息を切らせ、汗だくになって伏せていた。

ペリリュー島　46℃の気温のなか、負傷兵が水なしに生き延びることは難しかった（アメリカ海兵隊所蔵）

無防備な平地をどのくらい進んできたのか、結局よくわからなかったが、数百メートルはあっただろう。たった今くぐり抜けてきた嵐のような弾幕に、みな見るからに打ちひしがれていた。ガダルカナル島とグロスター岬で戦ってきた鍛え抜かれた古参兵たち――アメリカ随一のつわものたち――の目を覗き込んでみて、私は自分の手が震えていることがもはや恥ずべきことではないと悟り、安堵のあまり、笑いだしたい衝動に駆られた。

　大砲や迫撃砲を集中的に浴びせられるのは恐ろしいとしか言いようがない。しかし、身を隠すすべもない開けた場所で集中砲火に身をさらすのは、経験したことのない者には考えも及ばない恐怖だ。ペリリュー島の飛行場を突破する攻撃は、私がこの戦争全体を通じて味わった体験のなかでも最悪のものだった。間断なく炸裂する砲弾のすさまじい爆風と衝撃――その苛烈さは、ペリリュー島と沖縄で直面したどんな恐ろしい体験をも超えていた。

　われわれは東へ向けて旋回し、飛行場の東側の湿地帯で敵を攻撃中の第七連隊第三大隊と合流することになった。

　装備をかつごうとしていると、一人の古参兵が、まだ砲弾が炸裂している飛行場のほうに首をかしげて言った。「ひどいもんだったな。あんな任務を毎日負わされたんじゃやたまったもんじゃない」

　われわれは敵の狙撃兵の銃撃をかいくぐり、湿地帯を進むと、海を背にして陣を固め、日没に備えた。私はゆるやかな斜面にできたわずかな窪地に迫撃砲を設置した。数メートルほど後方は、三メートルばかりの切り立った崖になっている。鬱蒼としたジャングルのただなかだったが、天蓋《てんがい》のように頭上を覆う木々のあいだにぽっかり前方が開けている場所があった。そこから撃てば迫撃砲弾が葉に当たって爆発してしまう心配もない。

　密生するマングローブに視界を遮られ、K中隊の仲間たちの姿はほとんど見えなかった。飲み水は相変わらず乏しく、猛暑のなかで懸命に戦った長い一日を終えて、誰もが疲労困憊《ひろうこんぱい》していた。私はできるだけ飲み水を節約していたが、塩の錠剤はその日だけで一二錠もなめていた（錠剤の数には注意していた。必要以上に摂取すると嘔吐を催すからだ）。

日本軍の夜襲は悪夢だった。私が受け持つ戦闘区域では、前夜（上陸初日の夜）は飛行場の上空に撃ち上げられた照明弾が敵の潜入を防いでいたが、ほかの戦闘区域では、われわれが今対処を迫られ、その後島を去るまで夜ごとに襲われたあの身の毛もよだつ恐怖を味わっていた。日本軍は夜襲の戦法に長《た》けていたが、ペリリュー島ではその戦法に一段と磨きがかかっていた。

その日の午後遅く、陣を固めて身をひそめたわれわれは、いくつかの手順を踏んだ。以降、この手順はほとんど毎晩のように繰り返される。まず観測兵から方位を聞いて、中隊の前方、敵の接近が予測されながら、友軍の機関銃とライフルの死角になる進路や遮蔽物に向けて迫撃砲を二発撃ち、照準を調整する。次に、砲撃可能なほかの方向にも、目標にできそうな地形に照準を合わせられるよう、照準棒を立てておく。ここまでの作業を終えて一服していると、その晩の合言葉がタコ壺からタコ壺へと口伝えで全員に周知される。合言葉にはかならず「L」の文字を含む言葉が選ばれた。日本人が最も苦手とする発音だからだ。

K中隊のほかの小隊と、両翼の部隊の配置についても情報が伝わってきた。われわれは夜に備えて武器を点検し、すぐに手にとれるようにすべての装備を配置した。あたりが闇に包まれるころ、「煙草灯、消灯」と、命令が飛ぶ。仲間同士の話し声もぴたりとやむ。二人一組でひそむタコ壺では、一人はわずかな眠りを貪《むさぼ》るために、ごつごつした地面に横になる。

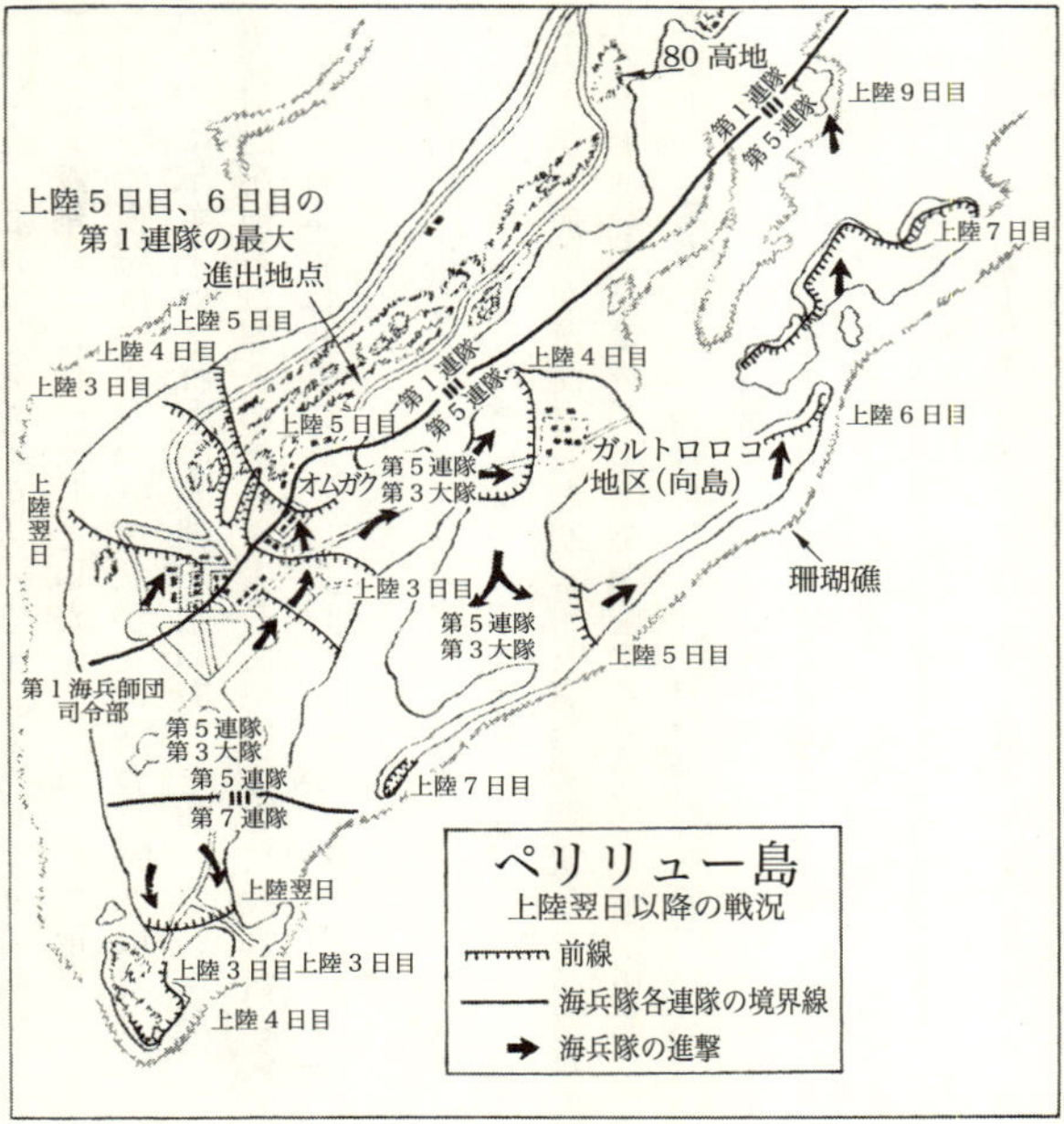

その間、相棒は不審な動きや物音に備え、闇に目を凝《こ》らし、耳をそばだてる。

ときおり、日本軍の迫撃砲弾が近くに飛んできたが、二時間ほどは比較的平穏に過ぎた。われわれは敵を牽制《けんせい》するために、中隊前方に何発か迫撃砲を放った。背後の崖の下では、打ち寄せる波がかすかな音を立てていた。

まもなく、日本軍がわれわれの部隊に忍び寄ろうと行動を開始した。中隊正面の前線沿いに、そして後方の海岸線のほうからも、散発的なライフルや手榴弾の音が聞こえてくる。友軍を誤射する恐れがあって、安易な銃撃は禁物だった。当時世間では、アメリカ軍は「撃ちたがり」で、夜になると動くものならむやみやたらに何でも撃つと、いい加減な批判も聞かれた。たしかに、後方部隊や経験の浅い部隊の場合は当たっていることも多かった。しかしわれわれのように前線で体を張るライフル中隊に言わせれば、夜間に周囲の友軍に知らせずに塹壕を這い出す者や、合言葉を求められて即座に答えられないような者は、撃たれて当たり前だった。それがわれわれの厳然たるルールだったのだ。

突然、前方の草木がカサカサと動くのに気づいた。私はそっと体の向きを変え、スナフの45口径ピストルの撃鉄を起こして構え、待った。茂みを揺らす動きが近づいてくる。鼓動が激しくなるのを感じた。だが、ペリリュー島では夜な夜な——それも夜っぴて——地面を無数のオカガニが徘徊《はいかい》する。この物音がカニでないのは確かだ。何者かがそっとこちらへ這い寄ってきているのだ。音がやむ。そしてまた音がして、ふたたび止まる。木の葉がカサカサと鳴ったかと思うと、ふたたび静寂に包まれる——敵が潜入してくる典型的なパターンだ。

日本兵ができるだけ近づいてから襲撃をかけようとしているのだと、私は思った。見つからないように、慎重を期して何度も止まっているのに違いない。迫撃砲を撃ったときに砲口の閃光が見えたのだろう。今にも手榴弾を投げてくるか、銃剣で突いてくるはずだった。密林の黒々とした影に目を凝らしても、薄闇を透かして見ても何も見えない。

空を背景に相手のシルエットが見えないかと、私は姿勢を低くして、重たいピストルを支えながら安全装置をはずした。すると前方の夜空をバックにヘルメットをかぶった人影がぬっと姿を現した。ヘルメットの形だけでは友軍か日本軍か見分けがつかない。相手の頭の中央に狙いをつけ、遊びの分だけ引き金を引き絞りながら、さらにグリップの安全装置をはずす。手榴弾を使うには近すぎるから、相手は銃剣かナイフで襲ってくるだろう——そんな考えが頭をよぎった。恐ろしかったが、両手はしっかりとピストルを握り、狙いを定めていた。やるか、やられるかだ。

「合い言葉は？」と私は小声で言った。

答えはない。

「合い言葉だ！」。私は引き金に掛けた指に力をこめながら、答えを迫った。この大きなピストルは一瞬で火を噴き、反動がくる。あわてて引き金を引けばかならず的をはずす。そうなれば敵の餌食も同然だ。

「ス、スレッジハンマー」と、人影が口ごもりながら言った。

私は引き金の指をゆるめた。

「おれだ、ド・ローだよ。ジェイ・ド・ローだ。水をくれないか？」

「ジェイ、どうして合い言葉を言わなかったんだ？　危うく撃つところだったぞ！」と私はあえぎながら言った。

「なんてことだ。わかってると思ったんだ」。ピストルを目にし、危ないところだったことに気づいてジェイはうめくように弱々しく答えた。

ジェイは最も親しい戦友の一人だった。グロスター岬で戦ってきた古参兵で、このようにうろつくのは危険なことぐらい先刻承知のはずだった。指にあとわずかばかりの力をこめていれば、ジェイは即死していたはずだ。そうなっても責任は当のジェイにあったが、私の気持ちは治まらなかったに違いない。たとえ私に非はなくても、ジェイを殺してしまっていたら、その後の私の人生はめちゃくちゃになっていたことだろう。

ピストルを下ろすとき、右手は激しく震えていた。親指には力が入らず、左手で安全装置を戻さなければならないほどだった。吐き気がして、力が抜け、泣きたい気分だった。ジェイが這い寄り、窪地の縁に腰かけた。

「すまない、スレッジハンマー。おれだってわかってると思ったんだ」とジェイは言った。

ジェイに水筒を渡すと、私は激しく身震いし、ジェイが生きていることを神に感謝した。

「ニップがそこらじゅうにいるってのに、この暗闇で見分けがつくはずないじゃないか?」。

私は怒りもあらわに言うと、この無二の戦友を厳しく叱りつけた。

ペリリュー島北部への転戦

「装備を装着して、前進準備」

われわれは装備をかつぎ、ひどくぬかるんだ湿地帯をゆっくりとあとにした。ロバート・オズワルトがひそんでいた浅いタコ壺の前を通った。オズワルトが殺されたというのはほんとうかと、近くにいた兵士に訊いてみた。悲しいことに、ほんとうだった。オズワルトは頭部に致命傷を負ったという。人間の苦しみを少しでも癒やすために脳の神秘に挑みたいと、オズワルトは脳外科医を志していた。その明晰な頭脳が、ちっぽけな金属の塊によって無惨にも破壊されてしまったのだ。こんな無駄があっていいものか。国民の最も優秀な人材を台なしにしてしまうとは。組織的な狂気とも言うべき戦争は、なんと矛盾した企てだろうか。

私はまた、つい先刻、遺体となって海から引き上げられた日本兵のことにも思いを馳せた。あの日本兵も、さまざまな希望や志を抱いていたことだろう。しかし荒々しい戦闘の渦中にあるわれわれは、敵兵に哀れみを抱くことはなかった。パヴヴ島で訓練中、撃たれた日本兵をかわいそうに思いますかと、新兵が下士官に聞いたことがある。下士官は答えた――

「馬鹿を言うな！　やるかやられるかなんだぞ！」

われわれは互いに五歩の間隔を保ちながら、激しい砲声が響いてくる方角へ向けて、深いぬかるみのなかを進んだ。耐えがたい暑さだった。摂氏四五度を超える暑熱のなか、熱ばてを防ぐには何度も止まって休まなければならなかった。

飛行場の東端に着くと、低木林の木陰に身を寄せた。装備を投げ出し、みなぐったりと横になる。汗まみれで、息が切れ、へとへとだった。水筒に手を伸ばしたとたん、頭上に銃弾が飛んだ。

「近くにいるぞ。伏せろ」と士官が言った。ふたたびライフルの銃声がする。「向こうへまっすぐ行ったところみたいだな」

「おれが仕留めてきます」とハワード・ニースが言った。

「よし、やってこい、でも気をつけるんだぞ」

グロスター岬の戦闘に従軍した古参兵のハワードは、ライフルをつかむと、平然と低木林の奥へ向かっていった。まるで茂みにウサギを追う狩人のようだ。ハワードは狙撃兵の背後から忍び寄るため、迂回して進んでいった。われわれは不安のなかで、しばしじっと待ち受ける。すると、M1ライフルの銃声が二発聞こえてきた。

「ハワードのやつ、仕留めたな」と仲間が確信ありげに言った。

まもなく勝ち誇ったような笑みを浮かべて、ハワードが戻ってきた。手には日本兵のライフルと所持品をいくつか携えている。みなハワードの腕前を誉めたが、本人はいつものように控えめだった。

「やっつけたぞ」と言ってハワードは笑った。

数分後、われわれは膝丈ほどの茂みを抜けて、飛行場の端の開けた場所へ出た。すさまじい暑さだった。次に停止したときは、わずかな茂みの陰に横になった。私は片足ずつ上に伸ばし、ブーツのなかに溜まった汗を流し出す。中隊のもう一門の迫撃砲を担当する一人が失神した。グロスター岬で戦った古参兵だったが、ペリリュー島の暑さは忍耐の限度を超えていたようだ。救護のために後送されたが、熱ばてで倒れたほかの仲間たちとは異なり、回復して中隊に復帰することはなかった。

少しでも日差しをよけようと、ヘルメットの裏に折り返してある迷彩カバーの縁を後頭部のところで引き出し、首筋に垂らしている者もいた。少しは効果があっただろうが、砂漠を行くフランス軍の外人部隊のような出《い》で立《た》ちになった。

小休止のあと、われわれは分散隊形をとりながらさらに前進した。やがて左手前方にブラディノーズ・リッジが姿を現した。われわれの北方では、第一海兵連隊第二大隊が堅固な洞窟陣地にひそむ日本軍と必死の攻防を繰り広げていた。われわれは第五海兵連隊第一大隊と交代したあと、第一連隊と合流する予定だった。それから尾根の東側に沿ってさらに北へ進撃することになっていた。

第五連隊第一大隊と交代を終えると、われわれは左手の第一連隊第二大隊と右手の第五連隊第二大隊の両大隊と合流した。われわれ第五連隊第三大隊は午後になってからブラディノーズ・リッジの東側の低地を抜けて進撃する予定だった。一方、同じ第五連隊の第二大隊はわれわれの右翼線と島の東岸とのあいだに横たわるジャングルの掃討に当たる。

前進を開始するやいなや、左手のブラディノーズ・リッジから部隊側面に激しい砲火が浴びせられてきた。山地から見下ろす日本軍の観測兵たちに、われわれは丸見えだったのだ。日本軍の砲弾がすさまじい音を立てて空を切り、迫撃砲弾も恐ろしい唸りを立てて飛んでくる。敵の砲火は熾烈を極め、部隊は釘づけにされた。それは、われわれにとってブラディノーズ・リッジの手強《てごわ》さを初めて思い知らされる経験だった。それだけに、左翼にあって、真正面からこの山地の敵陣に挑みつつある第一連隊に対し、いやが上にも同情の念が募った。

われわれが動きを止めると、日本軍も砲撃をやめた。しかし三人でも固まろうとしたり、一人でも動きだそうものなら、ただちに敵の迫撃砲が火を噴いた。部隊全体が動きはじめると、大砲が砲撃に加わる。ペリリュー島の日本軍の攻撃は見事なまでに無駄がなく、どの兵器を使うときも、決してむやみに撃ってくることはない。日本軍は、われわれに最大限の損害を与えられるタイミングを狙いすまして撃ち、チャンスが去るとただちに砲撃を停止する。このためわがほうの観測兵や航空機は、尾根筋に点在する巧みに偽装された日本軍の陣地を発見するのに苦労した。

ペリリュー島、上陸5日目　飛行場の北側に並べられた海兵隊員たちの遺体（アメリカ海兵隊所蔵）

　日本軍は大砲や迫撃砲を撃ち終わると、洞窟陣地の入り口に取りつけた鋼鉄の防護扉を閉じ、われわれの大砲や艦砲、八一ミリ迫撃砲などが岩山に砲弾を撃ち込んでいるあいだ、じっと身をひそめて待つ。われわれが火砲の援護射撃を受けながら前進すると、ふたたびわれわれを釘づけにして、甚大な損害を与える。硬い地面に塹壕を掘ってひそむことは不可能に近く、敵弾から身を守るすべなどなかったからだ。この日の攻撃でどのようなことが起きたか、個々の出来事は覚えていない。ただ心に焼きついているのは、左翼方向から浴びせられる熾烈な砲火と、日本軍がその気になれば、われわれはいつでも木っ端微塵に吹き飛ばされてしまうという、いたたまれない思いだけだ。

午後遅く、われわれは攻撃を断念し、夜に備えて迫撃砲を設置するよう命じられた。下士官が一人やってきて、ほかの小隊の歩兵四人といっしょについてくるよう私に言った。K中隊のために補充物資を運んでくるアムトラックを待ち受けて、荷物を降ろすのだという。指定の場所へ着くと、敵に狙われないよう少し分散し、アムトラックを待った。数分すると、白い埃を巻き上げながらアムトラックがガタガタと音を立ててやってきた。

「あんたたち、第五連隊のK中隊だな？」と操縦手が訊いた。

「そうだ。食い物と弾薬を持ってきてくれたか？」。こちらの下士官が訊き返す。

「ああ、もちろん。弾薬一ユニット[4]と、水に糧食だ。ぐずぐずしてると敵の標的になるぞ」。アムトラックを急停止させて、下りてきながら操縦手が言った。

このアムトラックは私が上陸のとき海岸まで乗ってきたのと同じ古いタイプで、後部開閉板《テールゲート》がなかった。そこでわれわれはいったん荷台に乗り込み、重たい弾薬箱を持ち上げて、舷側越しに地面へ降ろさなければならなかった。

「さあ、やろう」。そう言うと、下士官はみずからアムトラックに乗り込んだ。私も仲間一人といっしょにアムトラックによじ登った。

だが下士官は、驚いた様子で荷台の底を覗き込んでいる。見ると、積み上げられた弾薬箱のそのまた下に、水を詰めた五五ガロン（およそ二〇〇リットル）入りの大きなドラム缶が見える。満タンにするとそれぞれ重さは二、三百キロにもなる。下士官は舷側に寄りかかると、吐き捨てるような口調で言った。「補給士官はまったくどうかしてるな。いったいどうやってこのドラム缶を降ろせというんだ？」

「わからんよ。おれは運ぶだけだから」

われわれは悪態をついて、大急ぎで弾薬を降ろしにかかった。飲み水はてっきり五ガロン（およそ二〇リットル）入りの缶に小分けにされてくると思っていた。そうすれば一つ一八キロほどの重さだ。われわれはできるだけすばやく作業を進めたが、そのとき、思ったとおりあの恐ろしいシュシューッという音が聞こえてきた。大型の迫撃砲弾が三発、そう遠くないところで次々と爆発した。

「おっと、まずいことになってきた」と仲間の一人が唸った。

「みんな、手を貸せ。急げ」と下士官の声が飛ぶ。

「なあ、あんたたち、おれはこのトラクターを無事に帰還させなければならないんだ。こいつがここで一発食らってみろ、おれが責任を問われるんだ。小隊長にケツをぶちのめされる」。操縦手がうめくように言う。

われわれは操縦手に何の恨みもなかった。アムトラックの操縦手たちはペリリュー島ですばらしい活躍を見せ、誰もが彼らを称賛した。彼らの勇気と責任感には疑問の余地もない。

「悪いな。でもこの補給物資を降ろしてしまわんと、おれたちのケツも危ないからな」と下士官が答える。われわれはせわしなく作業を続けた。

また何発か、近くで迫撃砲弾が炸裂し、破片が音を立てて飛び散った。どうやら敵の迫撃砲手は夾叉《きょうさ》攻撃を狙っているようだったが、こちらの観測兵に砲撃位置を突きとめられるのを恐れているのか、思う存分に撃ってはこなかった。われわれは必死に弾薬を降ろしていった。汗が流れ、息が切れた。飲み水のドラム缶は吊り縄を使って降ろした。

「手を貸そうか?」。後方から海兵隊員が一人ひょっこりと現れて言った。

そんなところに友軍がいるとは、話しかけられるまで気づかなかった。緑色のダンガリーのズボンにゲートルをつけ、われわれのように布の迷彩カバーがついたヘルメットをかぶり、45口径自動ピストルを携帯している。どこの部隊の迫撃砲兵や機関銃兵、士官たちとも変わらない出で立ちだ。もちろん、戦場だから階級章はつけていない。意外にも、見かけは五〇歳を超えているようで、珍しく眼鏡までかけていた(K中隊で眼鏡をかけているのは二人だけだった)。額の汗を拭おうとヘルメットを脱いだ頭には白髪《しらが》が混じっていた(師団司令部や連隊の指揮所より前方では、大方の将兵は一〇代後半か二〇代前半で、多くの士官は二〇代半ばだった)。

所属と氏名を尋ねると、意外な答えが返ってきた。「ポール・ダグラス大尉だ。第一海兵師団付きの副官だったが、昨日、第五連隊の指揮所が被弾したので、第五連隊のR-1(人事将校)に任命された。第五連隊に配属されたことを、とても誇らしく思っている」

「へえ、大尉殿ですか! なら、こんなところにいる必要なんてないでしょうに!」。仲間の一人が父親ほどの年齢の士官に弾薬箱を手渡しながら、信じられないという表情で言った。

「そのとおりだ。だが前線のみんながうまくやっているか、いつだって気にしているし、できれば手を貸したいのでね。ところでどの中隊所属だね？」

「K中隊です、大尉殿」と私が答えた。

大尉の表情がぱっと明るくなった。「ああ、アンディ・ホールデイン大尉の部隊だな」

「アク・アク」をご存じなんですかと、われわれは訊いた。知っているどころか古くからの友人だと、ダグラス大尉は答えた。積み荷を降ろし終わるころには、大尉もわれわれもホールデイン大尉ほどすぐれた中隊長はいないという点で、意見が一致していた。

近くにさらに二発ばかり迫撃砲弾が炸裂した。われわれの運も尽きてしまいそうだった。日本軍の砲手の腕前はいつもなかなかのものなのだ。われわれは、「とっとと行け！」とアムトラックの操縦手に叫んだ。操縦手は手を振り、空になったアムトラックのキャタピラーの音を響かせながら戻っていった。弾薬箱を積み上げるのを手伝ってくれたダグラス大尉が、そろそろみんなも立ち去ったほうがよいと言った。

「後方の連隊指揮所にいられるっていうのに、あの白髪頭のおかしなおやじはいったいどういうつもりなんだ？」。仲間の一人が言うのが聞こえた。

すると下士官が怒鳴りつけた。「うるさい！　黙れ、馬鹿もん！　おまえみたいなうすのろのために手伝ってくれてるんだ。あんな立派な人はそういるもんじゃないんだぞ」

われわれ作業班は各自一抱えの補給品を持って、ダグラス大尉に別れを告げ、中隊が待つ前線へ戻った。残りの補給物資は暗くなる前にほかの仲間たちが取りにいった。われわれは食事を済ませ、夜の準備を終えた。その晩、ペリリュー島に上陸してから初めて熱いスープを飲むことができた。K号携帯口糧に入っている乾燥ブイヨンの錠剤と、例の汚い油っぽい水を水筒のコップで沸かして作ったのだ。夜になっても気温はさほど下がらなかった。それでもこの夜食は、この三日間で最も栄養に富んでいて、心もなごむ食事となった。翌日には新鮮な飲料水も手に入った。汚い水を飲みつづけていただけに、心底ほっとした。

私が迫撃砲を据えつけた塹壕と隣り合わせのタコ壺には、K中隊機関銃小隊を率いるエドワード・A・ジョーンズ中尉（通称「南部の山男《ヒルビリー》」）と、年季の入った古参兵ジョン・A・テスケヴィチ三等軍曹の二人が身をひそめていた。その夜、われわれの戦闘区域では、友軍砲兵部隊の攪乱《かくらん》射撃があったほかは、平穏だった。そこで夜のとばりに包まれて敵の観測兵にわれわれの動静がつかみにくくなると、二人がこっそりやってきて窪地の縁に腰を下ろした。私は二人と糧食を分け合い、あれこれ話し込んだ。そのときの会話は、私の人生を通じて最も忘れがたいものとなった。

ヒルビリー中尉はK中隊の歩兵のあいだでは「アク・アク」ことホールデイン大尉に次ぐ人気者だった。こざっぱりとして、色白の二枚目。大柄ではないが体はがっしりしていた。戦前の数年間は一兵卒として過ごし、K中隊とともに太平洋戦線に出征し、ガダルカナル島の戦いのあとで士官に任命されたのだと、ヒルビリーは教えてくれた。士官に昇進したいきさつは語らなかったが、歩兵たちの噂によればガダルカナル島で抜群の働きを見せたそうだ。

戦時中、われわれ歩兵はよく皮肉を込めて言ったものだ――士官が偉そうに紳士面《しんしづら》をしていられるのは、士官の任命を定めた法律のおかげにすぎない、と。ヒルビリーもたしかに法律の規定によって士官となったのだろうが、彼には紳士たるにふさわしい、持って生まれた素質があった。戦場では誰もが薄汚く、不潔になりがちだが、ヒルビリーだけはいつも清潔な、さっぱりした顔つきをしていた。肉体は強靭で、正義感も人一倍強い。ほかの将兵と同じように汗まみれになってはいたが、どういうわけか、戦場のぞっとするほど劣悪な生活環境に埋もれてしまうことがなかった。声は命令を発しているときでも静かに心地よく響いた。アクセントは柔らかく、アメリカ南部の山間部というよりは、私にとって馴染み深いディープ・サウスの訛りに近かった。

私の顔見知りの海兵隊員はみな、ヒルビリーとのあいだに互いに深い尊敬の念を抱き、温かい親しみを感じていた。ヒルビリーは下士官兵たちと親しくしながら、しかも馴れ馴れしくはしないという希有な才能を持っていた。また、勇気、リーダーシップ、才能、誠実さ、威厳、率直さ、そして思いやりを併せ持っている点でも特別な存在だった。こうした点でヒルビリー中尉に匹敵するのは、私が知るかぎりではホールデイン大尉だけだった。

その晩、ヒルビリーはウェストヴァージニア州の家のことや、少年時代のことを話し、私の生まれ育ちについても質問した。戦前の海兵隊での暮らしのことも聞かせてくれた。今となっては具体的な内容は忘れてしまったが、ヒルビリーの穏やかな話しぶりは心を落ち着かせてくれた。ヒルビリーは戦闘の見通しには楽観的だったが、私の恐怖心や不安をよく理解し、わかってくれているようだった。私はヒルビリーに打ち明けた――自分のように怖じ気づいたりしない歩兵仲間もいるようだが、私は何度もひどい恐怖心に襲われて恥ずかしく思っていると。するとヒルビリーは、なにも恥ずかしがることはないと言ってくれた。怖いのは誰でも同じで、ただその恐怖心を素直に認めるかどうかの違いだけだと。自分だって怖いのだと、ヒルビリーは私に言った。しかし来たるべきものに対する心構えができない分、初めての戦場がいちばんつらいとも。ヒルビリーは教えてくれた――恐怖心は誰の心にも巣食っていること、そして勇気とは怖がらないことではなく、その恐怖心を克服して任務を果たすことであると。

ヒルビリーと話をして、私は安心した。テスケヴィチ三等軍曹がコーヒーを作って戻ってきたころには、私は浮かれた気分にすらなっていた。やがて会話がとぎれ、われわれは静かにコーヒーをすすった。

突然、大きなはっきりとした声が、きっぱりと言うのが聞こえた――「おまえは生還する！」

私はまずヒルビリーに顔を向け、次に軍曹を見た。二人とも、深まる闇のなかで不思議そうな顔で見返した。今の声がどちらのものでもないのは明らかだった。

「聞こえませんでしたか？」と私は訊いた。

「何が？」と二人は問い返した。

「誰かが何か言いましたよ」

「聞こえなかったな。きみは？」とヒルビリーが軍曹に向き直って訊く。

「いいや。左手のほうで機関銃の銃声がした以外は何も」

まもなく、夜に備えろとの指示が伝わってきた。スナフが戻ってくると、ヒルビリーと軍曹は自分たちの位置に這い戻っていった。世間では、天の啓示の声を聞いたとか幻影を見たとかいう話には懐疑的な人が多い。私とてそうだった。だからこの謎の声のことは誰にも話さなかった。しかしあの夜、私はペリリュー島の戦場で、たしかに神が私に語りかけた声を耳にしたのだ。そう信じた私は、戦争が終わったら有意義な人生を歩もうと決意した。

その晩——上陸して三度目の夜——迫撃砲の傍らに身をひそめながらあることに気づいた——風呂に入りたいと。体がひどい悪臭を発していたのだ！　口のなかもねばねばして気持ちが悪かった。髪は短くしていたが、それでも塵とライフル・オイルでべとついていた。頭皮はかゆく、暑さのなかで無精髭《ぶしょうひげ》もうっとうしくなってきた。戦況が優勢に転じる前のこの段階では、飲み水は貴重だった。だから仮に少しゆとりがあったとしても、歯を磨いたり髭《ひげ》を剃ったりするのに使うのは、もったいない気がした。

前線では、われわれ歩兵の体はすさまじく不潔で、その不快なことといったら筆舌に尽くしがたい。私の知るかぎり、平気でいられる者などいなかった。いかに大胆な剛の者でも、海兵隊ではライフルと体の手入れをないがしろにする者はいないのだ。言葉遣いが乱れていたり、頭が少しばかり錆《さ》びついたりしている者はいたが、武器と軍服と体だけは、いつ見ても完璧だった。こうした生活態度はまず新兵訓練所《ブートキャンプ》で叩き込まれた。さらに歩兵としてキャンプ・エリオットに着任したあとも、爪が汚れているだけで罰として自由時間がもらえなくなるほど、何度も厳しい点検があった。身ぎれいにしていることは最低条件であり、これが守れないとなれば、海兵隊の名を汚すものとして決して容認されなかったのだ。

一方、屋外での訓練中は、第一海兵師団の各部隊は自分たちを「ぼろ着の海兵隊」と呼びならわしていた。野外演習や機動演習では、即座に戦闘態勢に入ることが最大の課題だから、外見などにかまってはいられない。しかし一度兵営に戻れば、どれほど辺鄙《へんぴ》な訓練場にいようとも、みな真っ先に身なりをととのえた。

だが戦場では違った。歩兵が身ぎれいにしていることなど、無理な注文というものだ。戦闘の渦中でただでさえ惨めな思いをしているところへ、汚れが拍車をかける。戦場には恐怖と不潔がつきものだ。いつも不思議に思うのだが、戦場の暮らしのこれほど重大な側面に、歴史家たちはほとんど注目しない。歩兵たちが残したすぐれた回想録などを見ても、この点だけは抜け落ちていることが多い。もちろん、決して気持ちのよい話題ではない。しかしわれわれにとっては、暑いか寒いか、晴れるか降るか、日陰にいるか刺すような日差しにさらされるかといった問題や、空腹や疲労、体調不良などに劣らず、不潔にして不愉快きわまりない生活環境は大きな悩みの種だったのだ。

翌九月一八日早朝、大砲と八一ミリ迫撃砲が部隊正面の日本軍陣地へ砲撃を開始した。ブラディノーズ・リッジの東側を北へ向けて進撃するという、前日頓挫した作戦をふたたび試みるのだ。わがK中隊を含め、ライフル中隊による攻撃はおおよそ次のような手順で行なわれた。まず中隊の二門の迫撃砲が特定の目標や、敵がいる（あるいはいそうな）地域に砲撃を加える。続いて各ライフル小隊付きの軽機関銃分隊が、ライフル小隊の前方を掃射する。最後に三個小隊のライフル小隊のうち、二個小隊が分散隊形で前進を開始。残る一個小隊は予備隊となる。

ペリリュー島　砲撃する81ミリ迫撃砲分隊（アメリカ海兵隊所蔵）

ライフル兵が進撃を開始する直前に、われわれは迫撃砲の砲撃をやめる。機関銃兵も、ライフル兵の頭上を越えて射撃できる場合を除き、攻撃をやめる。するとライフル兵は体力を温存するために歩いて前進を開始する。敵の攻撃を受けた場合は、ある地点から次の地点まで短い突進を繰り返して進む。こうして目標地点をめざすのだ。迫撃砲分隊はライフル兵が頑強な反撃に出くわしたときのために備え、機関銃分隊はライフル兵のあとから前進し、援護射撃を加える。

どんな作戦であれ、先鋒を務めるのはライフル兵と決まっていた。だからほかの兵士たちに比べ、はるかに熾烈な攻撃にさらされた。たしかに、機関銃兵の任務も過酷だった。日本軍は機関銃の威力を恐れて狙い撃ちしてきたからだ。火炎放射器やロケット弾の砲手、爆破工作隊も激しい攻撃にさらされた。また、六〇ミリ迫撃砲兵は日本軍の迫撃砲や大砲による攻撃を受けただけでなく、おびただしい数の狙撃兵や、われわれが攻撃せずにやり過ごすことの多かった機関銃兵からも反撃を食らった。戦車部隊は迫撃砲や大砲に加え、地雷にも苦しめられた。しかしいつでも、最も過酷な任務をになうのはライフル兵だった。われわれ残りの者は彼らを支援したにすぎない。

海兵隊の戦術では、勢いを失わずに前へ前へと強力に進撃していくことが優先されたため、単独で攻撃を仕掛けてくる狙撃兵や機関銃兵を逐一掃討していることはできなかった。前線部隊が置き去りにした日本兵は中隊か小隊の予備隊が片づけた。したがって、われわれの迫撃砲が前方の敵めがけて火を噴いているあいだにも、後方では相変わらずそこここにひそむ日本兵を相手に、予備隊の歩兵たちが小規模ながら熾烈な戦闘を展開していたのだ。こうした日本兵はしばしば後方から攻撃してくることになるため、こちらの損害は大きく、部隊の前進が阻まれることもあった。このような危険な戦術を成功させるためには、各部隊がしっかりと規律を守ってそれぞれの任務を果たすことが欠かせない。また、敵味方が錯綜する状況のなかで、事態を掌握して各部隊を統制できるだけのすぐれた指揮官が必要だった。海兵隊のこうした戦術は、一九一八年春に連合軍を大いに苦しめたドイツ軍のエーリヒ・ルーデンドルフ将軍が考案したものによく似ていた。

ライフル兵たちが激しい反撃にあうと、八一ミリ迫撃砲、大砲、戦車、艦艇、そして航空兵力が支援を要請された。ペリリュー島でも初めのうちはこの戦術は威力を発揮した。しかしやがて、迷路のような珊瑚の尾根筋にあって、相互に援護できる形で複合的に配置された日本軍の洞窟やトーチカを攻撃するようになると、事態は変わってきた。死傷者が激増するにつれて、予備隊のライフル小隊や迫撃砲兵、士官たちまで含め、手の空いている者は誰もが担架をかついで負傷兵の救出に当たった。階級や兵種を問わず、ペリリュー島と沖縄では、K中隊の隊員全員が何度もライフル兵の役をにない、また担架の運搬係を買って出た。

左手の尾根から砲撃を浴びて、われわれは思うように進撃することができなかった。空からは爆撃を繰り返し、艦砲や大砲も尾根を砲撃したが、日本軍の反撃はやむことがなかった。中隊の死傷者は増すばかりだった。敵の砲火を避けるため、われわれは何度か迫撃砲の位置を変えた。しかし日本軍は大砲と迫撃砲でますます熾烈な攻撃を加えてきて、第三大隊の各中隊が被った損害はあまりにも大きく、ついに昼ごろ、われわれはふたたび攻撃を中止せざるを得なくなった。

われわれの右翼方向で攻撃中の第五連隊第二大隊はもっと戦果をあげていた。この大隊は鬱蒼としたジャングルのなかを敵の観測兵の目を逃れて進み、進路を東へ変えて、二本ある「ロブスターの鋏《はさみ》」のような半島の短いほうへと進撃した。われわれ第三大隊もこの戦果に乗じて第二大隊のあとを追い、湿地帯に延びる道路を東へ移動した。密林に守られながら、われわれはこの日もまた、ブラディノーズ・リッジから離れていったのだ。

相変わらず尾根筋を攻撃しつづけている第一連隊に、同情の念を禁じ得なかった。第一連隊の死傷者は、すでに膨大な数にのぼっていた。

「噂によると、第一連隊は地獄を見ているらしいぞ」とスナフが言った。

「かわいそうに、同情するよ」と仲間の一人が応じた。

「ああ、おれもだ。だがなんとかしてあの尾根を占領してもらいたいもんだ。おれたちまであそこに行かされたんじゃ、たまらんからな」と、さらに別の者が言う。

「あの尾根からの敵の砲撃は地獄そのものだったな。双眼鏡を使ったって相手の砲の位置は見えやしないんだから」と誰かがつけ加えた。

この二日間、われわれを左側面から襲いつづけた敵の砲撃はすさまじく、また尾根の様子をこの目で見た感触からも、第一海兵師団の全連隊、全大隊を挙げてブラディノーズ・リッジを攻略するよう命令が下るのも時間の問題に思えた。そして事実、そのとおりになった。

そのころの第一連隊の苦境は、われわれ第五連隊第三大隊の比ではなかった。彼らは尾根のふもとを真正面から攻撃しており、このため、敵の洞窟陣地から激しい砲撃を受けただけでなく、小火器による恐ろしく正確な射撃にもさらされたのだ。そのときわれわれの部隊はまだ第一連隊と合同して作戦を展開していたため、地図上で戦況を追っているだけの指揮所の士官たちのあまりにも楽観的な見通しなどではなく、前線の第一連隊の歩兵たちから直接「証言」を得ることができた。

第一連隊第二大隊から前線を伝わってきた話はこうだった。友軍による砲撃に続いてライフル兵たちが前進を始めると、敵は複数の陣地が連携しながら攻撃を仕掛けてきた。このため部隊は進撃を阻まれ、おびただしい死傷者が出たという。たとえ尾根筋に取りつくのに成功しても、敵はこちらの砲撃がやんだ隙に洞窟から出てきて至近距離で撃ってきては、たちまち洞窟に引っ込んでしまう。爆薬を仕掛けたり火炎放射器で攻撃したりできるほど敵陣に迫っても、今度はその陣地を援護できる位置にある別の陣地からも撃ってきて、十字砲火を浴びせられる。第一連隊はわずかな距離を攻略するのに、あまりにも多くの犠牲者を出していたのだ。われわれの位置からかすかに望見できた尾根の様子や、左翼線で必死に戦っている部隊から直接聞いたさまざまな話からして、ブラディノーズ・リッジをめぐる攻防はずるずると長引き、多くの死傷者を出しつづけるのではないかと、うすうす感じている者もいた。

兵士は金をもらって戦うのが任務で（私の場合は月に六〇ドル）、頭を使うのは首脳部の仕事だった。そのお偉方は、尾根筋の日本軍の防御線は「今にも簡単に突破できるはずだ」と考え、ペリリュー島は数日以内に確保できると、相変わらず楽観的な予測を立てていた[5]。

九月一八日、われわれ第五連隊第三大隊がいったん後方へ引き下がるため東へ移動しているとき、仲間の一人が悲しそうに言った――「なあ、スレッジハンマー。第一連隊のやつに聞いたんだが、彼らは銃剣を構えてあのいまいましい尾根に正面攻撃をかけているが、どこから撃たれているのかもわからず、肝心のニップの姿すら見えないらしい。このことを教えてくれた若いやつはほんとうに落ち込んでいたよ。とても生きて帰れるとは思えないからな。どうみたって馬鹿馬鹿しいじゃないか。あんなこと続けてても何にもならん。みすみす虐殺されてるようなもんだ」

「そうだな。どっかの見栄っ張りの士官がもう一つメダルでも欲しいんだろうよ。おれたち歩兵はそのために戦場で倒れるんだ。士官は勲章をもらって、国へ帰って、大いに英雄扱いされる。英雄だなんて、馬鹿馬鹿しいにもほどがある。部下の兵士を殺されておいて、どこが英雄なんだ」と別の古参兵が恨みごとを言った。

まさに恨めしいことこのうえなかった。顔見知りの仲間のなかで、ふだんなら人一倍楽観的な者でさえ、いずれわれわれ第三大隊もあの恐ろしい尾根の攻撃に投入されるに違いないと、確信していた。そしてそれをひどく恐れていた。

決死の偵察

背嚢は重くはなかったが、肩と背中の上部に貼りついて、ひどく熱い温湿布さながらだった。誰もが汗まみれで、ダンガリーの軍服がわずかに乾くのは、日陰で休憩しているときや夜間だけだった。乾くと、チョークで太い線を描いたように、肩や腰など体じゅうに粉のような塩が浮き上がった。長引く戦闘のなか、軍服には珊瑚の粉もこびりついて生地が硬くなり、柔らかい木綿ではなくカンバス地のような着心地になってしまった。

私は胸ポケットに国際ギデオン協会の小さな新約聖書を入れていたが、初めのころはずっと汗で濡れっぱなしだった。日本兵は緑色のゴムでできたポケットサイズの袋を持っており、折り畳んで持ち運べるこの防水性の袋に家族の写真や手紙類など私物を入れていた。私は日本兵の遺体からその袋を一つ「失敬」し、新約聖書のカバーにした。おかげでこの小さな聖書はペリリュー島から沖縄戦終了まで、私とともに無事に雨と泥をくぐり抜けた。

「温かいメシだぞ」。樹林のなかの道路で休憩していると、仲間の声が伝わってきた。

「まさか」と誰かが信じられないといったふうに言った。

「正真正銘、ポークチョップだ」

耳を疑ったが、ほんとうだった。われわれは金属製の円筒形の容器の前に並んで、一人ずつ、熱いポークチョップをもらった。うまかった。LST六六一のクルーがK中隊のために揚陸してくれたものだった。機会があれば同艦の艦員たちにかならず礼を言おうと私は心に決めた。

道路沿いに並んで座り、手づかみでポークチョップを食べた。そのとき、隣でヘルメットに腰かけていた友人が、戦死した日本兵から奪ってきたピストルをいじりだした。すると突然、そのピストルが火を噴いた。友人は後ろ向きに倒れたが、手で額を押さえながらすぐに起き直った。みな銃声に身をかがめ、地面に伏せる者もいた。私はピストルが火を噴くのを見ていたが、体に染《し》みついた条件反射で思わず身をかがめた。立ち上がって友人の顔を見る。弾丸が額をかすめただけで済んだらしい。幸運な男だ。たいした怪我をしていないことがわかると、まわりの仲間が手厳しく冷やかしはじめた。たとえばこんなふうだった。

「おまえが石頭だってのは知っていたが、銃弾が跳ね返るとは思わなかった」

「一〇分《テイク・テン》休憩に腰かけに使う以外に、ヘルメットは用なしだな」

「そいつはおまえみたいなガキがいじるおもちゃじゃない」

「名誉の負傷でパープルハート勲章をもらうためなら、何だってするやつがいるもんだ」

「おまえは家でもそうやってお母ちゃんの注意を引こうとしてたんだろ」

友人は額をさすりながら、恥ずかしそうにつぶやいた。「もう、やめてくれ」

われわれは湿地を抜ける土手道を進み、ある沼地の縁で止まった。そこで夜に備えて展開し、身をひそめた。比較的平穏な夜だった。翌朝、K中隊は南へ転じ、前方に迫撃砲と大砲の集中砲火を浴びせつつ、深い茂みを進んだ。途中、数人の日本兵を殺した。そして夕方になるとふたたび夜に備えて配置についた。

翌日、K中隊は強力な戦闘偵察隊を編制して島の東岸へ進出するよう命令を受けた。密林を抜け、「ロブスターの鋏」の小さいほうにあたる半島へ到達したら、北端にあるマングローブの湿地に面した陸地に防御陣地を築けという。そこに何日間留まるべきかは指示がなかった。

「ヒルビリー」ことジョーンズ中尉が偵察隊の指揮をとった。上級下士官はヘンリー(通称ハンク)・ボーイズ三等軍曹。偵察隊は海兵隊員四〇人ほどと、ドーベルマンピンシャー犬一頭だった。戦闘偵察の常として、われわれはライフルとブローニング自動小銃（ＢＡＲ）で武装していた。さらに機関銃分隊二個分隊と迫撃砲分隊も参加した。そして銃剣の技を発揮するチャンスを決して見過ごすことのない、ヘイニー三等軍曹も志願して加わった。

古参兵の下士官が簡潔に告げた。「Ｇ－２〔第一海兵師団情報部〕の報告によれば、沼地の向こうのどこかに二〇〇〇人ばかりのジャップの部隊がいるそうだ。連中が沼地を越えてブラディノーズ・リッジの陣地に向かおうとしたら、砲兵、航空隊、増援部隊が到着するまで敵を食い止めておくようにとの命令だ」。われわれの任務は索敵して相手の戦力を見極めること、あるいは敵の攻撃に対して、戦略的な要衝を占領し、確保することだった。いずれにしろ、あまり気乗りのしない任務だった。

われわれ偵察部隊は居残るＫ中隊の仲間のあいだを列を成して通り抜けながら、知り合いと別れの挨拶を交わし、予備の糧食と弾薬を受け取った。鬱蒼とした低木林に踏み込んでいきながら、私は強い孤独感を覚えた。初めて家族と離れて外泊する幼い少年のような気分だった。今やＫ中隊が家族同然になっていることに私は気づいた。中隊での日々がどれほどひどいものであっても、私にとってはここが家だった。Ｋ中隊は、第何師団、第何連隊、第何大隊の何々中隊という単なる数字とアルファベットで呼ばれる以上の存在だった。もっとはるかに大きな意味を持っていたのだ。私の家、私の中隊だった。私はこのＫ中隊の人間であり、それ以外の何者でもなかった。

どの大隊、連隊、師団でも、私が知る大方の海兵隊員は自分の中隊に対して私と同じような特別な思いを抱いていた。こうした気持ちは、われわれの強固な団結心の結果——あるいは逆にその理由——だった。将兵がこのように自分の中隊に愛着を持つことを、賢明にも海兵隊上層部も容認していた。負傷した兵士が前線に復帰するときは、ほとんどの場合、元の中隊に帰ってきた。決していたずらに感傷に流されていたのではなく、むしろわれわれが高い士気を保つ上で大きな力となった。われわれは自分の部隊に帰属意識を持ち、見知った戦友のあいだに、そして戦場で互いに強い信頼関係を築いた者たちのあいだに、自分の居場所を見出していたのだ。部隊を家族のように感じることは、とくに歩兵部隊では重要だった。歩兵が高い戦闘能力を発揮し、戦場で生き残ることができるかどうかは、どれだけ互いを頼りにできるかに懸かっていることが多かったからだ[6]。

斥候兵《せっこうへい》が先行して敵の狙撃兵に目を光らせるなか、われわれは散開隊形をとって、音を忍ばせて深い茂みのなかを進んだ。周囲は物静かだったが、ブラディノーズ・リッジのほうでは相変わらず砲声が響いていた。繁茂する植生が湿地を埋めつくしていた。この一帯には浅い入り江や池がたくさんあったが、どれにもマングローブがびっしりと隙間なく生え、水際にもマングローブや低いタコノキが密生していた。マングローブの根には足をとられやすく、重い装備をかついで歩くわれわれにとって、これほど厄介な植物はない。

一本の丈《たけ》の低い木の下を通ったとき、樹上にグンカンドリのつがいの巣が見えた。グンカンドリは枝で作った大きな巣から首をかしげて見下ろしながら、人間を恐れる様子はない。オスは私などには興味を持たず、大きな赤い喉袋をふくらませ、一心にメスに見せつけはじめた。二メートルを超えそうな大きな羽を悠然と広げ、鉤《かぎ》状の長いくちばしをカチカチと鳴らす。子供のころ、故郷のモービルに近いガルフショアでも、グンカンドリが上空高く舞っているのを見たことはあるが、これほど近くで見るのは初めてだった。ほかにもシラサギに似た白い大きな鳥が何羽か近くの木に止まっていたが、種類はわからなかった。

現実からのささやかな逃避は、私を叱りつける戦友の低い声で唐突に断ち切られた。「スレッジハンマー、鳥なんか眺めて何してるんだ？　みんなとはぐれてしまうぞ」と、急ぐようしきりに合図しながら戦友は言った。私が正気を失ったとでも思ったのだろうが、たしかにそのとおりだった。バードウォッチングのような浮世離れしたことを悠長にやっていられる場所でも場合でもなかったのだ。しかし私は束の間の夢想にふけり、ペリリュー島で展開されている人間の戦慄すべき所業を忘れて、爽快な時間を味わうことができた。

われわれは前進を続け、日本軍が放棄した機関銃座の近くで停止した。ココヤシの丸太と珊瑚の塊で掩蔽壕《えんぺいごう》が構築されている。これが戦闘偵察隊の指揮所となった。われわれはそのまわりに展開し、それぞれ塹壕を掘って身をひそめた。この地域は海抜わずか一メートルほどで、珊瑚の地盤は比較的ゆるかった。わが迫撃砲部隊は指揮所から約一〇メートル、沼地の水際から一メートルほどの場所に塹壕を掘り、迫撃砲を設置した。戦闘偵察隊の防衛線は、何重にも錯綜したマングローブの根で三方の視界が遮られ、根のあいだを透かして見ても、わずか一メートルほど先までしか見通せなかった。われわれは敵が通りかかった場合に奇襲できるよう、何どきも決して物音を立てないよう命じられていたから、迫撃砲の照準を合わせるための砲撃も行なわず、最も敵が現れそうな方向に狙いを定めるだけにした。携帯口糧で食事を済ませると、武器を点検し、長い夜に備えた。

闇があたりを覆い、霧雨が降りだしたころ、合い言葉が伝えられた。木々の梢《こずえ》から滴《したた》る水滴が沼地に落ちるかすかな音に耳を澄ましていると、寂寥感《せきりょうかん》がこみ上げてくる。これほどの深い闇は初めての体験だった。雲のたれ込めた夜空はあくまでも黒く、われわれを取り囲むずぶ濡れのマングローブの森と見分けがつかない。私は巨大なブラックホールに呑み込まれてしまったような感覚に襲われ、思わず手を伸ばして塹壕の壁を探り当てた。自分が今どこにいるのか、この手で確認せずにはいられなかったのだ。そのとき、この状況の意味する現実が、ゆっくりと頭のなかで形を成していった――われわれ歩兵は消耗品同然なのだ！

容易には受け入れがたい事実だった。われわれは生命と個人の価値を尊重する国に生まれ、そういう文化のなかで育ってきた。自分の命など何の価値もないと思い知るのは、孤独の極みと言うべきだった。惨めなことこのうえもない体験だった。大方の古参兵は、すでにガダルカナルの戦場で、あるいはグロスター岬の戦闘で、こうした現実を思い知らされてきた。だが、あの湿地のなかで、私はこの認識に打ちのめされたのだった。

私の塹壕にはグロスター岬の戦闘に従軍したジョージ・サレットがいっしょにいて、互いに気分を引き立てようとしていた。低い声で、ジョージはテキサス州で過ごした少年時代のことや、グロスター岬の戦いのことを語った。

やがて、兵の配置を確認するためにヘイニー軍曹が這い回っているとの情報が伝わってきた。

「合い言葉は？」。ヘイニーがわれわれのほうへ這い寄りながら聞いた。ジョージと私は合い言葉をささやいた。「よし。おまえたち、警戒を怠るな、いいか？」と彼は言った。

「ＯＫ、ヘイニー」とわれわれが答えると、ヘイニーは指揮所のほうへ這っていった。おそらくそこに腰を落ち着けるつもりだろうと私は推測した。

「これで彼もしばらくはじっとしているだろう」と私は言った。

「まったく、そのとおりだといいがな」とジョージが答えた。

しかしそうではなかった。一時間とたたないうちに、ヘイニーはふたたび見回りを始めたのだ。

「合い言葉は？」。壕の外縁から頭を突き出してヘイニーがささやきかけた。

われわれが答えると、「よし。おまえたち、武器を点検しておけ。弾は装填《そうてん》してあるな？」とヘイニーは念を押した。

「はい」と、われわれは答えた。

「よし。その迫撃砲はいつでも砲撃できるように準備しておけ。ニップが銃剣をつけたライフルを控え銃《つつ》の姿勢で高く持って湿地を抜けてくるかもしれない。そうしたら、できるだけすばやく砲弾と曳光弾を撃たなけりゃならないぞ」。そう言うとヘイニーは這っていった。

「あの頭のいかれた《アジアチック》おっさんにはいい加減にしてもらいたいもんだ。いらいらする。おれたちを青くさい新兵扱いしやがって」。ジョージが愚痴をこぼした。ふだんは冷静沈着な古参兵だったが、このときは私も同感だった。ヘイニーのおかげで、私も気が立っていたのだ。

　時間はうんざりするほどのろのろと過ぎていった。われわれは濡れそぼつ闇夜に目を凝らし、耳を研ぎ澄まして敵の動きを探ろうと警戒を怠らなかった。ジャングルの動物たちの立てる物音が聞こえてくる。パシャッと何かが水中に落ちるだけで、鼓動が激しくなり、全身の筋肉がこわばった。ヘイニーの見回りにわれわれは苛立ちを募らせるばかりだった。ヘイニー自身も、時間の経過とともにますます神経質になっているのがわかった。

「まったく、ヒルビリーがやつの叉銃用翻環《さじゅうようはんがん》（訳注―ライフルを束ねて立てるときに使う銃床についている金具）をひっつかんで指揮所から出さないようにしてくれるといいんだが」とジョージがつぶやいた。

　腕時計の蛍光文字盤の針は、時刻が午前零時を過ぎたことを示していた。指揮所から「おお、ああ、おお」という低い声が聞こえ、すぐに静まったが、やがてまたいっそう大きな声が響いた。

「あれは何だ？」。私は不安になってジョージに聞いた。

「誰かが悪夢にうなされているみたいだな」。ジョージは緊張した声で答えた。「さっさと黙らせないと、このいまいましい湿地帯じゅうのニップにこっちの位置を気づかれるぞ」。指揮所から、何者かが動いたりのたうち回ったりしている物音が聞こえてきた。

「いい加減にしろ」。われわれの近くにいた仲間数人が小声で言った。

「その男を静かにさせろ！」。ヒルビリーが低い声で厳しく命じた。

「助けてくれ、助けてくれ！　ああ神よ、助けてくれ！」と、金切り声が響いた。哀れな海兵隊員はすっかりおかしくなっていた。戦闘のストレスでついに気がふれてしまったのだ。まわりの者がその兵を鎮めようとしていたが、男は激しくのたうち回って、言うことを聞かない。大丈夫だ、何も心配はないぞとヒルビリーが思いやりのある、しかし断固とした口調でなんとかなだめようとしたが、無駄だった。悲惨なまでに神経をいたぶられてきたこの戦友は、忍耐の限界を超えてしまったのだ。男はますます大声で悲鳴をあげる。誰かが男の両腕をつかんで動きを制すると、今度はドーベルマンピンシャーに向かって金切り声をあげた。「ワン公、助けてくれ。ジャップに捕まった！　ジャップに捕まって、海に投げ込まれちまう」。そのとき、拳が当たるいやな音が聞こえた。誰かが男の顎を殴って気絶させようとしたのだ。だが男は少しもひるまなかった。ヤマネコのように激しく抵抗し、あらん限りの声を張り上げてわめき立てた。

眠らせようと、衛生兵がモルヒネを注射した。だが、まるで効き目がない。さらにもう一本モルヒネを打ったが、それでも駄目だった。さすがの古参兵たちもこの騒ぎに苛立ちを募らせていった。近くの敵にこちらの正確な位置を知られてしまうと考えたのだ。

「塹壕用シャベルの面で叩け！」。指揮所の壕のなかで、そう命じる声がした。ドスンという不快な音が響き、命令が実行されたことがわかった。哀れな男はようやく静かになった。

「やれやれ、かわいそうに」と隣の塹壕にいた仲間が言った。

「そうだな。でもあれだけ大声でわめいてやって、まだこっちの位置がわからないとしたら、ニップの野郎どもはどうしようもない連中だな」ともう一人が言った。

張りつめた静寂が戦闘偵察隊を覆った。このそら恐ろしい事件のおかげで、ヘイニーはますます頻繁に各人の配置を確認して回るようになった。まるで興奮した悪魔のように這い回り、警戒を怠るなと、際限もなく注意を促した。

このまま永久に明けることがないのではないかと思われた闇が薄れ、待ちかねた夜明けがついに訪れたとき、われわれは誰もが神経を擦り切らせていた。私は昨夜の事件について真相を見極めようと、数歩離れた指揮所の壕まで出向いていった。男は死んでいた。遺体はポンチョを掛けて、掩蔽壕のわきに横たえてある。ヒルビリーをはじめ、ハンクや指揮所の面々の精悍《せいかん》な顔に刻まれた苦悩と心痛の色が、夜のうちに彼らが味わった恐怖を物語っていた。このうちの何人かは戦闘中の勇敢な行為に対して勲章を授与されていたし、ほかの者もその後勲章を手にすることになる。だがあの朝、あの湿地帯で目にしたこの男たちの顔に浮かんだ苦悩の表情は、かつて見たことのないものだった。誰だってあのような状況に置かれれば、同じことをするしかなかったろう。哀れな戦友の命を奪ったのがこの男たちだったのは、たまたまのことにすぎないのだ。

ヒルビリーは通信兵の顔を見つめて言った。「この偵察隊を連れて大隊に戻るつもりだ。大隊指揮所を呼び出してくれ」

通信兵は背囊ほどの大きさのある無線電話機の周波数を調整し、大隊指揮所と連絡をつけた。ヒルビリーは大隊長のガスタフスン少佐に、偵察隊を率いてここから引き上げたいと許可を求めた。師団の情報部が日本軍の配置を確認できるまで、あと二日ばかり残るべきではないかと少佐は答えている。だが、ヒルビリー中尉は穏やかな口調で、少佐に異議を唱えた――まだ一発も発砲したわけではありませんが、状況が状況なだけに、全員がひどく参っています、と。中尉は少佐に、偵察隊はもはや帰隊すべきだと痛感しています、と自分の意見を具申した。居合わせた古参兵たちがいっせいに眉を上げて驚きの表情を見せたが、やがて安心したように笑みを浮かべた。結局ガスタフスン少佐はヒルビリーに同意し、われわれはほっとした。少佐が同意したのは、かねてヒルビリーの判断力に一目置いていたせいだと、私は今でも確信している。

「戦車一台と救援隊を派遣しよう。きみたちが無事に帰還できるようにな」と言う少佐の声が聞こえた。ありがたい措置だった。隊に帰還するとのニュースはあっという間に全員に伝わり、みな胸をなで下ろした。一時間ほどして、こちらに向かって近づいてくる戦車のキャタピラーの音が聞こえてきた。ジャングルを押し開くようにして突き進んでくる戦車の後ろに、K中隊の仲間の馴染みの顔がいくつも見えた。われわれは例の遺体を戦車に乗せ、中隊の前線まで戻った。あの哀れな海兵隊員の死について、その後、公式の説明を聞くことはついになかった。

第一海兵連隊、陸軍部隊と交代する

それから数日かけて、第五海兵連隊は南側の「ロブスターの鋏」の大部分の偵察を終えた。日本軍の逆上陸を阻止するため、無防備だった南側の海岸に沿って防御陣地も何ヵ所かに築いた。

上陸一一日目の九月二五日ごろ、ぼろぼろになった第一海兵師団第一連隊は、陸軍第八一歩兵師団の第三二一歩兵連隊と交代した。第一連隊はわれわれ第五連隊が展開していた地域へ移ってきて、パヴヴ島へ戻る船を待った。一方、われわれ第五連隊の者は装備をかつぎ、比較的平穏な海岸をあとにして、ウェスト・ロード（浜街道）を挟む一帯で配置につくためにトラックに乗り込むところだった。そこから尾根の西側に沿って北へ向けて進撃するのだ。

細い道の片側を歩いていると、反対側を、われわれが展開していた地点を目指して第一連隊がとぼとぼと歩いてきた。隊員が激減したこの三個大隊の部隊とすれ違うとき、見覚えのある顔もいくつか目にしたが、あまりにも多くの知り合いの顔が見当たらないことに衝撃を受けた。部隊同士が配置を交代するときは、しばしば隊列が停止する。その間にわれわれは知り合いと挨拶を交わし、共通の戦友の安否を尋ねたりした。われわれ第五連隊も多くの戦友が死傷したことを伝えなければならなかった。しかし第一連隊からの悲報はあまりにも多く、愕然とするばかりだった。

「中隊に何人残ってるんだ？」。第一連隊所属で、キャンプ・エリオット以来の旧友に訊いてみた。

戦友は疲労の濃い充血した目で私を見ると、言葉を詰まらせながら答えた。「たったの二〇人だ、スレッジハンマー。全滅寸前だった。キャンプ・エリオットでいっしょに迫撃砲の訓練を受けた馴染みの仲間は、一人も残ってない」

　私は頭を振り、唇を噛んだ。こみ上げてくるものをこらえようと、「パヴヴ島で会おう」と私は言った。

「幸運を祈るよ」と、元気のない、あきらめたような口調で戦友は言った。私が生き延びることはできまいと思っているかのようだった。

　第一連隊所属の中隊は今では小隊並みに、小隊はほんの分隊ほどにまで人数を減らしていた。士官はほとんど見当たらない。あの恐るべき尾根では、第一連隊と同じ運命がわれわれ第五連隊をも待ち受けているのだろうか——私はそう思わずにいられなかった。この先二〇日間、日に夜を継いで血みどろの死闘に明け暮れた末に、われわれの連隊は一〇月一五日、救援部隊と交代することになる。だがそのころまでには、この日すれ違いざまに見た第一連隊とほぼ同じぐらい、わが連隊でも隊員の数を大きく減らすことになる。

　われわれを乗せたトラックはイースト・ロード（裏街道）を南へ進み、それからウェスト・ロード（浜街道）をしばらく北上した。その途中、激しく揺れるトラックの上から飛行場を見渡した私は、海軍設営隊《シービーズ》の見事な仕事ぶりに思わず目を見張った。大型建設機械がいたる所にあり、戦務部隊のテントがずらりと立ち並び、何百人もの隊員がせっせと任務に励んでいる。まるでハワイかオーストラリアにいるようだ。陸軍と海兵隊の戦務部隊がいくつかのグループに分かれ、われわれを乗せた埃まみれのトラックの車列が通り過ぎるのを見送っていた。誰もがこざっぱりとしたキャップとダンガリーの軍服を身に着け、髭もきれいに剃って、くつろいだ表情をしている。われわれを見る目つきはいかにも物珍しげで、まるでサーカスのパレードに加わった猛獣でも眺めているようだ。トラックに乗っている仲間を見て、すぐに合点《がてん》がいった。われわれと見物人たちの外見の間にはあまりにも大きな落差があったのだ。われわれは物々しく銃を構え、ヘルメットをかぶり、体は汚れて髭は伸び放題。おまけに疲れ果て、げっそりとやつれている。清潔で気楽に任務をこなしている非戦闘員の姿に気が滅入ったわれわれは、わが国の物量と技術の威力を見せつけている眼前の光景を話題にして、なんとか志気を高めようとした。

　われわれはウェスト・ロードをしばらく走ったところでトラックを降りた。右手に連なる尾根はアメリカ軍がすでに制圧したはずだが、いちばん近い尾根筋にはまだ銃声が響いている。トラックを降りるとき、道路沿いに陸軍第三二一歩兵連隊の部隊が展開しているのが見えた。ペリリュー島の南にあるアンガウル島から転戦してきた古参兵たちだった。

　この陸軍兵たちと言葉を交わしながら、私は彼らに強い仲間意識と尊敬の念を抱いていた。新聞記者や歴史家たちは、陸海軍と海兵隊の軍人同士のいがみ合いを書き立てたがる。たしかにそうしたライバル意識もないわけではない。しかし私は、陸軍であれ海軍もしくは海兵隊であれ、第一線で同じ危険に直面し、ともに苦難を分かち合った戦闘員同士は、心から互いを尊敬し合うものだということを知った。陸軍兵や海軍の水兵はわれわれ海兵隊員を「ジャイリーン」（訳注―GIとマリーン、つまり兵隊と海兵隊を組み合わせた造語）と呼び、われわれは陸軍の兵を「犬顔《ドッグフェイス》」、海軍の水兵を「甲板掃除《スワビー》」などと呼ぶことはあったが、それは互いに深く尊敬し合った上でのことなのだ。

第一海兵連隊が撤退して陸軍部隊と交代して以降、ペリリュー島の攻防戦は新たな段階に入った。もはや海兵隊は、南から尾根へ向かって正面攻撃を仕掛け、甚大な損害を被るようなことはしなくなった。その代わり、敵の防衛線を回り込むように島の西岸を掃討しながら北上し、敵の最終的な抵抗拠点へ攻め込むためのルートを探した。

ペリリュー島をめぐる苦しい攻防はこのあとまだ二ヵ月もずるずると続くことになるが、最初の一週間の激しい戦闘で、第一海兵師団は戦略的に重要な地域をすべて占領し終えていた。まず飛行場に対して何波かの強襲をかけ、疲労困憊しながらも、このきわめて重要な拠点を陥れた。さらに飛行場を北側から見下ろす尾根のふもとの一帯を押さえ、ウムルブロゴル山（中央高地）以南と以東の地域を完全に制圧した。しかし、その代償は大きかった――死傷者が三九四六人にのぼったのだ。一個連隊が戦闘能力を失い、残る二個連隊の戦力も激減していたのである。

原注

（1）戦史などを読むと、戦場の兵士らが戦いの全貌を把握していたかのような印象を受けることが多い。しかし実際はそうではない。ペリリュー島の場合、Dデイに第五連隊第三大隊にどのようなことが起こったか、歴史家たちですら全容を明らかにできていない。

(2）上陸初日（Dデイ）の第一海兵師団の死傷者数は、熾烈な戦闘と日本軍の抵抗の激しさを物語っている。師団の参謀たちは当初Dデイの死傷者数を五〇〇人と予測していたが、実際は熱ばてで倒れた将兵を除いても、死傷者は一一一一人にのぼった。

（3）海岸作業大隊は、水陸両用強襲作戦のなかで、補給物資の揚陸と運搬、海岸における兵站部《へいたんぶ》の作業の指揮などを担当する海兵隊員たちから成っていた。

（4）経験からすると、弾薬一ユニットはだいたい激しい戦闘一日で使い果たす分量に相当した。M1ライフルなら一〇〇発、カービン銃なら四五発、45口径ピストルで一四発、軽機関銃で一五〇〇発、そして六〇ミリ迫撃砲なら一〇〇発である。

（5）上陸以来、悲惨な戦闘がほぼ一週間に及ぼうとしても、第一海兵師団長ウィリアム・ルパータス少将は、ペリリュー島は第一師団だけで片づけられると主張して、自説を曲げようとしなかった。そして第一連隊がぼろぼろになって初めて――損害率五六パーセント――、第三水陸両用軍団司令官ロイ・S・ガイガー少将がルパータス少将の意見を退け、海兵隊部隊を支援するため陸軍の第三二一歩兵連隊の投入を命じたのだった。

（6）戦時中および戦後に陸軍の兵士たちに聞いたところでは、陸軍では負傷した者が前線に復帰する場合、元の中隊に戻る可能性はほとんどないとのことだった。陸軍の兵士はみな、そのことを残念がり、不満に思っていた。なぜなら、経験豊富な古参兵も、馴染みのない部隊に編入されれば、単なる一人の補充兵にすぎなくなるからだ。

第五章　ふたたび上陸作戦

第五海兵連隊の次なる任務は、島の北部――「ロブスターの鋏《はさみ》」の、大きいほうの先端部分――を確保することだった。それが終わったらウムルブロゴル山脈の東側をふたたび南下し、日本軍を孤立させて完全に包囲する。われわれ歩兵の大半は、パヴヴ島で訓練を受けたときを除いてペリリュー島の地図を目にしたことがなく、問題の山系が「ウムルブロゴル山」という正式名称で呼ばれるのを聞いたこともなかった。ふだんは山系全体を「ブラディノーズ（血まみれの鼻）」とか「ブラディノーズ・リッジ」、あるいは単に「山脈」と呼んでいた。

陸軍の前線を抜けて進撃するあいだも、日本軍の機関銃が右手の山脈の尾根を掃射しつづけていた。銃弾と青白い曳光弾《えいこうだん》が尾根に陣取るアメリカ軍部隊を釘づけにしていたが、道路を行くわれわれから見れば、はるか頭上を飛び過ぎるだけだった。地形は平坦で、木々がまばらに生えている。戦車がわれわれを援護した。右手の隆起珊瑚礁の高地と、ペリリュー島から数百メートル北にあるガドブス島から、小火器、火砲、迫撃砲が撃ち込まれてくる。

われわれ第三大隊はウェスト・ロード（浜街道）とイースト・ロード（裏街道）が交差する地点で右折し、イースト・ロードを南下して、夕暮れに前進を停止した。いつもながら本格的なタコ壺を掘ることはできず、着弾跡のクレーターやわずかな窪地《くぼち》を探し、周囲に石を積んで身を守るのが精一杯だった。

私は、水の入った五ガロン缶を中隊戦闘指揮所まで運ぶよう命令された。行ってみると、「アク・アク」ことホールデイン大尉が、小さな懐中電灯の光で地図に目を凝《こ》らしていた。大尉付きの伝令が、別の畳んだ地図で光を遮蔽《しゃへい》している。傍《かたわ》らでは通信兵が無線機を操作し、低い声で第一一海兵連隊の砲兵中隊を呼び出していた。

私は水の缶を下ろし、その上に腰かけて、われらが隊長《スキッパー》をほれぼれと眺めた。芸術的才能がなく、眼前の光景を絵に描くことができないのが、心底残念だった。小さな懐中電灯の光が、地図を見つめるホールデイン大尉の顔をほのかに照らしている。大尉は黒い無精髭《ぶしょうひげ》の浮いた大きな顎を突き出し、ヘルメットの下から覗く太い眉をしかめて、地図に見入っていた。

通信兵が送話器を大尉に渡した。大尉は、七五ミリ高性能炸薬弾《さくやくだん》（HE弾）を何発か、K中隊の前方に撃ち込んでくれと要請している。相手の海兵隊員は、そんな必要があるのかと疑問を呈しているようだ。

大尉は丁寧な口調で、しかしきっぱりと答えた。「そうかもしれないが、私は部下たちに安心感を持ってほしいのだ」。まもなく、七五ミリ弾が頭上を飛ぶ音がして、道を隔てて密生する暗い繁みで爆発しはじめた。

翌日、私は仲間の数人に「アク・アク」大尉の言葉を披露した。なかの一人が感想を、こうまとめてみせた――「それでこそ隊長ってもんだ。いつも部下の気持ちを考えてくれる」

夜営しはじめて数時間が過ぎた。われわれのタコ壺では、私が見張りをする番だった。スナフ伍長が寝苦しそうに歯ぎしりをしている。前線で眠るときはいつもそうなのだ。珊瑚礁岩を敷いた道が淡い月明かりに白く光る。私は道の向こう側の、黒い壁のような茂みに目を凝らしていた。

突然、道の向こう側、私の真正面の浅い溝から二つの人影が躍り出た。両手を振り回し、しゃがれ声の日本語で何やらわめきながら向かってくる。一瞬息が止まり、すぐに鼓動が激しくなった。急いでカービン銃の安全装置をはずす。敵兵の一人は私の右手に少し走り、道を渡ると、われわれの右翼に位置する中隊の、タコ壺の一つに姿を消した。私は残る一人に照準を合わせた。銃剣を振りかざして私のほうに走ってくる。

まだ撃つわけにはいかなかった。敵兵と私のあいだにはタコ壺が一つあり、仲間が二人入っているからだ。私が発砲した瞬間に、見張り番の仲間が応戦しようと立ち上がったら、背中を撃ってしまうに違いない。「サムかビルは、なぜ撃たないのか」という疑問が頭をかすめた。

日本兵が獣めいた叫び声をあげながら、サムとビルがいるはずのタコ壺に飛び込んだ。死に物狂いで激しくもみ合う気配とともに、罵声《ばせい》とわめき声、動物が低く唸《うな》るような音とうめき声が混じり合って響いてくる。殴り合う音や、取っ組み合って転げ回る音も聞こえてきた。

そのとき、人影が一つタコ壺から飛び出して、中隊戦闘指揮所の方角へ数歩走るのが見えた。続いて、すぐそばの別のタコ壺にいた海兵隊員が飛び出し、ライフルの筒先を野球のバットのように握って、人影に必殺の一撃を食らわせた。

もう一人の日本兵が侵入した、われわれの右翼の中隊のほうからは、苦痛の長い叫びが聞こえてきた。なんともいえずおぞましい叫び声だった。私にとっては、この野蛮で原始的な叫び声のほうが、眼前で展開する出来事よりはるかに神経にこたえた。

そのうちようやく私の前方のタコ壺からライフルの発射音が響き、「やったぜ」というサムの声が聞こえた。

ライフルで殴られた人影のほうは、私のタコ壺から六、七メートル左の地面に倒れてうめいている。右手から聞こえていた叫び声がふいにやんだ。このころにはもちろん、全員が警戒態勢についていた。

「日本兵《ニップ》は何人だ」と私のそばにいた三等軍曹が尋ねた。

「二人見ました」と私。

「もっといたはずだろう」と誰かが口を挟んだ。

「いいえ」と私は言い返した。「その道を渡ってきたのは二人だけです。一人が右手の、さっきまで叫び声がしていたほうへ走り、もう一人がそこのタコ壺に飛び込んで、サムに撃たれました」

「ニップが二人だけだったとしたら、あそこでうめいているのは何だ」と軍曹が尋ねて、ライフルの銃床《じゅうしょう》で殴られた男を指した。

「わかりません。しかし、私が見たニップは二人だけです。確信があります」と私は言い張った。このとき言い張ったおかげで、今日まで心の平安を保つことができている。

近くのタコ壺にいた仲間が「おれが見てくる」と言って、物陰でうめく男のほうへ這っていった。みな、身じろぎもせずに見守っていると、45口径ピストルの音が響いた。うめき声がやむ。這っていった仲間が自分のタコ壺に戻った。

数時間後、夜明けとともに周囲の様子がぼんやり見えるようになって、私は気づいた。左手に倒れて身動きもしない男は、どうも日本兵には見えない。ダンガリーのズボンとゲートルで海兵隊員風に装った敵兵か、さもなければ海兵隊員そのものだ。私は確かめようと男に近づいた。

すぐそばまで行くまでもなく、男の正体は明らかだった。私はぞっとして、「なんてことだ」と声をあげた。

数人がこっちを振り向いて、どうかしたのかと訊いてくる。

「ビルだ」と私は言った。

士官と下士官が一人ずつ、中隊戦闘指揮所から出てきた。

「例のニップの一人に撃たれたのか？」と軍曹が訊いた。

私は黙ったまま、茫然《ぼうぜん》と軍曹を見返すばかりだった。気分が悪かった。私の横を這い進み、闇のなかでうめく男の様子を見にいった海兵隊員に目をやった。この海兵隊員がビルを日本兵と思い込んで、こめかみを撃ち抜いたのだ。ビルは、私たちの誰にもタコ壺を出ると声をかけてはいなかった。

　自分が間違いを犯したと自覚した瞬間、海兵隊員の顔から血の気が引き、顎が震えた。今にも泣きだしそうだったが、男らしく、ただちに中隊戦闘指揮所に出頭した。「アク・アク」大尉は、近くのタコ壺に入っていた私を含む数人を呼び出して質問し、事の次第を正確に把握しようとした。

「アク・アク」は一人離れて座っていた。

「休め。昨夜、何が起きたか知っているか、スレッジ」

　私は、かなりはっきりわかると答えた。

「では、見たとおりを正確に話してくれ」

　私は、日本兵を二人見た、それも見たのは二人だけで、そのことは事件のときにはっきり言った、ということを強調した。二人の敵兵がどこへ行くのを見たかも話した。

「誰がビルを殺したか、知っているか」

「はい」

　大尉は、悲劇的なことだったが、同様の状況下では誰にでも起こり得る間違いだった、と語り、このことを仲間と話題にしたり問題の男の名前を口にしたりしないように、と命じて私を解放した。

　海兵隊員仲間から見るかぎり、悲劇の悪役はサムだった。事件が起きたとき、ビルはようやくありついた眠りについており、サムが見張りをしているはずだった。見張り番はあらかじめ定められた時間に相棒を起こし、何かを見たり聞いたりした場合はそれを伝えて、交代して眠りにつく、というのが決まりだった。

戦闘中の最前線で実行されるこの手順は、誠実さと信頼という信条に支えられている。二人一組でタコ壺に入る者同士、互いに相手を信頼し、命を預けている。事は一つのタコ壺のなかに留まらない。それぞれのタコ壺のなかで、誰か一人が夜を徹して見張りに当たっていることを知っているからこそ、全員が安心していられる。

サムはこの根源的な信頼を裏切り、誠実さにもとるという許しがたい罪を犯した。最前線にいるにもかかわらず、見張り番の途中で眠ってしまったのだ。その結果、相棒が命を落とし、もう一人の仲間が、事故とはいえ引き金を引いたという重荷を背負うことになった。

サム自身も、うとうとしたかもしれないとは認めていた。今回起きたことについて、仲間のサムに対する態度はきわめて厳しかった。サムは見るからに、自分のしたことを悔いていたが、だからといって仲間の態度が変わるわけでもなく、みなあからさまにサムを非難した。サムは、疲れすぎていて見張りのあいだ起きていられなかったと泣き言を言ったが、同様に疲れていながら信頼を裏切らなかった仲間たちに罵《ののし》られるばかりだった。

私たちはみな、ビルが好きだった。魅力的な若者で、たぶんまだ二〇歳《はたち》にもなっていなかった。第五海兵連隊第三大隊の一九四四年九月二五日付隊員名簿には、身も蓋もない言葉が整然とタイプ打ちされていた。「――――――・ウィリアム・S、敵兵に対する行動中に戦死

だろう。

しかし、あの場に居合わせた者には、悲劇的な物語が十分に伝わってくる。なんという無駄(頭部に銃創)、遺体は#3/Mに埋葬」。あっさりしたものだ。無駄な言葉は一つもない。

私の正面で道を渡ってきた日本兵はおそらく、敵の用語で「肉薄攻撃隊」と呼ばれるものの一員だったのだろう。サムに撃たれた敵兵は、服装も装備も通常の日本軍歩兵のそれとは違っていた。熱帯用のカーキ色の半ズボンと半袖シャツに地下足袋《じかたび》(ゴム底で、爪先の割れた木綿靴)姿で、武器は銃剣しか持っていなかった。あの地点でわれわれの陣地に侵入したのは偶然かもしれないが、迫撃砲に目をつけていた可能性もある。右に向かったもう一人の行く先には機関銃があった。最前線に侵入する敵兵にとって、迫撃砲と機関銃は好みの目標だった。後方では重迫撃砲、通信線、大砲がもっぱら狙われた。

K中隊が出発する前に、私は道の右手の中隊へ行って、前夜何があったのか確かめてみた。すると、あの血も凍るような叫びは、右へ走るのを見た日本兵のものだったことがわかった。日本兵が飛び込んだタコ壺では、見張り番の海兵隊員に油断はなかったが、続く取っ組み合いのなかで両方とも武器を取り落としてしまった。万事休した海兵隊員は人差し指で敵の眼窩《がんか》を剔《えぐ》って殺したのだという。われわれにとって戦争の実態とは、かくも残虐でおぞましいものだった。

ガドブス島

翌朝早くわれわれの大隊は、ペリリュー島北部の狭隘《きょうあい》部分にある小さな丘を首尾よく攻略した。島の山系の大半は、周辺の洞窟からの十字砲火に援護されているために攻略が困難だったが、この丘は山系から離れた位置にあったのがわれわれには幸いしたのだった。

同じころ、連隊のわれわれ以外の部隊はガドブス島からの砲撃に悩まされていた。一方で、日本軍が数日前、北方の大きな島々から増援部隊を舟艇《しゅうてい》でひそかにペリリュー島へ送り込んだ、という噂も流れていた。舟艇のいくつかは海軍が砲撃して沈めたが、数百人の敵部隊が上陸に成功したという。まったく、気の滅入る噂だった(1)。

「まるでガダルカナルだ」と古参兵の一人が言った。「ニップを囲い込んだと思うと、やつらは援軍を送り込んできて、それが延々と続くんだ」

「そうだな」と、もう一人が言った。「しかも、吊り目のやつらがいったんこのあたりの洞窟へ潜り込んじまったら、手を焼かされるぞ」

九月二七日、陸軍部隊がわれわれの陣地を引き継ぎ、われわれは北への前進を開始した。

「われわれの大隊は明日、ガドブス島に上陸することになった」と、ある士官が言った(2)。

九月一五日に橋頭堡を築いたときを思い出して、私はぞっとした。大隊はペリリュー島北部の半島に近いところまで移動し、その夜は比較的平穏な一画で夜営した。下は砂地で遮蔽物がなく、砲撃にさらされたヤシの木が何本かうなだれている。ガドブス島で何が待ち受けているかは予想もつかない。私は、翌日の上陸作戦が地獄のDデイの再現にならないことを祈った。

翌九月二八日（上陸一四日目）早朝、装備を整頓した私たちは、珊瑚礁の浅い海を六、七百メートル、ガドブス島まで渡してくれるアムトラックのわきに整列した。

「この上陸で、従軍星章をもう一つもらえるかもしれないな」と仲間の一人がはずんだ声をあげた。

「いや、駄目さ」ともう一人が答えた。「これはペリリュー作戦の一部だからな」

「何言ってんだ！　これだって立派な上陸行動だぞ」

「残念ながらおれが規則を作ったわけじゃないんでね。なんなら一等軍曹に訊いてみな。絶対におれの言うとおりだ」。戦闘任務の報償としては戦功章などちっぽけなものだが、上層部はそれさえケチる、という不満のつぶやきがあちこちで漏れた。

われわれはアムトラックに乗り込んで、恐怖心を抑えつけようとつとめた。ガドブス島に艦砲射撃が行なわれ、ペリリュー島南部の飛行場から発進した海兵隊のF４Uコルセア戦闘機の飛来するのが見えた。「今回は十分な支援が得られるぞ」と下士官の一人が言った。

われわれのアムトラックが水際まで進んでHアワー（攻撃開始時刻）を待つあいだにも、海軍の艦艇から上陸前の艦砲射撃が轟《とどろ》いて、小さな島を煙と炎と埃が覆う。第一一四海兵戦闘飛行隊（ＶＭＦ）のコルセアが次々に編隊を離れて、砂浜を爆撃しはじめた。青い機体に

ガドブス島へ上陸するアムトラック（アメリカ海兵隊所蔵）

ガル翼の美しいコルセアがエンジンをふかし、風を切って急降下しては、機首を引き上げて急上昇していく。機銃、爆弾、ロケット砲が浜辺にくまなく降り注ぐ。埃と砂とさまざまな破片が宙に舞って、すさまじい眺めだった。

　われわれの左手の洋上に、支援砲撃をする巡洋艦一隻、駆逐艦数隻などと並んで、巨大な戦艦が一隻見えた。誰かがミシシッピだと言ったが、真偽のほどはわからない。ガドブス島への艦砲射撃の破壊力は、コルセアのそれに勝るとも劣らなかった。巨大な砲弾が「貨物列車」のような轟《ごう》音《おん》を立てて飛んでいく――大型戦艦の一六インチ砲から発射される砲弾の音を、仲間はいつもそんなふうに形容していた。

　Hアワーがきて、アムトラックのエンジンがかかり、われわれは海上に出た。上陸作戦が始まったのだ。胸がドキドキして、心臓が喉までせり上がるようだった。幸運はまだ続くだろうか。「主は私の牧者であり……」と私は祈り、カービン銃の銃床を握りしめた。

　ほっとしたことに、島に近づいても迎撃は受けなかった。私を乗せたアムトラックが砂浜をかなり進んで停止し、後部開閉板《テールゲート》がドスンと下りると、みな急いで浜に下りた。爆撃は前方の内陸部に目標を移し、相変わらずの轟音を立てていた。浜に下りたK中隊の海兵隊員の一部はすでに、トーチカや掩蔽壕《えんぺいごう》に銃を撃ち込んだり、手榴弾を投げ込んだりしはじめている。私は仲間数人とともに、内陸部に向かって少し進んだ。しかし、滑走路の端に到達したところで、遮蔽物を求めて地に伏せざるを得なくなった。南部軽機関銃が火を噴いたのだ。

仲間の一人と私は珊瑚礁岩の陰にうずくまった。機関銃の銃弾が頭上をかすめて飛ぶ。仲間は私の右側にいた。私たちは肩を寄せ合い、身を守ろうと岩にへばりついた。ふいに、太い枝が折れるようなピシリという不吉な音がした。

「ちくしょう、やられた！」と仲間が声をあげて、右側に倒れ込んだ。右手で左の肘《ひじ》をつかみ、苦痛に顔をゆがめてうめきながら転げ回って、土埃を立てる。

私たちは狙撃兵の存在に気づかず、通り過ぎてきたらしい。その狙撃兵が、岩に隠れる私たち二人を見て、撃ってきたのだ。正面の機関銃から身を隠すのに懸命だった私の右腕に、相棒の左腕がぴったりと押しつけられていた。そこに狙撃兵の弾が命中したのだった。機関銃の弾道はやや高かったが、狙撃兵が私たちに照準を定めているのは疑いなかった。前門の虎、後門の狼。機関銃の銃弾が頭上を飛び過ぎるなか、私は相棒を引きずって岩を回り、狙撃兵の死角に入った。

「衛生兵！」とわめくと、迫撃砲班衛生兵のケン・(ドク)・キャスウェル(3)が、救急用具を出そうと雑嚢《ざつのう》を探りながら這い寄ってきた。仲間がもう一人、手を貸そうと近づいてくる。

傷口をむき出しにしようと私がケイバー・ナイフでシャツの袖を切り裂くあいだにも、ドクは傷の手当てを始めた。ドクが負傷兵にかがみ込んでいる一方で、あとから近づいてきた海兵隊員が、背嚢《はいのう》をはずしてやろうとストラップにケイバーを差し込んだ。ケイバーの剃刀《かみそり》のように鋭い刃が、厚手の布でできたストラップをやすやすと切り裂く。しかし、下からすくい上げた腕の動きはすぐには止まらず、ナイフは勢いあまってドクの顔に、骨まで達するほどの傷を負わせてしまった。

ドクは、ナイフの衝撃と痛みに一瞬のけぞった。鼻の左の無惨な傷口から血が流れ落ちていた。ドクはただちに気を取り直し、何事もなかったように、銃弾に砕かれた腕の治療に戻った。ヘマをした海兵隊員は自分で自分を罵《のの》しっている。私はドクに、何か手伝えることは、と訊いた。かなりの痛みがあるはずだが、ドクは治療の手を休めなかった。低く落ち着いた声で私に、雑嚢から応急手当用のガーゼを出して頬の傷口に押し当て、治療が終わるまで血を止めていてほしい、と言うだけだった。わが身を顧みることなく治療に全力を尽くす――海兵隊歩兵部隊に同行する海軍衛生兵の典型だ。われわれが衛生兵を心から尊敬していたのも当然だろう（その後ドクは顔の傷の治療を受け、数時間のうちに迫撃砲班に復帰していた）。

私は言われたとおりに傷口を押さえながら、近づいてこようとする海兵隊員二人に大声をかけ、狙撃兵のいる方向を指さした。二人は急いで浜辺へ向かい、戦車を一台呼び寄せた。担架兵が到着し、負傷した仲間を収容しているところへ二人が戻ってきて、通りすがりに手を振り、一人が言った。「やっつけたぜ。もう誰も撃てねえよ」

機関銃の銃撃がやみ、下士官の一人が前進の合図をした。行動に移る前に浜辺を振り返ると、負傷した仲間が自力で歩き、ペリリュー島に向かって浅瀬を渡っていくところだった。

さらに内陸に進んだところで、日本軍のトーチカの内陸側に迫撃砲を据えて、中隊前方の敵を砲撃するように、という命令が伝えられた。われわれは、K中隊のW・R・ソンダース一等軍曹に、トーチカのなかに敵兵はいないかと訊いた。トーチカ自体は無傷のように見えたからだった。一等軍曹は、歩兵の数人が通気孔から手榴弾を投げ込んだから、生き残りはいない、と答えた。

スナフ伍長と私は、トーチカから一・五メートルほど離れたところで迫撃砲を組み立てはじめた。一号砲は私たちの左、五メートルほどのところにあった。R・V・バーギン伍長は野戦電話を設置するのに忙しい。戦況を見守るジョニー・マーメット三等軍曹から、この電話を通じて矢継ぎ早の命令が送られてくるはずだ。

そのとき、背後のトーチカで物音がした。低く早口で日本語を話す声だ。鉄格子に金属が当たる音もする。私はカービン銃をつかんで、「バーギン、このトーチカにはニップがいるぞ」と叫んだ。

居合わせた全員が武器を構えるなか、バーギンが様子を見にやってきた。「どうした、スレッジハンマー。臆病風に吹かれたか」と私をからかって、私の真後ろにある通気孔を覗き込む。通気孔は一五センチ×二〇センチぐらいとやや小さく、一センチ強の間隔で鉄棒がはまっていた。なかを一目見たバーギンの口から、日本軍に対するいかにもテキサス人らしい罵り言葉が流れ出した。バーギンはカービン銃の銃口を鉄棒のあいだから突っ込むと、素早く二発発射して、「顔のど真ん中に当たったぞ」と叫んだ。

トーチカのなかの日本兵は大声で何か言い交わしはじめた。バーギンは歯を食いしばり、敵をクソったれと罵りながら、さらに何発も通気孔から撃ち込む。

ライフル部隊の援護のもと、日本軍の砲床に火炎放射器を向ける兵士　ペリリュー島（アメリカ海兵隊所蔵）

バーギンが最初の一発を撃った瞬間から、迫撃砲班の全員が厄介事に備えていた。厄介事は手榴弾の形をとって、私の左手の、後方の入り口から投げ出されてきた。アメリカンフットボールのボールほどもあるように思えた。私は「手榴弾だ！」と叫んで、入り口を防護する砂の胸壁《きようへき》の陰に飛び込んだ。胸壁は高さが一メートル二〇センチほどあり、入り口を正面と側面の銃撃から守るためにL字形をしている。手榴弾は爆発したが、誰にも当たらなかった。

手榴弾はさらにいくつか投げられたが、われわれは地面に伏せていたので、負傷者は出なかった。仲間の大半は、匍匐前進《ほふくぜんしん》でトーチカの前方に回り込み、なかから撃たれないように、銃眼《じゆうがん》と銃眼のあいだに身を寄せていた。ジョン・レディファーとヴィンセント・サントスがトーチカの上に飛び乗る。状況がいったん落ち着いた。

私が、入り口の戸にいちばん近かった。その私にバーギンが、「なかがどうなっているか、覗いてみろ、スレッジ」と怒鳴った。

訓練を通じて命令には問答無用で従う習慣がついていたので、胸壁の上に首を出して、戸の内側を覗く。この行動が危うく死を招くところだった。私から二メートルも離れていないところに、日本兵が機関銃を構えてうずくまっていたのだ。黒い瞳が日焼けした顔に点を打ったようで、無表情な顔に見慣れたマッシュルーム形のヘルメットが載っている。軽機関銃の銃口が、巨大な第三の眼のように私をにらんでいた。

幸い、先に動いたのは私だった。カービン銃を構える暇《いとま》もなく、頭を引っ込める。動きが速すぎて、ヘルメットが飛びそうになった。次の瞬間、敵が七、八発撃ってきた。「殺《や》られた！」、と確信した。この近距離ではずすはずがない。銃弾が胸壁を貫き、私の頭上すれすれに横一文字の畝《うね》を作って砂を降らせる。爆風で耳がツーンとし、喉元に心臓があるようで息が詰まった。

恐怖にすくんだ心を無数の思いが駆け抜けた。故郷の家族はもう少しで末っ子を亡くすところだったのだとか、カービン銃を構えもせずに、日本兵だらけのトーチカを直接覗き込むとは、なんと馬鹿なことをしたのだろうとか、とにかくこの敵が憎くてたまらないとか。ペリリュー島ではすでに、古参の海兵隊員が何人も、今私のやったことに比べればはるかにわ

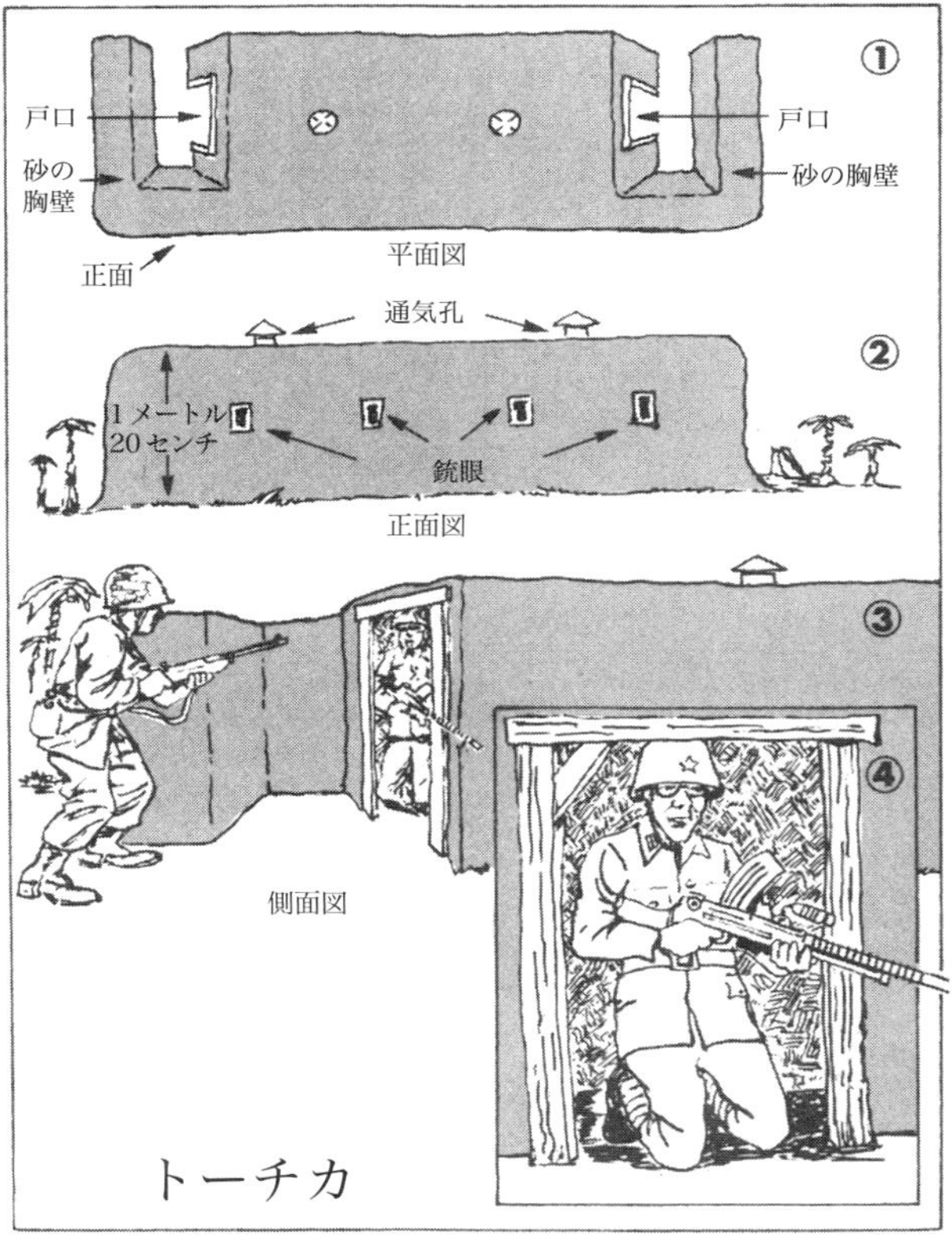
①
戸口
戸口
砂の
胸壁
砂の胸壁
正面
平面図
通気孔
②
1メートル
20センチ
銃眼
正面図
③
④
側面図
トーチカ

ずかな間違いがもとで命を落としていた。

バーギンが、大丈夫かと怒鳴る声がした。しわがれた悲鳴で答えるのが精一杯だったが、仲間の声が私を正気に戻してくれた。敵の機関銃がふたたび火を噴く前に前方まで這い、トーチカの上に登る。

レディファーが、「なかのやつら、自動火器を持ってるぞ」と叫んだ。スナフが反対し、猛烈な言い合いが始まった。レディファーが、あるに決まってるし、スレッジならわかるはずだ、頭を吹っ飛ばされそうになったのだから、と主張したが、スナフは強情だった。戦闘中に経験したことの大半がそうだったように、この出来事も現実とは思えなかった。われわれ海兵隊員は総勢一二人。近辺に友軍はいない。目の前には堅牢なコンクリート造りのトーチカがあり、なかに日本兵が何人いるとも知れない。それなのに、スナフとレディファー(どちらも古参兵だ)は激しい口喧嘩を始めたのだ。

「やめろ」とバーギンが怒鳴りつけ、二人は口をつぐんだ。

レディファーと私はトーチカの上、戸口の真上あたりに腹這いになっていた。日本兵がなかに釘づけになっているうちに、やっつけなければならない。それはみなわかっていた。小刀や銃剣を振りかざして飛び出してくる図は、誰も歓迎したくなかった。レディファーと私は戸口に近かったので、何度か手榴弾を戸口から投げ込んでは、爆発する前にすばやく後退した。が、そのつど、日本兵も爆発する前に外へ投げ返してよこす。私は、戻ってきた手榴弾をつかんで、もう一度投げ込みたい衝動にかられた。私の頭を吹っ飛ばしかけたあの機関銃兵に対して、強烈な個人的憎しみが湧いていた。恐怖が薄らぎ、殺してやるという冷たい怒り、さっきの借りは返すという復讐心に満ちた欲望が突き上げた。

　レディファーと私は慎重に戸口を見下ろした。例の機関銃兵の姿はなかったが、銃剣を装着した有坂《ありさか》式小銃の長い銃身が三つ見えた。私には、銃剣が三メートルもありそうに思えた。銃の持ち手が早口に何かしゃべり合っている。突撃を計画しているに違いない。レディファーの行動は迅速だった。自分のカービン銃の銃口を握り、銃床でライフルを叩き落とそうとしたのだ。日本兵があわててライフルを引っ込める。早口の話し声が続いた。

　私たちの背後でサントスが、覆いのない通気孔を見つけたと叫んで、手榴弾を落とし込みはじめた。トーチカのなかで一つ爆発するごとに、腹の下で「ズン」というくぐもった音が響く。サントスが手持ちの手榴弾を使いきったので、レディファーと私は戸口の見張りを続けながら、サントスに私たちの手榴弾を手渡した。

　サントスが手榴弾をいくつか落としたところで私たちは立ち上がり、前方にいるバーギンやほかの仲間と、敵がまだ生き残っている可能性はあるだろうか、と相談しはじめた（このときはまだ、トーチカのなかがコンクリートの隔壁《かくへき》で仕切られて、防護力が高めてあるのを知らなかったのだ）。そのとき、手榴弾が二個投げ出されてきて、疑問が解消された。バーギンたちにとっては幸いなことに、手榴弾は後方の戸口から飛んできた。サントスと私は「くるぞ」と叫んで、トーチカを覆う砂に身を伏せたが、レディファーは片腕で顔をかばっただけだった。それで、前腕にいくつか破片を受けたが、たいした傷ではなかった。

バーギンが、「いったん下がって戦車を呼ぼう。このいまいましいトーチカをやっつけるのは、それからだ」と怒鳴り、十数メートル離れた着弾痕の窪《くぼ》みまで下がるよう命令した。それからわれわれは、七五ミリ砲を装備したアムトラックと火炎放射器に来てもらうため、伝令を浜辺へ走らせた。

われわれが窪みに飛び込んだとき、日本兵が三人、トーチカの戸口から飛び出して胸壁を回り、茂みに向かって走りだした。それぞれ銃剣付きのライフルを右手に持ち、左手でズボンを引っぱり上げている。その動作を見た私はあっけにとられ、カービン銃を撃つのも忘れて見入ってしまった。怖かったわけではない。砲火にさらされた経験がすでにあり、怖さではなく動物的興奮を感じていたのだから。仲間は私より冷静で、いっせいに射撃して敵をなぎ倒した。仲間たちはよくやったと喜び合っていたが、私は、日本兵の奇妙な習慣に気をとられて戦闘中に用をなさないとは、と自分を責めるばかりだった。

そのときはもう、アムトラックがゴトゴトと近づいてくるところだった。まさに歓迎すべき光景だ。アムトラックが位置につこうとしたとき、日本兵がさらに数人、一団になって走り出してきた。銃剣付きのライフルを両手で握っている兵もいたが、やはり、片手でライフル、片手でズボンという格好の兵も何人かいた。今度は私も当初の驚きはなく、仲間の銃やアムトラックの機関銃に遅れをとらずに済んだ。日本兵はひとかたまりになって、熱く焼けた珊瑚礁に倒れ込んだ。むき出しの足がからみ合い、ライフルが落ち、ヘルメットが転がる。われわれは憐れみを感じるどころか、いい気味だと気持ちが高揚した。われわれはすでに幾度となく銃弾と砲火を浴びせられ、あまりに多くの戦友を失ってきて、追い詰めた敵に同情する段階は過ぎていたのだ。

アムトラックがわれわれと横一線の位置についた。指揮官がバーギンと打ち合わせをする。続いて、アムトラックの砲手が七五ミリ徹甲弾を三発、トーチカの脇腹に撃ち込んだ。一発撃つごとに、ヒューッ、ズンという聞き慣れた音が耳を聾《ろう》する。発射音に続いて、至近距離の目標に弾が命中して爆発する音だ。三発目がトーチカを貫通した。破片が散って、トーチカの向こう側に置いてきたわれわれの背嚢や迫撃砲の周囲に埃を巻き上げる。こちら側の側壁には、直径一メートルほどの孔《あな》が開いていた。バーギンがアムトラックの砲手に、装備が傷《いた》むから撃ち方やめ、と怒鳴る。

破片にやられなかったやつも、脳震盪《のうしんとう》であの世行きさ、と誰かが言った。しかし、埃がおさまってもいないうちに、砲撃で開いた孔に日本兵が一人、姿を現すのが見えた。死を覚悟した様子で、手榴弾を投げようと片手を振りかぶる。

私はすでにカービン銃を構えていた。日本兵が現れると同時に、胸に照準を合わせて引き金を引く。一発目が当たった瞬間、その顔が苦痛でゆがんだ。膝ががくっと折れる。手榴弾が手から滑り落ちた。アムトラックの砲手も含めて、私の周囲にいた全員が兵に気づいて発砲しはじめた。兵は一斉射撃を受けて倒れ、足元で手榴弾が爆発した。

あっという間の出来事だったにもかかわらず、握ったカービン銃に視線を落として我に返る瞬間があった。たった今、自分は至近距離から一人の男を殺した。私の撃った弾丸が男に当たったとき、その顔に浮かんだ苦痛の表情がありありと見てとれたことがショックだった。ふいに、戦争がきわめて個人的な問題になった。男の表情が私を恥じ入らせ、戦争と、それに伴うあらゆる悲惨さに対する嫌悪感で胸がいっぱいになった。

しかし、次の瞬間、敵兵に対してそんな感情を抱くのは、愚か者のセンチメンタリズムだ、という自覚が湧いた。それまでの戦闘経験のおかげだった。この私が――海兵隊のなかで最も古く、勇猛で知られる歴戦の第五海兵連隊の一員である私が――自分に向かって手榴弾を投げようとした敵兵を撃ち殺したからといって、恥じ入っているとはどうしたことか。なんと馬鹿なことを。仲間に読心術の心得がないのがありがたかった。

爆弾孔に向かって撃ちつづけろというバーギンの命令が響いて、私の物思いが断ち切られた。われわれが射撃を続けて、日本兵をトーチカのなかに釘づけにしているあいだに、ウォーマック伍長が火炎放射器を持って近づいてきた。

伍長は背負ったタンクの重みに前屈みになり、助手を一人連れてわれわれの射撃線から前に出ると、トーチカに近づいていった。二人がトーチカから一五メートルほどに近づいたところで、われわれは射撃をやめた。助手がしゃがんだ姿勢のまま手を伸ばして、火炎放射器のバルブを開けた。ウォーマック伍長が、放射器のノズルを七五ミリ砲の開けた孔に向けて、引き金を引く。ゴーッという音とともに炎が躍り、孔に吸い込まれていった。何人かのくぐもった悲鳴が聞こえ、ついで静寂が訪れた。

我慢強い日本兵も、火炎に焼かれて死ぬ苦痛には、さすがに悲鳴を抑えきれなかったようだ。しかし、彼らが白旗を揚げる可能性はなかった。同様の状況に置かれたとしたら、それはわれわれも同じことで、日本軍と闘うかぎり、降伏は選択肢になかったのだった。

われわれの歓声に送られて、ウォーマック伍長と助手は大隊指揮所に戻っていった。戦場のどこかで戦闘が停頓して、呼び出しがくるのを待つのだ。行動中に命を落とすことも大いにあり得る。火炎放射器の砲手というのは、海兵隊の歩兵が選び得る任務のなかで、最も望ましくないものと言っていい。ゼラチン状のガソリンをおよそ二六キロも詰めたタンクを背負って、敵の砲火のなか、太陽に照りつけられながら起伏の激しい地形を前進し、洞穴《ほらあな》やトーチカの開口部めがけて火炎を放射する。生き延びる可能性のきわめて低い任務だが、みな、見事な勇気をもって遂行していた。

われわれは窪みを離れ、慎重にトーチカに近づいた。一部が援護するあいだに残り全員が倒れた日本兵を点検し、すべて死んでいることを確認しろ、とバーギンが命令した。負傷した日本兵は、われわれが近づくと、力を振り絞って手榴弾のピンを抜き、近づいた者を道連れにして自爆するのが常だった。しかし、日本兵はすべて死んでいた。火炎放射器とアムトラックのおかげで、このトーチカは制圧されたのだ。日本兵の死体はトーチカのなかに七体、外に一〇体あった。われわれの背嚢と迫撃砲は、アムトラックの七五ミリ砲でわずかに傷んだだけで済んだ。

迫撃砲班一二人のうち、負傷者はレディファーとレズリー・ポーターだけで、それも手榴弾の破片がかすった軽傷だった。この戦闘にあって、われわれは非常に幸運だったと言えよう。敵が先に気づいて急襲をかけていたら、面倒なことになったに違いない。

一息つくあいだに隊員たちは、日本兵の背嚢やポケットをあらためて記念品になるものを探しはじめた。陰惨な行為のようだが、海兵隊員たちは手際よくやってのけた。ヘルメットのヘッドバンドに旗章がついていないかどうか確かめる。背嚢とポケットは中身をすべて出して点検する。金歯を抜く。軍刀、ピストル、小刀は貴重品だから丁寧に手入れをしておき、機会があったら故郷の家族に送ったり、パイロットや水兵に高値で売りつける。ライフルなどの大ぶりな武器は、二度と使えないように壊して捨てていくのが通例だった。自分の装備だけでも重いのに、こうした武器まで持ち歩くのは無理だったからだ。のちに後方部隊の兵が、格好の記念品として拾っていくこともあった。ライフル中隊の兵はよく冗談を言い合った――生身《なまみ》の日本兵を見たことも、射撃されたこともないくせに、後方部隊の連中は国に帰ったら、身の毛もよだつような体験談を話の種にするんだろうよ、と。

みな、いいものがあったと言っては喜び、仲間に見せびらかし、ときには戦利品を交換する。野蛮でおぞましい儀式だが、深く憎み合う者同士が敵対する戦場では、古来繰り返されてきたことだ。戦争がすべてそうであるように、この儀式も非文明的であり、海兵隊と日本軍の戦闘が激しければ激しいほど、儀式も激越だった。記念品をあさるとか敵の死体から略奪するといった単純な行為の域を超え、アメリカ先住民が敵の頭皮を剝《は》いだ行為にも似たところがあった。

私が一人の死体から銃剣と鞘《さや》をはずしていたとき、ふとそばにいた海兵隊員の動きが気になった。われわれの迫撃砲班の仲間ではなく、通りがかりに戦利品のおこぼれに与《あずか》ろうとしたようだ。死体らしきものを引きずって近づいてくる。しかし、よく見ると、その日本兵はまだ息があった。背中にひどい傷を負って、手が動かせないのだ。さもなければ、最後の息が絶えるまで抵抗したに違いない。

その日本兵の口元には大きな金歯が光っていた。問題の海兵隊員は、なんとしてもその金歯が欲しかったらしい。ケイバー・ナイフの切っ先を歯茎に当てて、ナイフの柄《え》を平手で叩いた。日本兵が足をばたつかせて暴れたので、切っ先が歯に沿って滑り、口中深く突き刺さった。海兵隊員は罵声を浴びせ、左右の頰を耳元まで切り裂いた。日本兵の下顎を片足で押さえ、もう一度金歯をはずそうとする。日本兵の口から血が溢れ、喉にからんだうめき声をあげて、のたうち回る。私は、「そいつを楽にしてやれよ」と叫んだ。が、返事の代わりに罵声が飛んできただけだった。別の海兵隊員が駆け寄ってきて、敵兵の頭に弾を一発撃ち込み、とどめをさした。最初の海兵隊員は何かつぶやいて、平然と戦利品外しの作業を続けた。

歩兵にとっての戦争はむごたらしい死と恐怖、緊張、疲労、不潔さの連続だ。そんな野蛮な状況で生き延びるために戦っていれば、良識ある人間も信じられないほど残忍な行動がとれるようになる。われわれの敵に対する行動規範は、後方の師団司令部で良しとされるものと雲泥《うんでい》の差があった。

生き延びるための戦いは緊張と恐怖のなか、昼も夜も途切れることなく続いていく。鮮明に覚えているのは上陸のとき、海岸に橋頭堡を築いたとき、それに、作戦開始から二、三昼夜の詳細だけだ。そこから先は、時間の経過が意味を持たなくなる。平穏に過ぎた日々は、神からの一瞬の贈り物のように思える。タコ壷に身を縮めて敵の大砲や迫撃砲攻撃に耐えたり、機関銃や大砲の砲火にさらされる遮蔽物のない平地を前にして突撃命令がかかるのを待ったりするときは、時間の概念で計れるものではない。

非戦闘員や戦闘の周辺にいる者にとっては、戦争とはひたすら退屈なもの、あるいはときに気分の高揚するものにすぎない。しかし、人肉粉砕機《ミート・グラインダー》に放り込まれた者にとって戦争は恐怖の地獄であり、死傷者が増え、戦いが延々と長引くにつれて、二度とここからは逃れられないという思いが募る。時間は意味を持たない。命は意味を持たない。ペリリュー島という地獄の深淵で、生き延びるための激戦を続けていると、文明という薄皮が朽ち果てて、誰もが野蛮人になる。われわれは、後方にいる人々——非戦闘部隊や民間人——にはまったく理解できない状況に生きていた。

レディファーとバーギンがトーチカのなかを点検したおかげで、手榴弾や火砲の攻撃にも生き残った日本兵がいた理由がわかった（バーギンは、死体を装っていた敵兵を一人、撃ち殺した）。内部がコンクリートの隔壁でいくつかに区切られ、小さな開口部だけでつながっていたのだ。それぞれの区画には外に向かって銃眼が開き、敵兵が三、四人ずつ入っていた。ウォーマック伍長の火炎放射器がなかったら、区画は一つずつつぶしていかなければならなかったところだった。

われわれは、制圧したトーチカに近い大きな窪みに迫撃砲二門を設置し、夜に備えて砲の向きを調整した。弾薬手は窪み周辺の軟らかくなった珊瑚礁岩にタコ壺を掘った。一台のアムトラックが中隊用の携帯口糧と弾丸を運んできた。風が強まり、空が曇った。あたりが夕闇に包まれるにつれて、厚い雲が空を飛ぶように流れていくのが見える。故郷メキシコ湾岸がハリケーンに襲われたときの光景を思い出した。

後方さほど遠くないところにある例のトーチカのなかでは火が燃えさかり、日本軍の手榴弾や小火器用の弾薬が熱で爆発する音が聞こえる。一晩じゅう、風がときに向きを変えながら、肉の焼けるむかつくような臭いを運んできた。雨が激しく降り、風が吹き荒れた。海上にいる艦艇が、われわれの大隊のために戦場を照らそうと照明弾を打ち上げる。しかし、照明弾のパラシュートが開くそばから、風が吹きさらっていく。見えない手が蠟燭《ろうそく》をさらっていくようだった。敵はまだガドブス島北端の数百メートルを死守していたが、この夜は比較的静かだった。

翌朝、われわれの大隊はふたたび戦車とアムトラックの援護を受けて、島の残りの部分をほぼ制圧した。日本兵の死者に比べると、わがほうの死傷者はきわめて少なかった(4)。午後も半ばを過ぎるころ、まもなく陸軍部隊が到着し、われわれに代わってガドブス北端の掃討作戦を完了させる、という知らせが届いた。

われわれ迫撃砲班は前進を停止して命令を待つことになり、点在する茂みに散開した。われわれの中央には日本軍の重機関銃の残骸と、K中隊に殲滅《せんめつ》された分隊兵の遺体がいくつかあった。分隊兵たちは、規則どおりについているべき位置についたまま、死んでいた。

最初、射手は今にも重機関銃を発射しそうに見えた。銃尾の、正しい発射位置に背筋を伸ばして座っている。死してなお、目を大きく見開いて、照準を見つめていた。瞳孔が開いてうつろであるにもかかわらず、死んでいるとはとても思えなかった。背筋を悪寒《おかん》が走った。鳥肌が立った。その目は私を突き抜けて永遠を見つめているようで、膝にだらりと置かれた両手が今にも上がって銃床についた握把《あくは》を握り、親指が引き金のボタンを押しそうだった。弾倉帯に収められた銃弾も薬莢部《やっきょう》分をつやつやと光らせて、「米鬼」をもっと殺してやる、もっと傷つけてやると射手同様、射ち気にはやっているようだ。しかし、射手はやがて腐り、銃弾は錆《さ》びて朽ち果てる。射手も弾薬も、これ以上天皇のために役立つことはないのだ。

射手の頭頂部は、われわれの自動火器のいずれかによるのだろう、吹き飛ばされていた。銃痕だらけのヘルメットが、射撃の的にされて孔だらけになった空《あ》き缶のように、地面に転がっていた。殺された瞬間、射手は小さな緑色の木箱を開けて、機関銃の弾倉を出そうとしていたらしい。弾薬手らしい日本兵が数人、機関銃の後方に間隔を置いて倒れていた。

この機関銃分隊と戦ったK中隊ライフル兵の一人が、近くでヘルメットに腰かけていて、戦闘の模様を話してくれた。戦闘が行なわれたのは前日、われわれ迫撃砲班が例のトーチカで戦っていたころのことだった。ライフル兵が言うには、「ニップの弾薬手は重い弾薬箱を背負って、そこいらじゅうちょろちょろと駆けずり回るんだ、信じられなかったぜ」

弾薬箱には革の背負帯が二本ついていて、弾薬手は背負帯を肩に掛け、重い弾薬箱を背負っていたという。私も一つ持ち上げてみたが、迫撃砲より重かった。日本兵は背こそ低いが、その分筋肉が埋め合わせていたに違いない。

「あんなものをかつぎ回りたくはないね、そう思わないか」とライフル兵は言って、話を続けた。「撃たれると、煉瓦《れんが》が倒れるみたいにバタッと地面に倒れるんだ。なんせあの重さだからな」

話しているうちに、隣に座っていた仲間の迫撃砲手の様子が気になりだした。左手に珊瑚のかけらを一摑み握り、日本の機関銃射手の、吹き飛ばされた頭頂部めがけて右手で放っている。うまく当たるたびに、むごたらしい傷口に溜まった雨水がポチャリと跳ねるかすかな音が聞こえた。何気ない感じで珊瑚のかけらを放っているところは、故郷の泥道にできた水たまりに少年が小石を投げて遊んでいるのを思わせた。その行為にはまったく悪意はなかった。みな、残忍な戦争に痛めつけられていたからこその、信じられないような光景だった。

ふと気がつくと、周囲に倒れている日本兵の死体のいくつかの口元から金歯が覗いて光っていた。私も敵の死体からいろいろなものを頂いたが、金歯はまだとったことがなかった。しかし、死体の一つのとりわけよく光る金歯に誘われて、はずしてみようかという気になり、ケイバーを取り出してかがみ込んだ。

そのとき、背後から肩をつかまれて、誰だろうと立ち上がった。「何をやってるんだ、スレッジハンマー」と言ったのは、ドク・キャスウェルだった。非難と哀しみがない交ぜになった表情を浮かべて、私をじっと見つめている。

「金歯を集めてみようかと思って」と私は答えた。

「やめておけ」

「なぜだ、ドク」

「そんなことをしたくはないだろう。故郷のご両親が知ったら、どう思う」

「親父は医者だから、興味を持つと思うよ」

そう答えて、私はまたかがみ込み、作業を続けようとした。

「やめろ！　黴菌《ばいきん》がいるぞ、スレッジハンマー。黴菌がうつったらどうするんだ」

私は手を止め、驚いて振り返ると、ドクに言った。「黴菌だって？　うはあ、そんなこと考えてもみなかった」

「そうだ、黴菌だ。ニップの死体に近づくときはいつも、黴菌に気をつけることだ、わかったか」とドクが、激しい口調で言う。

「それじゃ、襟章を切り取るだけにして、汚い歯にはさわらない。それなら大丈夫だろう？」

「ああ、だろうな」とドクはうなずいた。

戦後になってこのときのことを思い返してみて、ドク・キャスウェルがほんとうに言いたかったのは黴菌のことではなかった、と気がついた。ドクはいい友人で、誠実な人格者だった。ドクの感受性はまだ、戦争に押し潰されてはいなかった。だから、私の感受性が失われ、冷酷非情になっていくのを見過ごしにできなかったのだ。

もう、われわれから砲撃することはほとんどなかった。第五連隊第三大隊はまもなく陸軍の一個大隊と交代することになっていて、後方に下がる準備を始めていたからだ。戦車のうち、近くに止まっていた二台も浜辺へ戻りはじめた。私はガタガタときしみながら遠ざかる戦車を見送って、また呼び戻すようなはめにならなければよいが、と思っていた。

突然、日本軍の七五ミリ弾がものすごい爆風を残し、われわれの少し右方向に飛んでいった。みな、仰天して、地面にピタリと身を伏せた。すぐに次の砲弾が唸りをあげて爆発する。破片が宙を舞った。少しの間も置かず、次の弾が飛ぶ。

「何だ、ありゃ」。そばにいた仲間があえいだ。

「ニップの七五ミリ弾だ、敵は近いぞ」と、別の一人が言う。

砲弾が発射されるたびに、衝撃波と圧力波が感じられた。恐怖で身がすくんだ。右のほうから「衛生兵！」という叫びが聞こえはじめた。

「とっとと戦車を呼び戻せ」。誰かがわめいた。振り向くと、戦車のうちの数台が方向を転じ、釘づけになった歩兵を援護しようと全速力で戻ってくるところだった。

「迫撃砲班、位置につけ！」と誰かの大声が聞こえた。敵の砲を攻撃するのはいいが、まだその位置すらわからない。

戦車が行動を起こし、ほとんど即座に砲を制圧した。右のほうからは、衛生兵と担架を呼ぶ声が続いていた。われわれの班から衛生兵が走り、担架をかつぐ手伝いをしようと弾薬手も何人かついていった。敵砲の直射を受けて、かなりの死傷者が出たらしい、という話が伝わってきた。死傷者の大半は、われわれの右翼で連携していた中隊の隊員だということだった。

まもなく、弾薬手と衛生兵が詳報を持ち帰ってきた。日本兵が擬装陣地から砲撃を始めたとき、その真正面にいた右翼中隊の隊員が撃たれたらしい。戻ってきた仲間のうち一人の顔を見ただけで、どれほどひどい状況かがわかった。文字どおり、恐怖に打ちのめされていたのだ。激しい砲撃を受けたり、敵の機関銃や狙撃兵の銃の弾道から逃れ出たりするときも、日本兵に罵声を浴びせて笑っているのを何度見たことか。その男があんな表情をするのは、ペリリュー島の全作戦を通じても、のちの沖縄戦の死闘のなかでも、見たことがなかった。

彼は顔をしかめて、自分ともう一人の仲間とで死傷者の一人（みな、知っている兵だった）を担架に乗せようとしたときのことを語った。「重傷なのはわかった。気を失っていた。おれが肩を持ち、こいつ（と、仲間の弾薬手を指して）が膝を持って、担架に移そうとした。これで担架に移せると思った瞬間、やつはバラバラになったんだ。まったくひどい話さ」

みなが重いため息をついて、ゆっくりと首を振るあいだも、二人は顔を背けていた。われわれもちょうど同じように、敵の砲撃の直射を受けて縮み上がった経験があった。恐ろしい経験だった。自分たちが経験するのも恐ろしいが、真正面から撃たれた不幸な戦友たちのことを思うと耐えられない気持ちだった。

　われわれの中隊は敵の射線から横に逸《そ》れていたので、死傷者は出なかったが、戦争を通じて私が経験したなかで、最も衝撃的なものの一つだった。先に書いたように、敵の砲撃を浴びるのは恐ろしい。遮蔽物のない平地に立っていて砲撃を浴びるのは、もっと恐ろしい。しかし、近距離から直射砲撃を受けると、人一倍剛胆で立ち直りの早い者でもパニックを起こしかける。近距離にある砲から砲弾を浴び、空気を切り裂く音と衝撃に加えて砲弾発射に伴う爆風そのものまで実際に感じたときの気持ちというものは、とても筆舌に尽くしがたい。その破壊力に捕らえられてしまった戦友に対しては、悲哀の念を抱くばかりだった。

　夕方まで陸軍歩兵部隊を待つあいだ、われわれは何を見るでもないうつろな目をして、つくねんと座りつづけた。衝撃、嫌悪感、恐怖、疲労の連続する一五日間の戦闘で、みな、肉体的にも精神的にもボロボロだった。それは、生き残っている戦友の、無精髭が伸びた汚れた顔を見れば、よくわかった。みな、昼夜の別なく極度の緊張を強いられた者に特有の、うつろな瞳、うつろな表情をしていた。

「短いが激しい戦いになるだろう。三、四日で片がつくと考えている」――ペリリュー島攻略作戦が開始されるとき、師団長の言った言葉だ。われわれはもう一五日も戦っていたが、終わりは見えなかった。

　息が詰まりそうな気がした。私はヘルメットに腰かけたまま、向かい合う仲間にゆっくり背を向けて、現実を閉め出そうと顔に両手を押し当てた。私はすすり泣きをしはじめた。止めようとすればするほど全身が震えた。ヒリヒリする目から涙がこぼれ落ちた。毎日、毎日、健《すこ》やかな若者が負傷したり殺されたりするのを見るのは耐えられなかった。もうたくさんだと思った。何日もぶっ続けで恐怖とともに生きるのに疲れ果て、感情の最後の一滴まで絞りつくされて、もう余分な力も残っていないと思えた。

死者は安全だ。本国送還が確実な百万ドルの負傷をした者は幸運だ。そのどちらでもないわれわれは、第五、第七海兵連隊にとって一ヵ月も続くことになる死闘の、ほんの半ばまでしかきていないことを知るよしもなかった。

肩に手が置かれるのを感じて振り仰ぐと、目を血走らせ、疲れた顔をしたデューク中尉が立っていた。「どうした、スレッジハンマー」とやさしい口調で尋ねる。私が自分の気持ちをぶちまけると、中尉は、「きみの気持ちはよくわかる。私も同じ気持ちだ。しかし、あまり思い詰めるな。ここでやめるわけにはいかない。もうすぐ終わって、パヴヴ島に帰れるさ」と言った。わかってもらえたことで、切実に必要だった力が湧いた。さらに一五昼夜を耐え抜くに十分な力だった。

鉄条網などの補給品を積んだアムトラックを従えて、兵士の長い列が到着し、われわれには出発命令が下った。陸軍兵の姿を見て喜ばなかった者はいない。みな、武器と装備を背負っているとき、仲間の一人が私に言った。「夜、鉄条網のこっち側でタコ壺に入れたらいいよな。安全な感じがするじゃないか」。私は同意し、仲間といっしょにとぼとぼと浜辺へ向かって歩きだした。

九月二九日、ペリリュー島に戻った第三大隊は、ウムルブロゴル山脈の東側、ガルトロロコ地域で夜営した。作戦第一週になじんだ地域だ。比較的平穏だった。ここは、多くの死傷者を出した第一海兵連隊が前線から退き、パヴヴ島へ帰る輸送艦を待って、一週間夜営した場所でもあった。

みな、体は休められたが、落ち着かなかった。いつものように、ほかの部隊にいる友人の消息を尋ね合ったが、残念な結果を聞かされることが多かった。噂によると、第五海兵連隊は、ウムルブロゴル山脈の尾根ですでに戦っている第七海兵連隊に合流する予定だという。第一連隊が危うく壊滅しかかった、あの恐るべき隆起珊瑚礁の尾根だ。みな、そのことは考えないようにして、ぬかるんだ日陰で車座になり、携帯コップでコーヒーを沸かして、記念品を交換したり世間話に興じたりした。島の北方からは相変わらず、機関銃の銃声と砲弾の低く轟く音が聞こえていた。

原注

(1) 九月二二日から二三日にかけての夜半、日本軍の第一五連隊第二大隊六〇〇人前後がバベルダオブ島（パラオ本島）から南下し、増援部隊としてペリリュー島に上陸した。

(2) ガドブス島を攻略する目的は、第五海兵連隊の側面に撃ち込まれる敵の砲火を沈黙させることと、日本軍が北方から送り込む援軍の上陸地点として使われるのを阻止することにあった。また、ガドブス島には飛行場（戦闘機用の滑走路）があり、アメリカ軍機にも使えると考えられた。

（3）海兵隊員はふつう、いっしょに行動する海軍衛生兵全員を、親愛の情を込めて「ドク（先生）」と呼んでいた。

（4）ガドブス島の死傷者数については、公式に発表された数値にバラツキがある。しかし、海兵隊の戦死者が一五人前後、負傷者が三三人前後だったのに対して、日本軍は戦死者と捕虜合わせて四七〇人を失った。第五連隊第三大隊中、最大の損害を被ったのはK中隊で、戦死者八人、負傷者二四人を出した。これは、ガドブス島の山系と洞穴陣地がわれわれの担当区域にあったためと思われる。

第六章　去りゆく勇者たち

「よし、全員、携帯口糧と弾薬支給のため、待機。本大隊は、尾根の第七海兵連隊の増援に向かう」

　われわれは、運命には逆らえないというあきらめの心境で、この予想どおりではあってもうれしくない知らせを受け止め、武器と装備の整頓を続けた。聞くところでは、第七連隊の死傷者数が第一連隊のそれに急迫しているという。とはいえ、われわれ第五連隊の戦力も、第七連隊とさして変わらなかった。今やペリリュー島は、山系中央部を除いてすべてわれわれの手中にあった。敵が死守するウムルブロゴル・ポケット（中央高地帯）は、約四〇〇メートル×一二〇〇メートル。起伏が激しく、山系全体のなかでも最悪の地域だった[1]。

　山と谷が信じられないほど複雑に入り交じって方角が把握しにくく、自分たちがどこにいるのかさえわからなくなることが多かった。地図を持っているのは士官だけなので、私にとって地名は意味を持たなかった。どの山もよく似ていて、どれも同じように凸凹《でこぼこ》で、どれも同じように堅固に防御されていた。隆起珊瑚礁の高地や山を攻撃するときは、名前を教えられるのが通例だった。しかし、私にわかるのは、他の海兵大隊がすでに攻撃して、手ひどくやられたのと同じ目標を攻撃するのだ、ということだけだった。

われわれの大隊は、日本兵を殺しつくすか、全員が敵の弾に当たるまでこの島を出られない――そんな憂鬱な結論を前にして、みなあきらめの心境にあった。一時間、一時間、一日、一日をひたすら消化する日々だった。恐怖と疲労に打ちのめされて思うのは、自分が生き延びることだけだった。故国に送還されるような負傷をするか、まもなく戦闘が終わることに、かすかな望みを託すしかなかった。戦闘が長引き、死傷者が増えていくにつれて、みなの心に絶望感が広がった。殺されるか負傷するしか逃げ道はなさそうだった。生き延びる意志さえ弱まっていった。戦友の多くが極端な運命論者になった。といっても不思議なことに、自分が死ぬところを思い描くのはむずかしかった。想像のなかで死ぬのはいつも、隣の仲間だった。しかし、負傷するのが避けがたく思えたのは事実だった。ライフル中隊にあっては、負傷するのは時間の問題だった。確率の法則を永遠に逃れつづけるのは不可能なのだ。

一〇月三日、われわれの大隊は「ファイヴ・シスターズ（大山）」――急峻《きゅうしゅん》な五つのコブを持つ珊瑚礁岩の山塊――を攻撃した。攻撃に先だって第一一海兵連隊が、目標地域全体を砲撃する。われわれも中隊前方に迫撃砲の激しい砲撃を集中する一方、機関銃兵たちが援護射撃を行なった。

いったん砲撃を中断し、第三大隊の歩兵が斜面を前進する。が、まもなく日本軍の砲火を浴びて足が止まる。われわれは迫撃砲を連射して、歩兵の後退を援護する。翌日も同様のむなしい攻撃が繰り返され、同様の無念な結果に終わった。歩兵の前進が止まり、撃ち方やめ

ファイヴ・シスターズにナパーム弾を投下するコルセア（アメリカ海兵隊所蔵）

の命令が下るたびに、迫撃砲班は担架手として斜面を登る態勢をとった（迫撃砲の砲撃が必要になったときに備えて、一門につき二、三人を残しておくのが通例だった）。担架を運ぶときは、手榴弾のなかでも燐光弾《りんこうだん》や発煙弾を投げて煙幕を張り、ライフル兵の援護も受けるのだが、敵の狙撃兵はできるかぎりの速さで担架手を狙い撃ちしてきた。日本兵は、戦闘のあらゆる局面同様、この点でも容赦なかった。

岩だらけの起伏の激しい地形にペリリュー島の酷暑が加わるため、担架一つに負傷兵一人を乗せて運ぶのも四人がかりだった。中隊の全員がほぼ毎日、交代で担架手を務めなければならなかった。危険このうえない重労働だということで、全員の意見が一致していた。

担架手を務めるたびに、恐怖と疲労で心臓がドキドキした。負傷兵を担架に移し、担架をかつぎ上げて、石ころだらけの地面をつまずき、よろめきながら進み、急斜面を登り、また下る。その間にも敵の弾丸が風を切って飛び、岩に当たって跳飛《ちょうひ》する。担架手に命中することも一度や二度ではなかった。しかし幸い、われわれはなんとか負傷兵全員を岩陰まで運び、助けを待つことができた。敵はわれわれの作業を止めようと、迫撃砲まで繰り出してくることも多かった。

敵の銃火のもと、あえぎ、よろめきながら担架を運ぶたびに、負傷兵の態度には感銘を受けた。意識のある兵はみな、ゆったり構えて、われわれが無事に運び出すのを信じきっているようだった。銃弾と砲弾が間断なく浴びせられるなかでは、私自身、これは全員やられるかもしれない、と思ったときもあったのだが。ショックと、衛生兵が打ったモルヒネの効果を差し引いても、負傷した海兵隊員の態度は落ち着いていた。銃砲の届かないところまでたどり着くと、負傷兵のほうから、担架を下ろして一息入れよう、と言ってくれるのが常だった。重傷でないかぎり、われわれは腰を下ろし、全員で一服した。そして、病院船に乗ったらおれたちのことを思い出してくれよ、と声をかけて負傷兵を元気づけるのだった。

あまり重傷でない兵は例外なく上機嫌で、同時にほっとしていた。これで地獄から生還できるのだ。あとに残るおまえらは気の毒だ、という言葉が出るのも当然だった。重傷や重体の場合は全速力でアムトラックや救急ジープまで担架で運び、大隊前線応急救護所に急送してもらう。重傷者を車輌に引き渡すと、みな地面に倒れてあえいだものだ。

地形の険しさといったら、ときには担架の一方の担ぎ手が持ち手を頭上に差し上げ、もう一方の担ぎ手が持ち手を地面すれすれに下げないと、担架の水平が保てない場所もあった。そんなところを走ったり這ったりしながら担架を運ぶときはいつも、固く尖《とが》った珊瑚礁岩に負傷兵が落ちてしまうのではないかと心配になった。実際にそんな場面を目にしたことはなかったが、みな、そうなることを恐れていた。

負傷兵が平静でいられたのは、われわれが信頼の絆《きずな》で結ばれていたことにも一因があった。傷ついた戦友を置き去りにするなど、想像するのも耐えられなかったし、置き去りにしたことは一度もない。日本兵になぶり殺しにされるのは確実と思えたからだ。

ファイヴ・シスターズ攻撃の間隙を縫って、比較的平坦な場所に最前線陣地が作られた。

デス・バレー　右手はファイヴ・シスターズ（アメリカ海兵隊所蔵）

前線から数メートル下がったところに穴を掘って、迫撃砲を据える。中隊全体が無防備にさらされた状態で、ファイヴ・シスターズの陣地に籠もる日本軍兵士がわれわれから片時も目を離さずにいるのがわかっていた。しかし、狙撃兵の銃弾や迫撃砲弾が飛んでくるのは、こちらに最大限の損害を与えられると見極めたときだけだった。日本軍の射撃に関する規律は見事というほかなかった。彼らが発砲したときは、ほぼ例外なく誰かに当たるのだった。

夜がくると、世界が一変した。日本兵が洞穴《ほらあな》の陣地を出て、われわれの塹壕《ざんごう》線に忍び寄ったり侵入したりして、夜通し、それも毎夜、奇襲を繰り返すのだ。単身で、あるいは少人数での奇襲は、暗くなると同時に始まった。迫撃砲が打ち上げる照明弾や曳光弾《えいこうだん》の間隙を縫い、一瞬の闇を利用して忍び寄ってくる。敵兵は地下足袋《じかたび》を履いていて、砲撃になぎ倒された植生が散らばる岩場を音も立てずに忍んでくる能力といったら、信じがたいものがあった。しかも、地形を知りつくしている。そうやって忍び寄ると、突然、意味不明のわめき声をあげて突撃してくる。手榴弾を投げることもあったが、ふつうは軍刀や銃剣や小刀を振りかざしていた。

驚くべき技能と大胆さを発揮する敵を迎え撃つには、海兵隊員ならではの冷静さと規律のとれた行動が不可欠だった。敵がどこかのタコ壺にたどり着いたときは、闇雲に撃ったら戦友に当たってしまう。格闘になり、死に物狂いの動物的な叫びや取っ組み合う物音があがっても、闇のなかで耳を澄ませているしかなかった。

暗くなってからは、誰もタコ壺から出てはいけないことになっていた。一人が眠っているあいだ、もう一人が油断なく見張る。互いの信頼が肝心だ。連夜の奇襲で死傷者が出ることもしばしばだったが、敵を取り逃がすことは決してなかった。

ある夜、それまでになく多数の日本兵が中隊の前方に忍び寄ったことがあった。最前線を突破し、岩や倒木の陰に位置を占めてしまったので、翌日は全員を掃討するのに午前中いっぱいかかる始末だった。それほど手間取ったのは、どの方向に撃っても仲間に当たりかねないからだった。しかし、われわれ海兵隊員は、持ち前の規律正しさと自制心を発揮して、K中隊には一人の死傷者を出すこともなく、日本兵をすべて片づけた。

唯一の「損害」は、親友ジェイのズボンだった。しかめっ面のジェイが、膝を伸ばしたままの妙な足取りで私のタコ壺の前を通り過ぎる。

「どうした」と私は声をかけた。

「あとで話してやるよ」とジェイが苦笑を浮かべた。

「いいじゃないか、話してやれよ」と、近くにいたもう一人がからかいの声をあげる。

数人が笑った。ジェイも笑って、黙れと怒鳴り、よちよち歩きで大隊本部に戻っていった。まるで、お漏らしした子供のようだったと言いたいところだが、まさにそのとおりの事態が起きていたのだ。このころにはすでに、全員がひどい下痢に悩まされており、ジェイもそれに屈したというわけだった。事情を聞けば笑い事ではなく、無理もない出来事だった。

その日の夜明け、ジェイは用足しをしようと思い、カービン銃を肩に掛けてタコ壺を出た。少し離れて倒木をまたぎ、足を下ろすと、そこは地に伏せて隠れていた日本兵の背中の上だった。ジェイと敵兵はともに、瞬時に反応した。ジェイが、飛び起きようとした日本兵の胸元にカービン銃を突きつけ、引き金を引く。

「カチリ」

撃針が壊れていたのだ。カービン銃は不発だった。敵兵が手榴弾の安全ピンを抜く。ジェイは敵兵にカービン銃を投げつけた。実効を期待するというより、最後のあがきに近かっただろう。

ジェイが身を翻し、「やつを撃て」とわめきながら陣地へ駆け戻る。日本兵が手榴弾を投げる。手榴弾はジェイの背中に命中し、地面に落ちて……何事も起きなかった。不発弾だったのだ。それを見た日本兵は銃剣を抜き、軍刀のように振りかざして全速力でジェイのあとを追いはじめた。

ジェイはブローニング自動小銃（ＢＡＲ）兵を視野にとらえ、「撃て、撃て」と叫びながらその方向へ逃げていた。ＢＡＲ兵は立ち上がったが、撃とうとしない。日本兵は追ってくる。ジェイは必死に走りながら叫びつづけた。じりじりする時が流れ、ＢＡＲ兵がおもむろに、日本兵のベルトのバックルに狙いを定めて、弾倉《だんそう》がほとんど空《から》になるまで二〇発近く撃ちつくした。日本兵がボロ切れのように崩れ落ちた。自動小銃の威力で、その体は半分にちぎれかけていた。

九死に一生を得たジェイは恐怖に震え上がり、息を切らせていた。なぜもっと早く撃たなかったのかとジェイに訊かれたBAR兵は、ニヤッと笑ったという。なんでも、BARで敵兵の体を半分にちぎれるかどうか知りたかったので、もう少し引きつけようと思ったのだそうだ。

自分の危機一髪が実験材料にされたジェイは、当然面白くない。みなが大笑いするなか、ジェイは新しいズボンの支給を受けるために、大隊本部に戻る許可を得た。みなはこの件で散々ジェイをからかい、気のいいジェイは怒りもせず、からかわれるに任せていた。

ウムルブロゴル山で過ごした期間を通じて海兵隊の歩兵たちは、後方からやってくる記念品漁りに悩まされた。この連中は、戦闘が小康状態になったと見るやライフル中隊の陣地に顔を出し、何か持ち帰れる物はないかと日本兵の遺体を突き回す。彼らは外見が歩兵とはまったく違うので、一目で見分けがついた。

作戦の後半になると、歩兵の顔は汚れて無精髭《ぶしょうひげ》が伸び、不安そうな尖った表情を浮かべている。おぞましいものを見すぎた目はうつろなうえ、睡眠不足で充血している。ヘルメットの迷彩カバーは（岩に擦《こす》れてちぎれていないとしたら）珊瑚の埃にまみれて灰色に変

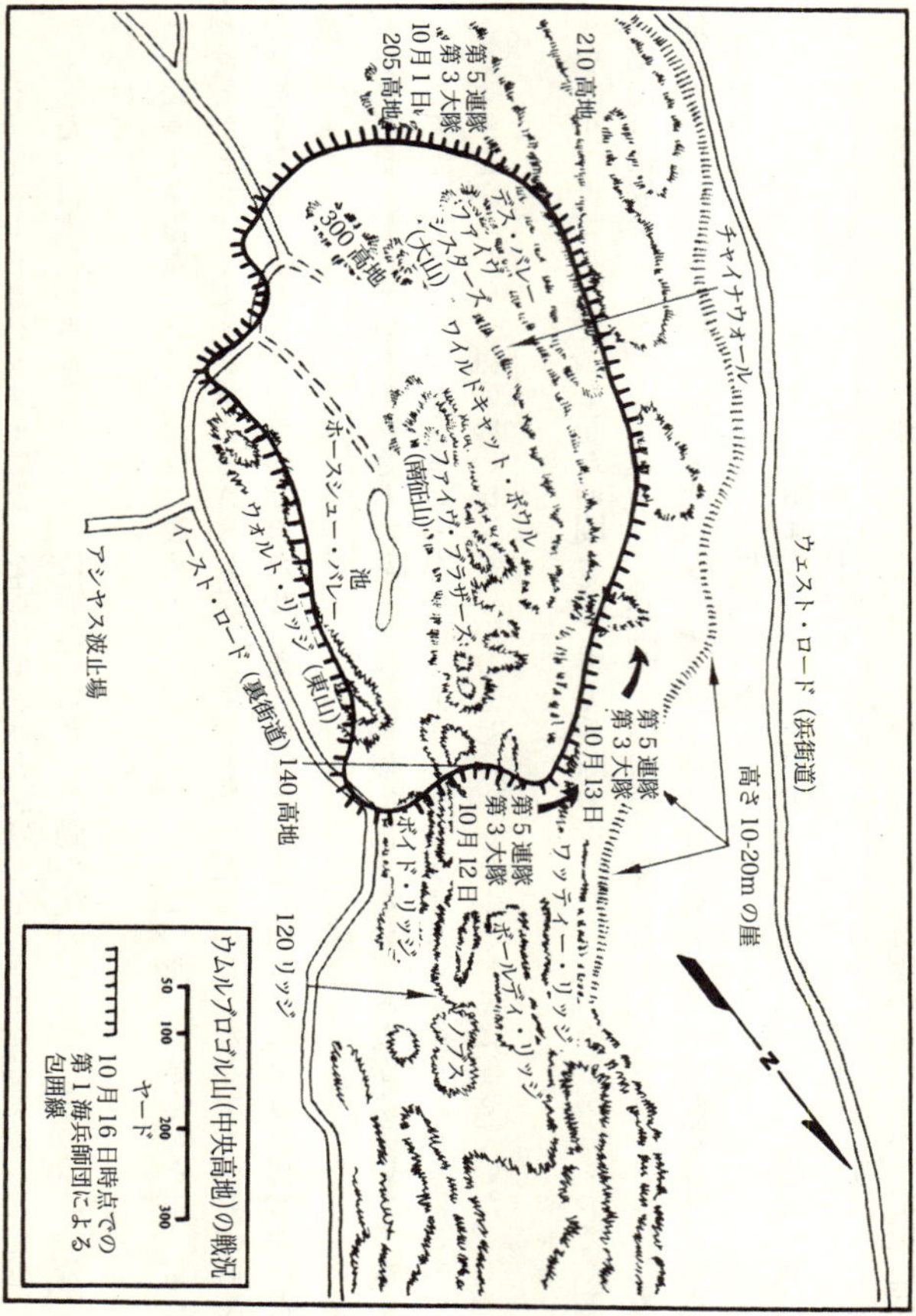

ウムルブロゴル山(中央高地)の戦況

わり、裂け目の一つや二つはできている。ダンガリーの上着（本来は緑色だった）も埃で変色し、汚れ、ライフル・オイルで染《し》みだらけになり、雨と汗で交互に濡れそぼっては乾くことの繰り返しで、カンバス地のようにゴワゴワになっている。珊瑚礁岩の地面に伏せることが多いので肘《ひじ》は抜け、ズボンの膝も孔《あな》が開いている。軍用ブーツは埃が厚い層を成して灰色になり、踵《かかと》が鋭い珊瑚で擦《す》り減って、なくなりかけていた。

荒れた両手はライフル・オイルと虫除《よ》け（「スカット」という油性の液体）と、土と埃と、その他もろもろの汚れが数週間も染みついて、ほとんど真っ黒だ。慢性的な疲労に加えて肉体を酷使するので、肩を落として前屈みになっている。話をしようと近づくと、臭いが鼻を突く。

最前線の歩兵は、記念品漁りの連中を心底腹立たしく思っていた。第七海兵連隊のある少佐は、前線の、自分の管轄区域に入ってくる連中をしばし前線に留め置いて、身の程を知らせるのを旨としていた。部下の歩兵たちもその意を汲《く》み、後方の所属部隊へ戻る許可が出るまで「お客さん」たちが勝手に逃げ帰らないように目を光らせていた。

ファイヴ・シスターズへの攻撃が一息ついたあるとき、弾薬運搬係を務めていた私は、友人のライフル兵に弾帯を届けたついでに、少しおしゃべりをしていた。友人の相棒はK号携帯口糧を受け取りにいって留守だった。あたりは静かで、私たちは友人の浅いタコ壺の縁《ふち》に腰かけていた（「静か」というのは、直接砲火にさらされていなかったという意味だ。島のどこかでは、絶えず砲撃の音がしていた）。そこへ、こざっぱりと清潔な身なりをした記念品漁りが二人、通りかかった。ヘルメットではなく布製の作業帽をかぶり、武器も持たずに私たちのそばを通り過ぎ、数百メートル先のファイヴ・シスターズのほうへ向かっていく。どこへ行くつもりだ、気をつけろ、と声をかけようとしたそのとき、数歩行き過ぎたところで一人が立ち止まって振り返った。

「なあ、あんたたち、前線はどこだい？」

「たった今、通り過ぎたところだよ」と私はすまして答えた。もう一人がはっと振り向いた。二人はびっくりして顔を見合わせ、それから私たちを見ると、作業帽のひさしを片手でつかみ、駆け足で後方へ戻りはじめた。埃を蹴立て、あとをも見ずに走っていく。

「何だよ、スレッジハンマー。あのまま行かせて、もっと震え上がらせればよかったのに」と友人がからかった。狙撃兵にぶつかるまで放っておくわけにもいかないだろう、と私は答えた。友人いわく、「後方の馬鹿どもにはいい薬さ。あれで、海兵隊員でございなんて言ってるんだからな」（公平を期すために言っておくと、後方支援部隊のなかにも、志願して担架手を務めた隊員はいた）。

　当時のわれわれは、尊敬するのは弾の標的になる人間だけで、それ以外は数にも入らない、という近視眼的な見方に落ち込んでいた。戦闘に不可欠の重要な作業に携わる非戦闘員に対しては、不公平きわまりない見方だが、戦争の残酷さにさんざん翻弄《ほんろう》されていたわれわれは、公平な評価をする能力を失っていたのだ。

隊長死す

一〇月五日（上陸二一日目）の時点で、第七海兵連隊は前線を退いた第一連隊のそれに匹敵する損害を被《こうむ》っていた。強襲部隊としては今や連隊の体《てい》を成していなかった。この日、第一海兵師団のなかで最後に残った第五連隊が第七連隊に取って代わる。第七連隊の兵士はその後もペリリューの山中で戦闘に従事し、死傷者を出しているが、連隊としての作戦行動は終わっていたのである。

一〇月七日、第五海兵連隊第三大隊は、「ホースシュー・バレー（通称ホースシュー）」という広い涸《か》れ谷を急襲した。ホースシューを西、北、東から囲む山地の洞穴や陣地には、敵の重砲が数多く配備されており、第三大隊の任務は、できるかぎり多くの重砲を破壊することだった。援護をするのは陸軍の戦車五台。海兵第一戦車大隊は一〇月一日に任を解かれ、パヴヴ島に送還されることになっていた。誰かが誤って、ペリリュー島には戦車はもう必要ない、と思ってしまったらしい。

公式見解によれば、第一戦車大隊が任を解かれたのは戦力が「著しく削《そ》がれ、弱体化」したためとなっているが、私に言わせれば、弱体化したのは戦車だと思う。戦車をはじめとする機械は消耗するし、オーバーホールやメンテナンスの必要もあるが、兵員はなんとかやっていくと期待されている。戦車、アムトラック、トラック、航空機、艦船は貴重で、はるか太平洋上では補給がむずかしい。だから修理保全に念を入れるし、無駄に消耗や破壊の危険にはさらさない。そこへいくと兵員、とくに歩兵は人間としての限界を超えてもがんばることが期待され、殺されるか負傷するか、疲労困憊《ひろうこんぱい》して立ち上がれなくなるまで酷使される。

ホースシューへの攻撃に先立って、大砲の一斉砲撃が行なわれた。二時間半にわたり、周囲の山系に向かって砲弾が風を切って飛びつづけた。迫撃砲も及ばずながら一役買った。攻撃は期待を超える成果をあげた。ホースシュー自体を確保するところまではいかなかったが、多くの日本兵が戦死した。また、重砲を据えた洞穴も多数掃討したが、この過程で戦車数台が被弾した。

陸軍の戦車隊はよくやった、というのが海兵隊員の評価だった。今回の攻撃では、戦車は海兵隊のライフル兵と行動を共にした。いわば相互支援だ。戦車は洞穴の入り口に乗りつけ、至近距離から七五ミリ砲を撃ち込んだ――「ドーン、ズドッ」。戦車の機関銃も鳴りやむことがないように思えた。ライフル兵のつかない戦車は、日本軍の地雷を抱いた決死攻撃に破壊されるのが必定だった。ライフル兵はライフル兵で、戦車の援護に大いに助けられた。

太平洋戦線で、戦車がライフル兵を伴わずに行動を試みたのは、私の知るかぎり、沖縄戦における陸軍戦車隊が唯一の例だった。予想どおり、戦車の大半は日本軍に破壊された。海兵隊の戦車はつねに、ライフル兵とともに行動した。犬がノミをくっつけて歩くようなものだが、戦車とライフル兵の場合は、双方が恩恵を受けていた。

一〇月七日のホースシュー攻撃後、第三大隊はいったん山系を離れて少し後退し、その後まもなく島の北部へふたたび移動した。

一〇月八日から一〇日にかけてわれわれは、ウェスト・ロード（浜街道）と狭い砂浜の中間に六〇ミリ迫撃砲を据えつけた。波打ち際からほんの数メートルの位置だ。ここからだとウェスト・ロードを越え、その先のアメリカ軍の塹壕線を越えて、山系に砲弾が撃ち込める。道の向こうのどこかに観測員がいて、野戦電話で指示を送ってきた。

われわれは盛んに撃ちつづけた。日本兵が道沿いの山地に潜入して位置をとり、恐るべき正確さで車輛や隊列を狙撃してきたからだ。迫撃砲は日本兵の動きを止め、掃討するのに役立った。砲を据えた位置もよく、岩で囲まれているうえに、われわれと道のあいだには葉を茂らせた灌木が並んで、山にいる敵の目を遮っていた。

われわれ迫撃砲兵がどこでK中隊と別行動をとるようになったかは、混乱していてよくわからない。とにかく、一人の下士官に、迫撃砲兵は一時的にK中隊から分遣され、狙撃兵に手こずっている別の隊を支援することになった、と聞かされたのだった。たしかに狙撃兵の位置はつかみにくかった。しかも、およそありとあらゆるものが標的になった。アムトラックで移送される負傷兵でさえ例外ではなかった。操縦手が必死になってウェスト・ロードを飛ばし、連隊応急救護所に着いてみると、身を守るすべもなく横たわっていた負傷兵がその場で死んでいた、ということも一度や二度ではなかった。

迫撃砲を据えた場所は、浜伝い、あるいは後方の海からの侵入に弱かった。夜は四方八方に監視の目を光らせなければならなかった。ここでは後方に友軍はいない。三、四メートル先はもう波打ち際で、その先は暗礁《リーフ》が横たわる海が広がるばかりだ。膝ぐらいの深さの遠浅で、かなり遠くまで歩いていける。日本兵がいったん海に入り、リーフ伝いに忍び寄って、われわれの背後に回り込む可能性は大いにあった。

ある夜、私は照明弾を打ち上げていた。隣では、ジェームズ・T・(ジム)・バーク(通称「運命論者」)という海兵隊員が、一号砲についている。発射の合間に目をやると、ジムが砲のわきに置いたヘルメットに腰かけて、われわれの左後方を監視しているのが見えた。

「よお、スレッジハンマー。おまえのカービンをちょっと見せてくれ」。ジムがいつものぶっきらぼうな口調で囁《ささや》きかけてきた。ジムは45口径のピストルを持っているが、近距離でなければほとんど役に立たない。私は自分のカービン銃を手渡した。何が見えたのかわからなかったので、海に向けて銃を構えるジムの視線を追った。青白い月光のもと、一つの黒い影が遠浅の海のなかを、浜に平行にゆっくり、音もなく動いている。距離はせいぜい三〇メートルといったところだった。それ以上あったら、淡い月光で見えたはずがない。間違いなく日本兵だった。もっと進んでどこかで浜に上がり、迫撃砲に忍び寄ろうとしているのは明らかだ。

こんな場合、誰何《すいか》したり合い言葉を要求するのは問題外だった。海兵隊員が夜、リーフ伝いに忍び寄るわけもない。「運命論者」ジムは両肘を膝に固定し、鏡のように凪《な》いだ海をゆっくり動く人影に、慎重に狙いを定めた。続けざまに二度発射音が響き、人影が消えた。

ジムはカービン銃の安全装置をかけ、私に返してよこして、「ありがとよ、スレッジハンマー」と言った。何事もなかったようなそぶりだった。

一〇月一二日の朝、一人の下士官が迫撃砲を撤収するようにという命令を伝えてきた。K中隊に戻ることになったのだ。われわれは装備と迫撃砲を片づけた。スナフとジョージ・サレットと私の三人で、道の物陰に駐《と》めてあったジープに乗り込む。三人とも必死でジープにしがみついていなければならなかった。ドライバーがジープを急発進させ、狙撃兵だらけの山に沿うウェスト・ロードを砂煙を上げて吹っ飛ばしたからだ。従軍中にジープに乗ったのは、このとき一回かぎりで、そのためこの日は特別な日となった。

ジープはまもなく補給エリアに着き、私たちはそこで、山へ引率してくれる下士官の到着を待った。続いて、K中隊迫撃砲班の残りの兵が、中隊と合流するための指示を携えて到着した。私たちは迫撃砲と武器、装備をかつぎ上げ、山側へと道を渡った。山裾を回って、狭い谷間を登る。珊瑚礁岩の塊が勝手気ままに積み重なった斜面のあちこちに、砲弾でなぎ倒された木々が骸骨《がいこつ》のように突き出していた。

出発してまもなく、ジョニー・マーメットが谷の斜面を大股に歩いて、私たちを迎えに下りてきた。まだ表情ははっきり見えなかったが、歩き方を見ただけで、何か悪いことが起きたのがわかった。よろめくように近づいてくるジョニーは、肩に掛けた短機関銃の肩紐を不安げに握りしめている。ジョニーが不安げなところなど、これまで見たこともなかった。激しい集中砲火を浴びているときでさえ、任務遂行を邪魔する厄介物という程度で受け流していた男なのだ。

そのジョニーが顔をゆがめ、眉間に皺を寄せている。血走った目は濡れているように見えた。悪い知らせを伝えにきたのは明らかだった。私たちは一人、また一人と立ち止まった。

まず思ったのは、日本軍が北方のパラオ本島から大量の援軍を送り込み、われわれは袋の鼠になったのではないか、ということだった。いや、それとも敵がアメリカの都市を爆撃したのかもしれない、あるいは、ガダルカナルでやったようにアメリカ海軍を追い払ったか、と、妄想はどんどん広がったが、われわれが聞かされたのは予想もしないことだった。

「よう、ジョニー」。近づいてくるジョニーに誰かが声をかけた。

「さあ、みんな、とっとと出発するか」とジョニーが言って、あちこちに目をやったが、われわれのほうだけは見ようともしない（奇妙なことだった。死に神からも運命からも、総司令官その人からでさえも目を逸《そ》らしそうにない男なのだから）。「さあ、みんな。さあ、みんな」とジョニーは、明らかに言葉に詰まって繰り返した。二、三人が、不審そうに顔を見合わせる。

「隊長が死んだ。アク・アクが戦死したんだ」

ジョニーはようやく言葉を絞り出すと、顔を背けた。

ショックを通り越して吐き気がした。私は弾薬袋を地面に落として仲間に背を向け、ヘルメットに座って、声を殺して泣いた。

「吊り目のクソ野郎どもが！」と、背後でうめくような声がした。

どれほど妄想が広がろうとも、ホールデイン大尉が死ぬなどとは考えてもみなかった。仲間が次々に死んだり負傷したりしていても、アク・アクだけはなぜか不死身のように思っていた。暴力と死と破壊が渦巻く世界にあって、わが中隊長は不動の道しるべのような存在だった。その中隊長の命の火が吹き消された。みな、絶望し、途方にくれていた。私にとっても、戦争中に体験した最も深い悲しみだった。あれから長い年月が過ぎたが、悲しみは今も変わらず深い。

アンディ・ホールデイン大尉は偶像視されていたわけではない。生身《なまみ》の人間だ。しかし大尉は、このうえなく過酷な状況下で、部下それぞれの運命を親身になって考え、指揮をとった。かけがえのない人だということがみな、わかっていた。ペリリューと沖縄の戦いでは、多くの近しい友を失って心が痛んだ。しかし、ペリリューで中隊長を失ったのは、安全を守ってくれると頼りにしていた親を失ったも同然だった——安全と言っても、肉体的安全ではない。戦闘のなかでは、それは手の届かない望みだった。われわれが願ったのは、心の安全である。

仲間の数人が装備を地面に叩きつけた。みな、ちくしょうとつぶやき、目をこすっていた。

そのうちジョニーがようやく気を取り直し、「さあ、出発だ」と声をかけた。私たちは迫撃砲と弾薬袋を手にした。そして、ただでさえ狂ったような世界が千々《ちぢ》に砕けたように感じながら縦一列になり、無言のままゆっくりと石ころだらけの斜面を登って、K中隊に合流した(2)。

ガダルカナル、グロスター岬、ペリリューで数々の戦功を立てたすぐれた士官の戦歴は、こうして幕を閉じた。われわれは、指揮官であり、友だった人を失った。これまでの日々は二度と還らない。そう思いながら、われわれは目前のうんざりする任務に戻っていった。

悪臭の戦場

ジョニーはわれわれを率いて、一四〇高地の岩の斜面を登った。K中隊は岩の尾根沿いに塹壕線を敷いており、われわれはそこから二〇メートルほど下がった浅い窪《くぼ》みに迫撃砲を据えた。

ウムルブロゴル山地周辺の戦闘は相変わらず命がけだったが、作戦開始当初とは様相を異にする点があった。日本軍は大砲や迫撃砲の集中砲撃をせず、最大限の損害が与えられると見極めたときに限って、一度に数発ずつ撃ち込んでくるだけになった。そして、所期の効果をあげると、砲の位置を察知されないように沈黙する。すると、奇妙な静寂が訪れる。いたるところにある洞穴やトーチカに敵がいるのはわかっていた。しかし、われわれのいる区域では砲弾は飛ばず、よそのどこかから銃砲の発射音が聞こえてくるだけだった。静寂が、谷の非現実感に輪をかけていた。

われわれがある特定の地点を越えて行動すると、日本軍はいっせいにライフル、機関銃、迫撃砲、大砲を撃ってくる。突然、嵐に襲われたようだった。たいていの場合、われわれは後退を余儀なくされ、中隊の誰一人、生きた敵を目にすることなく時間が過ぎた。

このころになるともう日本軍は、われわれを撃退することも、援軍が来ることも望めない状況だった。つまり、これ以降、日本軍は希望も大きな作戦目標もないまま、殺すためだけに殺しつづける。われわれはペリリュー島の山谷《さんこく》で、一般のアメリカ人には思い描くこともできないような地形に悩まされつつ、一般のアメリカ人には想像もつかないような敵と戦っていた。

太陽が巨大な赤外線灯のように照りつける。一度など、珊瑚礁の上に置き忘れられた白燐弾が、太陽の熱で爆発するのを見たこともある。だからそうならないように、砲弾の山には弾薬箱の切れ端をかぶせておくのが常だった。

ときに降る雨も熱い珊瑚礁岩に落ちると、夏の舗装道路から立ちのぼる湯気のように、たちまち蒸発してしまうのだった。湿った大気が重くよどむ。山系のどこへ行っても、熱く湿度の高い空気は死の臭いがした。風が吹いても、何の助けにもならない。隣の区域から同じ悪臭を運んでくるだけだからだ。日本兵の死体は岩陰や斜面に放置されていた。葬りたくてもそのすべがない。地面は固く尖った珊瑚礁岩で、土というものが存在しないのだ。敵の死体は倒れたそのままの場所で腐敗していった。歯茎を剝き出し、まるで笑っているように見える膨満《ぼうまん》した顔の遺体が、グロテスクにねじれた姿勢をとっていたるところに散乱していた。

くる日もくる日も昼夜の別なく、腐っていく人間の肉体の腐臭が絶えず嗅覚を襲ってくるあのおぞましさは、経験したことのない者には伝えるのが難しい。ペリリュー島のように戦闘が長引くと、歩兵大隊の兵士はいやでもこれを経験する。熱帯にあっては、死体は死後数時間のうちに膨張し、恐るべき悪臭を発しはじめるのだ。

海兵隊の戦死者は、できるかぎり前線の後方に運んだ。遺体はふつう、頭からくるぶしまでをポンチョで覆って、担架に乗せたまま並べられる。海兵隊員の死者が、太陽や雨やハエに顔をさらしたまま置かれているところは、ほとんど見たことがない。戦友の遺体を剝き出しのまま置いておくのは、なぜか礼儀に反するような気がした。とはいえ埋葬係も忙しく、飛行場に近い師団墓地に運ぶにも時間がかかって、担架の上で放置されるうちにひどく腐敗が進んでしまうことも多かった。

ウムルブロゴル・ポケットをめぐる戦闘では、消耗しきった中隊が、別のやや消耗度の低い中隊と交代する動きが絶えず続いた。われわれ兵士からすると、最前線のある特別に危険な箇所からやや危険度の低い箇所へ、またさらに危険な箇所へ、と絶えず移動していたような気がする。

作戦が長引くにつれて、同じ箇所に何度か出入りすることもあった。そうするうちに、敵のある特定の死体が目印のように見えてくる。死後まもない状態から膨張した状態、腐敗してウジが湧いた状態、ついにはところどころ骨が露出した状態まで、腐敗が進む段階を逐一目にするのはおぞましい経験だった。まるで、生物学的な時計が、容赦ない時の進行を告げているかのようだった。そんな目印のそばを通るたびに、われわれの中隊も隊員の数が減っているのだった。

新しい位置に移動するたびに、前の中隊が前線のどのあたりにいたかがわかった。中隊の位置の後方には弾薬と補給品の山があり、ポンチョをかぶせられた戦死者の列があったからだ。死者の数を見れば、その区域の危険度の見当がついた。死者が並んでいるのを見るたびに、戦争に対する怒りが湧き、命が無意味に浪費されているという思いがあらためてこみ上げた。自分自身の命に対する恐怖心より、はるかに気の滅入る思いだった。

敵味方双方の死者が発する腐臭に加えて、排泄物の臭いにも悩まされた。ペリリュー島の大半は珊瑚礁岩で覆われているため、ごく基本的な排泄物処理の手順でさえ実行しがたかった。作戦行動および戦闘中は、個々人の責任で排泄物を処理する。つまり、通常の状態であれば、自分の排泄物は自分で土をかけて埋める。夜間、タコ壺から出るのが危険なときは、手榴弾や携帯口糧の空《あ》き缶を使い、外へ投げ出しておいて、翌朝になってから土をかける。敵の集中砲火を浴びている場合は、むろんその限りではない。

しかし、ペリリュー島では砂浜や湿地帯を除いて、珊瑚礁岩を掘るのは不可能だった。おおよそ三キロメートル×九キロメートルの小さな島で、数千人の兵が何週間も戦った。その大半はウムルブロゴル・ポケットを囲む尾根に位置し、多くがひどい下痢に苦しんでいた。しかも、土をかけるという基本的な排泄物処理が実行できないのだ。それでなくても屍臭《ししゅう》に満ちた熱帯の大気が、筆舌に尽くしがたい悪臭を放つのは当然だった。

さらに、日米両軍の大量の携帯口糧が捨てられて腐る臭いがこれに輪をかけた。一息吸うたびに、さまざまな悪臭に満ちた熱く湿った空気が流れ込む。肺からこの悪臭が消えることは二度とないような気がしたものだ。南部の飛行場や、後方部隊が宿営していた区画では事情が違ったかもしれないが、ウムルブロゴル・ポケットを囲む歩兵部隊の塹壕線では、ただの悪臭か耐えがたい悪臭かの違いこそあれ、すべてが悪臭に満ちていた。

この汚物の山に埋もれたような状況では、ただでさえ熱帯に多いハエが爆発的に繁殖した。島のハエは、日常よく見かけるイエバエとは種類が違う。ペリリューに多いのは大型のクロバエ（いわゆる「アオバエ」）だ。丸くふくらんだ胴体は青緑の金属的な色をしていて、飛ぶときはブーンと羽音を立てることが多い。

当時開発されたばかりの殺虫剤ＤＤＴが初めて戦闘区域に散布されたのは、ペリリュー島だった。海兵隊員が山中で戦っているあいだに、ハエの成虫を減らしてくれるという触れ込みだったが、数が減ったと感じたことは一度もなかった。

いやらしいハエどもは、ペリリュー島の山地に散らばる人間の死体と、人間の排泄物と、腐った携帯口糧に飽食して肥り、動作が鈍って、満足に飛べないハエもいる始末だった。携帯口糧の缶やチョコレートバーにとまったハエを手で追い払おうとしても、逃げもしない。仕方がないから食べ物を大きく振って払い落とすのだが、それでも動かないやつもいた。アルミのカップの縁にとまったあげく、コーヒーのなかに転げ落ちることもよくあった。シチューの缶を膝に載せ、のろまなやつらを左手でシチューからつまみ出しながら、右手のスプーンで食べるのが常だった。大きな肥ったアオバエがたかっていた死体を離れ、C号携帯口糧に飛び込んでくるのを見ていると、吐き気がした。

みな、食欲はあまりなかったが、食べないわけにもいかない。ハエの問題を解決する一つの道は、やつらが活動しない日没後や夜明け前に食事をすることだった。ただし、日没後は固形アルコールをはじめ、いかなる火も使えないから、冷たいままで食べなければならない。火を使ったら、敵の狙撃兵に撃たれるのは確実だった。

毎朝、日の出直前のあたりが比較的静かな時間には、ハチが巣のなかで動き回るような低い羽音が聞こえたものだ。明るくなってきて、ハエが活動を始めたのだ。死体、ごみ、岩陰、茂み——どこであれ一夜を過ごした場所から飛び上がる。ハチの大群のようで、その数といったら信じられないほど多かった。

夜間は大きなオカガニが死体に惹かれて、そこいらじゅうを這い回る。乾ききった岩を這うカサカサという音は、敵兵が忍び寄る物音と区別がつかないことが多く、私たちは音のするほうにとりあえず手榴弾を投げるのだった。

戦闘が長引くにつれて、腐敗していく死体や排泄物や生ごみに加えて、壊れたり使いきったりしたあらゆる種類の装備が散乱し、ウムルブロゴル・ポケットの面積は徐々に狭くなっていった。山にも谷間にも激戦の残骸が散らばっていた。いたるところに戦闘の痕跡があり、日ごとに目につくようになっていった。

われわれが数日間配置されたある場所の、周辺の光景が今もはっきり目に浮かぶ。どんな小説家も思いつかないような、破壊と荒廃の場だった。ウムルブロゴル・ポケット南西の縁に沿った区域で、作戦二日目（九月一六日）以来、激戦が続いていた。第一海兵連隊、第七海兵連隊についで、今や第五海兵連隊が、この同じ山並みを相手に戦うことになったのだ。消耗した大隊が消耗しきった大隊と交代する。いつもの交代劇だ。われわれ第三大隊に輪をかけて消耗し、員数の減った部隊の隊員が、汗まみれになってとぼとぼとタコ壺から出てくる。目が窪み、腰が曲がり、垢じみて無精髭《ぶしょうひげ》を生やしたゾンビだ。

K中隊のライフル兵と機関銃兵は急斜面を登り、前任の中隊が位置していた岩の割れ目や窪みにもぐり込む。何人《なんぴと》たりとも山頂から頭を覗かせてはならない、という命令が出ていた。そんなことをしたら、敵のライフルや機関銃で瞬時に殺されかねないからだ。

いつものように、交代していく兵が、敵の使う火器、とくに危険な地点、夜間の侵入経路など、この区画特有の裏情報を教えてくれる。

私の迫撃砲は、前任中隊の六〇ミリ迫撃砲が置かれていた塹壕に据えられた。塹壕は山裾から二〇メートルほど離れた珊瑚礁岩の岩陰にあった。塹壕に歩み寄って、重い弾薬袋を降ろすと、塹壕のなかでは見るからに若い海兵隊員が一人、六〇ミリ迫撃砲の二脚架と発射筒を革ベルトで巻いて留めているところだった。われわれ迫撃砲分隊の仲間はそれぞれ、塹壕に砲を運び込んでいる。私はヘルメットに腰を下ろして、その若々しい隊員に声をかけた。振り仰いだ顔を見てびっくりした。いかにも辛そうな表情なのだ。交代できるというのに、少しもうれしそうではない。

「あんたら、夜は日本兵《ジャップ》に気をつけろ。昨夜、二人がこの壕に侵入して、砲手と助手を切り刻んだんだ」

彼の話によると、前夜二人の日本兵が尾根の塹壕線を越えて侵入し、砲兵が迫撃砲の操作に集中している隙をついて、誰にも見咎められることなく塹壕のそばまで忍び寄ってきた。二人はこの塹壕に飛び込んで砲手と助手に斬りつけたあげく、近くの迫撃砲弾薬手に殺された。負傷した海兵隊員は後方へ送られたが、一人は死に、もう一人も重傷だという。日本兵の死体は近くの茂みに投げ捨てられた。

この話をしてくれた隊員と、壕のそばにしゃがんでいたもう一人は弾薬手だったが、今や砲手と助手に任命されたのだそうだ。ふと見ると、新米砲手は砲にベルトをかけて出発準備をするあいだも、壕の底や側面になるべく触れないようにしているようだ。彼らに代わってわれわれの迫撃砲を据えつけようと壕に近づいてみて、理由がわかった。白い珊瑚礁岩の側面に血しぶきが飛び、底にも赤黒い血だまりができていた。傷ついた戦友二人の血だ。

私は砲の据えつけが終わってから、携帯口糧や弾薬の空き箱から大きめの段ボールの切れ端を集め、壕の底の血だまりをできるかぎり覆った。肥ったアオバエが、血に染まった珊瑚礁岩からいやいや飛び立った。

血を見るのはとうに慣れていたが、血まみれの塹壕に腰を据えるのは、さすがにためらわれた。仲間の海兵隊員が流した血に染まった珊瑚礁岩に座るのは、戦友の遺体を放り出しておくのとほとんど同じことのように思えたのだ。ふと気がつくと、砲撃に関する命令を受け取って戻ってきた相棒が、それでいいと言いたげな表情を浮かべて私の作業を見守っていた。その後もこのことを話題にしたことはなかったが、相棒も私と同じように感じていたのは明らかだった。珊瑚礁岩の染みを見ていると、政治家や新聞記者が好んで使う表現がいくつか頭に浮かんだ。「祖国のために血を流し」たり「命の血を犠牲として捧げる」のはなんと「雄々しい」ことだろう、等々。そうした言葉が空疎に思えた。血が流れて喜ぶのはハエだけだ。

風が強かった。霧雨が降り、鉛色の空は山頂のすぐ上に垂れ込めているようだった。尾根の、砲撃でへし折られた木々と尖った岩が、汚れた顎に生える無精髭を思わせた。木々の葉や茂みの大半は砲弾で引き裂かれ、砕け散っていた。残っているのは奇怪な形にねじれた株と太い枝だけだ。珊瑚礁のこまかい埃がすべてを覆っている。雨になる前はたしかに埃だったが、雨に濡れた今は、薄汚れた石膏《せっこう》の膜のようだ。

目に入るすべてが灰色で、空と尾根と岩と、木々と兵と装備が一つに溶けてしまったようだ。ペリリュー島の山と谷は奇妙にギザギザしているので、この世ならぬ異世界に迷い込んだような気がした。雨風にさらされて灰色になった珊瑚礁岩に無数の弾丸や砲弾の破片が当たり、表面が削《そ》がれて白い斑点が散ったようになっている。そこに粉砕された植生が加わって、荒涼とした風景の非現実感に輪をかけていた。

最後の仕上げが雨だ。雨は戦場の日常をひときわ惨めにする。死体さえ雨のなかではひときわ哀れに見える。私の左手に日本兵が二人死んでいた。膨張した死体に群がるウジとアオバエは、私に劣らず雨を恨んでいるようだった。死体はどちらもバックルの左右に革の弾薬箱を着け、きちんとゲートルを巻き、地下足袋やヘルメット、背嚢《はいのう》も着けたままだった。それぞれの死体のわきには、錆《さび》の浮きはじめた有坂《ありさか》式小銃が落ちていた。海兵隊の誰かが、二度と使えないように岩に叩きつけて壊してあった。

迫撃砲を据えた塹壕の周辺には、手榴弾や迫撃砲弾の空き缶に混じってC号携帯口糧の缶やK号携帯口糧の箱が投げ捨てられている。手をつけたものも、蓋を開けていないものもあった。あたり一帯にアメリカ軍のヘルメット、背嚢、ポンチョ、上着、弾薬帯、ゲートル、軍用ブーツ、各種の弾薬箱、木箱などが散らばっていた。うち捨てられた衣類と血漿《けっしょう》ボトルは、そこで海兵隊員が撃たれたことの無言の証人だった。

木の株の多くに、機関銃の弾薬帯が掛けてある。なかには実弾が残っているものもあった。過去の、そして今も続く激戦の証拠が散乱するなかで、機関銃の弾薬帯だけが地面に投げ出されることなく、木の株や茂みに掛けてあるのは、興味を惹かれる現象だった。戦場で、それも肉体的に消耗し、精神的に緊張を強いられていればいるほど、私はこうした些細な事実に魅了された。自分もそうだ、と語ってくれた古参兵も多かった。

われわれは激しい戦闘がもたらした破壊と荒廃のさなかにあった。のちの沖縄戦で、山野に広がる粘土質のぬかるみのなかで戦ったとき、さらに大規模ではあるが、同様の光景を目にすることになる。ただし、沖縄の戦場は、第二次世界大戦の記録に描写される他の戦場とある程度共通するところがあった。首里を目前にして泥まみれの膠着《こうちゃく》状態に陥ったときは、昔読んだことのある第一次世界大戦の、泥のなかに死体の散乱するフランドルの戦場を連想した。

これらはいずれも、現代の戦場の典型例とも言えた。しかし、ペリリュー島のウムルブロゴル・ポケットの、奇妙な輪郭線を描く山系や岩だらけの谷間は、これらとはまったく別物だった。夜間、照明弾の明かりのもとで、あるいは曇天《どんてん》のもとで見るときはとくに、これまで描写されたどんな戦場とも様相を異にしていた。どこか別の惑星にでもいるようで、まさに超現実的な異世界の悪夢だった。

作戦が長引くにつれて海兵隊員が疲労困憊していったことについては、すでに何度か触れた。われわれが疲れきっているのは、日本軍もよく承知していた。われわれが交代して後方に下がる九日も前の一〇月六日にすでに、アメリカ軍は疲弊しているようで攻撃力が落ちている、と書かれた報告書が押収されていた。

長引く激戦に緊張の解けるときがなく、夜ごとの侵入と奇襲で眠りを奪われ、起伏の激しい地形に肉体的負担を強いられるうえに、息詰まるような暑さが続くのだから、いつ倒れても不思議はなかった。どうして倒れずに戦いつづけられたのか、考えてもわからない。肉体的、精神的に疲れきったため、私はあきらめの心境に陥り、痛みのない運命が待っているのをひたすら祈っていた。うんざりする時間がいつ果てるともなく続くうちに、「百万ドルの負傷」をするのが天恵のように思えてきた。死ぬか、一生後遺症が残るような大怪我をすることを除けば、それしか逃げ道はなさそうだった。

つらく恐ろしい戦闘が続くことに加えて、毎日何かしら新たなおぞましい体験がもたらされた。現実とは思えない体験の万華鏡がくるりと回り、背筋も凍るような恐怖の新たな一面が見せつけられる。まるで、酷薄な食屍鬼《しょくしき》が、戦いに慣れて情の強くなった兵さえ信じがたい恐怖に立ちすくむような光景を見せてやろう、と意図しているかのようだった。

ある夕方、相棒と私は塹壕に戻ろうと歩いていて、それまで気づかなかった浅い窪みに目を留めた。海兵隊員の遺体が三体並んでいる。仲間が後退を余儀なくされたため、置き去りにされたらしく、担架に横たわったままだった（私は、こういう気の毒な遺体は見て見ぬふりをするのが常だった。アメリカ兵の遺体が戦場に置き去りになっている光景に、耐えられなかったからだ。日本兵の遺体は腐臭とハエを除けば、ほとんど気にならなかった）。

窪みのそばを通りかかったとき、相棒が「なんてことだ」とつぶやいた。私は窪みに目をやり、次の瞬間、激しい嫌悪感と憐憫《れんびん》に襲われて立ちすくんだ。遺体は腐敗が進み、雨風にさらされて黒ずんでいた。それは熱帯では当然のことだ。しかし、このとき目にした遺体は敵の手で切り刻まれていた。一人は首が切られ、頭部が胸に載せられていた。両手も手首から切られて、頭部のそば、顎の近くに置かれている。信じられない思いで遺体の顔を見つめて気がついた。日本兵は遺体の男根を切り離して、口に押し込んでいたのだ。隣の遺体も同様の扱いを受けていた。三人目は全身が切り刻まれ、肉食獣に引き裂かれた死体のような姿になっていた。

私は日本兵に対して、それまで経験したことのないほど強烈な怒りと憎しみを感じた。あの瞬間以降、いかなる事情があろうと、日本兵に対して憐憫や同情はいっさい感じなくなった。海兵隊の仲間も、日本兵の遺体の背嚢やポケットを探り、記念品を探したり金歯を抜いたりした。しかし、日本兵がアメリカ兵の死者にしたような、あれほど野蛮な損壊行為をするところを見たことは一度もない。

塹壕に戻ってから相棒が、「なあ、スレッジハンマー、日本兵《ニップ》が遺体に何をしたか、見たか。口に何を押し込まれていたか、見たか」と言った。私がうなずくと、相棒が言葉を続けた。「吊り目のクソ野郎どもが憎いぜ」

「ああ、そうだな。卑劣なやつらだ」。私はそう言うのが精一杯だった。

勝利の高価な代償

われわれが一四〇高地のK中隊に合流した一〇月一二日は、朝、ホールデイン大尉が戦死したあとも、いろいろと事の多い一日だった。われわれは、K中隊の塹壕線のなかに据えられた七五ミリ榴弾砲《りゅうだんほう》の後方、やや低い地点に迫撃砲を据えた。中隊のために援護射撃をすることに加えて、榴弾砲を援護するのもわれわれの任務だった。

榴弾砲に近い岩の隙間から着弾観測をしていたジョニー・マーメットがふいに、日本軍の将校が何人か、洞穴の外に出ていると声をかけてきた。アメリカ軍の砲火の死角に入っていると安心していたのだろう。士官たちは、草を編んだ大きな日除けの下のテーブルについて、食事を始めるところだった。

ジョニーが射程と、五発撃てという命令を伝えてきた。スナフが照準を合わせ、ジョニーからの伝達射程を復唱して、「一発目発射」と怒鳴る。私は砲弾をつかみ、射程と装薬量を復唱し、増加発射薬を適量だけ尾翼のあいだから引き抜き、右手の親指で安全ピンを押さえ、安全ワイヤを引き、砲弾を砲口から装塡《そうてん》した。スナフが反動後の照準を合わせ直し、二脚架をつかんで、「二発目発射」と怒鳴る。私は二発目を砲口から装塡した。すべては滞りなく進行し、短時間で五発の発射が完了した。みな緊張して、砲弾が目標に着弾する音に耳を澄ませた。胸がドキドキした。日本軍の将校が集団でいるところを目にするのは珍しく、ペリリューではこちらの目に姿をさらすこと自体、まれなことだった。

息をひそめて待つ数秒が、何時間にも感じられる。やがて、低い爆発音が山を越え、谷間を越えて響いてきた。しかし、何かがおかしい。発射した砲弾の数より、爆発音が一つ少ない。みな、結果を知ろうとジョニーを見上げた。目標を見つめていたジョニーがふいに振り返り、指を鳴らして地団駄《じだんだ》を踏むと、眉をしかめて私たちを見下ろし、「目標に命中！　しかし、一発目は不発だったぞ。どうしたんだ」と怒鳴った。みな、ため息をつき、がっかりして悪態をついた。一発目は日除けを貫き、日本軍の将校たちは洞穴の入り口に向かって身を伏せた。しかし、この砲弾は爆発しなかった。残りの四発も目標に命中し、首尾よく爆発して、日除けとテーブルを粉砕した。しかし、敵の将校たちはすでに安全な洞穴に逃げ込んでいた。爆発した砲弾の破片が広い範囲に飛び散って被害を与えることを想定して作られた六〇ミリ迫撃砲にしては、驚くべき命中精度だった。が、一発の不発弾のせいで、千載一遇《せんざいいちぐう》のチャンスが失われた。私たちが失敗の原因を追及しにかかったのは、当然だった。

全員が悪態をつくなか、スナフが急に、一発目を装塡する前に安全ワイヤを抜くのを忘れたのだろう、と私を非難しはじめた。私には、たしかに抜いたという確信があった。だから、本国の弾薬工場で働いている誰かが製造工程でミスをしたに違いない、と反論した。スナフは反論を聞き入れず、激しい口論になった。私も腹を立ててはいた。中隊長の仇を討つ万に一つのチャンスを取り逃がしたのだ。しかし、スナフの怒りはすさまじかった。砲手であり、したがってわれわれ迫撃砲分隊の指揮をとる立場にあるスナフにとっては、プライドのかかった問題だった。

スナフと口論しながらも私は、不発だったのが私のせいではないのをなんとか証明しないかぎり、スナフからも、ペリリュー島生き残りのK中隊の隊員からも、一生非難されるだろう、と覚悟していた。幸い、私はついていた。ジョニーが日本兵を攻撃しろと伝達してくる前に、この場所で砲の照準を調整するために撃った弾は、ほんの二、三発だった。だから、ここから何発撃ったかが正確にわかっていたのだ。スナフが怒り狂っているあいだに私は、姿勢を低くしたまま砲の前方一メートルあたりを探し回った。そして、まことに運のいいことに、珊瑚礁岩のかけらや粉砕された植生のなかに目当ての物を見つけ出した。それまでに撃ったすべての砲弾の安全ワイヤが手に入ったのだ。

私はワイヤをスナフに突きつけて、言った。「ほら、数えてみろ。これでも、安全ワイヤを抜き忘れたというのか」

スナフはワイヤの数を数えた。われわれがいたのは新たに攻略した地点で、それまで六〇ミリ迫撃砲が据えられたことはなく、したがって落ちていたワイヤはすべてわれわれのものだ——それは全員がわかっていた。砲弾が不発で日本軍の将校を取り逃がしたことには腹が立ったが、自分の不注意のせいではないと証明できたのはうれしかった。不発弾の話はそこまでだった。誰もが忘れたいことだったのだ。

日没後、日本兵は一四〇高地周辺の、昼間撤退させられた拠点のいくつかをふたたび占拠した。山にいるわれわれにとっては、お決まりの忌まわしい夜だ。疲れきっているのに、四方八方から忍び寄る日本兵を撃退しなくてはならない。迫撃砲の照明弾、高性能炸薬弾《さくやくだん》（HE弾）、手榴弾から小火器まで総動員だ。私は疲労の限界に達し、眠り込まないようにするために片手で片方の瞼をこじ開け、もう片方の手で手榴弾やその他の武器をつかんでいるありさまだった。

翌一〇月一三日、第五連隊第三大隊は再攻勢に出る命令を受けた。目的は前線をととのえ、一四〇高地に突出部を形成することだった。第五海兵連隊のなかで、まだ前線に残っていたのはわが第三大隊だけだったから、出撃命令が下ったわけだ。われわれはいたるところで、狙撃兵の猛攻撃を受けた。疲れたライフル兵のために援護砲撃をしながらも、戦闘が永遠に終わらないような気がした。大砲の援護も手厚かった。翌一〇月一四日朝、われわれの右手の日本軍に対して、コルセア機がナパーム攻撃を仕掛けた。迫撃砲の弾幕砲撃が狙撃兵の集中銃火を浴びて中断を余儀なくされ、I中隊が探査攻撃を試みた。K、L両中隊は地歩を改善し、砂嚢《さのう》と蛇腹《じゃばら》形鉄条網で陣地を強化することができた。

この日の大隊の攻撃は、老朽機関車が長い列車を引いて、あえぎながら急勾配を登る様を思わせた。もう駄目かと思う状況だった。翌日、陸軍部隊が交代にくる、という噂が駆け巡ったが、すぐに信じるほど楽天的にはなれなかった。

その晩、翌朝陸軍と交代するという確報が届いて、兵のあいだに希望と興奮が広がった。その夜はいつにも増して眠れなかった。終わりが見えてきた今、人肉粉砕機《ミート・グラインダー》から逃げ出す寸前に喉をかき切られたりしたくはなかったのだ。

一〇月一五日の朝、第八一歩兵師団第三二一歩兵連隊第二大隊（通称「ワイルドキャッツ」）の兵が、一列縦隊になってわれわれの陣地に入ってきた。信じられなかった。ついに交代できるのだ！

交代はスムーズに進んで一一〇〇時までには完了し、われわれはペリリュー島北部の防御区域に向かって移動を開始した。第三大隊はイースト・ロード（裏街道）沿いに海に向かって展開し、日本軍がふたたび逆上陸を試みた場合は、これを阻止することになっていた。

われわれはここに、前線を退いてから一〇月の最終週まで留まることになる。

この区画は平穏だった。できるかぎり心身を休めたが、緊急事態が発生したら、また前線に投入されるのではないか、という不安は消えなかった。

聞いたところでは、パヴヴ島への輸送艦の手配ができ次第、われわれの大隊はペリリュー島を離れることになっていた。昼間はゆっくり休んで、漁ってきた記念品を交換したりしたが、夜は日本軍の行動に備えて、警戒態勢をとらなければならなかった。南のほうからは絶えず、タタタタという機関銃の発射音や、ズシンという迫撃砲や大砲の着弾音が聞こえていた。ウムルブロゴル・ポケット周辺で第八一歩兵師団が、日本軍を攻撃しつづけていたのだ。

ある日、相棒が、珍しい記念品を見せてやるというので、私たちは岩に腰を下ろした。相棒が慎重な手つきで、戦闘背嚢から紙包みを取り出した。もとは携帯口糧が包まれていたパラフィン紙で、幾重《いくえ》にも包んである。それを開いて、どうだといわんばかりに私に差し出した。

私は息をのんだ。「おまえ、いかれちゃったんじゃないか！　そんなもの、持ってたらまずいに決まってるだろうが。士官に見つかったら、報告に書かれちまうぞ」。私は忠告しながら、包みのなかを見つめた。ひからびた人間の手だ。

「何だよ、スレッジハンマー。誰も何も言わないさ。臭わないように、もう少し乾かさないとな」。相棒はそう言うと、太陽の照りつける岩の上に、その手を置いた。ひからびた日本兵の手のほうが、記念品としては金歯より面白いと思ったのだそうだ。それで、腐らずにミイラ化した死体を見つけたとき、ケイバーを出して切り取ったのだという。で、ここにあるわけだ。どう思う？

「おまえはどうかしていると思うよ。隊長がそいつを見たら、こっぴどく怒鳴られるぞ」

「そんなことはないさ。金歯を集めても、誰も何も言わないじゃないか」

「たしかにな。しかし、人間の手となると話は別だ。埋めちまえよ」

相棒は真顔で私をにらんだ。温厚で人当たりのいい相棒らしくない。「この手が、何人の海兵隊員に向けて引き金を引いたと思う」と冷たい口調で私に訊く。

私は黒ずんでひからびた手を眺めて、相棒の言ったことを考えてみた。自分にとって、両手の存在がいかに貴重かを思った。人間の手というのは、いいことも悪いこともできる奇跡のようなものだな、とも思った。自分では金歯を集めたりしないが、そうすることにもう驚きはなくなっていた。が、手というのはなぜか、やりすぎだと感じた。相棒は戦争に心を乗っ取られ、感受性を失ってしまったのだ。一時的なものであることを願うばかりだった。相棒は、物腰こそまだ穏やかだが、二〇世紀の野蛮人に変貌した。戦争が長引いたら、自分も同じことをするようになるかもしれない——そう考えたらぞっとした。

仲間が数人、相棒の持っているものを見ようと近づいてきた。「馬鹿だな、おまえは。臭いだす前に捨てろよ」と一人の下士官が言った。

「そうだよ」と別の一人が言う。「そんなものを持っているなら、おまえといっしょに乗艦したくはないな。気味が悪い」と言って、うんざりした表情で記念品を眺める。

ほかの数人からも同じ調子で非難されたあげく、相棒は渋々、貴重な記念品を岩のあいだに投げ捨てた。

うまい糧食が支給され、みな食欲も出て、日ごとに緊張がほどけ、後方にいるのを楽しみはじめた。ジープが糧食といっしょにきれいな水もたっぷり運んでくるので、私は日に何度も歯を磨いた。贅沢の極みだった。もうすぐ乗艦してペリリューを離れられる、という噂が広がりはじめた。

一〇月末が近づいて、われわれは島の別の場所に移動した。みなの期待が高まった。今度の宿営地は海岸に近い砂地の平地だった。ジープがわれわれの、ジャングル用ハンモックとナップザック(3)を運んできた。全員髭を剃り、ナップザックに入れておいた清潔なズボンを着用するように、という命令が伝えられた。

乗艦してから身なりをととのえるほうが簡単なのに、と不平を言う者もいた。しかし、下士官の一人が笑って、臭くて汚い海兵隊員の集団が積み荷ネットをよじ登っていったら、水兵は一目見るなり、反対側の舷側《げんそく》から海に飛び込むだろう、とからかった。

Dデイには短かった私の髪は伸びてもつれ、ライフル・オイルと珊瑚礁岩の埃で固められていた。櫛はとうに捨てていた。髪をとかそうとしたら、歯がほとんど全部欠けてしまったのだ。今回はどうにか石鹸と水で洗うのに成功したが、埃と油のこびりついた無精髭を剃り落とすには、剃刀《かみそり》の刃が二枚と髭剃り石鹸のチューブ一本が必要だった。毛衣を脱ぎ捨てたような気がした。

上着はどこも破れていなかったので、幸運のしるしとしてとっておこうと思った。それで海で洗い、日に乾かして、背嚢にしまった。

汚いズボンはボロボロで、膝にも孔が開いていたので、悪臭を発する靴下とともに、たき火に投げ込んだ。九月一五日には新品だった軍用ブーツは、二・五センチも厚みのある頑丈な靴底が尖った珊瑚礁岩で磨り減って、薄い中底が出てしまっていたが、予備の一足は衣服袋《シーバッグ》に入れてパヴヴ島に置いてきたので、当面はこのまま履きつづけるほかなかった。

この日（一〇月二九日）の午後、翌日乗艦することがわかった。その夜、私は強烈な安堵感を抱いてハンモックに這い込み、蚊帳《かや》のジッパーを閉めた。岩だらけの固い地面以外の場所で横になるのは、快適そのものだった。私はホッとため息をつき、歩哨《ほしよう》任務の番が回ってくるまでゆっくり眠れる喜びをかみしめた。内陸に目を向けると、あの恐るべき山系の尖った稜線《りようせん》が、空を背景に浮き出している。あのあたりが味方の手中にあるのはありがたいことだ、と私は思った。

突然、ピシ、ピシ、ピシ、ピシと音がした。日本軍の機関銃の銃弾（青白い曳光弾）が空気を切り裂き、私のハンモックの下を抜けていく。銃弾は砲弾跡の斜面に当たって砂を巻き上げた。私は蚊帳のジッパーを下ろし、カービン銃をつかんで窪地に転がり落ちた。あれほどの苦労をくぐり抜けてきた今になって、ハンモックに寝たまま尻を削られる危険を冒すのは御免だった。

銃弾の音から判断して、機関銃はかなり遠いようだった。機関銃兵はたぶん、自分と私のあいだにある尾根のどこかの陸軍の塹壕線を狙って、連射を浴びせたのだろう。しかし、流れ弾でも当たれば死ぬことに変わりはない。だから、ハンモックで束の間の安穏《あんのん》を貪ったあとは、窪地のなかで眠ることにした。

翌一〇月三〇日朝、われわれは背囊を整頓し、装備を手にして、乗艦位置に移動した。いよいよ血塗られたペリリュー島をあとにするというそのときになってもまだ、ブラディノーズ・リッジが抗《あらが》いがたい巨大な磁石のようにわれわれを引き戻そうとしている、という重苦しい感覚が振り払えなかった。あの山系は、大きな海綿のようにわれわれの師団の血を吸い取った。これであきらめたとは思えなかった。たとえ乗艦してからでも、反攻を阻止するためとか、飛行場に危険が迫ったとかいう理由で輸送艦を下ろされ、前線に投入されそうな気がした。たぶん私は、完全な運命論者になっていたのだろう。あまりに多くの死傷者が出ていたから、ほんとうにペリリュー島を離れるということが信じられなかったのだ。海はかなり荒れていたが、海に出てから島を振り返ったときは、心底ほっとした。

大型商船を改造した軍用輸送艦シー・ランナー号に横づけされ、積み荷用ロープを登る準備をする。訓練期間に幾度となく繰り返したことだが、そのころはこれほど疲労困憊していなかった。海が荒れて、足元が大揺れするので、ネットに取りつくのさえ容易ではなかった。途中で止まって一休みする兵もいたが、誰も海には落ちなかった。重い装備を背負ってネットを登っているときは、疲れた虫がつるを這い上っているような気がしたものだ。しかし、ついにペリリュー島という地獄の深淵から這い上がる時がきたのだ！

われわれには船倉の兵員区画が割り当てられていた。私は寝床に装備を格納して、上甲板に出た。潮風が胸に心地いい。屍臭に澱《よど》んだ大気ではなく、清潔で新鮮な大気を胸一杯に吸い込むのは、このうえなく贅沢なことだった。

小さな島一つを勝ち取る代償としては、恐るべき死傷者の数だった。精鋭の第一海兵師団は、見る影もなくなった。被った損害は総計六五二六人にのぼる（戦死者一二五二人、負傷者五二七四人）。第一師団に所属する各歩兵連隊の死傷者は、第一海兵連隊一七四九人、第五海兵連隊一三七八人、第七海兵連隊一四九七人。歩兵連隊の当初員数は三〇〇〇人前後だから、まさに甚大な損害である。陸軍第八一歩兵師団も、島を確保するまでに、三二七八人の損害を被ることになる（戦死者五四二人、負傷者二七三六人）。

ペリリュー島の日本軍守備隊はほぼ全滅した。捕虜はごくわずかだった。正確な人数は確定されていないが、内輪に見ても、日本軍兵士の死者は一万九〇〇〇人にのぼると推定される。捕虜は三〇二人だった。捕虜のうち、兵士は七人、水兵は一二人にすぎない。残りはすべて、アジア各地出身の労働者である。

第五海兵連隊第三大隊K中隊がペリリュー島に上陸したときの員数は約二三五人だった。第二次大戦における海兵ライフル中隊の規模としては、平均的と言える。無傷で島をあとにしたのはわずか八五人だった。死傷者の割合は六四パーセントにのぼる。作戦開始時の士官七人のうち、最後まで残ってパヴヴ島に帰還したのは二人だった。

第一海兵師団はペリリュー、ガドブス両島における戦功により、大統領感状を授与された。

植生が粉砕されたペリリュー島のギザギザの稜線は、遠くから見てさえ醜かった。ヘイニーが上がってきて、私と並んで手すりにもたれた。憂鬱そうに島を見やって、煙草をふかす。

「なあ、ヘイニー。ペリリューの感想は?」と私は訊いた。第一次大戦の西部戦線での激闘も含めて長い戦歴を持つ古参兵が、私にとっては初めての戦闘をどう思ったか、ほんとうに知りたかったのだ。

いつものように辛口の感想——たとえば、「あれでひどかったと思うなら、昔の海兵隊にぶっ込んでやりたかったね」——が返ってくると思いきや、ヘイニーの答えは意表をついていた。

「いやはや、ひどかった。あんなのは見たことがない。国へ帰りたいね。もうたくさんだ」

誰にとっても、自分の経験した戦闘こそが「最悪の戦闘」と言われる。しかし、ヘイニーの感想を聞いて、ペリリューは私にとって最初の戦闘ではあっても、ほんとうにひどかったのだ、と納得した。海兵隊の戦闘歩兵として長い戦歴を持つヘイニーのことだから、戦闘がどれほどひどかったかを判断する資格は十分にあるだろう。ヘイニーの率直な言葉は、われわれがくぐり抜けてきた戦闘が真に苛烈だったと得心させるものだった。

あんな経験をしたら、誰もそれ以前と同じではいられない。もちろん、人間の経験というのはある意味、すべてそういうものだろう。しかし、私のなかの何かがペリリューで死んだ。失われたのは、人間は根っ子のところでみな善人だ、という説を信念として受け入れるような、子供っぽい無邪気さかもしれない。しかし、自分は戦争の野蛮さに耐えなくても済むくせに失敗を繰り返し、他者を戦場に送りつづける政治家という存在を、信じる気持ちを失ったのかもしれなかった。

とはいえ、ペリリューでは大事なことも学んだ。仲間と直接の指揮官を信じて頼る能力は、人間にとって不可欠だ。私があの肉体的、精神的試練を生き抜くことができたのは、もちろん運がよかったおかげではあるが、海兵隊ならではの規律、団結心と厳しい訓練の賜物《たまもの》だと確信している。現実主義も学んだ。日本軍のようにタフで献身的な敵に勝つには、こちらも同じぐらいタフでなければならない。彼らが天皇に献身的であるのと同様に、われわれもアメリカという祖国に献身的でなければならない。これこそが、第二次世界大戦における海兵隊精神の真髄だったと思う。それが正しかったのは、歴史が証明している。

私という一兵卒にとってペリリュー島は、海兵隊の訓練、とくにブートキャンプの訓練の価値が証明された場所でもあった。これは個人的意見で、一般化するつもりはないが、すべてを考え合わせた結果、私にとってペリリュー島とは——

・厳しく非人間的で容赦のない精神的、肉体的緊張を強いられた三〇日間であり、
・自分の左右で肩を並べる海兵隊員と指揮官を百パーセント信じて頼りにできる証《あかし》であり、

・厳しい緊張のなかでも自分が武器と装備を使いこなせることの証であり、
・戦場での緊張を左右する決定的要因は、戦闘の激しさよりむしろ戦闘の持続期間である、ということの証でもあった。

ブートキャンプで私は、緊張のなかでもすぐれた行動ができる、あるいは少なくともそうなるように努力することが自分には期待されている、ということを学んだ。私の訓練教官は小柄な人だった。決して大口は叩かない。冷酷でもサディスティックでもなく、弱い者いじめもしなかった。しかし、規律を守ることにかけては厳しく、われわれにどんな将来が待っているかについてはあくまでも現実主義的で、優秀な兵士であることを求める完璧主義者だった。私がペリリュー島の緊張に耐えられたのは、家庭での厳しいしつけよりも、ブートキャンプに先立って大学で受けた一年間の予備役将校訓練よりも、その後の数ヵ月にわたる歩兵訓練よりも、この訓練教官に依《よ》るところが大きい。

軍事的優秀さを求めるひたむきさにかけては、日本軍もアメリカ海兵隊に劣らなかった。したがって、ペリリュー島での両軍は、二匹のサソリが瓶に入れられたようなものだった。一方が息の根を止められ、もう一方もそうなる寸前だった。真に優秀なアメリカ兵の集団でなければ、勝つことはできなかっただろう。

沖縄戦は、太平洋戦線におけるもっとも長く、大規模な戦闘になる。私の所属する師団は沖縄で、ペリリュー島に劣らず多くの死傷者を出す。ここでも敵の守備隊は、死ぬまで戦いつづける。沖縄で私は、ペリリュー島より激しい銃砲火を浴び、より多くの敵兵を目の当りにし、より多くの敵兵を迫撃砲や小火器で攻撃する。しかし、ペリリュー島での戦闘は、その獰猛《どうもう》さ、凶暴さゆえに私にとって特別なものとなった。古参の戦友の多くも賛同していた。ペリリュー島については、イギリスの詩人ロバート・グレーヴスが第一次世界大戦について述べたのと同じことが言えるかもしれない。それは――

［第一次世界大戦は］われわれ歩兵にとって、不快さ、悲嘆、苦痛、恐怖、おぞましさを測る格好の物差しになり、以来、何があってもさほどひるまなくなった。と同時に、勇気、忍耐、忠誠、精神の偉大さについて、新たな意味をもたらしてもくれた。のちに繰り返し経験するように、このことを伝えるのは不可能なのだが。

戦闘の深淵から這い出し、シー・ランナー号の手すりを乗り越えながら、思い知ったことがある。他者の苦しみに共感する力は、その力を持つ者にとって重荷になる。ウィルフレッド・オウエンが詩「まひした心」で謳ったように、他者のために深く感じる者こそ、戦争にあってもっとも苦しむのだ。

原　注

（1）このあと、ペリリュー島の山地で経験した、死と暴力に満ちたおぞましい出来事の数々については、はっきり覚えている。といってもそれは、長い悪夢に登場した個々の出来事を、翌朝になっても明瞭に思い出せるのに似ている。ある特定の出来事の前後に起きた特定のエピソードの詳細は明白に覚えており、それは私自身のメモや史料で裏付けることもできる。しかし、ある日経験した出来事がどのぐらい継続したか、別の日に経験したこととどのぐらいの間隔が開いていたか、といった時間的な関係は、私にとってまったく意味を持たなかった。この奇妙な感覚については、当時すでにはっきりした自覚があった。

（2）ホールデイン大尉が戦死した当時、K中隊の本体は親大隊（第五連隊第三大隊）とともに、ウムルブロゴル・ポケットの一四〇高地で作戦行動中だった。大尉は慣れない地形のなかで中隊が占める位置を確認しようとして、尾根の岩の上に頭を出した。そのとき、狙撃兵の銃弾が命中し、大尉は即死した。トマス・J・（「スタンピー」）・スタンリー中尉があとを継いでK中隊長となった。スタンリー中尉はペリリュー作戦後半から翌春の沖縄作戦を通じてK中隊の指揮をとった。

（3）第二次世界大戦の海兵隊用戦闘背嚢は上下二つに分かれていて、下の部分を「ナップザック」、上の部分を「雑　嚢《ハヴァーザック》」と呼ぶ。海兵隊員は通常、雑嚢を背負って戦闘に向かう。

第二部　沖縄——最後の勝利

第二部に寄せて

ペリリューの戦いがわれわれに与えた打撃は大きかった。第五海兵連隊第三大隊K中隊の専任士官であり、当時中隊の指揮をとっていた私には、生き残った兵士たちのどの目を見ても、あの忌まわしい珊瑚礁の島で三〇日間にわたって繰り広げられた熾烈《しれつ》な接近戦によって、彼らがどれほどの痛手を被《こうむ》ったかがわかった。

一九四四年一一月、疲れきってようやくパヴヴ島に帰り着いた兵士たちにとって、しかし戦いはまだまだ終わったわけではなかった。帰ってきたパヴヴ島も、そこをあとにしたときに比べればずっと快適に思えたものの、決して安息の地ではなかった。ペリリュー戦を生き延びた者たちに贅沢は許されない。傷をなめている暇などなかった。ペリリューで失った兵力を補充し、またガダルカナルから生還し、すでに三つの戦役を戦い抜いてきた精鋭たちを本国に帰還させるために、大勢の交代要員を受け入れなければならなかったのだ。

ペリリューは、第五連隊第三大隊K中隊にとって、いや第一海兵師団全体にとって、特別な意味を持っていた。何十年も経た今になっても、それは変わっていない。だが、沖縄もまた、さまざまな意味でそれまでのどんな戦地より不気味な、特別な場所だった。沖縄の第一海兵師団は、島に上陸する海兵隊がそれまで経験したことのない戦術や動きを強いられる、新しい形の戦闘を戦ったのである。

沖縄は南北約一〇〇キロメートル、東西三キロから三〇キロメートルもある大きな島で、海兵隊はここで初めてほんとうの意味での「地上戦」を経験することになった。一九四五年当時、沖縄にはすでに市と町と村と数ヵ所の軍用飛行場があり、複雑な道路網が敷かれ、相当数の民間人が住んでいた。何より重要なのは、日本が一〇万以上を擁する最精鋭の部隊を投じて、この島を守っていたことである。沖縄は日本の領土だった。そして、われわれにとっては日本本土攻撃のための最終的な足掛かりになるということを、彼らは知っていた。

沖縄に至るまでの戦闘で、海兵隊は多くのことを学んでいた。部隊の組織や、戦略や、戦闘技術が改良されていた。が、それは日本軍も同じだった。沖縄でわれわれは、日本がそれまでの数々の負け戦《いくさ》から学んだ教訓を活かして磨き上げた防衛戦略と防衛術とに直面することになった。日本軍は、ここで負けたら本土を直接襲う敵の攻撃を防ぐ手だてはもう何もないという信念からも、猛然と戦いに挑んだのである。

そういう新しい要素はあったものの、古来あらゆる戦争が戦いの果てに雌雄《しゆう》を決してきたように、沖縄戦もまた、戦闘の末に最終的な決着がつけられた。互いに敵対する兵士たちはくる日もくる日もライフルの照準器越しに向き合っては、結末へと駒を進めていった。ユージン・B・スレッジ一等兵もそのなかにいた。この本でスレッジは、実戦上最も重要な立場である一兵卒としての目線で、戦争を直接見聞した独自の体験を語っている。スレッジの言葉には、過去の出来事に対する分析やら態度表明やらとは無縁の、真実だけが込められている。本人の身に起こったこと、したがって、そこで戦った海兵隊員全員の身に起こったことだけが、淡々と写し出されている。私にはそれがよくわかる。なぜなら、私も彼らとともに戦ったからだ。

ペリリュー戦と沖縄戦を戦い、血を流し、死に、ついに勝利した「熱い仲間」たちにとって、「スレッジハンマー」は最も雄弁に自分たちのことを代弁してくれる人物だ。彼らとともに——そしてスレッジとともに——戦ったことを、私は誇りに思う。

テキサス州ヒューストンにて

トマス・J・スタンリー大尉
アメリカ海兵隊予備役（退役）

第七章　休息とリハビリ

翌朝早く、シー・ランナー号はほかの輸送艦と一団を組んで、パヴヴ島に向けて出航した。第七連隊の生存者を乗せた船もいっしょだった。たとえ軍の輸送艦であっても、ふたたび船に乗ることができたのは大きな喜びだった。私は電気冷却機付きの水飲み器から、氷のように冷えた水をこれでもかというほど飲んだ。

ライフル中隊に所属する古い戦友たちの大半が、死傷していた。重い気分で仲間の消息を尋ね回り、われわれの受けた損害の全貌がはっきりすると、心はますます沈んでいった。生存者たちが、ペリリュー戦を生き延びることができなかった友人たちについて詳しく語ってくれる。われわれは礼を言って、また次の仲間の消息を尋ね歩き、悪い知らせを聞かされる。そういうことを何度か繰り返すうちに、自分は運がよかったと思うだけではすまされない気がしてきた。私は途方もない悲劇をかいくぐって生き残ったのだった。

ある日の昼食後、仲間の一人とベッドに腰かけて世間話をしていたときのことだ。話題はそれからそれへと移り、やがて話が途切れた。と、ふいに相手が深刻な面持ちで私を見て言った。「なあ、スレッジハンマー、なんでおれたちペリリューを占領しなくちゃならなかったんだ?」。私がぽかんとした顔をしていたのだろう。彼は、ペリリューであれだけの死傷者を出したのはまったくの無駄だったと言いだした。戦局には何のプラスにもならなかった、あんな島は放っておいてもよかったのだと。「おれたちがペリリューに上陸したその日、陸軍はモロタイ島［東インドネシア、モルッカ諸島の島の一つ］に部隊を上陸させたけど、たいした抵抗にもあわなかった。こっちはペリリューで地獄の苦しみを味わって、まだ制圧してないってのにさ。しかも、おれたちがまだペリリューにいた一〇月二〇日に、マッカーサーはフィリピンのレイテ島へゆうゆうと上陸してるんだぜ。おれたちのやったことはいったい何だったんだ？」

「さあな」。私は沈んだ声で答えた。仲間はじっと壁を見据え、悲しげに首を振った。手足をもがれた三人の海兵隊員の無残な死骸を見つけたとき、彼もいっしょだったのだ。彼が何を考えているかは想像できた。

しかし、こんなふうに落ち込む瞬間はあっても、ペリリュー戦を戦った者は、自分たちは特別なことを成し遂げたと思っていた。あの信じられない蒸し暑さのなかで、何週間も肉体を酷使する戦闘に耐えることができたということは、われわれ海兵隊員が強靱な肉体の持ち主であることの確かな証拠だった。そんな戦闘に精神的にも——少なくともその時点までは——耐えることができたということは、私にとって、われわれが最良の訓練を受けたという確かな証拠でもあった。今もそう思っている。われわれは最悪の事態にも耐えられる力をつけてもらったのだ。そして、ペリリューでの戦闘こそは最悪の事態だった。

一九四四年一一月七日（私の二一回目の誕生日の三日後）、シー・ランナー号はマッキッティ湾に入った。見覚えのある小島のあいだを抜け、船はパヴヴ島の鋼鉄の桟橋の先に錨《いかり》を下ろした。驚いたことに、荒廃したペリリューを見慣れた私たちの目には、パヴヴ島は美しい島に映った。

やがて、われわれは荷物を持って下艦し、近くの浜辺に並んだテーブルのところまで歩いていった。そこに、なんとアメリカ赤十字の若い女性がいたのである。グレープフルーツジュースの入った小さな紙コップを運んでいる。仲間のなかには、むすっとして赤十字の女を見やり、自分のヘルメットに腰を下ろして、命令を待っている者もいたが、私はほかの連中といっしょに女のいるテーブルへ行き、ジュースのコップを渡してもらった。女はにっこり笑って、さあどうぞ、と言った。私は女の顔を見てコップを受け取り、礼を言った。キツネにつままれたような気分だった。ペリリューで残虐な戦闘に明け暮れた直後とあって頭も心も麻痺していたから、パヴヴ島にアメリカ娘のいることがどうにもしっくりこない。混乱した頭でただ「こんなところでいったい何をしているんだ。くだらない政治家にも用はないけど、こんな女にも用はないはずだ」と考えていた。トラックに向かいながらも、女がひどく腹立たしかった。

トラックは小ぎれいなテント群のわきを走り抜けた。われわれが島を離れたときよりはるかに立派になっている。見慣れたキャンプ地に着くと、大勢の補充兵たちが気負った感じで、テントのなかや周囲にたむろしていた。今やわれわれは戦闘を経験した「古参兵」なのだ。これから先にどんな事態が待ち受けているかも知らぬげに、すっかりくつろいでいる補充兵が不憫《ふびん》に思えた。われわれは荷を降ろし、それぞれのテントに落ち着いた。そして、できるかぎり緊張をほぐそうとつとめた。

パヴヴ島に戻ってまもないころだった。補充兵が全員キャンプ地を離れて作業に出ている合間に、デイヴィッド・ベイリー曹長から「K中隊、集合」の号令がかかった。ペリリュー戦の生存者がテントを出て、ばらばらと中隊キャンプの通りに集まってくる。それを見ながら、二三五人もいた仲間がなんと少なくなってしまったことかと、あらためて感慨を覚えた。

清潔な軍服に身を包み禿《は》げ頭を光らせたベイリー曹長が「休め！」の号令をかけた。曹長は、歴戦のつわものらしく厳しいことは厳しかったが、物腰は穏やかで、みんなの尊敬を集めている。ベイリー曹長は檄《げき》を飛ばしただけではなかった。残念ながら正確な言葉を覚えていないので、ここに紹介はできないが、とにかくおまえたちは誇りに思ってよいと曹長は言った。海兵隊の歴史のなかでもまれに見る厳しい戦闘をよく戦い抜き、海兵隊の栄光にさらなる輝きをもたらしたと賛辞を呈した。そして、「おまえたちは立派な海兵隊員であることを証明した」と言って締めくくると、解散を命じた。

われわれは黙ったまま、それぞれの思いに浸りながらテントに戻った。曹長の短い言葉に、皮肉な響きはいっさいなかった。誰にも最善を尽くすよう求め、いささかなりとも手を抜くことを許さない厳《いか》めしい古参兵が、称賛の言葉を発するのは異例のことだ。K中隊の功績を称えるベイリー曹長の飾りのない率直な賛辞に、私は勲章を授かったような気分になった。曹長の訓辞は政治家の声高なアジテーションでもなければ、後方部隊の士官やジャーナリストにありがちな、決まり文句をちりばめただけのスピーチでもなかった。われわれとともにペリリューの試練に耐えた人物からの、静かな称賛の言葉だった。われわれに審判を下す人物がいるとすれば、われわれの戦いを見守り、みずからもその戦闘に身を投じた歴戦の古参下士官であるベイリー曹長のような人物こそ、その任にふさわしい。私にとって、曹長の言葉は重い意味を持っていた。仲間も思いは同じだったと思う。

パヴヴ島のキャンプに戻ったわれわれが最初に取り組んだことの一つが、宿敵《シーバッグ》であるネズミとオカガニにふたたび戦いを挑むことだった。テントを離れるときは、衣服袋や簡易ベッドなどをテントを支えるセンターポールのまわりに積み上げておく。テントにはカニが侵入してきて住処《すみか》にしていた。テントに戻ったわれわれが荷物の山を崩しはじめると、カニはいっせいに逃げ出す。同じテントの住人たちが罵声《ばせい》を浴びせながら、銃剣やら壕を掘るシャベルやらを振り回してカニをつぶしにかかる。誰かが逃げ出したカニにライターのオイルを振りかけ、マッチを擦《す》って投げた。カニは炎を上げながら六、七十センチほども逃げてから焼け死んだ。

「おい、みんな見たか？　火がついたジャップの戦車にそっくりだったよな」

「お、いいねえ」。一人が叫び、みんなわれ先にライターのオイルの缶を探しては、にっくきオカガニめがけて振りかけようとする。命令を受けて第五連隊の酒保へ走り、ありったけのライター・オイルを買い占めようとする者もいる。私のテントだけで、殺したカニは一〇〇匹を上回った。

夕食を済ませたある日のこと。これが故郷のわが家だったらどんなにいいだろうと思いながらベッドに横になっていると、生き残ったK中隊の二人の士官のうちの一人が、本や書類を抱えて夕暮れの通りを歩いてくるのが見えた。私のテントの前を通り過ぎ、ごみ箱がわりのドラム缶めざして歩いていく。士官は地図やら書類やらをドラム缶のなかに捨てた。次に分厚い本を持ち上げると、怒りにまかせてごみ箱に叩き込んだ。それから回れ右をすると、ゆっくりと通りを戻っていった。

いったい何を捨てたのかと思って見にいくと、地図はペリリューの戦闘地図だった。私は手にした地図をまたごみ箱に捨てた（のだが、将来史実を記録するときのためにどうして取っておかなかったのかと、ずっと後悔するはめになった）。それから、本を見つけた。紺青《こんじょう》色《いろ》の装丁の、一〇〇〇ページほどもある分厚いハードカバーで、兵士のための戦闘マニュアルでも、軍規本でもないのは明らかだった。

絶えずいい読み物を物色していた私は、背表紙のタイトルを読んだ。アーネスト・ヘミングウェイ編『戦う男たち』とある。戦記としても面白いのに、士官はなぜあんなに乱暴にごみ箱に投げ捨てたのかと不思議だった。だが、表紙を開けると、夕闇のなかに太くて力強い文字が浮かんだ。「A・A・ホールデイン」。私の胸に、熱いものが込み上げてきた。まったくだ。戦争の読み物なんて！　中隊長はじめあんなに多くの素晴らしい友をペリリューで失ったというのに。不毛な戦争に対する悲しみと憎悪の念が突き上げてきて、私も本をごみ箱に叩きつけた。

パヴヴ島に戻って一週間がたったころ、従軍中でも一、二を争うほど心温まる体験に、ほっと報われる思いになったことがあった。消灯喇叭《らっぱ》が鳴り、明かりはすべて消され、テントの仲間たちは蚊帳《かや》を広げてベッドに入っていた。誰もがひどく疲れ、ペリリューでの緊張と苦悩を振り払おうともがいていた。

誰かがかすかにいびきを立てはじめた。あとは静まり返っている。そのときだった。グロスター戦を経験し、ペリリューで負傷した先輩兵が、あたりをはばかるように声をひそめて話しかけてきた。「なあ、スレッジハンマー」

「はい？」

「おれはおまえをあんまり信用してなかったんだ。実戦になりゃ、当てになんかなるもんかって思ってた。なにせ親父さんは医者だし、おまえは大学に通ってた。まあこんなかじゃ金持ちの倅《せがれ》ってわけだろ？　だけど、ペリリューでずっと見てたが、おまえよくやってたよ。立派だった」

「ありがとう」。私は誇らしい思いで胸がいっぱいになった。戦場で勇猛果敢な働きをして勲章を授与され、これ見よがしにその勲章を胸に飾りたてる人間は大勢いる。私は勲章などもらったことはないが、あの夜、先輩兵士がかけてくれた言葉は、私にとっては勲章にも等しいものだった。素朴ながら心のこもったその言葉を、私は大きな誇りと満足感とともに、今日までずっと大切に心にしまってきた。

クリスマスが近づくと、われわれも本物のシチメンチョウにありつけるという噂が流れた。海兵隊が隊員に大盤振る舞いをする日が年に数回あった。一一月一〇日の海兵隊創設記念日、感謝祭、クリスマス、元旦である。それ以外、太平洋戦争中の食餌《しょくじ》は缶詰か乾燥食品と決まっていた。大量の食糧を冷蔵する設備はなかった。少なくとも、艦隊海兵軍の戦闘師団のような、どんな贅沢とも無縁であちこち移動する部隊では、考えられないことだった。それでも、バニカ島にある巨大冷蔵庫群には、われわれのための冷凍シチメンチョウが確保されているという噂なのだ。

ラッセル島の原住民が器用に作り上げヤシの葉で葺《ふ》いた連隊の礼拝堂で、われわれはクリスマスイブの礼拝を行なった。そのあと連隊の劇場でクリスマスの特別プログラムによる催しがあり、みんなでココナツの丸太に腰かけて、クリスマス・キャロルを歌った。私は大いに楽しんだが、かなり重症のホームシックにもかかった。それから、シチメンチョウを焼いたローストターキーが出された。実にうまかった。

新年の祝賀会は、さらに忘れがたいものとなった。大晦日《おおみそか》の夕食を終えると、大隊の食堂から叫び声が聞こえて、なにやら騒々しくなった。食堂係の下士官たちが調理室の後片づけを終えようとしているところへ、歩哨《ほしょう》の一人が、「伍長殿！　第三哨所《しょうしょ》に火の手が上がってます！」と叫んだのだ。

食堂の清掃作業をしていたコックや食堂係の下士官たちが、ランプの明かりを頼りに、全員外に飛び出し、調理室の近くの森に上がる炎のほうに走っていくのが見えた。食器類を洗う湯を沸かすためのガソリン・ヒーターの一つに火がついたのだろうと、私は思った。燃え上がる炎の明かりで、叫びながら調理室のまわりを走り回る人々の姿が見え、食堂係の軍曹が悪態をつきながら大声で命令している声が聞こえた。すっと滑るように、物陰を中隊の通りのほうへ向かってくる二つの人影も見えたが、あまり気にとめなかった。火は数分後に収まり、食堂の近くに置かれたガソリン缶の一つが燃えただけだと、誰かが言った。

友人の一人が私のテントに現れ、声をひそめて言った。「おい、みんな、ハワードのテントに来いってさ。御馳走がたっぷりだぜ、シチメンチョウの！」

われわれはあたふたと友人のあとについていった。テントに入ると、ハワード・ニースがベッドに腰かけている。ベッドのわきの燭台《しょくだい》には明かりがともり、ニースの膝に敷かれたタオルの上には、ローストターキーの巨大な塊があった。

「ハッピー・ニューイヤー、みんな」。ハワードが満面に笑みをたたえて言った。

われわれが一列になって進み出ると、ハワードが剃刀《かみそり》のように鋭いナイフでシチメンチョウの塊を手際よく切り分けては、差し出された両手の上に載せていく。ほかの連中もやってきて、二缶ずつ支給されている生ぬるいビールをみんなで開けた。誰かがまだ「生きている」密造酒を持ってきた。ギターとヴァイオリンとマンドリンがスペインの舞曲「ファンダンゴ」を奏《かな》でるなか、ハワードは最後まできれいにシチメンチョウを切り分けると、今度は指揮棒がわりにナイフを振って、指揮のまねを始めた。ハワードによると、ガソリン缶を燃やしたのは、食堂係の軍曹の注意をそらすための陽動作戦で、その間に彼と二人の命知らずが調理室に忍び込み、二羽のシチメンチョウを月夜の徴発に及んだのだという。

ペリリューの血の海をかいくぐってきたばかりのわれわれは、束の間、心の憂さを忘れて、大笑いした。生死を共にする戦友が友情を楽しんだこのパーティは、私が今まで出席した大晦日のパーティのなかでも飛び抜けて素晴らしいものとなった。真夜中に、第一一連隊が礼砲を放った。戦争とは無縁の平和の砲声だった。

見事にシチメンチョウを徴発してきたことも、シチメンチョウをできるだけ多くの戦友と分け合ったことも、いかにも気のおけないハワードらしい仕業《しわざ》だった。いつも気さくで冗談ばかり言っていながら、戦場では冷静沈着で、誰もが一目置くような人物なのに実に謙虚だった。(本人にとっては三度目の作戦行動となる)沖縄戦に参加してまもなく、日本軍の機銃掃射を浴びて死んだときは、ハワードを知る誰もが深い悲しみに沈んだ。ハワードは、苦難に直面しても陽気でいることがどれほど大切かを、みずからの行動によって、誰よりも雄弁に教えてくれたのだった。

一九四四年の大晦日、パヴヴ島のヤシの木陰のテントのなかで、ベッドに腰かけ、燭台の明かりを頼りに膝に載せたシチメンチョウの大きな塊をナイフで切り分けながら、満面に笑みをたたえて「ハッピー・ニューイヤー、スレッジハンマー」と言っているハワード・ニースの姿は、私の心に焼きついて今もかけがえのない大切な思い出の一つになっている。ハワードと知り合えたことは私にとって大きな財産だった。

パヴヴ島に戻って数週間たったある日、私は清潔な軍服に着替えて一時きっかりに中隊本部のテントへ出頭するよう命令を受けた。どうやら面接があって、面接の結果次第では本国の幹部候補生学校に行けるかもしれないということらしかった。

「おい、スレッジハンマー、おまえならやれるよ。士官になってさ、本国で作戦練ったりするんだろうな」。私が身支度《みじたく》をしていると、仲間の一人が言った。

「運がよけりゃ、デスクワークに回されるかもしれないぞ」と、もう一人が言った。

仲間のなかに、テントを出てせかせかと中隊本部へ向かう私に羨望《せんぼう》の眼差しを向ける者がいたのは確かだろう。だが私の頭のなかを巡っていたのは、K中隊を離れたくないし、離れるつもりもないという思いだった（負傷をしたり、本国帰還の順番が回ってきたなら話は別だが）。同時に、いったいなぜこの私が面接に選ばれたのだろうという疑問もあった。

中隊本部に着くと、少し離れた、大隊本部の近くにあるテントへ行くように言われた。そこに行くと、一人の中尉が丁重に迎えてくれた。なかなか好感の持てる人物で、落ち着きはらった物腰とほどよい自信が歴戦のつわものを思わせた。

中尉は私の生い立ちや学歴について、事細かに尋ねた。誠実で気さくな人柄だった。自分の面接している相手が士官にふさわしい人物かどうか、細心の注意を払って見極めようとしていた。お互いそりが合って、私はざっくばらんに本音を語った。なぜきみはV－12をしくじったのかねと中尉は尋ね、私は海兵隊に入隊してジョージア工科大に送られたときの思いを述べた。

「戦闘を経験した今は、どう思っているかね?」。中尉は訊いた。

大学に戻ることができたらうれしいです、と私は答えた。戦争への好奇心も熱意もペリリューで十分満たされた。戦闘はもうたくさんだった。「正直言って、帰還する用意はできています」

中尉は無理もないと言わんばかりに屈託なく笑うと、海兵隊や所属するK中隊をどう思うかと尋ねた。私は海兵隊の一員であることもK中隊の一員であることも誇りに思うと答えた。中尉がさらに、六〇ミリ迫撃砲は気に入っているかと訊いてきたので、大いに気に入っていると返答した。すると中尉は真顔になって、「生還の望めない戦闘に部下を送り出さなければならないとしたら、きみはどうする?」と訊いた。

私はためらいなく答えた。「自分にはできません」

中尉はしばらくのあいだ、穏やかな表情のまま、こちらの心を探るようにまじまじと私を見ていたが、やがてさらに二つ三つ質問すると、最後にこう言った。「士官になりたいかね?」

「なりたいです。それで本国に帰れるなら」。私が答えると、中尉は表情を和らげ、親身な助言をいくつか口にしてから、帰ってよろしいと言った。

仲間は面接の模様を詳しく聞かせてくれとせがんだ。すっかり話して聞かせると、一人が言った。「スレッジハンマー、頭いかれちまったんじゃないか。ヘイニーといい勝負だぜ。

幹部候補生学校に行けるようにさ、なんでその中尉をうまく丸め込まなかったんだよ」

中尉は経験豊富で、とても丸め込めるような相手ではなかったと私は答えた。もちろん嘘ではないが、私としてはK中隊を離れる気など毛頭なかった。私にとって中隊は故郷だった。どんなに惨めな状況、あるいは危険な状況に身を置いても、自分はK中隊の一員だという強い思いがあった。それに、迫撃砲手は自分に向いているとも思っていた。迫撃砲には尽きない興味があったし、配備や操作にも大いに興味を惹かれていた。しかも、もう一度戦うことになったら、少尉よりは迫撃砲手としてのほうが、はるかに大きな損害を敵に与える自信もあった。士官に昇進することにも、命令を下すことにも、気持ちは少しも動かなかった。誰にも負けない迫撃砲手になること、そして戦争を生き延びること――私はただそれだけを願っていた。

中隊に新しく入ってきた補充兵たちも、隊になじんできていた。私が所属する迫撃砲班には三門目の迫撃砲が加わった。大隊の兵站部《へいたんぶ》はすべての兵器を点検し、ペリリューの戦いで使い物にならなくなった兵器は、新たな兵器に交換された。

補充兵のなかには召集されて海兵隊員になった者もいたが、海軍工廠《こうしょう》など本国の任地にいた下士官もわずかながらいた。グロスターとペリリューで戦闘を経験した者のなかには、こうした下士官の存在を苦々しく思う者がいた。ペリリューの戦闘で多数の死傷者が出たことで分隊を任されるようになった今、新任の下士官は昇進の邪魔になるのだった。ただし私の見るところ、新任下士官は戦闘経験はないものの、軍隊経験は豊富だった。彼らはわれわれが積んできた実戦経験に敬意を払いつつ、下士官として立派に務めを果たしていた。

召集兵は、われわれ志願兵からよく「手錠をかけられた志願兵」とからかわれていた。なかには自分も志願して入隊したのだと言い張る召集兵もいたが、その実、身分を明かす書類は人目につかないよう警戒を怠らなかった。召集兵なら「選抜徴兵《セレクテイヴ・サーヴイス》」から頭文字をとったSSの二文字が認識番号の最後についているからだ。

逆に志願兵が召集兵に笑われることもあった。われわれ志願兵が愚痴をこぼすと、召集兵はにやりと笑って言う。「何をぼやいてるんだよ。望んで来たんだろ?」。やりこめられてもぶつくさ言うだけで、本気で腹を立てる者は誰もいなかった。補充兵は総じて気のいい連中で、連隊の戦闘意欲は高く保たれていた。

訓練が厳しくなるなか、次の「猛攻《ブリッツ》」——作戦行動はこう呼ばれていた——をめぐって噂が飛び交うようになった。第一海兵師団は陸軍に編入され、中国沿岸や台湾の進攻に当たるという話もあった。仲間の多くは、自分たちが海兵隊員の身分を失い、結局のところ海兵隊は陸軍に吸収されてしまうのではないかと恐れていた。訓練は白兵戦《はくへいせん》や、開けた場所で戦車と連携する作戦を中心に行なわれた。ただ、作戦の目標となる場所の名前を知らないわれわれは、細長い島の(地名のない)地図を見せられても、それがどこかはまだわからなかった。

ある日、トム・マーティンが興奮した面持ちで私のテントにやってきた。V-12でいっしょだったL中隊の友人で、ペリリューでの戦闘も経験している。トムは『ナショナル・ジオグラフィック』に載った北太平洋の地図を開いて見せた。そこに、妙な形をしたあの島があった。日本本土の南の島キューシューの南端から、さらに南に五二〇キロ。オキナワという島だ。日本本土まであと一歩。それを見ると、はっきり言えることが一つだけあった。どういう結果になるにせよ、沖縄の戦いは凄絶《せいぜつ》をきわめるだろう、ということだ。日本軍はどんな島もやすやすと手放したりはしなかった。それに本土に近づけば近づくほど、戦闘が激しさを増していくのは、これまでの戦闘が示していた。

訓練はますます厳しくなった。一九四五年一月、中隊は歩兵上陸用舟艇《しゅうてい》に乗り込み、他の舟艇と船団を組んで、ガダルカナルへ演習に向かった。師団規模の演習を終え、パヴヴ島に帰還したのは一月二五日だった。

その後、第三、第四、第五海兵師団は、二月一九日から硫黄島で熾烈な戦闘を繰り広げ、われわれは人ごとでない思いでニュースに聞き入った。

「ペリリューをもっと大規模にしたようなもんだな」。ある日、仲間の一人が言った。

当の本人は気づいていなかったが、まさにそのとおりだった。日本軍がペリリュー島でわれわれ第一海兵師団に対して試みた新しい戦法が、そのまま硫黄島でも採られたのである。前線の背後に防衛部隊を重層的に配備する縦深防衛《じゅうしんぼうえい》という戦法で、決死隊のバンザイ突撃はなくなっていた。アメリカ軍が硫黄島の制圧を宣言した三月一六日の時点で、海兵隊が被《こうむ》った損害はペリリューにおける死傷者の三倍にものぼっていた。

訓練に臨んだわれわれは、次の戦いでは、最初に防波堤や崖（正確な高さは不明）を越えて内陸に進攻しなければならないと言われていた。パヴヴ島の師団キャンプから湾を隔てた向こうに（十二、三メートルほどの）珊瑚の崖が切り立っていて、その崖をよじ登る訓練も数回受けた。隊員が全員崖を越えるのに、ロープはたった二本しかない。Dデイまでには縄ばしごが配備されるのだろうと思ったが、目にしたことは一度もなかった。

その訓練で、戦闘装備一式を身に着けた兵士たちがロープにしがみついて必死に崖の上まで登っていくのを、崖の下に立って見守りながら順番を待っていたときのことだ。仲間のあいだから厳しい声があがった。中隊の士官たちは（中隊長のスタンリー中尉を除いた全員が新任だったが）右往左往して、まるでカレッジフットボールのトレーニングか何かのように、部隊を崖に登らせることにだけ熱中していた。

「新米士官がこんなに揃いも揃ってアホやってる図なんて、見たことないぜ。こっちが一人ずつ崖を登ってるあいだ、ニップのやつらはどうしてると思ってるんだ」と、古参の機関銃兵がぼやいた。

「馬鹿げてるよな。もしペリリューの海岸みたいなところだったら、途中で一人残らず狙い撃ちされてしまう」。私は言った。

「まったくだ、スレッジハンマー。ニップはおとなしく座っていちゃくれないぞ。迫撃砲から何から撃ちまくって、上に立ったら機銃掃射だろうよ」。機関銃兵が憂鬱そうにあきらめ顔で言った。

われわれ迫撃砲班の新しい指揮官は、マックというニューイングランドから来たアイヴィーリーグ出身者だった。マックはエネルギッシュなブロンドで、大きくはないががっちりとした体軀《たいく》、ニューイングランド訛り丸出しの話好きだった。まじめな士官だったが、戦闘が始まったら日本兵をどうしてやろうという話を延々とするものだから、古参兵たちは辟易《へきえき》していた。そんな大口を叩く補充兵は別に珍しくはない。自分がどれほど勇敢な兵士か、（多くは自分自身に）証《あか》しを立てようとしているのだ。しかし、士官となると、マックのほかには聞いたこともなかった。

マックが「おまえたちの誰かがやられたら、おれはナイフをくわえピストルを握ってジャップに飛びかかるからな」とやりだすと、みんなが目配せし合って天を仰いだ。

私は戸惑いを隠せなかった。どう見ても、戦争をフットボールやボーイスカウトのキャンプと取り違えていたからだ。テキサス出身の仲間は「戦いになって、あのほら吹きヤンキーが自分の言った一言一言に恥じ入る日がくることを祈るよ」などと言っていたが、私も同感だった。その願いが沖縄で実現することになる。それは、私が砲火をかいくぐりながら目にした光景のなかで、最高に愉快な出来事の一つだった。

われわれは装備をまとめにかかった。まもなく、ガダルカナルでさらに演習を重ね、それから次の戦地へ赴くという話を聞いた。次の戦地――沖縄へ。

第八章　進攻の序章

個人的な満足度で言うなら、ペリリューや沖縄で戦う準備のためにどこかで演習をしなければならないとすれば、それがガダルカナルで行なわれるのは喜ばしいことだった。われわれ全員が大きな誇りとしている師団の袖章には、赤く縫い取られた数字の1の下に、ガダルカナルの白い文字が刺繡《ししゅう》されている。ガダルカナルは大きな象徴的意味を持っていた。ここで第一海兵師団が戦った戦場のいくつかを見ることができたし、歴史的な戦役に参加したベテランから、そこで実際に起こったことを直接聞けるのがうれしかった。

ガダルカナルは、一九四五年初頭には大きな基地になっていて、たくさんの戦闘部隊や後方支援部隊が駐屯していた。われわれとは道を隔てた向かい側に、海軍の設営部隊である〝シービー〟大隊がいた。ある日の午後遅く、われわれは三、四人で出かけていって、シービーの食堂の列の後ろにこっそり並んだ。コックはわれわれが海兵隊員だと知っていたが、何も言わなかった。本物のアイスクリームと、出来たてのポークチョップと、新鮮なサラダと、おいしいパン（どれもこれもパヴヴ島では聞いたこともない御馳走）をトレイに載せたわれわれは、広々とした食堂へ向かうと清潔なテーブルについた。もちろん露営地でのC号携帯口糧とは比べ物にならない。いつつまみ出されるかと思っていたが、誰も気がつかないようだった。

　翌日の午後、同じ思いの海兵隊員たちがさらに増え、ふたたびみんなで出かけていって、御馳走にあずかった。その翌日もまた同じように、目立たないようにそうっと列に並んでみた。ところが驚いたことに、前日にはなかった白地に青い縁取りと美しい青い文字の大きな看板が、食堂の入り口の上にかかっているではないか。正確には覚えていないが、たぶんこんな文句だったと思う。「海兵隊員歓迎。ただし、シービー隊員全員の食事が済んでからにしてください」

　われわれはうれしくもあり、気恥ずかしくもあった。シービー隊員たちは初めから気づいていたのだ。海兵隊員が何人食事の列にまぎれ込んでいたのか、先刻承知だった。それでも、食糧に余裕があるなら、喜んで分けてやろうと思ったのだ。ただし、われわれが噂を広め、腹をすかせた海兵隊員が連日アリの大群のように押し寄せてくるのはわかりきっていたので、こういう看板が必要となったのだろう。

　われわれが所属する第五連隊第三大隊は、ペリリューでは上陸部隊として強襲上陸を敢行したので、沖縄作戦では連隊の予備部隊に回ることになった。したがって、目標の島までは戦車揚陸艦ではなく、攻撃輸送艦マクラッケンに乗艦することになった。輸送艦から部隊を岸まで運ぶのは、水陸両用トラクターではなく、車輛兵員上陸用舟艇《しゅうてい》（設計者の名からヒギンズ・ボートと呼ばれる屋根のない小型上陸舟艇）となる。

　ある日の午後、上陸訓練と野戦の演習を終えたわれわれ第三大隊は、浜辺に戻って、マクラッケンまで運んでくれるヒギンズ・ボートが迎えにくるのを待っていた。遅い午後の陽光が美しい青い波の上でちらちらと躍っている。沖のシーラーク海峡には、大船団が錨《いかり》を下ろしていた。何十隻ものヒギンズ・ボートやその他の水陸両用舟艇が、輸送艦と浜辺のあいだを往復して、海兵隊員たちを沖合の輸送艦へ運んでいる。すべて軍用船である点を除けば、まるで祭りの舟遊びのように見えた。

ヒギンズ・ボートが一隻、また一隻と浜辺にやってきては、兵士たちを（一度に二五人ほどずつ）乗せていく。待っているうちに、太陽は西の空に沈んでいった。輸送艦が一団となってわれわれの視界を横切り、海岸線に沿って進んでいく。われわれは食糧の持ち合わせもなければ余分な水もなく、一日がかりの長い演習にくたびれ果てていた。それに蚊の群がる浜辺で一晩過ごすのは御免被《こうむ》りたかった。

最後の輸送艦がわれわれに艦尾を向けるころ、ようやく一隻のヒギンズ・ボートが波を蹴立ててやってきた。浜辺に取り残されているのはわれわれの部隊だけだ。艇長はエンジンをふかし、喫水線《きっすいせん》の浅いこのヒギンズ・ボートの舳先《へさき》を浜辺に乗り上げて、バタンとタラップを下ろした。われわれが這うようにしてタラップを登ると、誰かが慣例どおり「艇長、出航！　乗船完了」と叫んだ。われわれは舷側板《げんそくばん》にしがみつき、艇長はタラップを上げてエンジンを逆回転させる。ボートは向きを変えると、遠ざかっていく輸送艦を追って全速力で走りだした。

海は荒れていた。例によってスナフが船酔いし、脇腹を下にしてデッキに横たわった。ボートはぎゅう詰めだった。機関銃二個分隊、六〇ミリ迫撃砲二個分隊、それに全員の戦闘装備と、小火器、迫撃砲、機関銃などが詰め込まれているのだ。

どんな船も、強力なモーターをフル回転させれば、ふつうは船尾が沈み船首が上がって、波の上を進みやすくなる。ヒギンズ・ボートも例外ではない。ところがわれわれを乗せた船は、兵士や装備を詰め込みすぎたため、われわれがいくら船尾に寄っても、船首に垂直に立ったタラップは十分に上がらず、波を乗り越えることができないのだった。大波をまともに食らい、開いた舷窓から水が飛び込んでくる。この九〇×六〇センチの窓は、いつもなら水面よりずっと上にあるはずだった。艇長が窓のスチール製のシャッターを閉めろと怒鳴る。われわれも大急ぎで命令に従う。が、海水は船首のタラップを越え、窓の周囲の隙間から侵入してくるのだった。

夕闇迫る海上のはるか前方に、輸送艦の艦尾が見えた。ガダルカナル島の岬を回ってわれわれの視界から姿を消した船団の、最後尾にいた輸送艦だった。ヒギンズ・ボートはこれに追いつこうと全速力で走り、波はますます激しく襲いかかってきた。暗くなる前に追いつかなければ、マクラッケンに戻れるのはいつのことになるかわからない。

海水が船底にたまり、デッキにまで溢れてくるかもしれないと判断した艇長は、艇が沈まないように水をかい出しはじめた。われわれもヘルメットでかい出そうと身構えたが、そんなことができるほどデッキに水が溢れるようなら、重荷にあえぐボートは沈んでしまうだろう。だが事態は深刻だった。この荒れた海を海岸まで三キロも泳いでいくはめになるのではないか。ペリリューの激戦を生き抜いたわれわれのなかから、万が一にも、アイアンボトム湾で、それも演習中に溺死者が出たりしたら、なんという皮肉だろう。

ボートは少しずつ輸送艦に追いつき、ついにその横に並んだ。そびえ立つような輸送艦は海兵隊員でいっぱいだった。われわれが助けてくれと叫ぶと、海軍士官が一人手すりから身を乗り出して、どこの艦の者かと訊いてきた。マクラッケンに乗り損なったのだと答え、沈没しそうなので乗せてほしいと頼むと、士官は艇長に、ダビットと言われる貨物を上げ下げする装置の下にボートを寄せるように命じた。言われたとおりにすると、鉤《かぎ》のついた二本のケーブルが下ろされた。鉤をデッキの輪にかけたとたん、ヒギンズ・ボートは沈みはじめたらしく、ケーブルで吊られているだけとなった。貨物用のネットが下ろされ、われわれはそのネットによじ登って、輸送艦に上げてもらった。小さなボートから脱出できたことで、誰もが胸をなで下ろした。

日没から数時間後、艦は船団の停泊地に着いた。ブリッジの通信兵が信号灯でほかの輸送艦に信号を送る。マクラッケンの位置が突きとめられ、まもなくわれわれは帰艦した。

「こんなに遅くまでいったいどこへ行ってたんだ?」。ベッドに倒れ込むと、同じ船室の一人が言った。

「ちょいとシスコまで、ビール飲みにな」。誰かが答えた。

「アホか」

一九四五年三月一五日、われわれは演習を終え、船団はガダルカナル西のラッセル諸島を離れた。ウリシー環礁に向かい、そこに集結しつつある艦隊と合流するのだ。三月二一日、ウリシー沖に錨を下ろし、そのまま三月二七日まで停泊した[1]。

マクラッケンの手すりに並んだわれわれは、大規模艦隊を目の当たりにして茫然自失《ぼうぜんじしつ》の体《てい》だった。巨大な新造戦艦、巡洋艦、流線形の駆逐艦、護衛艦の大群――ありとあらゆる軍用艦がいる。これだけの数の航空母艦が集結している姿は誰も目にしたことがなかった。およそ考えられるかぎりのさまざまな上陸用舟艇が並んでいる。太平洋上にこれほどの進攻艦隊が集結するのは前代未聞だった。われわれはその光景にただ圧倒されていた。

潮や風に押された艦船は錨を下ろしたまま錨のチェーンが届く範囲内を少しずつ移動するから、艦隊は日々その様相を変えた。毎朝上甲板に上がっていくと、方向がわからなくなる。座標軸がずれてしまったような妙な感覚を覚え、あらためてまわりを見直さなければならなかった。

ウリシーに着いて最初の午後、仲間の迫撃砲手が言った。「双眼鏡を持ってこいよ。艦艇の種類をどれだけ見分けられるか試してみようや」。みんなで迫撃砲班の双眼鏡を回して、何時間も観察していた。

突然、誰かがはっと息をのんだ。「左舷前方注意！　おい、あの病院船、見てみろよ！　看護婦がいるぞ！　双眼鏡をくれ、双眼鏡！」

病院船の手すりに一〇〇人ほどの看護婦が並んで、艦隊を眺めていた。双眼鏡を奪い合って多少の小競《こぜ》り合いはあったものの、やがてわれわれ全員が看護婦たちの姿を見ることができた。みんなで口笛を吹き、手を振ったが、声の届く距離ではなかった。

　巨大な新造戦艦や空母に次いでわれわれがよく話題にしたのが、近くに停泊している、ひどく焼け焦げて大破した航空母艦だった。海軍士官がフランクリンだと教えてくれた。[2] 飛行甲板には、焼けてねじ曲がった艦載機が見えた。爆弾やロケット弾を積んで待機しているところに、母艦が攻撃されたのだ。爆弾やロケット弾が爆発しガソリンが燃え上がり、さぞかしすさまじい炎熱地獄だったことだろう。われわれはゆがんで傾《かし》いだ艦体を言葉もなく見つめていた。やがて一人が言った。「ひどいもんだな。かわいそうに水兵たちもどんな目にあったか」。ペリリューで雨あられと降る砲火のなかを生き延びたわれわれには、フランクリンの水兵たちがどんなに勇敢に戦ったかが手にとるようにわかった。

　ウリシーに停泊していたあいだ、レクリエーションと運動を兼ねて、モグモグ島という小島に上がったことがあった。柔軟体操のあと、士官たちが生ぬるいビールとコークを出してくれて、みんな大喜びだった。それに、ベースボールのなんと楽しかったことだろう。ベースボールがあんなに楽しかったことは、その後もほとんど記憶にない。誰もが少年のように笑い、走った。窮屈な輸送艦を降りて手足を伸ばし、単調な日々の繰り返しから抜け出すのは、気持ちのいいことだった。夕方、われわれは渋々ヒギンズ・ボートに乗って、マクラッケンの狭い船室に戻っていった。

　ウリシーで、われわれは来るべき沖縄進攻の説明を受けた。今度ばかりは長期戦が必至だという。「最も犠牲の多い上陸作戦になるだろう」と士官の一人が言った。「ジャップの本土から五、六百キロの島を攻撃するのであるから、敵も決死の覚悟で臨んでくるのは間違いない。上陸時の死傷者は八〇から八五パーセントにのぼる可能性がある」

隣にいた仲間がつぶやいた。「あれで士気を鼓舞してるつもりかよ」。私はただ唸《うな》るしかなかった。

士官は続けた。「われわれが上陸する地点には崖か防波堤があるが、それを越えるのがまず一苦労となるだろう。また、参謀第二部の情報では、第三大隊が上陸する地点のすぐ右翼に、ジャップの大砲が、おそらく一五〇ミリだろうが、据えられているということだ。艦砲射撃が黙らせてくれるとは思うが。敵の落下傘部隊による背面からの攻撃には警戒が必要だ。特に夜間は注意を怠らないように。上陸した夜か明け方には、おそらく戦車を繰り出して、大規模な反撃に出てくるのは確実である。バンザイ突撃を仕掛けてわれわれを撃退しようとするはずだ③」

三月二七日、「出航用意」の命令がスピーカーから流れ、水兵たちが持ち場に集まって、錨を上げた。

「あーあ、スレッジハンマー、錨を上げてるぜ。いよいよまたおっ始まるってわけだ」と、仲間が言った。

「そうだな。気が進まないね」。私は答えた。

「まったくだ」。仲間はため息をついた。

大船団がまるで時計仕掛けのように規則正しく動きはじめた。さまざまな艦艇から成る途方もない規模の軍勢を見ているだけで、この先に自分を待ち受けているものを忘れることができた。北上するにつれて、気がつくとずいぶん涼しくなっている。われわれはウールの裏地がついた野戦用ジャケットを携帯していたから、デッキの上は――とくに夜は――気持ちがよかった。何ヵ月もうだるような炎暑の地に踏みとどまって戦闘を続けてきたわれわれにとって、涼しいのは実にありがたかった。

ウリシーを出港したわれわれは、ほぼ何事もなく北上を続けた。その間、私は毎晩、星明かりの水平線を眺め、美しい南十字の星座が次第に低くなっていくのを見ていた。やがて、星座はついにその姿を消した。南太平洋と中部太平洋で私がたった一つ懐かしく思い出すのが、これらの星だ。第一海兵師団の肩章には南十字星が描かれている。南十字星は特別な象徴なのだった。

われわれは自分が部隊の一員であることに高い誇りを持ち、部隊を象徴するものから大きな力を授かる。沖縄が近づくにつれ、自分は第一海兵師団第五連隊第三大隊K中隊の一員であるという自覚が、来るべき事態に対して心の準備をさせてくれたのである。

沖縄は南北約一〇〇キロメートル、東西三〜三〇キロメートルの大きな島である。太平洋に浮かぶ島の大半がそうであるように、この島も珊瑚礁に囲まれており、西側、特に渡《と》具知《ぐち》（ハグシ）の上陸地点は、その珊瑚礁が海岸に接近している。

島の北部の山岳地帯には中央に四、五百メートルの尾根が連なり、石川地峡より南は平地が広がっているが、何本かの河川によって分断されている。島の南部には、一九四五年当時も、今と同じように、多くの民間人が住んでいた。

　沖縄の守備にとって最も大事なのが、島の南部を東西に横切る三つの高地だった。上陸海岸のすぐ南には、嘉数《かかず》高地と西原《にしばる》高地がある。最も厄介なのが、さらに南の、首里城から西に向かって延びる高地であり、ここには切り立った崖と深い峡谷がいくつもあった。島の最南端には国吉《くによし》（クニシ）丘陵、与座《よざ》（ユザ）岳、八重瀬《やえせ》（ヤエジュ）岳がある。これらの高地群が、北から進攻してくるアメリカ軍に対して天然の要塞を形成していた。

　牛島満中将は、これら天然の要塞に一一万の兵を擁する陸軍第三二軍を投入した。天然と人工の要塞が、堅固なトンネル群によって結ばれ、互いに援護し合う陣地網に変貌したのだ。それぞれの高地要塞は強力な兵力で守られ、守りきれなくなると、次の防御戦へと後退する。こうして、日本軍はペリリュー、サイパン、硫黄島での経験を活かし、高度に洗練された強力な縦深防御《じゅうしんぼうぎょ》戦法を編み出した。彼らはそこで敵軍を待ち受けて戦い、アメリカ陸軍第一〇軍の兵士たちの意欲と戦力を疲弊させたのである。


　Dデイ前夜、緊張はいやがうえにも高まっていった。できるだけ速やかに海岸を離れて内陸に進撃するように、という最終命令が伝えられた。予備部隊といえども、第五連隊第三大隊は上陸に際しておそらく「徹底的にやられる」はずだから、早く寝るようにと指示された。できるだけ休息をとる必要があるというのだ(4)。

伊江島
本部半島
石川地峡
読谷飛行場
渡具知
嘉手納飛行場
上陸海岸
与勝諸島
慶良間列島
那覇
首里
小禄半島
中城湾
(バックナー・ベイ)
与那原
糸満
港川(ミナトガ)
沖縄
10 5 0 10 20 30
海里

夜明け前の起床喇叭《らっぱ》が一九四五年イースターの日曜日――エイプリルフール――の到来を告げた。全員が活動を開始し、艦全体が騒然となる。われわれはステーキと卵の朝食をとった。殺戮《さつりく》の前のお決まりの御馳走だ。私は船室に戻って、兵器類、背嚢《はいのう》、迫撃砲の弾薬袋などを点検し直した。乗組員たちが戦闘配置につき、カミカゼを撃退すべく待機していた。夜が明けていくなか、上陸準備の艦砲射撃がすでに始まっていた。その音に混じって、ひときわ高く攻撃に向かう敵機の音が聞こえてきた。

不安と恐怖から腸が痙攣《けいれん》を起こし、私はトイレに行った。同室の部隊仲間はすでにトイレを済ませ、そのころには装備を着けてデッキに出ていたから、トイレに入ったのはおそらく私が最後だった。便座におさまると、気分もよくなってきた。すぐ横に、鉄製の網籠のようなシュートが、頭上（天井）の四〇ミリ対空砲のわきから下りてきている。シュートはデッキを突き抜け、下の船室へと延びていた。

いきなり、金属がぶつかり、こすれ、きしり、削れる、信じられないような大音響が轟《とどろ》いた。度肝を抜かれた私は、とっさに飛び上がると、トイレを出て船室に戻ろうとした。カミカゼが私のすぐ頭上で艦に体当たりしたのだと思った。ズボンが足首にからまり、よろけて転びそうになる。からまったズボンを引き上げようともがいているあいだも、金属がぶつかり、こすれ合う――一〇〇〇個のシンバルが石の階段を落ちていくような――大音響は続いていた。鉄網のシュートを見上げると、四〇ミリ砲の空《から》の薬莢《やっきょう》が滝のように落ちてくる。轟音《ごうおん》を響かせながらシュートを下り、下の容器へと落ちていった。恐怖は悔しさに変わっていった。

私は装備を着けてデッキの隊員たちと合流し、命令を待った。仲間同士、体を寄せ合い、一団となって右往左往していた。ヒギンズ・ボートがわれわれを集合地点まで運び、そこでアムトラックへとわれわれを引き渡してくれるはずだった。アムトラックはすでに歩兵たちを珊瑚礁の海から海岸へと何度も強襲上陸させている。

味方の戦艦が海岸へ向けて放つ艦砲射撃は激しさを増し、空からは機銃掃射と、ロケット弾と、爆撃弾も加わっている。敵機がわれわれから少し離れた艦隊の上を飛来していった。あちこちで味方の艦艇が敵機めがけて砲火を浴びせた。

全員下に戻れという命令が出た（敵機の攻撃による死傷者を出さないためだ）。戦闘装備を着けたまま、われわれは押し合いへし合いしながら、ドア型のハッチをくぐって船室へと下りた。ベッドのあいだの通路にぎゅう詰めになって、デッキに上がれという命令を待つ。まるで押し入れに閉じ込められたかのように、爆音に耳を傾けながら待った。船室は狭く、すぐに空気がよどんできた。息が苦しい。外は涼しいのに、われわれは汗をかきはじめていた。

「おい、みんな、送風機が止まってるぞ。これじゃ、窒息しちまう！」。誰かが悲鳴をあげた。私はハッチのすぐ横にいたから、まわりの数人とともに、外にいる水兵に空気を入れてくれと叫んだ。鋼鉄のドアの向こうから、しかたないだろ、砲架を操作するのに電力が必要なんだ、と叫び返してきた。「それなら、デッキに出してくれ！」

「悪いが、ハッチは閉めとけという命令だ」

みんなが水兵に罵声を浴びせたが、彼らとて命令に従っているだけで、息の詰まる船室にわれわれを閉じ込めておきたいわけではなかったに違いない。「強行突破だ！」。仲間の一人が言った。船室で窒息死するくらいならデッキで爆撃を食らったほうがまだましだと、誰もが口々に叫んだ。レバーを握って回し、鉤のはずれる位置まで持っていって、ハッチを開けようとする。ところが、一つのレバーを回すが早いか、外の水兵がまた元に戻してしまう。死に物狂いの海兵隊員たちが寄ってたかって、鉤をはずそうとする。外の水兵は二人だったので、われわれは力を合わせ、ついにすべての鉤をはずして、ハッチを開けると表へ飛び出した。そこにはひんやりとさわやかな空気が待っていた。

そのころには、船室の別の側のハッチからもK中隊の仲間たちが飛び出していた。水兵の一人が押し倒されてデッキの上を転がる。一瞬のうちに、われわれ全員が外に出て新鮮な空気にありついていた。

「よーし、全員船室に戻れ。上甲板に出てはならん。これは命令だ！」。少し艦尾寄りのデッキから声が降ってきた。見上げると、海軍少尉が手すりを背にしてわれわれを睨みつけている。カーキの上下に、士官の制帽、襟には線章がついている。それに引き換え、われわれはといえば、緑のダンガリー、黄褐色のカンバス地のゲートル、迷彩ヘルメットに、戦闘装備やら武器やら個人装具やらを身に着けた出《い》で立《た》ちだ。少尉は織物のピストル・ベルトを着け、ホルスターには45口径の自動ピストルが見えた。

あたりに海兵隊の士官の姿はなく、海軍少尉は一人でふんぞり返って行ったり来たりしながら、息の詰まる船室に戻るように命じていた。これが海兵隊の士官なら、われわれはぶつぶつ言いながらも命令に従っただろう。だが、この少尉にはまるで威厳がなく、命令に不服なわれわれはただうろうろしていた。少尉はついには、命令に従わなければ軍法会議にかけると、われわれを威嚇しはじめた。

仲間の一人が声をあげた。「少尉殿、われわれはまもなくあの海岸に強襲上陸しようとしております。大半が一時間後には生きていないかもしれません。ここにいれば敵機にやられるかもしれませんが、下に戻って窒息死するよりはましであります」

海軍少尉はくるりと向きを変え、ブリッジのほうへ歩きだした——おそらくは助けを呼びに。まもなく海兵隊の士官が何人か上がってきて、ボートが待っているから積み荷用ネットで乗り込む準備をするようにと言った。私の知るかぎり、われわれが新鮮な空気を求めて船室から脱出した事件は、誰にも報告されることはなかった。

われわれは装備を持ち、舷側板《げんそくばん》に沿って割り当てられた場所へと移動した。空はほぼ晴れ渡り、大気は、南太平洋の暑さを経験したあとでは信じられないほどの（二十四、五度という）さわやかさだった。島に向かって放たれる艦砲射撃の音が、高く低く響く。戦艦から、ロケット砲や迫撃砲の搭載艇まで、ありとあらゆる艦艇が、わが軍の急降下爆撃機とともに海岸に猛攻を加えている。敵機の編隊がエンジン音を唸らせて巨大船団の上空に姿を見せた。その空めがけて、そこここの艦艇から対空砲火が始まった。われわれの輸送艦から遠くないところで、敵の二機に命中するのが見えた。

誰もが緊張に身を固くしていた。情報部がわれわれ将兵の八〇から八五パーセントが死傷すると見積もっているのだから、なおさらだった。私はすっかり怖じ気づいていたが、ペリリューのときほど不安は感じなかった。おそらく、戦闘をいくつもくぐり抜けてきたおかげだろう。ペリリューの上陸作戦を生き延びた私には、日本軍がどう出て、自分がどう対処するか、予想ができたのだ。積み荷用のネットでヒギンズ・ボートに乗り移りながら感じる恐怖は、ペリリューのときとは違っていた。

それに、圧倒的な規模を誇る味方の艦隊も私を奮い立たせてくれた。見渡すかぎり、戦艦や武装輸送艦があたりを埋めつくしている。上空を舞う味方の航空機はどれくらいいるのか見当もつかないが、何百機にものぼるに違いなかった。

われわれはネットからヒギンズ・ボートに乗り移った。最後の海兵隊員が乗り移ったのを見て、誰かが「艇長、出航！　乗船完了」と声をあげた。艇長がエンジンをふかし、ボートは艦から離れた。第五連隊第三大隊の海兵隊員を乗せたほかのボートも、艦の舷側沿いに進んでいく。艦を離れたくなかった。あらゆる種類の水陸両用艇が海上に溢れている。どこを見ても、この進攻作戦がどれほど大規模に、そして複雑に組まれているか一目瞭然だった。

ボートは艦から少し離れると、第三大隊の仲間を乗せた他のボートとともにゆっくり方向を転じはじめた。渡具知海岸に向けて放たれる艦砲射撃の爆音が耳をつんざく。全体の様子はボート上に腰を下ろしたわれわれにはさっぱりわからない。ただ不安な思いで午前八時三

○分のHアワー（攻撃開始時刻）を待っていた。
一部の艦艇から煙幕弾が放たれる。船団の動きを敵の目から隠すためだ。厚い白煙がゆらゆらと漂って、砲弾の爆煙にまぎれていった。第三大隊の仲間を乗せた他のボートが、青く美しい海を波立てている。その上をわれわれも旋回しつづけた。

「八時半だ」。誰かが言った。

「第一波が突っ込んでいるころだな。突撃準備だぞ」。スナフが言った。

隣にいた男がため息をついた。「はいはい。また上を下への大騒ぎってやつだ」

原注

(1) ウリシー環礁はカロリン諸島の西端に位置するペリリューの北東四一五キロメートルほどのところにあり、パラオ諸島作戦の一環として、第八一歩兵師団の部隊が占領していた。ウリシーは長さおよそ三〇キロメートル、幅八～一六キロメートルの巨大礁湖を取り囲む約三〇の小島から成り、中部太平洋におけるアメリカ艦隊の主要な停泊地となっていた。

(2) 三月一八～二一日の航空母艦と艦載機による日本軍への攻撃（九州沖航空戦）では、日本の特攻機が空母ワスプ、ヨークタウン、フランクリンに体当たりの反撃を加えてきた。三隻のうち最も損害の大きかったのがフランクリンで、戦死者七二四人、負傷者二六五人を数えた。フランクリンが沈没を免れ、その後修理のためニューヨークまで二万キロメートルを曳《えい》航《こう》されたことは、乗組員の勇気と高い技能の証として称賛された。

（3）損失の大きいこの大規模な突撃戦法がすでに廃棄されていることを、われらが戦略立案者たちはまだ認識していなかった。日本軍は勝利のための最善の作戦として、縦深防御という戦法に切り換えていた。この戦術転換のおかげでペリリューの戦いは長期戦を強いられ、硫黄島でも同じ戦法が繰り返されて、海兵隊はふたたび悲惨な損害を被る結果となったのである。

（4）第五連隊第三大隊は、同じく第五連隊の第一大隊、第二大隊に続いて、海岸では連隊の最右翼に上陸する予定だった。第三海兵水陸両用軍団の右翼を形成し、南部に進撃する陸軍第二四軍団と連携することになっていた。

第九章　執行猶予

「敵は無抵抗だぞ！」

ヒギンズ・ボートがアムトラックにつながれたとたん、声が飛んできた。われわれは呆気《あっけ》にとられて、その海兵隊員の顔を見た。

「冗談だろ？」。すぐに仲間の一人が応じた。

「ほんとうだ。死傷者は一人もいない。ニップのやつら尻尾《しっぽ》まいて逃げやがった。迫撃砲弾が二発、海に落ちるのを見たが、それっきりよ。みんな悠々と頭を上げてる。こんなの見たことないぜ」

ペリリューに上陸したときの大混乱が、それまでに何度私の頭をよぎったかわからない。それなのに、沖縄上陸に際しては、日本軍の反撃は事実上ないに等しかった。最初の驚きがおさまると、みんな笑ったり冗談を言ったりしはじめた。緊張から解放されたあの安堵感《あんどかん》は忘れられない。われわれはアムトラックのコンパートメントの縁に腰かけて、歌を歌ったり、取り巻く巨大な艦隊について感想を語り合ったりしていた。銃弾や榴散弾《りゅうさんだん》に当たらないようにと、頭を下げてうずくまる必要はなかった。この戦争でいちばんのうれしい驚きだった。今でもそう思っている。

だが突然、本土からたった五〇〇キロしか離れていない島に、無抵抗でわれわれを上陸させるなど、まったく日本軍らしくないという思いが、頭をもたげてきた。何かの策略に決まっている。敵はいったい何を考えているのか。私はにわかに不安にかられた。

「おい、スレッジハンマー、どうした。みんなといっしょに歌えよ」

私は笑顔をつくって「茶色の小瓶《リトル・ブラウン・ジャグ》」のコーラスに加わった。

「そうこなくちゃ」

島に近づくにつれ、浜辺に向かって押し寄せていく何百という上陸用舟艇《しゅうてい》やアムトラックの群れが、はっきりと見えてきた。前方に迫る島の風景のなかを、われわれ連隊の仲間が分散隊形をとって進んでいく姿が、まるで玩具《おもちゃ》の兵隊のように見える。みんな悠然として、演習でもしているのかと思うほどだ。浜辺からなだらかな傾斜が内陸へと延びている。沖縄住民の小さく仕切られた庭や畑が無数に広がって、まるでパッチワークのようだ。地表を覆う草木が弾丸に飛ばされているのを除けば、それは美しい光景だった。ペリリュー戦のDデイとのあまりの違いに、私は茫然《ぼうぜん》とするばかりだった。

上陸地点まであと五〇メートルというところで、われわれの左手のかなり離れた場所で、敵の迫撃砲弾が二発炸裂《さくれつ》するのが見えた。海水が小さく噴き上がったが、周囲のアムトラックには何の損害もなかった。沖縄上陸作戦で私が目にした敵の砲火は、それだけである。エイプリルフールにふさわしいとはいえ、ますます不気味に思えてきた。何百何千という日本の精鋭部隊が、島のどこかでわれわれとの交戦を手ぐすね引いて待っているに違いないからだ。

アムトラックのまわりに広がる光景を眺めながら、危険が迫っているという感覚はいっさいないまま、島に着いた。後部開閉板がバタンと下りる。われわれは落ち着いて装備を持ち、浜辺に下り立った。

右手すぐ近くに河口があり、比謝《ひじゃ》（ビシ）川が海に注いでいる。この小さな川が、南に向かう陸軍第二四軍団と、北に進む海兵隊第三水陸両用軍団とを分ける境になっていた。河口のこちら（北）側の海に突き出した高台の上には、砲台の残骸が見えた。事前の説明では、そこに居座る敵の大砲が脅威になるはずだった。防潮堤はといえば、艦砲射撃を浴びて高さが一メートル足らずになっており、難なく越えることができた。

内陸へと進撃しても、われわれに向けて日本軍が発砲してくる場面には一度も遭遇しなかった。小さく区切られた畑や庭を抜けて高台へと進んでいくと、左手に、広大な読谷《よみたん》（ヨンタン）飛行場へ向かう第六海兵師団の部隊が見えた。何の反撃も受けずに上陸できた喜びが、とくにペリリューの戦闘を経験した古参の兵士たちのあいだに、溢れていた。新入りの補充兵たちは、上陸作戦なんて「屁《へ》の河童《かっぱ》だ」などと言いはじめていた。

上陸を果たしたアメリカ陸軍第一〇軍の司令官は、サイモン・ボリヴァー・バックナー・ジュニア中将だった。上陸部隊の左翼（北側）をになったのは、ロイ・S・ガイガー少将率いる海兵隊第三水陸両用軍団で、これは右の第一海兵師団と左の第六海兵師団から

読谷飛行場
XX
第6海兵師団
XX
XX
第1海兵師団
XXX
第3水陸両用軍団
ガイガー
上陸海岸
XXX
嘉手納飛行場
XX
第7歩兵師団
XX
XXX
第24軍団
ホッジ
XX
第96歩兵師団
牧港飛行場
嘉数高地
ハーフムーン
沢岻
那覇
首里
中城湾
（バックナー・ベイ）
与那原
小禄半島
XXX
第3水陸両用軍団
XXX
第24軍団
糸満
港川（ミナトガ）
八重瀬岳
与座岳
国吉丘陵
沖縄南部
1 0 1 2 3
マイル

成っていた。右翼（南側）には、第七歩兵師団と第九六歩兵師団（最右翼）から成る、ジョン・R・ホッジ少将指揮下の陸軍第二四軍団が上陸した。この第二四軍団を、海上から第七七歩兵師団と第二七歩兵師団が支援していた。島の東側の海上には、南東の海岸線で実戦さながらの精巧な陽動作戦を展開してきた第二海兵師団が展開している。総勢五四万一八六六人の将兵を、バックナー中将が指揮していた。

Dデイに上陸した四個師団、五万の部隊のうち、戦死者はわずか二八人、負傷者一〇四人、行方不明二七人だった。

この四つの師団に命じられた急襲計画は、沖縄本島を横断し、島を二分するというものだった。海兵隊は左に向きを変え、北進して島の北側三分の二を確保し、一方陸軍は右に転進して南下することになっていた。

上陸を果たしたその日の午後遅く、夜に向けて壕を掘れと命令が伝えられた。K中隊は、収穫を終えたばかりの小さな穀物畑に陣をとった。粘土質の土は掘るのに何の苦もなく、立派な壕ができた。K中隊の残りの二門の迫撃砲も近くに据えられた。われわれは前方の目標となりそうな場所に榴弾を二回ほど撃ち込んで照準を修正し、さらに夜に向けて弾薬の準備をした。一帯は開けた田園地帯だったから、誰もが敵戦車の大規模な反撃を覚悟していた。備えができたところで、畑の端に立つ小ぎれいな農家まで行って、家のなかを注意深く調べた。狙撃兵がひそむには格好の場所だったが、なかに人影はなかった。

壕に戻るや、間違いなく敵機とわかるエンジンの音が聞こえてきた。見上げると、ゼロ戦が一機、まっすぐわれわれのほうに飛んでくる。高度は高く、どうやらパイロットの狙いはわれわれではなく、もっと大物にあるらしい。そのまま海岸線を越えて、味方の艦隊が停泊している沖のほうへ向かっていく。激しい艦砲射撃が始まるなか、ゼロ戦はゆっくり旋回し、やがて一気に降下した。甲高いエンジン音を響かせ、カミカゼ特攻機は一隻の輸送艦めがけてまっすぐに突っ込んだ。体当たりされた輸送艦から煙が上がるのが見えたが、なにしろ遠くて、損害の程度はわからなかった。部隊はとっくに上陸していたが、乗組員は大変な思いをしただろう。船艇に体当たりする特攻機を見たのはそれが初めてだったが、最後ではなかった。

夕闇が濃くなり、われわれはもっと身近な周囲に注意を戻して、夜を迎える準備をした。Dデイの夜の寒さをしのぐため、全員に一〇〇ミリリットルほどのブランデーの小瓶が支給されていた。私があまり酒を好まず飲めもしないのを知っている仲間たちが、なんとか私の分を手に入れようと声をかけてくる。が、日が沈んでからは寒かったので、私もブランデーを飲んで少し温まりたいと考えていた。一口すすって即座に思った。インディアンが「火の水」と呼んだというのはブランデーのことだったに違いない。私はブランデーをモモの缶詰と交換し、ウールの裏のついた野戦用のジャケットを取り出して着込んだ。温かかった。

晴れ渡った冷たい夜気のなかで、われわれは敵の襲撃を今か今かと待ったが、あたりは静まり返り、近くで砲火が炸裂することもなければ、ライフルや機関銃の音もほとんどしない。爆音が轟《とどろ》いたあのペリリューのDデイの夜とは、なんという違いだろう。

見張り番の交代のためにスナフが私を起こしてトミー（トンプソン式短機関銃）を渡してくれた（いつ、どこで、どうやってトミーを手に入れたのかは覚えていないが、ペリリューでも沖縄でも、スナフと私は交代でトミーと迫撃砲を持ち歩いていた。ピストルは便利だが、近距離でしか使えない。だからトミーは手放せなかった）。

真夜中近く、歩哨《ほしょう》に立ってまもなくのこと、近くの木立から伸びる影の縁に、人が一人うずくまっているらしいのに気づいた。目を凝らし、妄想を振り払い、ためつすがめつしてみても正体を見極めることができなかった。だが、見れば見るほど、確信は深まっていく。頭に載っているのが日本軍の作業帽のような気がした。そんなところに歩哨が立っているはずはないから、味方ではない。おそらく敵が潜入してきて、仲間が戦闘配置につくのを待っているのに違いなかった。

ほの明かりのなかでは断定はできなかった。撃つべきか、それとも違うほうに賭けるか。寒さと恐怖に、歯がカチカチ鳴りはじめた。

私はゆっくりとトミーを構え、全自動にして安全装置をはずし、慎重に標的の下半身に狙いを定めた（反動で弾が頭上に逸《そ》れてはならないからだ）。立て続けに七回、引き金を引いた。銃口が火を噴き、静寂を破って弾丸が次々に炸裂した。45口径の大きな銃弾を浴びたのだから、敵はどさりと倒れるだろう。私は少しも疑うことなく、照門《しょうもん》の上からじっと見据えていた。何も起こらない。敵は微動だにしなかった。

まわりのみんなが小声で言いだした。「どうしたんだ？　何を見たんだ？」日本兵が影のところにうずくまっていたと思う、と私は答えた。

たしかに敵は遠くないところにいた。ちょうどそのとき、甲高い日本語の叫び声がしたのだ。「ニッポン、バンザイ！」とわめいたあとに、何かわからない言葉が続いたが、すぐに仲間の機関銃の銃声が轟いて、静かになった。

夜が明けて、最初の光がほんのり射しはじめたとき、潜入してきた敵のように見えたのは小さいわらの山であることが判明した。私はその後もずっと、ペリリューの古参兵がわらの日本兵を撃ったと、仲間にからかわれるはめになった。

島を横断する

Dデイ翌日の四月二日、上空から味方の支援を受けた第一海兵師団は、島の東側に向けて進攻を続けたが、火砲の出番は一度もなかった。敵の組織的な抵抗に遭遇しなかったからだ。誰からも同じ言葉が口をついて出た。「ニップはどこにいるんだ」。ときに少人数の一団と遭遇し、交戦することはあっても、日本陸軍本体の姿はかき消えていた。

午前中、敵兵の遺体を二体、目にした。葉の落ちた大木に登って偵察しているところを、艦砲射撃にやられたらしい。一体はまだ枝にひっかかっていた。飛び出した腸が枝から枝へと渡り、まるでクリスマスツリーの花飾りのようだった。もう一体は、片脚を吹き飛ばされて木の下に横たわっていた。ちぎれた脚は木の向こう側に転がっていたが、ズボンとゲートルにきれいに包まれたままだった。目をそむけたくなる光景ではあったが、二人とも底に鋲《びょう》を打った、くるぶしまでの革靴を履いているのに目を惹かれた。日本兵がそんなものを履いているのを見たのは初めてだった。ペリリューでは日本兵はみな、ズック地で底がゴムの、指の部分が二つに割れた足袋《たび》を履いていたのだ。

島民にも何人か出会った。大半が老人と女性と子供だ。日本軍は若い男をすべて労働力として徴用し、一部を兵にしたから、若者の姿を目にすることはほとんどなかった。われわれは民間人を後方に送り、敵を支援することがないように収容所に入れていた。

彼らは、戦闘地域で私が見た初めての民間人だった。痛ましかった。最も哀れを誘うのは、彼らがわれわれの上陸・進攻に大きなショックを受けて茫然としていること、そしてわれわれを死ぬほど恐れていることだった。後方に送られる途中の島民とは何度もすれ違ったが、その顔には恐怖と困惑と落胆が表れていた。

子供たちはだいたいみんなかわいらしく、明るい表情をしていた。丸い顔に黒い瞳。男の子はたいてい髪を短く刈り、女の子も黒々としたつややかな髪を短く切りそろえていた。われわれは子供たちに心を奪われた。ほとんど全員が、キャンディやら糧食やら、とっておけるものはとっておいて子供たちに与えた。われわれに対する恐怖心を解くのもおとなより早く、うれしそうにいっしょに笑ってくれたりもした。

私が目にした少しばかり笑える話を紹介しよう。二人の沖縄女性とその子供たちの話である。止まれの号令がかかり、あわただしい進軍がふたたび始まるまで「一〇分休憩《テイク・テン》」を命じられたわれわれ分隊は、丘の中腹にある典型的な沖縄の水場の近くで休憩をとった。深さ五、六十センチ、縦横一八〇×一二〇センチほどの石の囲いに水がたまるようになってい て、水は岩だらけの斜面から湧き出している。われわれは、二人の女性と子供たちが水を飲む姿を見ていた。当然ながら、なんとなくびくびくして、こちらを気にしているようだったが、幼子を抱えていればしなければならないことがある。一人が石の上に腰かけて、キモノの胸を平然とはだけ、赤ん坊に乳を含ませはじめた。

その間、上の男の子（四歳くらい）は母親の履物をいじって遊んでいたが、すぐに飽きて、母親の気を惹こうとちょっかいを出しはじめた。もう一人の女性も小さい子を抱えていて手がふさがっていたから、どうしようもない。母親は退屈している男の子をしかりつけたが、子供は赤ん坊を踏みつけて母親の体によじ登り、邪魔しはじめた。どうするのかと興味津々で見ていると、怒った母親は赤ん坊の口から乳首をはずし、むずかる兄の顔に向けた。そして、まるで牛の乳をしぼるように自分の乳をしぼり、子供の顔に勢いよく飛ばした。驚いた兄は、乳の入った目をこすりながら、声を張り上げて泣きだした。

われわれは脇腹を押さえて笑い転げた。女性たちは目を上げ、何を笑っているのかと怪訝《けげん》そうだったが、それでも、緊張が解けて笑顔になった。顔に乳をかけられた子供も泣きやんで、笑いはじめた。

「装備を持て。出発だ」。隊列に号令が飛んだ。笑いが続くなか、武器と弾薬を担いで歩きだすころには話は次々に伝わって、みんな面白がった。われわれが出発していくのを、二人の母親は笑顔で見送っていた。かわいい顔をまだ母親の乳で濡らしたままの子供も、にっと笑っていた。

島の東岸めざして早足で進むわれわれは、しばしば急峻《きゅうしゅん》な高い尾根と深い谷の続く険しい地形を越えていかなければならなかった。そういう尾根が幾重《いくえ》にも重なって行く手を阻まれたこともあった。苦労して斜面を登っては、反対側の斜面を下りる。われわれはへとへとだったが、それでも、日本軍がそこを放棄してくれたことにほっとしていた。守備にはもってこいの地形だったのだ。

よく晴れたさわやかな気候が、起伏の多い地形を早足で進軍する苦しさを和らげてくれた。熱帯での戦いを経験したわれわれには、蒸し風呂から救い出されたように感じられたものだ。沖縄の山や尾根はほとんどが粘土だが、乾いているから、重い装備を着けていても滑ることはなかった。あらゆるところにマツの木が生えている。私は、松葉がどれほど芳《かんば》しい香りを放つものかを、すっかり忘れていた。テッポウユリも咲いていた。

東海岸に到達して、われわれは島を南北に二分するという、第一海兵師団に課せられた最初の任務を果たした。そこは沼地で、天然の真水の大貯水池といったところらしかった。その先は金武湾《きんわん》（チムワン）という湾だ。

着いたのは四月四日の午後だった。予定より八日から一三日も早い。こんなに迅速に進攻できたのも、もちろん、敵の反撃がごく散発的なものだったことによる。上陸からこれまでの四日間、作戦はあまりに順調すぎた。日本軍は何をしているのか。われわれはキツネにつままれたようだった。長く熾烈《しれつ》な戦いを経ずに敵がこの島を放棄するつもりのないことはよくわかっているのだ。

しかし、敵がどこにいるかを知るのに長く待つ必要はなかった。その日遅く、南へ転じた陸軍の師団が激しい抵抗にあい、しかも反撃はますます激しさを増しているという噂が流れはじめた。遅かれ早かれわれわれも陸軍に合流し、戦いの真っ只中に飛び込むことになるのはわかっていた。

第七海兵連隊のK中隊も、われわれの北方、東恩納《ひがしおんな》（ヒザオンナ）村近くで待ち伏せ攻撃にあい、戦死者三人、負傷者二七人の損害を受けたことがわかった。そう、われわれの師団こそ島の中央をあっさり横断できたものの、やはり日本軍は健在だった。そして、やはり海兵隊員たちを痛めつけていた。

第一海兵師団は、四月いっぱい沖縄中部の掃討に明け暮れた。第五連隊第三大隊を含むいくつかの部隊は、金武湾の沖に浮かぶ島々を確保するため、四月の終わりにかけて沿岸一帯の水陸両用作戦を展開した。目的は、アメリカ軍後方の作戦基地としてこれらの島々を日本軍から奪取するためである。ペリリューの戦いで、第五連隊第三大隊がガドブス島を攻略したのとほぼ同じ理由だった。

第六海兵師団は四月いっぱい北進を続け、島の北部をすべて掌握した。この任務は容易ではなかった。本部《もとぶ》半島の高台の堅固な要塞に戦いを挑んで、多くの犠牲を出しながら七日間戦いつづける、苦しい山岳戦もあった。

一方、陸軍の三個師団は、島の南部における三大防御線の一つ目である嘉数《かかず》—西原《にしばる》戦線で、日本軍の執拗《しつよう》な抵抗にあって苦戦していた。沖縄島の西から東に戦線を張った第七、第九六、第二七歩兵師団は、敵の猛反撃に手を焼き、ほとんど釘づけ状態になっていた。

偵察

金武湾の海岸に着くやいなや、さらに前進の命令が飛んだ。転進して北に向かい、小さい谷と急な尾根の内陸へと分け入っていく。やがてわれわれは快適な露営地に落ち着いて、二人用の携帯テントを張った。戦闘というよりは演習のようで、壕を掘ることさえしなかった。五日前に上陸して以来、初めての雨が降ってきた。

翌日、われわれK中隊は露営地周辺の偵察を始めた。敵の反撃は散発的なものだったから、迫撃砲は必要ない。雨露に当てないようテントに格納し、われわれ迫撃砲班はライフル兵として偵察隊に加わった。

私が初めて偵察に出たとき、指揮をとったのがわれわれ迫撃砲班の新しい班長、マックである。任務は、割り当てられた地域に敵が活動している徴候はないか、チェックすることだった。偵察隊の下士官はバーギンだったが、私としては、マックよりバーギンといっしょのほうがはるかにやりやすかった。

　気温十五、六度のひんやりした晴れた朝、偵察に出たわれわれは、広々とした田園地帯の気持ちのよい石の道を進んでいった。景色は絵のように美しく、戦争の影などどこにも見えない。発砲は、明らかに敵意があると思える日本兵や島民でないかぎり、絶対にしてはならないと固く命じられていた。ニワトリを撃つのも、射撃練習も禁止だった。

「マック、おれらどこへ行くんですか」と、出発前に誰かが訊いた。

「ヒザオンナだ」。少尉は顔色ひとつ変えずに答えた。

「えっ！　このあいだ第七連隊のＫ中隊が待ち伏せ食らったとこじゃないですか」。補充兵の一人が言った。「こんな少人数でそんなとこ偵察するんですか？」

「そのとおりだ」。バーギンが答えた。

　目的地を聞いたとたん、私は持っていたトミーを、偵察隊に任命されていない別の補充兵に差し出して言った。「代わってくれ」

「とんでもない！」と、彼は答えた。

　こうしてわれわれは出発した。マックは海兵隊基地で見かける幹部候補生そのままに、さっそうと歩いていく。古参兵たちは不安顔だったが、補充兵たちは、マック同様、何も気にしていないようだった。たまに散発的な反撃があるきりで、あとは妙に静かだったから、補充兵のなかには、戦争なんて話に聞くほど恐ろしいものではないと思いはじめる者もいた。

　実際、ペリリューでの恐怖に満ちた苦難の体験話はおおげさにすぎるのではないかと、われわれに文句を言う者さえいた。四月の沖縄は第一海兵師団にとってあまりにも平穏で、補充兵たちはすっかりだまされて偽りの幸福感に浸っていた。「ほんとの戦闘が始まったら地獄だぞ」といくら警告しても、古参兵が自分たちを「ひっかけ」ようとしているのだと思い込むばかりだった。

しかし、まもなく、このうえなく心地よい四月の朝ののんびりした偵察も、戦争という恐ろしい現実の一端に直面して、終わりを告げた。それがこの美しい島のどこかにひそんでわれわれを待っていることはわかっていたのだ。道路下の小川の土手に、まるで戦争を表す忌まわしいトレードマークのように、完全武装した日本兵の死体があった。

上から見ると、ヘルメットをかぶり、走っている形に膝を曲げた死体は、クッキーでつくった人形のようだった。このときは死後まだ何日もたっているようには見えなかったが、われわれは四月のあいだに何度もその小川を越えたから、死体が腐乱して次第に沖縄の土に還っていくさまを見ることになった。道には風が吹いて、松葉のさわやかな甘い香りがわれわれの鼻腔《びこう》を満たしてくれたし、小川よりかなり高くなっていたから、死体を目にしないかぎりその存在を感じることがないのが、ありがたかった。

東恩納近くにさしかかり、何日か前の夜に第七海兵連隊K中隊が待ち伏せ攻撃にあったあたりを通った。あらゆるところに、激しい戦闘を物語る不気味な証拠があった。倒れたまま放置された日本兵の遺体は数えきれなかった。血糊のついたガーゼ類、脱ぎ捨てられた血染めの軍服、地面の血痕などが、海兵隊員が襲われた場所を示している。海兵隊の武器があった場所には、空《から》の薬莢《やっきょう》が山と積み上がっていた。

第七連隊K中隊の隊列が両側から襲いかかられたらしい丘の小道の光景を、私は今も鮮明に覚えている。道の上には、機関銃の空の弾薬箱やら、M1ライフルのクリップやら、カービン銃の薬莢やらが散らばり、捨てられたダンガリーのジャケットやゲートルもあった。土の上には、そのころにはもうただの黒いしみになっていた血だまりの跡がいくつもあった。道の両わきのそこここに、二〇体ほどの敵兵の死体が転がっていた。

小道に散乱する戦闘の残骸を見て、私はすべてがあまりに不条理なことに愕然《がくぜん》とした。この沖縄の島で、島民は昔ながらの過酷な農法で土を肥やしてきた。そこへ戦《いくさ》がやってきた。それとともに、最新の最も精密な殺人技術が入ってきたのだ。狂気としか思えなかった。戦争とは人間に取りついた病のようなものではないか。ペリリューでの経験から、私は無意識のうちに、戦闘といえば、むっとする暑さや、砲列に掃射される浜辺や、マングローブの密生するかげろう立つ沼地や、ぎざぎざに切り立った珊瑚の山を連想するようになっていた。だが、ここ沖縄では、その病は絵のように美しい田園をずたずたに引き裂こうとしている。このとき私は、子供のころ祖母から聞かされた言葉のほんとうの意味を知った。「南北戦争で南部が侵略されたとき、土地をだめにする疫病《えきびょう》も下りてきたんだよ」

仲間の一人と一帯を見て回っていると、近くに道が窪《くぼ》んでいる部分があるから調べてこいとバーギンが言った。長さ約三〇メートルにわたって三メートルほど低くなっている箇所があり、左右は急な斜面になっている。上の地面には藪《やぶ》が密生しているから、窪みから見えるのは頭上の空と、前後が坂になっている道しかない。そんな窪みのちょうど真ん中あたりに来たとき、バーギンとマックがいるあたりからカービン銃の銃声がした。

「攻撃だ！」。グロスター岬の戦闘から戦歴を重ねてきた古参の仲間が叫んだ。

二人は反射的に身をかがめ、私はトミーの安全装置に指をかけた。銃声の轟いたほうの土手に駆け寄り這い登って、藪のあいだからそっと覗いた。溝のようになった道に追い詰められたら、上から簡単に撃たれてしまう。そうなったらもう助かる見込みがないことは二人ともわかっていた。ひどく心細い思いで、激しい動悸を抑え、前方をうかがう。われわれと分かれたときのまま、畑の真ん中にマックが立っていた。足元の地面の、こちらからは見えない何かに、落ち着きはらってまっすぐカービンの銃口を向けている。私は驚いて仲間と顔を見合わせた。「何なんだ」と、仲間が小声で言った。われわれが窪んだ道から上がってそちらに向かっていくと、マックがふたたび地面を撃った。偵察隊のほかのメンバーも警戒しながら集まってきていた。待ち伏せ攻撃が始まったのかと不安げだった。

バーギンがマックの少し後ろに立って、うんざりした顔でゆっくり頭を振っていた。近づいて、何を撃ったのかとマックに尋ねた。マックが地面を指さし、標的を見せた。古い動物の死骸の下顎だった。撃ったら顎の骨から歯がはずれるかどうか試してみたかったのだという。

われわれは呆気《あっけ》にとられてマックを見つめた。装備一式をはるか後方に置いて、たった一〇人ほどの海兵隊員が偵察して回っているのだ。敵兵以外は撃ってはならないとの命令も出ているし、あたり一帯には日本兵の死体が散らばっている。それなのに、その偵察隊の士官が、まるで空気銃を手にした子供のように、カービンをもてあそんでいる。マックがヒラの兵隊だったら、全員でつかまえて近くの水たまりに顔を浸けてやるところだろう。だが、われわれの規律は厳格だった。ただ歯ぎしりするしかなかった。

バーギンが言葉を選んで、あなたは偵察隊の指揮官であり、敵はいつ襲いかかってくるかわからないのだと諭《さと》した。とたんにマックは偵察隊のあるべき行動について、訓練マニュアルを持ち出し、とうとうとしゃべりだした。

マックは愚かでも無能でもない。ただ、自分たちは今厳しい戦いのただなかにいるのであって、大学の対抗試合を戦っているのではないということが、わかっていないようだった。不思議なことに、まだおとなになりきっていないのだった。海兵隊の幹部候補生学校を卒業するだけの能力を持ちながら――そしてそれは生やさしいことではないのに――ときとして、一〇代の子供かと思うような、実に妙な振る舞いに及ぶのである。

また別の偵察のとき、日本兵の遺骸のそばで、自分の姿勢とカービン銃の構えを決めるのに苦心惨憺《さんたん》していることもあった。ようやくうまい角度を見つけたのか、マックは細心の注意を払って狙いを定め、二、三発撃ち込んだ。日本兵の遺骸は仰向けで、ズボンが膝まで下がった姿になっていた。そのペニスの先を、マックは慎重に撃ち飛ばそうとしていたのだ。そして成功した。やったやったと大喜びしている。私は胸が悪くなって、顔をそむけた。

マックは身だしなみもよく、きちんとした男だった。ただ、戦争の影響下で残虐さに歯止めがきかなくなるたちの人間がいるもので、実戦経験はまだほとんどないというのに、マックもそんな一人らしかった。私の知るどんな冷酷無比な男たちも眉をひそめる、卑猥で猟奇的な癖を持っていた。たいていの将兵は尿意を催すと、藪のほうに寄ったり、ただその場に立ち止まったりして、淡々と用を足す。だが、マックは違っていた。この海兵隊の「紳士」は、可能なかぎり日本兵の死骸を見つけては、その上に仁王立ちになって、死者の口のなかに放尿するのだ。それは戦争中私が目にしたアメリカ人の行為のなかで、最も不快なものだった。こんな男が海兵隊の士官かと思うと、恥ずかしかった。

小さな谷あいで過ごしたその幸せな美しい四月の初め——古参兵たちが寄ると触ると、こんなに平和なのは信じられないと言い合っていたころ——仲間の何人かと、日本のゼロ式戦闘機を間近に見ることがあった。ある晴れた朝、のんびりとK号携帯口糧の朝食を済ませ、数人で谷に続く尾根をぶらぶらと登って、読谷飛行場の空襲を見物に出かけた。その日は誰も偵察の予定がなく、全員が丸腰だった。これは「いかなるときも武器を携帯すること」という歩兵の基本的な規則に違反していた。

空襲を見物していると、右手から飛行機のエンジン音が聞こえてきた。振り向いて、尾根の向こうに広がる谷間の盆地を見下ろすと、飛行機が近づいてくるのが見えた。ゼロ戦だった。盆地のほうから高度を上げ尾根の稜線《りょうせん》と同じ高さを保って、われわれのほうに向かってくる。あまりにゆるやかな動きで、現実とは思えなかった。武器を持たないわれわれは、ゼロ戦が目の前を飛んでいくのを、パレードでも見物するようにぽかんと見ていた。せいぜい

三、四十メートルしか離れていなかったろう。機体も、天蓋《てんがい》の下のコックピットに座ったパイロットも、細部まで見えた。パイロットは首を巡らせて、自分を見ているわれわれに鋭い視線を送ってきた。革の飛行帽をかぶり、ゴーグルを額まで上げ、飛行服を着て、首にはスカーフを巻いていた。

われわれを見るなり、彼は相好《そうごう》を崩し、見たこともないほど不気味な笑みを浮かべた。戦時中のアメリカの新聞に載っていた、典型的な漫画の日本兵そのままに、出っ歯で、吊り目で、丸顔だった。にたりと、いわゆる「ネコのような」笑いだったのも無理はない。われわれというネズミを見つけたのだ。戦闘機のパイロットにとって、われわれは舌なめずりするような夢の標的だった。遮蔽物《しゃへいぶつ》のない開けた場所に固まっている、対空砲も援護機もない敵の歩兵。

左手に飛び去っていくゼロ戦に、一人が驚いたようにつぶやいた。「あいつ、おれたちを見て笑ったぞ。見たか？　吊り目のチクショウめ。おれのライフルはどこなんだ」

一瞬のことで、目の高さを飛んでいく飛行機の姿にわれわれはただ茫然として、戦争を忘れるところだった。が、日本のパイロットはそうではなかった。機体を傾け高度を上げながらもう一つの尾根を回って、視界から消えた。戻ってきてわれわれを襲う気でいるのは明らかだった。その弾丸から逃れるのはむずかしいだろう。助けになりそうなものはどこにも見えなかった。

あわてて向きを変え、避難場所を求めて丘を駆け下りはじめたとき、ふたたびエンジン音が聞こえてきた。今度は巡航速度の振動音ではない。全速力で飛行するエンジンの轟きだった。ゼロ戦はふたたび目の前を通って、最初に現れた方向へ、谷を下りていく。相変わらずわれわれの目の高さを、だが悪魔に追いかけられてでもいるように、大あわてで飛んでいった。その悪魔とは、われわれの救い主、美しいブルーの海兵隊のコルセア機だった。コルセアは頼もしくもゼロ戦のすぐ背後に迫り、二機は唸《うな》りをあげながら尾根を越えて見えなくなった。あまりの速度に、パイロットの顔はどちらも見えなかったが、わがコルセアを見つけたとき、天皇のパイロットの顔からあの笑いが消えていたことは確かだろう。

四月いっぱい続いた偵察で、われわれはたくさんの沖縄の村と田畑を見て回った。そして、島民の習慣や生活様式について多くのことを学んだ。私にとってとくに印象深かったのは、沖縄の小型の馬だった。毛足の長い特大のポニーである。

島民はこの馬に見たこともない形の端綱《はづな》をつけていた。二本の木片をロープでうまく支える格好になっている。木片は馬の顔の左右に置くのだが、アルファベットのFの形をしている。細かい木目の茶色い木から彫り出したもので、人の親指ほどの大きさだ。短いロープまたは紐がこの二つの木片を馬の顔の前でつなぎ、馬の頭の上に回したロープが、左右の口角のすぐ上で二つの木片を支える。木片の下につけた二本の短いロープは、やがて一つにまとめられる。この一本のロープに引きが加えられると、木片が馬の口の両側にやんわりと当たり、馬は動きを止めるのだ。この装置は端綱と頭勒《ずろく》の性質を兼ね備えたもので、馬の口にはみをかませる必要がないのだった。

私はこの端綱に大いに興味をそそられ、数日間われわれが飼っていた馬からはずして、代わりにロープ製の端綱をつけてやった。木製の端綱は家に送るつもりで、荷物のなかに入れておいた（二つの木片をつないでいたのが赤い紐だったことは今も覚えている）。ところが、五月一日以降は私自身が帰国できるかどうかさえ怪しくなってきたし、地面の泥が深くなるにつれて重く感じられ、残念ながら捨ててしまった。

われわれは分隊で飼っていたこの馬がすっかり気に入っていた。馬は迫撃砲の弾薬の袋を二つ背中に振り分けられても、いっこうに気にする様子はなかった。

四月末、小馬と別れなければならない時がきた。私はロープの端綱をはずして、糧食の砂糖の塊を与えた。柔らかい鼻面をなでてやると、小馬は尻尾でハエを追った。が、やがて首を巡らし、緑の草原をゆっくりと歩いていって、草を食《は》みはじめた。一度だけ顔を上げて私を振り返った。私は目がうるんできた。でも、どんなにつらくても、別れるしかない。小馬は日の当たる緑の丘の斜面で、平和に安全に暮らしていくだろう。文明人のはずのわれわれのほうは、砲弾と苦悩と死の待つ混沌の地獄へ、まもなく戻っていかなければならない。

陸軍の部隊が沖縄南部で苦戦を強いられているという気の滅入るような噂は、ますます広がっていった。晴れた夜、高台からは南の空低く、赤々と輝く光が揺らめくのが見えた。遠くで鳴る轟音《ごうおん》がかすかに聞こえることもあった。そのことは誰も口にしなかった。あれは雷だと思い込もうと無駄な努力をしたが、そんなことが信じられるほど私も愚かではない。それは大砲が吐き出す閃光《せんこう》と轟音にほかならなかった。

楽しい上陸

四月一三日（アメリカでは一二日）、フランクリン・D・ルーズヴェルト大統領の死を知った。命がけで戦っているさなかだから、政治なんかにはひとかけらの興味も持てなかったが、それでも大統領を失ったことは悲しかった。ルーズヴェルトの跡を継いだハリー・S・トルーマンが戦争にどう始末をつけるのか、それには関心もあったし、いささか気がかりでもあった。たとえ一日でも必要以上に戦いを長引かせるような人間は、ホワイトハウスには絶対いてほしくなかった。

ルーズヴェルトの訃報《ふほう》を聞いてほどなく、われわれは出発の準備をするように命じられた。部隊に不安が広がった。出発というのは、当然南部の地獄の戦場へ向かうことだと考えたのだが、それは大違いで、金武湾沖に連なる島々の一つを占領するために海を渡る水陸両用作戦だった。K中隊は高離島《たかはなり》（現宮城《みやぎ》島）に上陸するのだと知らされた。しかも、そこに日本軍はいないという。信じがたいことだったが、これまでだって沖縄はわれわれには信じがたい「戦場」だったのだ。何が起こってもおかしくはないだろう。

われわれはまったく抵抗を受けることなく、こぢんまりしたきれいな砂浜に上陸した。左手に巨岩がそびえ立っている。この岩山が不気味だった。側面攻撃で砂浜を機銃掃射するには格好の陣地となるからだ。だが、すべては順調にいき、すぐさま全島を調べたが、一人の敵兵も現れなかった。

島を横断して反対側へ行くあいだに出会ったのは、数人の島民だけだった。また上陸した海岸まで取って返し、守備陣地を築いた。私の分隊は、浜辺を見下ろすあの急な岩山の斜面の途中に陣取ることになった。迫撃砲は浜辺や湾内からの進入路に砲撃を加えることができるように、岩のあいだにうまく据えることができた。護衛の小型駆逐艦が一隻、岩山の沖合に停泊している。上陸のあいだも待機していたし、われわれが高離にいた数日間、ずっとそこにいた。専用の海軍を引き連れているようで、偉くなった気がしたものだ。

気候は穏やかで、野外で寝るのも心地よかった。任務といえば、島を奪還しにくる敵に備えて待機をするだけで、ほかにはないも同然だった。私は手紙を書き、読書し、陣地のまわりを歩いた。なかには駆逐艦まで短い距離を泳いでいって、温かい食事と熱いコーヒーの歓待を受ける海兵隊員もいた。私はのんびり日光浴をして、涼しい風に当たり、K号携帯口糧で満足していた。

数日後、われわれは高離島をあとにして、沖縄本島の露営地に戻り、島中部の偵察を再開した。四月も終わりに近づくと、南部に展開している陸軍の戦況について、噂や悪いニュースがますます増えていった。第一海兵師団は南部に投入されるのではないかと、さまざまな臆測が乱れ飛んだ。日増しに恐怖が募ってきた。そこへついに命令が下った。陸軍第一〇軍の右翼にいる第二七歩兵師団と交代すべく、五月一日に南へ向け進軍を開始するというのだ。

四月半ば、第一海兵師団の砲兵連隊である第一一連隊は、陸軍の攻撃力を補強するため、すでに南部に向かっていた。四月一九日、第二七歩兵師団は嘉数《かかず》高地に対し、戦車隊と歩兵との連携による攻撃を開始したが、悲惨な結果に終わった。戦車三〇輛が援護の歩兵隊から切り離され、続く戦闘で、そのうち二二輛が壊滅させられたのである。第一海兵師団の戦車大隊が、損失した戦車をほぼ補充する形となった。

第一〇軍の司令官であるサイモン・B・バックナー中将は、第三水陸両用軍団の指揮をとっていたロイ・S・ガイガー少将に対し、第一戦車大隊を南に送って第二七歩兵師団と合流させるよう命じた。だが、ガイガー少将は指揮下の海兵隊を分断するような任務に異を唱えた。そこでバックナー中将は命令を変更し、第一海兵師団全体を南進させ、牧港《まきみなと》(マチナト)飛行場北の戦線の最右翼にいる第二七歩兵師団と交代させようとしたのである。ちなみに第一海兵師団と交代した第二七歩兵師団は、その後、北部に向かい、偵察と守備の任務についた。

四月の末、士官や下士官のなかには南部へ行って、われわれが投入されることになっている戦線の陣地を「偵察」してくる者もいた。帰ってくると、見てきたことを逐一われわれに報告に及んだが、明るい話は一つもなかった。

「あっちはもうしっちゃかめっちゃかだ。ニップのやつら、大砲から迫撃砲から、とにかくめったやたらにぶち込んできやがる」。古参の三等軍曹が言った。「擲弾筒《てきだんとう》を、まるでおれらがM1ライフルを撃つみたいに猛烈な勢いでぶっ放してくるんだから」

指示が出され、弾薬と携帯口糧が配られ、装備をととのえるよう命令が下った。われわれはテントを畳み（できることならなかにもぐり込んで冬眠でもしたい気分だったが）、装備をまとめて大隊の補給係士官に預けた。

五月一日の朝が明けた。曇っていて、肌寒かった。迫撃砲班の何人かが丘の斜面の窪地の前で小さなたき火をして、暖をとった。陰鬱な天気と目の前に迫った南進とが、心を重くする。火を取り囲んで、立ったまま、出発前の最後の食事をとった。火は勢いよくはぜ、コーヒーのいい香りがたちこめた。私は不安で、この小さな谷あいを離れるのはどうにも気が進まなかった。最後の食事のカートンや包み紙を火に投げ込み――あたり一帯はわれわれが来たときよりきれいにしていかなければならない――何人かが装備をとりにのろのろと歩きだした。

「手投げ弾だ！」。マックが叫ぶと同時に、ポンと手榴弾の火管のキャップのはずれる音がした。見ると、マックが破片手榴弾をたき火越しに窪地へ投げ込むところだった。鈍い音をあげて手榴弾が爆発した。私の脚をかすめるように破片が飛び散り、たき火から火花と棒切れが飛んだ。みんなびっくりした顔をしていたが、マックは一人、平然としていた。誰も怪我はしなかった。私もすんでのところで百万ドルの負傷を免れた（その後われわれに襲いかかった運命を思えば、ここで負傷していたらどんなによかったろう）。直前まで火のそばにいた連中は、その場を離れないでいたら間違いなく被害にあっていたことだろう。なにしろ窪地のすぐ前に立っていたのだから。

全員の視線が、この恐れを知らない士官に注がれた。マックは赤くなって、ちょっと手違いで、などとしどろもどろだ。トラックに分乗する前に少しばかり派手ないたずらを仕掛けてやったら面白かろうと思ったマックが、破片手榴《パイナッ》弾《プル》から爆薬を取り出し、空になった手榴弾に発火装置を付け戻して、人が集まっている真ん中に投げたのだ。よくある悪ふざけだった。キャップがポンと鳴れば、誰もが信管に火がついて手榴弾が爆発すると思って、あわてて身を隠す。それを見てサディスティックな喜びに浸るという寸法だ。

だが、自身も認めたように、マックは軽率だった。手榴弾は空ではなかったのだ。マックが取り出した火薬はほんの一部にすぎなかったから、手榴弾はかなりの勢いで爆発し、破片が飛び散った。幸い、手榴弾は丘の窪地に投ぜられた。もっと開けた場所だったら、K中隊の迫撃砲班は南に向かう前に、こともあろうに直属の上官のせいで戦闘不能に陥っていたはずだ。マックにとって幸運なことに、この愚かな悪ふざけの現場に中隊長はいなかった。われわれには、それが残念でならなかった。

いよいよ戦闘開始というときに、幕開けからこんな調子では先が思いやられるというものだ。

第一〇章　地獄へ

五月一日、われわれはトラックに乗り、土埃の道を南に向かった。沖縄中部では初めて見る非戦闘部隊の露営地や、すべてに迷彩ネットがかけられた広大な弾薬や備品の集積場所を、いくつも通り過ぎた。砲兵陣地も何ヵ所か通った。空《から》の薬莢《やっきょう》の山が並んでいるのを目にして、なんと大量の弾を撃ったものかとあらためて思い知らされる。草原にえぐられた無数の弾丸の跡から、日本軍も大量に撃ち返してきたことがわかった。

敵の目に立たない場所で、われわれはトラックを降りた。私は恐怖でいっぱいだった。狭い珊瑚の道の右側を一列縦隊で南に歩きはじめる。前方では敵の迫撃砲や大砲の砲撃音が雷鳴のように轟《とどろ》き、機関銃やライフルの銃声が鳴り響いている。ヒューーッ、ヒューーッと、味方の砲弾が南に向かって飛ぶ音も聞こえた。

「五歩間隔を保て」。命令が飛んだ。

誰も口をきかなかった。誰もが自分の思いに浸っていた。

まもなく、道の反対側を隊列が近づいてきた。陸軍第二七歩兵師団の第一〇六連隊——われわれと交代することになっている部隊である。その惨憺《さんたん》たる様子は、彼らがどこにいたかを物語っていた。疲れ果て、泥にまみれ、薄気味悪く目は窪《くぼ》み、顔がこわばっている。こんな顔はペリリュー以来見たことがなかった。

すれ違いざまに目があったひょろりと背の高いのが、疲れた声で言った。「あっちは地獄だぞ、海兵隊」

これからどうなるのかと不安に思いながらも、相手は私を新入りと間違えているのではないかといささかむっとして、私は言った。「ああ、わかっている。ペリリューで経験ずみだ」

相手は無表情に私を見て、そのまま通り過ぎていった。

低い丘のゆるやかな斜面に近づいた。ここでK中隊は戦列に加わるのだ。轟音《ごうおん》がますます大きくなった。

「五歩間隔を保て。固まるな」。士官の一人が叫ぶ。

迫撃砲班は、分散隊形をとって道路から左手に進むよう命じられた。われわれと丘とのあいだで弾丸が炸裂《さくれつ》するのが見えた。道を一歩はずれたとき、われわれは北の平和な谷間と結ばれていたへその緒を切って、ふたたび地獄の戦場へと飛び込んだのだ。

開けた野原を走っていくわれわれの前後左右に、あらゆる種類の敵の砲弾が唸《うな》り、悲鳴をあげ、轟き、その数はますます増えていった。雷鳴のような炸裂音は悪夢としか思えなかった。飛んできた弾が地面に穴を開けるたびに、石や土がバラバラと落ちてくる。

ゆるやかな丘の斜面のある地点まで弾をよけながら全速力で走っては、あえぎながら地面に身を伏せる。海兵隊員はこうして走ったり這ったりしながら陣地に入り、そのわきを陸軍の歩兵たちがすり抜けて、なんとか生きて脱出しようとする。衛生兵や担架を呼ぶ叫び声が聞こえはじめた。わが身の安全を考えるのに精いっぱいではあっても、戦い疲れたこの兵士たちを気の毒に思わずにはいられなかった。補充部隊と交代して、砲火のなかを陣地から脱出するほんの短い、しかし命がけの数分間を、なんとか殺されずに切り抜けようと必死なのだった。

日本軍のライフルと機関銃の掃射は、絶え間なく続いた。弾が頭上ではじける。攻撃はますます激しくなる。敵の砲手は、陣地に駆け込み、また陣地から走り出すわれわれの部隊に最大限の死傷者を出させてやろうとばかり、広い野原に散らばる兵士を狙ってくる。戦線で部隊が交代するときは、いつもこうだ。

背筋も凍る混沌の世界だった。私は激しい恐怖に襲われた。低い斜面へと走っては急いで壕を掘りはじめる仲間たちの顔にも、はっきりと恐怖が表れていた。ついその朝、静かな美しい田園を離れてきたばかりだというのに、午後にはもう命を狙う鉄の弾の嵐のなかに飛び込んでいるとは……。信じられない思いだった。たしかにわれわれはペリリューに強襲上陸し、飛行場を攻撃したが、あのときはそういう現実に対して心の準備をすることができた。だが、執行猶予期間の四月を快適に過ごしたあと、五月に入っていきなりのこの衝撃的な戦闘に、われわれはすっかり動揺していた。

一概に恐怖と言っても、そこにはさまざまな様相があるし、その日私が抱いた恐怖や不安を過小評価する気もないが、ただ、以前と違っていたことは確かだった。私はペリリューの戦いをくぐり抜けてきた古参兵だ。最初こそ恐怖に喉を締めつけられる思いだったが、だんだんに先が読めるようになった。恐ろしくてしかたがなかったが、パニックにはならなかった。敵の砲撃がどういうものか、経験からわかるようになっていた。もっと重要なのは、自分の恐怖をコントロールできるという自信があったことだ。取り乱してしまいそうなひどい恐怖は消えていた。こんな砲火のもとでできることといえば、地面にしがみついて祈ること――そして日本軍を呪うこと――だけだと知っていた。

五〇ミリ擲弾筒《てきだんとう》の砲弾が耳ざわりな金属音をあげ、同時に薄黒い小さな、しかし濃密な煙がたちこめる。八一ミリと九〇ミリの迫撃砲弾が丘一面ですさまじい轟音をあげる。ヒューッと聞こえたとたんにもう頭上で炸裂する、四七ミリ砲(と対戦車砲)の高速弾。敵はライフルでも撃つように、この高速弾をわれわれに浴びせているのではないか。もっとゆるやかに飛ぶ七五ミリ砲弾の音がいちばん多いように感じる。それから巨大な一五〇ミリ榴弾砲《りゅうだんほう》が重低音の唸りをあげ、ドカンと爆発する。兵隊仲間で「大物《ビッグ・スタッフ》」と呼ぶやつだが、ペリリューの混乱と恐怖の戦場でこれを目にした記憶はない。この大型弾の爆発規模は恐ろしいほど大きいのだ。これらすべてに加えて、さらに味方の援護射撃の音もヒューヒューと頭上を襲う。その砲弾が丘を越えて、敵陣の上で炸裂するのが聞こえる。両軍が放つ小火器の音で、あたり一帯、気も狂いそうな騒音と混沌の極致と化していた。

われわれは丘の一部を成す低い斜面の頂上の真下に陣取った。高さおよそ三メートル、中隊陣地の左翼である。スナフと私は砲と砲兵のための壕を掘りはじめ、弾薬運搬係も二人用の壕を掘った。沖縄の粘土質の地面は、ペリリューの珊瑚の岩を掘った苦労を思えば、実にありがたかった。

　掘りはじめたとたん、中隊の死傷者数について恐ろしいニュースが伝わってきた。いちばんショックだったのは、初等兵のニースとウェストブルックが死んだという知らせだった。二人ともみんなに好かれ、尊敬もされていた。ウェストブルックはブロンドのカールが特徴の気さくな新入りで、部隊では最も若い妻帯者の一人だった。まだ二〇歳《はたち》にもなっていなかったと思う。ハワード・ニースは歳こそ若いが、グロスター岬からの戦歴を誇るつわものだった。

恐怖の日本軍150ミリ砲　安全な洞穴に設置されている。沖縄（アメリカ海兵隊所蔵）

　戦闘も三度目ともなると、今度も生き残れるのかどうかと不安になり、迷信深くなってくる者が多い。さすがの命運もそろそろ尽きるのではないかと思ったりする。ガダルカナルとグロスター岬の戦役を戦い抜き、三度目のペリリューでも尽きかけた運にすがってなんとか生き延びようとしている古参兵が、よくそんな言葉を口にするのを耳にしたことがあった。

「ハワードは運を使い果たしちまった。それだけさ。ずっと弾に当たらずに済むってわけにゃいかんからな」。ニースとともにK中隊に入ってグロスター岬とペリリューを生き延びてきた古参兵が、沈んだ声で言った。

二人の戦死の報はひどくこたえた。戦闘で強いストレスにさらされたあとだけに、壕を掘りながら、われわれは怒りに燃えていた。敵に砲撃を仕掛けられない今、この怒りをどこに持っていけというのか。

ほとんどが壕を掘り終わって、ふと気がつくと、われらが少尉殿マックがまだタコ壺掘りに熱中している。誰が口火を切ったのかはわからない。ただ、仲間がやられたらすぐに敵陣に乗り込むと何度も約束したはずだ、と言いだしたのはスナフだったと思う。

「ニースとウェストブルックがやられたんだから、そろそろナイフとピストルでニップのやつらに襲いかかる時がきたんじゃないですか？」と、スナフは言った。

それでもマックは壕を掘りつづけていた。とにかく掘らなきゃならん、と答えただけだった。

「あーあ、マックがニップを襲ったら、きれいに片づけてくれるだろうからさ、こんな戦争、楽勝なんだがな」。ほかの誰かが言った。

マックはただ唸っただけで、敵陣に乗り込むそぶりも——掘るのをやめるそぶりも——見せなかった。寄ってたかって愚弄《ぐろう》されても、いっこうにこたえた様子はない。さすがに上官だから言葉だけは崩さなかったが、われわれは、中隊に来て以来マックがさんざん吹いてきたほらのお返しをしてやった。

「それ以上掘ったら、敵前逃亡で捕まりませんかね」

「そうそう。昔おふくろに言われたな。どんどん穴を掘っていくと中国に行けるって。このまま掘りつづけたらアメリカまで通じるかもしれませんよ。穴をくぐってけば、全員本国にご帰還ですよね」。誰かがにやりと笑いながら言う。

　立派な穴が掘り上がったところで、マックはその上に自分が辛《かろ》うじて出入りできるだけの隙間を残して、弾薬の箱をつぶした木切れを並べ、一五センチばかりの厚さに土をかけた。それまで穴掘りに夢中でわれわれの言葉など右から左に聞き流していたのに、こうして木の蓋をして土を盛れば弾丸の破片から身を守ることができるのだと、われわれに事細かな説明を始めた。

　その講義に関心のなかったジョージ・サレットが、斜面を少しずつ登って、その向こうに敵の部隊がいないか確かめようと、頂上からそっと覗いてみた。が、すぐに顔を引っ込めた。次の丘の上にいた日本兵がジョージに気づいて、機関銃を撃ってきたのだ。弾は辛うじて逸《そ》れた。だが、弾をよけようと頭を下げた拍子にバランスを失ったジョージが、斜面を滑り落ちて、マックが掘った縦穴式住居の真上に着地し、穴の蓋が崩れ落ちた。マックは驚いて飛び上がり、木切れや土を払いのける。まるでゴミの山から頭をもたげたカメだった。

「おれの壕を壊しやがって！」。マックがどやしつけた。

　ジョージは謝ったが、私は唇を嚙んで笑いをこらえるのがやっとだった。ほかの者の口元もほころんでいる。それ以後、マックの口からナイフと45口径ピストルを持って敵陣に乗り込むという話はいっさい聞かれなくなった。この日、敵の砲撃は一つだけいい結果をもたらした。マックの大口を叩きのめしてくれたのだ。

夜に向けて陣地を整備し、締め上げられるような胃のなかに精いっぱいK号携帯口糧を詰め込んだ。ニースやウエストブルックら死傷者の詳しい情報が入ってきた。アメリカ兵の戦死傷は誰であっても口惜しいが、それが親友の場合はとくに気が滅入る。しかしこれは、その後五〇日続いた地獄の戦闘で増えつづけることになる悲しい名簿の、ほんの始まりにすぎなかった。

日暮れ前に、翌朝、全アメリカ軍前線から猛攻撃を仕掛けると知らされた。この戦線に加わるときにあれだけの猛反撃を受けたことを思うと、進撃するなど考えただけで恐ろしかった。下士官から、われわれの目標は安謝川《あじゃがわ》に到達することだと教えられた。一キロ半ばかり南にあって、内陸に延び、東は沢岻《たくし》（ダケシ）村の近くまで流れている川である。

陰鬱な雨の夜明けだった。不安はあったが、希望も捨ててはいなかった。早朝、前線付近で小火器による応酬があり、わずかに弾丸が飛び交った。雨が一時的に弱まったので、携帯口糧を食べた。支給されている折り畳み式の三脚台の上で、固形燃料を燃やし携帯食器でコーヒーを沸かした。雨で火が消えないように手で覆わなければならなかった。

時刻はゆっくりと午前九時に近づいていく。味方の大砲と艦砲による砲撃がその数を増してきた。雨足が強まるなか、日本軍は挑戦を受けて立ち、わが軍に増す砲弾をわれわれめがけて撃ち込みはじめた。砲弾は多くが頭上を越え、はるか後方、味方の大砲が据えられているあたりに着弾した。

ついに迫撃砲発射の命令が出た。砲弾は前方の丘の上をなぞるように、次々と爆発した。機関銃もいっせいに火を噴いた。総攻撃開始の時刻が近づくにつれ、それに先立つ大砲と艦砲と八一ミリ迫撃砲の砲撃が恐ろしい勢いでテンポを上げていった。砲弾がさまざまな悲鳴をあげながら頭上を飛び交い、味方の弾は稜線《りようせん》の手前で、敵の弾はわれわれの近くや後方で、炸裂《さくれつ》した。轟音は前線の全域でますます激しくなった。雨は土砂降りとなり、地面はぬかるんで、砲弾準備のために壕のなかをせわしなく動き回るわれわれは、そのたびに足を滑らせた。

上陸部隊援護のため艦砲射撃をする米艦アイダホ
沖縄（アメリカ海兵隊所蔵）

時計を見ると、午前九時だった。私は息をのみ、ライフル小隊の仲間たちのために祈った。

「迫撃砲班は射撃をやめて待機せよ」

われわれはいつでも発射できるように、あるいは命令があればすぐさま迫撃砲を持って前進できるように、構えた。それまでもすさまじかったあたりの騒音はさらに激しさを加え、耳を聾《ろう》するばかりだった。敵の砲火がわが軍の前線や左翼で嵐のように炸裂し、ライフル兵は押し戻されて壕から出ることもままならない。同じことが右の大隊でも左の大隊でも起こっていた。

雷鳴のように轟く大砲の爆音を背景に、無数の機関銃の銃声が一塊になって、信じがたいほどの金属音を響かせる。ライフルの弾丸が戦線のあらゆるところではじけ、敵の弾はわれわれが伏せている小高い稜線の上で炸裂する。退却する味方を援護するために、われわれは白燐弾《はくりんだん》を発射した。「撃ち方やめ！」の声が聞こえたとたん、一人の海兵隊員が右側の斜面から泥まみれで走り込んできて、叫んだ。「退却するのに担架チームが要《い》る。迫撃砲班から出してくれ！」

私はほかの三人の迫撃砲兵とともに、この伝令のあとから駆けだした。頭の上で弾丸がはじけるなか、稜線のすぐ下を四〇メートルばかり走った。頂上から二メートル半ほど下で丘を貫いている道路に出た。一人の士官が、自分の後ろで待機するようにと言った。命令が出たらすぐに飛び出して死傷者を運んでこいと言う。そこはちょうど、前日にニースとウエストブルックが機関銃弾に倒れた場所だった。切り通しから敵の弾が降り注ぐさまは、まさに開け放った窓からあられが降り込んでくるようだった。

K中隊のライフル二個分隊が攻撃に失敗して逃げ戻ってきた。少人数に分かれて道路を走り、銃から逃れるために、切り通しを抜けるやいなや左右に散る。切り通しからこれだけ密に弾丸が降り注いでくるのに、誰にも当たらないのが不思議なくらいだった。彼らのなかには新兵も混ざっていて、古参の兵士たちほど親しくはなかったが、大半は知っている連中だ。どの顔も衝撃にゆがみ、狂気じみた目をしている。それは、彼らが運命の気まぐれな魔の手を辛うじてすり抜けてきた男たちであることを如実に物語っていた。M1ライフルやブローニング自動小銃やトンプソン式短機関銃にしがみつき、泥の地面にどさりと倒れ込んであえいでは、また立ち上がって稜線の陰を元の壕へと戻っていく。土砂降りの雨が、この世のものとも思えない恐怖の光景を、いっそう凄惨なものに見せていた。

道路に出て死傷者を運び出すはめにならないことを、私は必死に願った。そしてそんなことを願う自分を恥じた。もし私が傷ついてそこに倒れていたら、仲間の海兵隊員は絶対に私を見捨てたりしないと知っていたからだ。それでも、これだけ激しい銃砲火のなかに飛び出して無事戻ってこられるとは、とうてい思えなかった。味方の攻撃部隊はほとんどが撤退してしまったから、敵は担架搬送チームに集中攻撃を浴びせることができる。それはペリリューで経験ずみだ。日本軍は医療班に対してひとかけらの慈悲も示さなかった。

K中隊のハンク・ボーイズ一等軍曹が最後に切り通しを抜けてきた。稜線の手前で釘づけにされている兵のところへ飛び出していって、発煙手榴弾を投げ、敵の攻撃から守ったのだ。戻ってきたとき、軍曹のダンガリーの帽子（ヘルメットはかぶっていなかった）とズボンには弾の穴があいていた。擲弾筒の榴弾の破片が脚に当たっても、後退しようとはしなかったのだ。士官から、担架チームはもう必要なさそうだから元の位置に戻れと命令された。

篠《しの》つく雨のなか、われわれは壕にうずくまって、敵を呪い、弾丸を呪い、天気を呪った。われわれがふたたび攻撃を企てることがないよう、敵の砲兵たちはK中隊の陣地付近に集中的に砲火を浴びせてきた。海兵隊の攻撃部隊はことごとくかなりの損害を出していて、翌日までは攻撃を中止するとの命令が戦線に伝えられた。願ってもない命令だ。敵の放つ激しい銃声はその後もしばらく鳴りやまなかった。攻撃の失敗はわれわれを重苦しい気分に陥れた。何人の戦友を失ったのかもまだわからない。それは、出撃のあとや砲撃戦のあと、誰の心にもかならずのしかかる不安だった。

一〇センチほども水が溜まった迫撃砲の壕から覗く外の景色は、陰惨なものだった。叩きつけるような雨足はいっこうに衰える気配もなく、惨めな思いは募るばかり。ぬかるみの野原に目をやれば、ずぶ濡れの仲間たちが泥の穴にわびしくうずくまって、われわれと同じように、弾丸が飛んでくるたびに頭を引っ込めている。

銃撃もようやく収まってきて、周囲はかなり静かになった。われわれはほっとして壕のなかにしゃがみ込み、やまない雨をぼやいた。湿り気を含んだ大気が、爆発した弾丸の化学薬品の臭いを吸って、重く垂れ込めていた。

しばらくして、われわれの左後方を、海兵隊の担架搬送チームが雨をついて負傷者を運んでいくのが見えた。われわれのいる丘の陰を左に曲がるのでもなく、野原の向こうの丘の陰を右に曲がるのでもなく、チームは二つの丘のあいだをまっすぐ戻っていこうとしていた。これは危険だった。そのあたりならまだ敵は銃撃できるのだ。

チームが遮蔽物《しゃへいぶつ》となる木立に近づいたとき、われわれの左前方にいる敵のライフル兵たちが射撃を開始した。担架チームのまわりで、弾が泥をまき上げ、水たまりに飛び込むのが見える。四人の搬送係はあわてて足を滑らせながら前進しようとする。だが、負傷兵が担架から落ちてしまいそうで、せいぜい早歩き程度にしか歩を進めることはできない。

　われわれは、煙幕を張るために六〇ミリ燐弾の発射許可を要請した（発煙手榴弾を投げて担架チームの援護をするには、距離が離れすぎていた）。許可は下りなかった。中隊の前線から発射しては、隠れている味方の部隊に命中する可能性もあるからだ。われわれはどうすることもできず、四人の搬送チームが弾丸の嵐をかいくぐって必死でぬかるみを進むのを、ただ見守るしかなかった。傷ついた仲間を助けようとあがく兵士たちと、それを阻止しようと全力で砲弾を浴びせる敵と、手をこまねいて見ているしかない無力のわれわれ。こういう光景を目の当たりにするのは、自分の身に危険が及ぶよりつらいことだった。これ以上の苦悩はなかった。

　荷を軽くするために、四人は肩にかけたライフルやカービン銃だけを残して、あとの装備をすべて捨てた。それぞれが片手で担架の把手《とって》を握り、もう一方の腕を反対側に伸ばしてバランスをとる。四人の肩は担架の重みでかしいでいた。ヘルメットをかぶった四つの頭が、鞭打たれる四頭の荷馬のように、低く垂れている。着ている濃い緑色のダンガリーも雨に濡れそぼち、点々と泥のはねをつけて、わびしく垂れている。狭いカンバス地の担架に横たわる負傷兵は、じっと動かない。彼の命は奮闘する四人の手に委ねられていた。

　見守る全員がぎょっとした。後ろの二人が、襲いかかる銃弾に撃たれたのだ。担架の把手を握る二人の手がゆるんだ。膝ががっくりと折れ、泥の地面にのけぞって倒れた。担架が地面についた。私のまわりにいる誰もが息をのんだ。が、次の瞬間には、それが大きな安堵《あんど》の声に変わった。前にいた二人が担架を下ろし、担架に横たわる負傷兵を両側から抱え上げ、もう一方の腕でそれぞれ撃たれた仲間を支えた。われわれが喚声をあげるなか、相変わらずそこここで泥を撥《は》ね上げる弾丸を縫って、五人は互いに助け合いながら、足を引きずって木立の陰に逃げ込んだ。五人ともが逃げおおせたことに、私は心からほっとし、うれしくなった。同時に、それと同じくらい、日本軍に対する憎悪が膨らんでいった。

日が暮れる前に、翌日もまたK中隊が出撃すると知らされた。雨足は次第に弱まり、やがて雨はやんだ。そのあいだ、われわれは気の進まない戦闘の準備をした。

予備の弾薬と携帯口糧と水を受け取ったとき、K中隊の士官と下士官が近くに集まっているのが見えた。中隊長を囲んで、ある者は立ち、ある者はしゃがみ、声を殺して話し合っている。中心となっているのは明らかに中隊長で、命令したり質問に答えたりしている。古参の下士官や戦闘経験者の士官たちが、真剣な、ときには不安げな顔で聞き入っている。われわれ兵隊は、その見慣れた顔を注意深く観察し、われわれの行く手に何が待っているのか、その手がかりを探ろうとした。

補充されてきた士官たちの顔には、また違った表情がうかがえた。幹部候補生学校で実戦訓練の課題をこなしたように最後までうまくやってやるぞとばかり、希望に燃えた眉はきりりと上がり、熱のこもった生き生きとした表情だった。彼らはしごくまじめに、死を賭しても全力を尽くす覚悟でいるのだった。未熟で世間知らずで、これからどんなことが待ち受けているかもまるで知らないこういう若い士官たちの様子が、私にはほとんど悲劇に思えた。ペリリューと違って沖縄では、長い戦闘のあいだに何度も士官が交代した。あまりたびたび負傷したり死んだりするので、われわれはほとんど中尉や少尉のコード名しか知らず、元気な姿を見るのは一度か二度しかなかった。戦闘で兵員が相当数失われることは予測できたが、士官たちがあまりにもたびたび、それもあっという間に銃弾に倒れるので、ライフル中隊の少尉という階級は、近代戦争によって絶滅種にされてしまったのではないかとさえ思うほどだった。

中隊長が部下の士官たちを解散させ、それぞれが自分の小隊に戻って、来るべき攻撃について説明した。マックがバーギンら迫撃砲班の下士官たちに、簡潔にして要を得た命令を出す（マックが高飛車な態度を見せなくなったのはうれしいことだった）。今度はその下士官たちが準備すべき事柄を説明する。われわれは重砲その他の兵器により最大限の支援を受け、死傷者には迅速な手当てがされるという。こうしてわれわれは装備をととのえ、緊張しながら待つことになった。

翌日の突撃に加わる予定になっているライフル小隊の友人がやってきた。二人で壕のそばの泥のなかにヘルメットを敷いて座り、長いことおしゃべりした。私はパイプを、彼はシガレットをくゆらせた。あたりは静かで、しばらく邪魔されずに話すことができた。友人は胸のうちを語った。彼がやってきたのは、私が友達であり、また戦闘を経験した古参の兵士でもあったからだ。明日の攻撃がものすごく怖いという。誰だってそうだと、私は答えた。ただ、突撃に参加する小隊にいるのだから、彼がわれわれのうちでもかなり危険な立場に立つことになるのはわかっている。私はなんとか元気づけようとした。

友人は前日の戦闘に大きな衝撃を受け、意気消沈していた。明日はとても生き残ることはできないだろうと決めてかかっていた。そして、故郷の両親や、戦争が終わったら結婚することになっているガールフレンドについて、さまざまな思いや秘密を私に打ち明けた。気の毒に、彼はただ死ぬことや負傷することを恐れているのではなかった。深く愛している人たちのところへ二度と戻れないかもしれないという思いが、彼を絶望の淵へと追いやっていたのだ。

私は、ペリリューで初めて大きなショックを受けたときにヒルビリー・ジョーンズ中尉に慰められ、立ち直る力をもらったことを思い出し、この友人にも同じようにしてあげようと思った。友人はようやくいくらか心が軽くなったようだった。どんな運命が待っていようと、それに従おうという気持ちになったのかもしれない。二人は立ち上がって握手した。彼は私の友情に感謝し、ゆっくりと自分の壕に帰っていった。

二人の会話に特別なものは何もなかった。突撃という、混沌としたこの世の地獄に飛び込むことになった歩兵たちのあいだでは、同じようなことが毎日無数に繰り返されていた。ただこういう場面は、絶え間ない試練と危険にさらされている男たちのあいだに通う友情がいかに大事なものかを示している。友情こそ、兵士にとっての唯一の慰めだった。

差し迫った攻撃を前に、武器や装備をととのえ終えたあとの兵士たちが何をして過ごしていたか、思えば奇妙なものがある。われわれは新兵訓練所《ブートキャンプ》で、背嚢《はいのう》の紐がだらりと垂れているのはいけないと教えられた。だから、単に習慣の問題なのだろうが、紐を入念に巻き上げ、背嚢の形をととのえたものだ。また、ほとんどの兵士が専用の歯ブラシで自分の武器を掃除したり、ちょっとした修正を加えたりする。ゲートルの紐を締め直すこともある。突撃に選ばれた不運な兵士たちは、そういう瑣末《さまつ》なことに忙しく手を動かすのだった。まるで、立ち上がって壕の外に出るときは、死の世界へ向かうのではなく、点検を受けにいくのだ、とでもいうように。

五月三日の攻撃は中途半端な成功に終わった。前日にわれわれの迫撃砲で敵の機関銃隊を撃滅しておいたことが幸いして、中隊は次の低い稜線まで進撃することができたが、その丘を保持することはできなかった。敵の機関銃と迫撃砲による猛烈な反撃にあって、一〇〇メートルほど後退せざるを得なかったのだ。結局、丸一日かかって約三〇〇メートル前進しただけだった。

日没のかなり前に、われわれは前線後方の静かな場所に落ち着くことができた。この二日間の戦闘で多数の死傷者が出たので、K中隊はしばらくのあいだ大隊予備軍に回るとの報が伝えられた。

われわれが陣地に入るあいだも、午後の戦闘で傷ついた兵士が次々に運び込まれてきた。うれしいことに、そのなかに前夜語り合った友人の顔を見つけた。友人は勝ち誇った満足げな顔をして、私と熱い握手を交わした。足に巻いた包帯には血がにじみ、担架で運ばれていったが、その顔は笑っていた。神か運命か――それはその人が何を信じるかによる――が彼の命を救い、百万ドルの負傷を与えて、戦闘の恐怖という重荷を下ろしてくれたのだ。友人は任務を果たし終え、彼にとっての戦争は終わった。苦痛はあるだろうが、運はよかった。この三日間、彼ほどの幸運には恵まれなかった連中が大勢いたのだ。

反撃

われわれは壕におさまって夜を迎えた。前線から離れた静かな場所だったから、それだけ安心できた。壕の相棒が最初の見張りに立ったので、まずまず穏やかな夜が過ごせるものと信じきって、眠りに落ちた。まもなく、相棒の声に目を覚ました。「スレッジハンマー、起きろよ。ニップが何かやらかしてるみたいなんだ」。私はびっくりして、とっさに45口径の自動拳銃をケースから取り出した。

下士官の厳しい声が飛んだ。「全員戦闘準備。最大限の警戒をせよ!」

前線で重砲と小火器の音がしていた。ほとんどが、われわれ第一海兵師団の左翼の向こう側、陸軍部隊のいるあたりから聞こえてくるような気がする。正面前方への砲撃も激しくなっている。ものすごい数の味方の砲弾が頭上を飛んでいく。いつもの攪乱《かくらん》攻撃とは違っていた。あまりにも規模が大きい。

「何なんだ?」。不安になって訊いた。

「わからん」。仲間は言った。「ただ、前線で何か起きてることは確かだな。きっとニップが反撃に出たんだ」

敵味方入り乱れての砲撃は激化の一途をたどり、とにかくすごいことが起こっているのは確かだった。何か情報が入ってこないかと壕のなかで待つうち、突如右手のほうで、第一連隊の戦線が海に到達しているその後方に向けて、わが軍の重機関銃と迫撃砲の砲撃が始まった。われわれのいる小高い土塁から、味方の機関銃の曳光弾《えいこうだん》が、六〇ミリ迫撃砲の噴く不気味な光に照らされて、矢のように海に向かって流れていくのが見えた。それが意味するものは一つしかない。敵は陸と海の両面から攻撃を展開し、第一海兵師団の右翼を担う第一連隊の右背後から上陸しようと試みていたのだ。

「ニップが逆上陸してきて、第一連隊が猛反撃してるんだ」。張りつめた声が聞こえた。

第一連隊は敵の攻撃をくい止めることができるのだろうか。誰の頭にもこの疑問が浮かんだ。が、一人が自信ありげに低い声で言った。「第一連隊ならこてんぱんにやっつけてくれるさ」。そのとおりになることをわれわれは祈った。とにかく、確かなのは、もしも敵がわれわれの右翼から上陸し、左翼と正面にも猛反撃を加えてきたら、われわれ第一海兵師団は孤立を余儀なくされるかもしれないということだった。われわれは闇のなかに座ったまま、はらはらしながら聞き耳を立てた。

そこへ、追い討ちをかけるように、また命令が下った。「ジャップの落下傘部隊が攻撃してくるかもしれない。全員戦闘用意。油断するな」

全身の血が凍りつき、身震いした。日本の空挺部隊がそれほど怖いわけではなかった。日本の老練な歩兵部隊ほど手強《てごわ》い敵ではないはずだ。それでも、背後から敵がこっそり舞い降りてきて、味方の部隊と切り離されてしまうかもしれないという恐怖で、頭がいっぱいになった。ペリリューでも、夜はたいてい部隊の前後左右に鋭い警戒の目を光らせていなければならなかった。だが、沖縄のその夜は、それだけではない。パラシュートの影を探して、さらに暗い空にまで警戒の目を走らせなければならないのだった。

死の恐怖や、再起不能の重傷を負うのではないかという恐怖には、いつもさらされていた。だが今、敵に包囲されて自分の身を守ることができないほどの深手《ふかで》を負うかもしれないと考えると、身も凍る思いだった。なにしろ彼らの残虐さはつとに有名なのだ。

その夜、敵機が二、三機飛来し（エンジン音で聞き分けられるのだ）、経験したことのない恐怖を味わった。だが、敵機はパラシュートを落とすことなく通過していった。沖に停泊しているアメリカ艦艇の攻撃に向かう爆撃機か戦闘機だった。

夜が明けそめるころ、敵機がアメリカの艦艇を攻撃する音が聞こえ、艦隊が対空砲火で応戦するのが見えた。敵機の攻撃を受けながらも、艦隊は陸の日本軍に向けて激しい艦砲射撃を開始した。われわれの右手後方に向けた味方歩兵部隊の砲火はおさまってきていた。第一連隊が、第一海兵師団の側面後方から上陸を試みた何百という日本兵を海に沈めたことを、無線通信で知った。まだぱらぱら射撃音が聞こえてくるところをみると、上陸した敵が少しはいるのだろう。それでも、大きな脅威はすでに去ったのだ。

このころ、アメリカ艦隊に敵の大規模な空爆があった。カミカゼが分厚い対空砲火の弾幕をかいくぐり、急降下して巡洋艦に体当たりするのが見えた。巨大な白い煙の輪が、上空高く昇っていった。まもなく、それがアメリカ軍の巡洋艦バーミンガムで、かなりの損傷を受け、乗組員にも死者が出たことを知らされた。

五月三日から四日にかけての日本軍による反撃は、第一海兵師団を孤立させ壊滅させることでアメリカ軍の戦闘計画を混乱させることをめざした大規模な試みであった。日本軍は数百人から成る上陸部隊を夜間、第七歩兵師団の背後の東海岸に上陸させた。それに呼応して、第一海兵師団の背後の西海岸にも上陸を決行した。日本軍の計画には、この両方の部隊が内陸に進み、合流して、後方部隊を混乱させ、その間主力の反撃部隊がアメリカ軍の中核を急襲することが必要だった。

日本の第二四歩兵師団は、アメリカ陸軍の第七および第七七歩兵師団の境界に正面攻撃を集中させた。この攻撃によってできた戦線の隙間に別の大部隊を投入し、第一海兵師団の左背後に回らせて、攻撃を加え、その間日本の第六二歩兵師団が第一海兵師団の正面を攻撃する計画だった。

この計画が成功すれば、敵は第一海兵師団を孤立させ、壊滅させることができるはずだった。だが、アメリカ陸軍の二個師団が、数ヵ所でわずかに進攻を許したのみで、日本側に六〇〇〇人以上の戦死者を出して正面攻撃をくい止めたとき、この計画の失敗は明らかとなった。同時に、第一海兵師団の右翼にいた第一連隊が、西海岸へ上陸しようとする敵を発見した。そして、海上と海岸で三〇〇人以上の敵兵を殺したのだった。

第一一章　不安と恐怖

五月六日に降りだした大雨は、八日まで降りつづいた。この大雨は、五月の第二週の終わりから月末までわれわれを悩ませることになる悪夢のような泥との戦いを予告するものだった。第一海兵師団は安謝川《あじゃがわ》の土手に到達していたが、犠牲も死傷者一四〇九人という数にのぼっていた。五月第一週の損害が大きかったのは知っていた。われわれが戦っていたごく小さな範囲でも、大量の死傷者を目撃していたからだ。

五月八日にはナチス・ドイツが無条件降伏した。そんな重大なニュースを聞かされても、考えるのはわが身に差し迫る危険と悲惨さばかりで、誰もたいした関心を払わなかった。「だからどうした」というのが周囲の大方の反応だった。われわれは観念していた。日本軍は、今までもそうだったように、沖縄でも全滅するまで戦うだろうし、本土に攻め込まれても、不気味なその戦術を変えることはないに違いない。ナチス・ドイツなど月より遠い話だった。

そのV－Eデイ（ヨーロッパ戦線戦勝日）でいちばん印象に残ったのは、砲兵隊と海軍による恐ろしいまでの砲撃だった。砲弾が日本軍めがけて飛び、唸《うな》り、轟《とどろ》いた。翌日の攻撃のための準備砲撃だと、私は思った。が、何年もたってから何かで読んだのだが、それは日本軍に壊滅的な打撃を与えるためでもあったが、同時にV－Eデイを祝し、正午を期して敵に砲撃を加えたものだったという。

第六海兵師団がわれわれの右側面から戦線に加わり、わが第一師団はいくらか左に寄ることになった。これによって、われわれはアメリカ軍の前線の中心となる。冷たい雨のなか、泥の壕にうずくまるわれわれには、ヨーロッパのニュースなどより、味方の猛烈な砲撃と第六海兵師団の到着のほうが、はるかに士気を高揚させてくれるものだった。

第五連隊は沢󠄀《たく》し《し》（ダケシ）の村落に近づき、安波茶《あはちゃ》ポケットといわれる地区にある敵の強力な守備網に食い込んだ。噂では、われわれは日本軍の主要な防衛線である首里ラインに近づきつつあるらしかった。が、首里防衛線の主だった高地に到達するには、その前に立ちはだかる安波茶と沢󠄀しを落とさなくてはならない。

安波茶地区の手前で大隊は陣を敷き、迫撃砲班は前線から七、八十メートル手前の小高い丘の斜面に壕を掘った。滝のような雨は、凍える惨めさだけではすまない、さまざまな問題を引き起こした。支援の戦車が登ってこられない。それにジープやトレーラーではぬかるみにはまってしまうから、大量の補給物資はアムトラックで運ばなければならなかった。

弾薬、携帯口糧、一九リットル缶入りの水が、でき得るかぎり近くまで運ばれてきた。だが、迫撃砲班の後方にある浅い涸《か》れ谷に泥がたまっていて、すべての物資が五〇メートルほど離れた谷の反対側に積み上げられることになり、そこが補給物資の臨時集積所となった。作業班が出かけていって、谷を越えた集積所からライフル小隊や迫撃砲班まで物資を運んでこなければならなかった。

弾薬や携帯口糧の運搬は、古参兵なら何度も経験している。ペリリューでは私も仲間たちといっしょに恐ろしく起伏に富んだ岩山を上り下りし、息もできないほどの暑さに悩まされながら、悪戦苦闘して弾薬や携帯口糧や水を運んだものだ。担架を運ぶのもそうだが、ひどく消耗する作業だった。だが、初めて経験する深い泥のなかでのこの任務は、それまで経験したどんな作業もしのぐほどつらかった。

もちろん弾薬は重いに決まっているが、なかには比較的運びやすいものもあった。手榴弾《しゅりゅうだん》の箱と機関銃の弾薬帯の箱は、考案者の工夫に感心させられた。手榴弾の箱は木製で、両側に持ちやすい紐の手がついていた。機関銃弾のほうは金属の箱だったが、上に組み立て式の把手《とって》がついている。が、30口径ライフルの弾薬が入った木箱は、作ったうすのろを呪いたくなった。一箱に弾が一〇〇〇個入っていて、とてつもなく重いのに、両側に小さな切れ込みがあるだけなのだ。ふつう一箱を二人がかりで運ぶのだが、どちらも指先一本しか孔《あな》に入れることができなかった。

戦場でこの重い弾薬を肩にかつぎ、必要とする場所——たいていはどんな乗り物もまったく近寄れない地点——まで運んで包みや箱から中身を出すという作業に、われわれは多大な時間を費やした。沖縄では、しばしば敵の砲火を浴び、激しい雨に打たれ、膝まで泥に浸かりながら、この作業を何時間も続けた。それでなくても戦闘による心身のストレスで疲れきっている歩兵たちは、おかげでほとんど倒れる瀬戸際まで追い込まれた。

安波茶を前にしたこの最初の陣地で作業班に任ぜられたわれわれが、浅い涸れ谷を越えて二、三往復したときのことだった。突然、左手から南部式軽機関銃の弾丸が撃ち込まれてきた。こちらがゆっくりした足どりで谷のなかほどに差しかかったところで、最初の狙い撃ちにあった。私はあわてて逃げ、泥に足をとられながらも、補給物資の集積所のある安全な場所に走り込んだ。まわりで激しく弾がはじけた。いっしょにいた連中も、幸い物資のわきの小高くなっているところに逃げ込むことができた。敵兵は谷の左手上に隠れていて、われわれがいたところを誰かが通ればすぐに撃てる絶好の場所を占めていた。谷を行き来すれば、かならずその南部式軽機関銃の餌食《えじき》になる仲間が出てくるはずだ。それでも、われわれは次の攻撃に備えて、弾薬を運ばなくてはならなかった。

涸れ谷の向こうに陣取る迫撃砲班のほうを見ると、レディファーが、戻ってくるわれわれを煙幕で援護しようと、燐手榴弾《せんこう》を投げるのが目に入った。次々に投げられる手榴弾が、バンというくぐもった音と閃光をあげて爆発する。濃い白煙が雲のように広がり、そのまま湿って淀んだ空気のなかでほとんど動かない。私は両手にそれぞれ六〇ミリ迫撃砲の弾薬の入った金属の箱をつかんだ。ほかの連中もみな荷物を持った。あとは谷を渡るだけだ。南部式軽機関銃は、白煙に覆われた谷めがけて射撃を続けている。私はしり込みした。ほかの連中も同じだった。だが、レディファーは谷のなかにまで入って、さらに手榴弾を投げ、われわれを援護しようとしている。私は自分が卑怯者のような気がした。互いに不安げな視線を交わす仲間たちも、同じ思いだったろう。誰かが覚悟を決めたように言った。「走ろう。五歩間隔で」

　われわれは煙のたちこめる淀んだ空気のなかに突入した。シュッ、ヒューンと、まわりじゅうで機関銃の弾の音がしている。私は頭を下げ、歯を食いしばった。きっと撃たれると思った。ほかの連中も同じだった。自分は臆病なのに、レディファーーはなんと勇敢なのだろう。われわれを守るために危険を冒して奮闘するレディファーの前で卑怯な態度をとるよりは、いちかばちか賭けてみようと思った。こっちが安全なところでぐずぐずしているあいだにレディファーが撃たれたら、生涯、悔いを残すに違いない。もっとも、それは自分が生きていられたときの話で、その可能性は日々小さくなっていくように思われた。

　白煙が敵兵からわれわれを隠してくれた。が、敵の射撃兵はわれわれが谷を渡るのを阻止しようと、断続的に射撃を繰り返した。弾があちこちではじける。だが、われわれは渡りきった。そのまま小高い丘の陰に駆け込み、重い弾薬の箱を泥の地面に投げ出した。レディファーに礼を言ったが、彼は話をするより目の前の問題を解決するのに夢中らしかった。

「すげえな、あのニップ。こんなにうまい射撃は聞いたことないぜ」。仲間が言った。われわれは息を切らせながら耳をすませ、日本兵の射撃の腕に半ば恐怖し、半ば感嘆した。一回の射撃が二発と三発で、それがタタ……タタタ……タタと、等間隔で繰り返されるのだ。

　そのとき、涸れ谷の少し向こうから戦車のエンジン音が聞こえてきた。レディファーは物も言わずに飛び出し、その音めがけて谷を渡っていった。無事に渡り終えたレディファーが戦車隊と言葉を交わす姿が、漂う白煙を通してぼんやりと見えた。やがて今度は、手信号でシャーマン戦車の巨体を谷のこちら側に誘導しながら、ゆっくりとわれわれのほうに戻ってきた。南部式軽機関銃は相変わらず当てずっぽうに白煙のなかに弾を撃ち込んでくるから、われわれははらはらしながら見守った。レディファーはあわてる様子もなく、無事戦車とともにわれわれのところに戻ってきた。

戦車隊員は、危険な谷を渡るわれわれの盾となることを承知してくれた。うれしいことに数人一塊になって戦車の陰にかがみ、戦車とともに谷を往復することができた。われわれと敵の機関銃のあいだには、いつも戦車がいてくれた。弾薬を戦車に積み、雌鳥にまとわりつくヒヨコのように戦車の脇腹にしがみついて、そろそろと機関銃掃射の谷を渡る。これを繰り返して、ついに弾薬はすべて無事谷を越えることができた。

下士官兵が手柄をたてたとして受勲の推薦を受けられるかどうかは、おもに誰がその行為を見たかによる、というのが部隊ではよく言われることだった。弾薬を涸れ谷の向こうから運び上げるのに活躍したレディファーの場合が、まさにこれだった。彼ほどの働きをしていなくても勲章をもらった兵を私は何人も見てきたが、レディファーはその活躍に値する称賛を公に得られる幸運には恵まれなかった。それどころか、逆のことが起こったのである。

われわれが弾薬を谷の上に運び上げる任務を終えたとき、ペリリューのあと何の因果かK中隊に配属されてきた中尉がやってきた。われわれはこの中尉をシャドウ、つまり「影」あるいは「亡霊」と呼んでいた。痩せて背の高い、士官も下士官も含めたすべての海兵隊員のなかでも見たことがないほど、だらしのない男だった。

ダンガリーの軍服はかかしのぼろ服のようにだらりと垂れ、織物のピストル・ベルトはゆるんだガウンの帯のようにウエストのまわりに巻きつき、地図ケースはバタバタと躍り、背嚢《はいのう》の紐という紐は、新兵訓練所《ブートキャンプ》のどんな新兵よりだらしなく垂れ下がっていた。シャドウがカンバス地のゲートルを巻いているのは見たことがなかった。ズボンは痩せた足首の上に左右段違いに巻き上げてある。ヘルメットにかける迷彩布のカバーも、ほとんどの海兵隊員のようにきちんとかかっておらず、先の余った毛糸の帽子のように片側に垂れていた。どういうわけか、しじゅうヘルメットを逆さにしてフットボールのように左の小脇に抱えている。頭の上に載っているのは、われわれがヘルメットの下にかぶるような緑色の布製の作業帽だったが、それもてっぺんが破れていて、黒い髪がかかしの帽子からはみ出たわらのように突き出ていた。

性格のほうは、この見かけよりもっと悪かった。不機嫌で、怒りっぽくて、すぐかっとなる。ベテラン兵相手に、教練指導官が新兵を叱るよりもっと強烈になじる。何かの拍子に機嫌を損ねると、ほかの士官のように叱るというのではなく、かんしゃく玉を破裂させると言ったらいいだろうか。帽子のひさしを握って泥の地面に叩きつけ、両足で踏みつけて、目についた一人一人を怒鳴りちらすのだ。シャドウにつき従う古参の三等軍曹は、かんしゃく玉が破裂しているあいだ、黙って立っているのが常だった。われわれを叱るのが自分の任務と思えるときにはそうしなければならないという強迫観念と、一方ではこの士官の子供じみた態度に対する戸惑いや不快感と、その二つに引き裂かれて言葉も出ないのだ。

どう公平に見ても、シャドウのような士官がなぜ上官たちに見込まれたのか、私にはわからない。言うまでもなく、まったく自制がきかないやつということで、兵隊たちのあいだでは評判は芳《かんば》しくなかった。ただ、勇敢ではあった。それだけは言ってやってもいいだろう。

弾薬を谷の向こうから運ぶわれわれを助けてくれたレディファーの行為に対して、シャドウは「怒りの発作」で応えた。私がそういう現場を目の当たりにしたのはこれが初めてだったが、そののち何度見てもそのたびに驚かされ、胸が悪くなった。

シャドウはレディファーのところに歩み寄ると、激しい非難の言葉を投げつけた。よく知らない人が聞いたら、レディファーは立派な行ないをした勇者どころか、持ち場を離れて敵前逃亡した臆病者だと勘違いしただろう。シャドウは、レディファーが谷に手榴弾を投げ込んだときも、戦車と連絡をとりにいったときも「無闇に敵の砲火に身をさらした」として、怒鳴り、身ぶり手ぶりまでまじえて、わめきちらした。

レディファーは黙って聞いていたが、明らかに当惑していた。敵の砲火のなかで率先して勇敢な態度を示したと褒めてくれるのを期待していたわれわれも、茫然《ぼうぜん》として見ていた。だが目の前の士官は、怒り狂い、ほかの士官なら誰もが称賛すべき手柄と考えるであろう行為をなじって、わめきちらしているのだ。あまりの理不尽さに、誰もが信じられない思いだった。

本来なら褒めるべき海兵隊員に怒りのたけをぶつけたシャドウは、志願兵なんてどいつもこいつも馬鹿ばっかりだとぶつぶつ悪態をつきながら、ようやく離れていった。レディファーは一言も発せず、ただ遠くを見ていた。われわれは激しく不満の声をあげた。

　五月九日の正午が近づくにつれ、誰もがもうすぐ始まる攻撃を思って緊張していた。弾薬は補給され、全員が装備をととのえ、それぞれ最後の仕上げを済ませていた。弾薬帯を点検したり、背嚢やゲートルの紐を結び直したり、ライフルの肩紐を調整したり——差し迫った恐怖を前にして緊張を解くために行なう、例のどうでもいい孤独な手仕事である。われわれも定めた目標に向けて迫撃砲の照準を修正し、榴弾や燐弾がすばやくとれるように、また泥がつかないように、木箱の板の上に積み上げた。

　地面は戦車が作戦行動に参加できるほどには乾いていて、エンジンをふかした数輌がハッチを開けて待機し、戦車隊員も待っていた。そう、みんなが待っていた。戦争とは大半が待つことなのだ。まわりの連中は引きつった顔でおし黙って座っている。これまでの損失を埋めるべく、何人かの補充兵が連隊に入ってきていたが、彼ら新入りは、恐怖よりは戸惑いの表情を浮かべていた。

　朝のうちはときおり大砲の音がしていたが、それも次第にやんだ。ほとんど物音もしないなかで、誰もが攻撃準備の砲撃を待っていた。

　やがて砲撃が始まった。前方の日本軍安波茶守備隊に向けて、味方の砲兵隊の砲と艦砲がいっせいに火を噴き、大型の砲弾が唸りをあげて頭上を飛んでいった。初めのうちは、弾の嵐に加わる砲弾の一発一発を——五インチの艦砲、七五ミリ弾、一〇五ミリ弾、一五五ミリ弾と——聞き分けることができた。

頭上を飛ぶ味方の機——コルセアと急降下爆撃機——も見えた。爆撃が始まり、機が次々に急降下しながら、われわれの前方にロケット弾を撃ち込み、爆弾を落とし、機銃掃射をする。その騒音で、しまいには古参兵の慣れた耳でも、どれがどれやら聞き分けられなくなった。ただ、すべてが味方のものだったのがうれしかった。

攻撃を阻止しようと、敵の砲弾も飛んできはじめた。双方の猛烈な撃ち合いに、補充兵たちはただただ圧倒されている。私は初めて戦闘に参加した日のことを思い出して、同情を覚えた。攻撃準備砲撃のすさまじさを目の当たりにしては、古参兵でさえ恐ろしくなるのだ。新入りの補充兵なら当然だった。

まもなく命令がきた。「迫撃砲班、用意」。目標を確認して発射を指示するために観測点にいるバーギンから、指示を受ける。六〇ミリ砲弾は頭上を飛ぶ大型砲弾に比べれば小さいが、大型の迫撃砲や火砲では味方に損害を出す恐れがあって使えないような、中隊の前線のごく近くからも撃つことができる。そしてそれゆえに、熟練した射撃技術と、飛距離が短すぎないことが、絶対に必要だった。

何発か発射したところで、スナフが泥のことでぼやきはじめた。発射するたびに反動で砲の底板が壕の軟らかい地面にめり込んでしまうから、照準装置で正しい照準を保つための整準気泡を調整するのに苦労しなければならないのだ。

最初の射撃任務を終えると、大急ぎで壕のなかの迫撃砲をより硬い地面へとずらし、調整し直す。ペリリューでは、珊瑚礁の岩盤だったから、撃った反動で底板がはずんで照準がずれてしまわないように、二脚架だけでなく底板まで押さえていなければならないこともしばしばだった。ところが沖縄の泥の地面の上では、それとは正反対のことが起こった。発射のたびに反動で底板が地面にめり込んでしまう。五月に入って雨が増え、地面がどんどん軟らかくなるにつれ、問題は深刻さを増していった。

　砲を固定して用意せよとの命令が伝えられた。空爆はやみ、火砲や艦砲の射撃も次第に少なくなってきた。戦車とライフル兵が、戦車＝歩兵連携班として出撃していき、われわれは緊張のうちに待機した。第五連隊第三大隊と第七連隊第三大隊によるこの攻撃は、二〇〇メートルほど進撃したところまではうまくいったが、やがて左手側面からの日本軍の激しい砲火に、前進を阻まれた。左手からの敵の反撃がすさまじいので煙幕を張るようにと、観測点から命令がきた。敵の観測手から味方を隠すために、われわれは急いで燐弾を放った。

担架搬送班をかばって発煙手榴弾を投じる海兵隊員　沖縄（アメリカ海兵隊所蔵）

　敵の九〇ミリ迫撃砲による反撃を浴びて、われわれも苦しめられた。あたり一帯で巨大な九〇ミリ砲弾が炸裂《さくれつ》し、砲撃を続けるのがむずかしくなるほどだった。砲弾の破片が風を切り、大きな弾があたりに泥を撥《は》ね上げる。だが、砲撃をやめるわけにはいかなかった。側面から痛めつけられているライフル兵たちを援護しなければならない。反撃を受けているライフル兵を支援するために、味方の火砲が左手の敵陣に向けて、ふたたび火を噴きはじめた。

われわれの六〇ミリ迫撃砲が敵に損害を与えているかどうかは、向こうから撃ち返してくる迫撃砲や火砲の砲撃の量でわかった。損害を与えていないときは、(大量の死傷者を出せると判断した場合を除いて)敵はたいていわれわれを無視した。もし敵の反撃の砲火が、われわれが敵に与えた損害の大きさをほんとうに示すものだとするなら、われわれは沖縄戦線において満足すべき成果をあげていた。

五月九日の安波茶守備陣に対する攻撃で、K中隊は大きな損害を被った。ショックで感覚が麻痺し茫然としている血まみれの負傷兵が、後方の応急救護所へ運ばれ、あるいは自力で歩いていく。いつもと同じ悲惨な光景だった。死んだ者もいる。いつものように、仲間の身を案じて訊き回る兵士の姿がある。第五連隊第三大隊は第七連隊の予備戦力に回るという情報に、全員大喜びした。ただし、二、三日間だけだという。第七連隊はわれわれの右手にいて、沢岻高地の守備隊と戦っていた。

北から南下してきた第一海兵師団の行く手には、安波茶地区、沢岻高地、沢岻村、大名《おおな》(ワーナ)高地、大名村が控えていた。さらに南には、首里の守備隊と高地があった。これらの高地や村落は、十分準備された互いに支援し合う要塞が(前線の背後に防衛隊を重

層的に配備する）縦深防御《じゅうしんぼうぎょ》という精巧なシステムをつくって、守りを固めていた。右翼の第六海兵師団の前にも、また左翼の陸軍歩兵師団の前にも、同じように強力な防御陣が立ちはだかっていた。日本軍は一歩も譲らぬ構えで果敢に反撃を繰り返し、アメリカ軍に最大限の損害を与えようと力をしぼった。この戦術の結果、沖縄は殺戮《さつりく》の島と化したのである。

左手では安波茶への死闘が繰り広げられていた。われわれは夜に向けて、濡れた地面に壕を掘った。迫撃砲は設置しなかった。ライフル兵として、眼下に広がる谷の斜面を見張ることになったのだ。われわれの上にはほかに迫撃砲二個分隊が、その上の土手の稜線《りょうせん》と直角をなす六メートルほどの間隔をおいた平行線上に壕を掘っている。水と携帯口糧が支給され、郵便物が届けられた。

ふつうは郵便が届くとにわかに士気が回復するものだが、そのときの私は違った。しとしとと冷たい雨が降ったりやんだりしていた。みんな疲れきり、私も戦意旺盛というわけにはいかなかった。泥のなかにヘルメットを置き、その上に腰を下ろして、両親からの手紙を読む。私の最愛のスパニエル、ディーコンが車にはねられ、脚を引きずって家までたどり着いたが、父の腕のなかで息を引き取ったと書いてあった。ディーコンとは、大学へ進学するために家を離れるまでの数年間、どんなときもいっしょだった。前線から激しい砲撃の音が聞こえ、すぐそばで何千という兵士たちが苦しみ死んでいるというのに、私はディーコンの死を知って、大粒の涙を流していた。

その後も沢柢高地へ向けた砲撃は夜を徹して続き、それは第七連隊が日本軍を高地から後退させようと苦闘していることを物語っていた。夜が明ける直前、左手前方へ向けて発射される重砲の音が聞こえた。安波茶地区を包囲した第五連隊第一大隊と第二大隊が戦っているあたりだった。

「全員、用意。出撃の準備だ」。上の土手にいる下士官からの命令だった。

「いったい何なんだ」迫撃砲手の一人が言った。

「さあな。わかってるのは、ニップのやつらが第五連隊の前線に反撃を仕掛けてるってことだ。それと、われら第三大隊がそれをくい止めるための支援に出る用意をしてるってことさ」

当然ながら、このニュースは歓迎されなかった。第三大隊は前日の安波茶攻防戦で手痛い打撃を受け、その疲れと緊張がまだとれていなかった。闇のなかを移動するのも気が進まない。それでもわれわれは、いらいらとガムを嚙んだり携帯口糧のビスケットをかじったりしながら、装備をととのえた。不安のなかで待つあいだ、左手前方では砲撃の音が断続的に続いていた。

霧のかかった早朝の灰色の光のなか、ついに命令が下った。「オーケー、出発だ」。われわれは装備を着け、前線へと向かった。

ときおり砲弾が悲鳴をあげて頭上を飛び交うほかは、あたりは思ったより静かだった。隊列は小高い丘の頂上のすぐ下を、さっきまで攻撃していた海兵隊の砲台のところまで進んでいった。隊員たちが敵に与えた損害を測り、味方の負傷兵を介抱している。敵が銃剣を構えて接近してきたところを撃退したのだと、教えてくれた。「一人残らずずたずたにしてやったぜ。ざまあみろ」。海兵隊の壕の向こうに横たわっている四〇体ほどの日本兵の遺体を指さして、一人が私に言った。

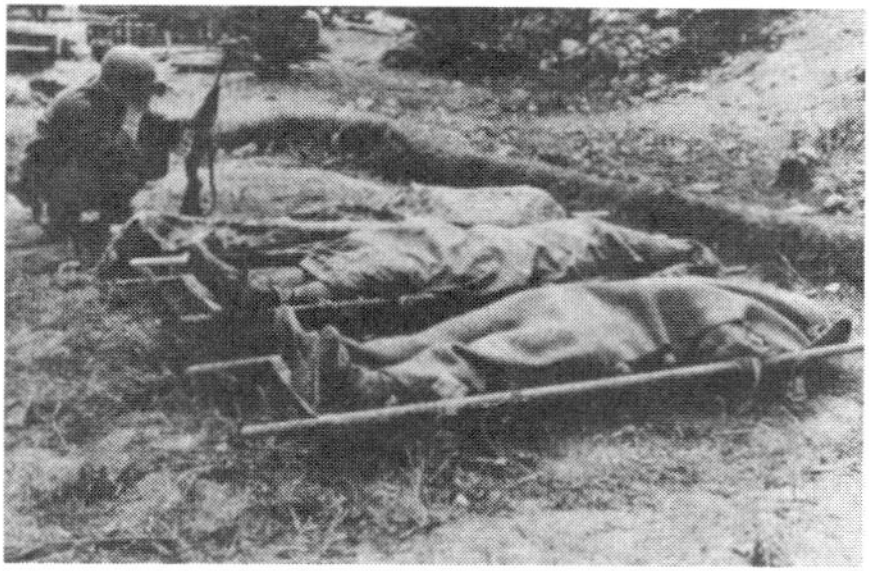
悲嘆に暮れる生き残った兵士　沖縄（アメリカ海兵隊所蔵）

夜明けの光は淡く、あたりは霧にかすみ、敵が自分たちの接近を気づかれまいと放った燐弾の白煙もまだ消え残っていた。兵たちが何やら大騒ぎしている。われわれのところにも話が伝わってきた。進撃してきた敵の突撃隊のなかに女が一人混じっているのを見た者がいるという。今、あの死体の山のなかにその遺体もあるはずだというのだ。われわれのところからは、それらしい死体は見えなかった。

やがて「回れ右。全員戻れ」の声が飛んだ。結局われわれの支援は不要となり、どこかほかに配置されることになったのだ。雨と泥のなかを、われわれはまた戻っていった。

五月の大半と六月初めまでのわれわれの移動は、

ことごとく体力を消耗し神経をすり減らすものとなった。泥のせいだ。五歩間隔の一列縦隊になって、ぬかるみの斜面や泥沼のような野原を、滑りながら移動する。その繰り返しだった。列の動きが鈍くなったり止まったりすると、つい固まってしまう。すると下士官や士官から厳しい声が飛ぶ。「五歩間隔を保て。固まるな」。前線から遠く離れていても、いつ弾が飛んでくるかわからないから、間隔をあける必要があった。ところが、暗闇のなかでは離れたり迷子になったりしそうなときがあって、そんなときは前の兵の弾薬帯につかまるように命令される。起伏の多い泥だらけのところでは、これがひどく歩きにくかった。誰かが足をとられて転ぶと、とばっちりを受けた何人かが重なり合って泥のなかに倒れることになる。真っ暗ななかから、もつれた互いの疲れきった体を解いて立ち上がり、手さぐりでまた隊列を組み直そうとする兵たちの、くぐもったぼやき声やうめき声が聞こえてきた。

足を止めると、とたんに「進め」の声が飛ぶ。だから、隊列はいつもアコーディオンかシャクトリムシのような形で前進するしかなかった。固まっては離れ、止まっては動きだす。束《つか》の間《ま》荷を下ろすと、かならず「装備を持て。前進！」と声が飛んだ。また荷物をかつぎ上げなければならない。だがもし荷を下ろさなければ、もしかしたら数秒間、あるいは一時間にも及ぶ休みをとるチャンスを逃してしまうかもしれなかった。どういうわけかはたいていわからずじまいだが、前のほうで止まってしまうことがあるからだ。へとへとになって、つい岩やヘルメットの上に腰を下ろしたりすれば、それは下士官に叫ばせる合図のボタンを押すようなものだった。「立て。装備を持て。どんどん進むんだ」。だから、前進する隊列のなかでちょっと足が止まるたびに、誰もが心のなかで大きな決断を迫られる。荷を下ろして休みの時間がとれることを祈るか、それとも、荷を下ろしたとたんにまた担ぐことになるよりは、重さに耐えてそのまま立っているほうがいいかと。

隊列は地形の輪郭をなぞるように、らせん状に上ったり下りたりしながら進んだが、五月と六月の初めまで、足元はほとんど、深さ数センチから膝までの滑りやすい泥ばかりだった。ひっきりなしに冷たい雨が降った。これも小糠雨《こぬかあめ》から、できた足跡にたちまち水が溢れるような、横なぐりの大雨まである。もちろんヘルメットがあるから頭は濡れないが、体を覆うものはポンチョしかない。これがへなへなと体にまとわりついて、実に動きにくかった。レインコートはない。装備を身に着けて滑る泥に足をとられながら進むのに、だぼっとしたポンチョでさらに動きにくくなるよりはと、われわれはいっそずぶ濡れになって惨めに震えるほうを選んだ。

ときどきは気の利いたことや冗談を言おうと思うのだが、疲れてきたり前線に近づいたりすると、そんな気持ちもなくなってくる。ふつうの地形や道路を歩くなら、それもまた忍耐を試す試練になるだろうが、沖縄の泥のなかでは、苛立ちと、ほとんど爆発しそうなまでの怒りにかられてしまう。これは経験した人にしかわからないだろう。

しまいには、列が止まって動きだすのを待つあいだも、ほとんどみんなあきらめ顔で荷物を放り出したい誘惑に耐え、ただじっと立っているようになった。止まっては動き、滑っては泥のなかに転びして、疲れと絶望が頂点に達すると、呪っても怒りを爆発させても何の役にも立たないのはわかっていても、誰もそれを抑えることはできなかった。泥はただ乗り物の動きを封じるだけではなかった。戦車やトラックが動けないようなところを歩きつづけるしかない人間も、精力を吸い取られ、疲労困憊《ひろうこんぱい》させられるのだ。

移動を繰り返すなかで、われわれ迫撃砲班が敵の部隊を見事、一掃したことがあった。相手は、海兵隊の歩兵が重砲の援護を受けて何度も攻撃したにもかかわらず、小高い尾根を三日間保持していた部隊だった。バーギンが観測に当たった。そして、われわれの砲火から日本軍を守るような狭い溝のようなものが、尾根に沿って走っているに違いないと考えた。彼は三門の迫撃砲を調整させ、一つは右から左に、もう一つは左から右に、三つ目は尾根の頂上を山なりに撃つようにした。これで溝に潜んでいる敵に逃げ場はなくなる。

マック少尉はこの砲撃をやめるようにとバーギンに命じた。弾薬がなくなっては困るというのだ。三度の戦役を戦ってきたベテランで、すぐれた観測手でもあるバーギンは、中隊の戦闘指揮所に連絡をとり、弾薬を補給してもらえるかと訊いた。指揮官は承諾した。

電話の向こうからバーギンの力強い声がした。「おれの命令だ。撃て」。われわれとともに迫撃砲の壕にいたマックが、撃つなと命じた。バーギンにも電話で同じことを言った。

バーギンはくたばれと言って、ふたたび叫んだ。「迫撃砲班、おれの命令だ。撃て。撃ち方始め！」

わめきたてるマックを尻目に、われわれは撃った。

撃ち終わると同時に、中隊は尾根から下がった。味方に当たったのは一発もなかった。バーギンが目標地点を調べてみると、狭い谷のようなところで五〇人以上の日本兵が死んでいた。まだ新しい死体のすべてが、明らかにわれわれの迫撃砲による傷を負っていた。それまでの砲弾は敵の前か後ろで爆発していたため、彼らは無事だった。が、迫撃砲弾は急角度の弾道を描いて上から落ち、小さな谷を直撃したのだ。

われわれ迫撃砲班のチームワークが大きな成功をもたらした。このことは、まだ「青い」士官の稚拙な判断に比べて、バーギンのようなベテランの経験がいかに大事かを示していた。

五月に短い休息の期間がとれたことは、肉体的にも精神的にも救いとなった。一日から数日、前線から離れてこうした休みをとることで、われわれは戦いつづけることができた。携帯口糧もましになったし、ヘルメットを洗面器がわりにして、髭《ひげ》を剃ったり顔や体を洗ったりすることもできた。

こういう休息の時がなかったら、緊張と肉体の酷使にみんな倒れていたに違いないと私は確信している。だが、束の間の休息を終えると、ふたたび装備をととのえて恐怖の世界へ戻っていかなければならない。そのたびに、ますます戻るのがつらくなってくる。険しい顔で重い足を運んでいくうちに、仲間たちの冗談も聞かれなくなる。向かう先は、時間が何の意味も持たず、交戦のたびに無傷で這い上がれる確率がどんどん低くなる深い谷底のような世界だった。ネコにいたぶられるネズミのように恐怖に痛めつけられる忌まわしい場所から、遠く戦いの音が聞こえてくる。その音のほうへ一歩踏み出すごとに、恐怖が膨れ上がる。それは死や苦痛に対する恐れだけではなかった。たいていの兵士はなぜか自分だけは死なないと思っているからだ。前線に戻っていくたびに、私は恐怖そのものを恐れ、生き残った者が目の当たりにしなければならない、仲間のもだえ苦しむ悪夢のような光景にさいなまれて、吐き気を覚えるのだった。

親しい戦友たちのなかにも、同じように感じると言う者がいた。それをいちばん強烈に感じるのが、沖縄が三度目の戦場となる戦争慣れした古参兵だというのが、いかにも暗示的だった。最も勇敢な者たちこそが、たとえ自分の身の安全については恐れを知らないように見えても、戦争の苦しみと無益さに心底うんざりしていたのだ。戦慄の光景をあまりにもたくさん見てきてしまったのだろう。

前線に戻ることへの恐怖はますます強くなり、そのことが頭を離れないようになった。そして、その後の長い年月私につきまとうことになる不気味な戦争の悪夢のなかでも、最もしつこくたちの悪いのが、この恐怖にまつわるものだった。いつも同じ、五月の沖縄の泥と血の前線に帰っていく夢である。ペリリューの暴力と衝撃に満ちた悪夢が次第に影をひそめ、呪いが解けるように消えていった今でも、この沖縄の夢だけは——鮮明さは薄らいではきたものの——ときおり現れるのだ。

五月一三日、第七連隊が苦闘の末に沢岻高地を確保した。この連隊のペリリュー戦経験者たちによれば、ここでの凄絶《せいぜつ》な戦闘はブラディノーズ・リッジの戦いに似ていたという。

われわれの前に沢岻高地がくっきりと見えた。たしかにブラディノーズに似ている。ごつごつと尖《とが》った頂上が空を背に浮かび上がり、黒く焼けて打ち砕かれた木や切り株のまばらな醜い輪郭も見えた。

われわれK中隊は、破壊されて廃墟となった村へ入った。士官が沢岻村だと教えてくれた。頑丈な石垣に近づいたところで銃を構えるように命じられ、そのまま、一〇〇メートルほど前方で展開する不思議な光景を見守ることになった。廃墟と瓦礫《がれき》のなかを退却していく四、五十人の日本兵を、われわれは手をこまねいて見ているしかなかった。敵は第七連隊に攻め込まれてどっと逃げ出したのだが、われわれが支援する第七連隊の小部隊が前方の右手や左手のどこかにひそんでいるのだ。味方に当たるかもしれない危険を冒して撃つことはできない。小銃を抱えた敵兵が小走りに逃げていくのを、ただ見守るしかなかった。敵は背嚢も背負わず、ただ弾薬帯を支える肩紐を背中で交差させているだけだった。

ヘルメットをひょこひょこ躍らせながら瓦

小さな村を通る　日本兵の遺体が履いている指の分かれた足袋に注目。1945年4月。沖縄（アメリカ海兵隊所蔵）

礫のなかを遁走《とんそう》する敵を見て、私の隣にいた仲間がM1ライフルの安全装置に指をかけ、嫌悪感もあらわに言った。「やつら隠れる場所もないってのに、撃つこともできないとはな」「心配するな。この先にゃ第七連隊の十字砲火が待ってるって」。下士官が言った。「そのとおり」。士官も自信ありげに言った。

ちょうどそのとき、われわれの頭上低く砲弾の飛ぶ音がして、味方のものだとわかっていながら、みんな思わず首を引っ込めた。必殺の一五五ミリ砲が閃光を発し、乾いた音を立てて炸裂するたびに、日本兵たちの上に黒々とした大きなソーセージ形の雲がわき上がった。砲兵隊はぴたりと目標に照準を合わせていた。必死に走りだした日本兵の脚が、(彼らが走るといつもそうだが)極度のO脚に見えた。激しく降り注ぐ砲弾のなかを敵に後ろを見せて逃げるときでさえ、そこには自信満々の傲慢《ごうまん》な雰囲気が漂っているように感じられた。パニックに襲われた動きではない。われわれは知っていた。彼らはただ別の堅固な要塞へと退避して、さらに戦いを長引かせるようにと命令されたのだ。そうでなければ、踏みとどまるか、反撃してくるか、いずれにしても死ぬまで戦ったことだろう。

味方の一五五ミリ砲がまた日本兵の頭上に向けて飛んでいった。われわれは言葉もなく立ちつくし、砲火に打ちのめされる敵の姿を見ていた。その凄惨な光景は、今も私の心に鮮やかに残っている。なんとか生き残った兵が漂う黒煙の向こうに見えなくなったとき、前方の左右から海兵隊の機関銃の発射音が聞こえてきた。

われわれは命令に従って、石垣に挟まれた細い道を進んでいった。通過していく廃墟の連なりも、もとは風情《ふぜい》豊かな村だったのだ。藁葺《わらぶ》き屋根や瓦屋根の、趣に富んだ小さな家々が、今は瓦礫となってくすぶっていた。

苦い戦いの末に、安波茶守備陣が、そして沢岻周辺の守備陣地が、われわれ第一海兵師団の手に落ちた。だが、われわれと首里とのあいだには、また一つ、日本軍の強力な防衛網が待っていた。大名《おおな》である。多大な犠牲をともなってここに繰り広げられた戦闘は、のちに大名渓谷の戦いとして知られることになる。

第一二章　泥とウジ虫と

第三水陸両用軍団（海兵隊）と第二四軍団（陸軍）の作戦区域が境を接するその境界線の先には、日本軍の主力が守りを固めた首里高地があった。海兵隊は第一師団が第三水陸両用軍団の左翼、第六師団が右翼という位置を保ったまま、南へと進んだ。第一師団の作戦区域内では、第七連隊が左翼、第五連隊が右翼を占め、第一連隊は予備戦力という位置づけだった。

安波茶《あわちゃ》＝沢岻《たくし》（ダケシ）地区を過ぎると、今度は大名《おおな》（ワーナ）高地が立ちはだかる。大名高地の尾根の向こう側が大名渓谷で、谷底を安謝川《あじゃがわ》がくねくねと流れている。大名渓谷の南側にはまた別の丘陵があり、こちらは那覇市街から東へ行くほど高くなって、首里高地へと連なっている。この二つ目の尾根こそが、日本軍主力の防衛線の一つ、首里戦線を成しているのだった。

大名渓谷は北西からまっすぐに日本軍の守備拠点へと続く、まさに天然の接近経路だったが、しかし日本軍はあたりの複雑な地形を熟知し、それを味方につけていた。彼らがどんな城壁を築いたとしても、これほど堅固な守りは望めなかったろう。沖縄戦で最も長く最も凄惨《せいさん》な苦難の戦闘が、第一海兵師団の兵士たちを待ちかまえていた。

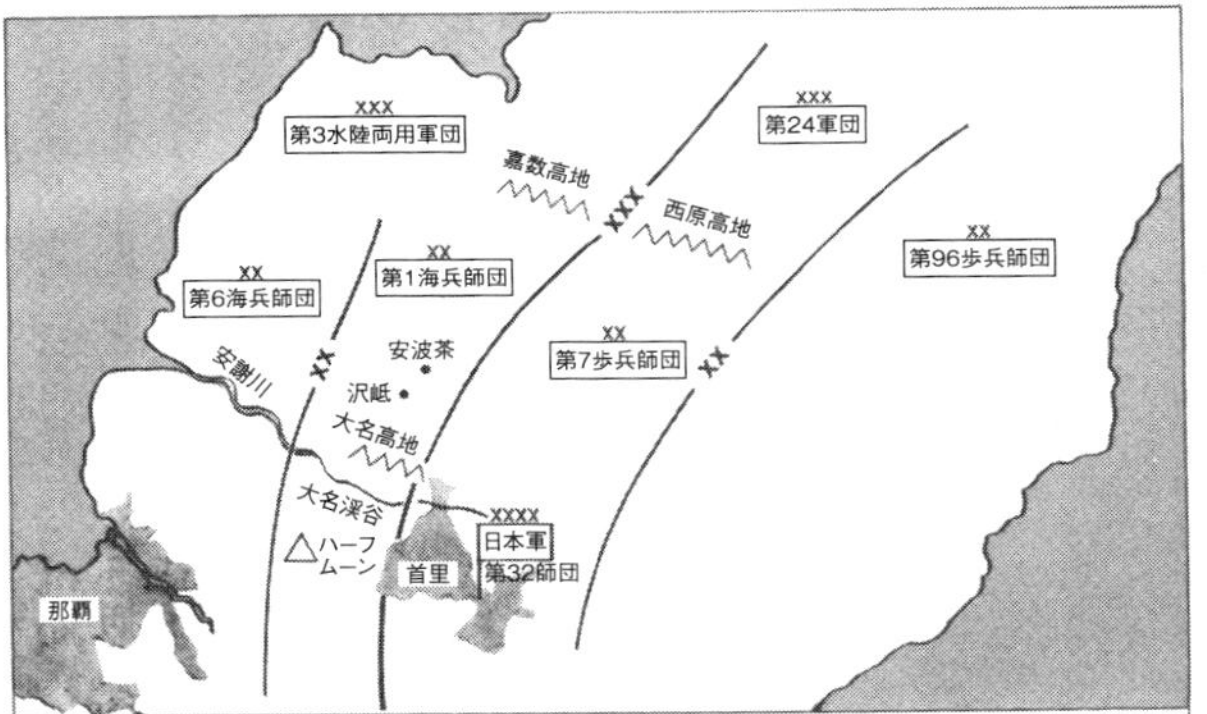

南進するアメリカ軍

一九四五年五月一五日、大名攻撃に向けて、第五連隊は第二大隊を前線に投入、第三大隊を後続部隊として配した。さらに後方には第一大隊も控えていた。

第二大隊の攻撃が始まる前に、われわれ第三大隊は戦線後方の位置についた。そして、味方の戦車の七五ミリ砲弾やM7自走砲の一〇五ミリ砲弾が涸《か》れ谷のいたるところで炸裂《さくれつ》するのを、固唾《かたず》をのんで見守った。だが敵の反撃もすさまじかった。猛烈な砲火に、戦車との連携突撃を命じられた第二大隊のライフル兵は、溝や穴に伏せて身を守り、離れたところから射撃するのが精いっぱいだった。立ち上がったが最後、戦車めがけて雨あられと浴びせられる砲弾の餌《え》食《じき》になっていたことだろう。肝心の戦車も、ライフル兵の援護がなければ、前進することもままならない。捨て身の日本兵が自爆攻撃を仕掛けてくるからだ。ついに、被弾した戦車がじりじり後退しはじめた。わが軍の砲兵隊や戦艦群が、渓谷周辺の日本軍陣地にすさまじい砲撃を浴びせかけた。ほどなく、戦車部隊は退却し、空爆が始まった。激しい爆撃ではあったが、その後、谷間を制圧するのに要することになる猛攻撃に比べれば、まだ物の数ではなかった。

われわれは第二大隊の後方で絶えず位置を変え、しまいには自分が今どこにいるのか、まったくわからなくなるほどだった。午後遅く、しばらく隊列の足が止まったことがある。木一本生えていない斜面の泥道だった。反対方向に向かう第二大隊がすれ違っていった。日本軍の砲弾が甲高い音をひいて尾根の稜線《りょうせん》をかすめ、背後で炸裂した。味方の攻撃弾も鋭い唸《うな》りを発して頭上を越え、着弾するたびに、尾根向こうの渓谷をけたたましく揺るがせた。

すぐ近くで、プロテスタントの従軍牧師が小さな箱を祭壇に見立て、泥まみれの海兵隊員の小グループを相手に、即席の聖餐式《せいさんしき》をとりおこなっていた。私は、足を止めたときちょうど真向かいにいた海兵隊員の顔をうかがった。みんなと同じむさ苦しいなりで、無精髭《ぶしょうひげ》には泥がこびりついていたが、それでも整った顔だちをしているのが見てとれた。目は血走り、疲れがにじんでいる。のろのろと軽機関銃を肩から下ろし、泥で汚れないよう床尾《しょうび》を足先に載せ、片方の手で銃身を支えた。従軍牧師を見つめるそのおもてには疑いの色が浮かんでいた。そんなことをして何になるんだ。弾除《よ》けにでもなるのか。そんな心の声が聞こえてきそうだった。疲れきった、だが露骨なその表情から、この男もやはり、間断ない衝撃と苦痛を前にして、「神の御心」を疑わずにはいられないのだとわかる。こんなことがなぜいつまでも終わらないのか、と。男の相棒は機関銃の三脚架を肩にかついだまま、泥のなかの聖餐式にちらっと目をくれると、今度は後ろの松林を放心したように見つめた。そのあたりに故郷の風景が見えはしないかと探してでもいるのだろうか。

「前進！」。上官の命令が飛んだ。

機関銃兵は重い武器をかつぎ上げると、ぬかるみに足をとられつつ山道の角を曲がり、押し迫る夕闇の奥へと消えていった。

一方われわれには、身を隠せる場所に散開して次の命令を待て、と指示が出た。窪地《くぼち》を見つけた者もいたが、見つからない者はまにあわせの穴を掘った。まもなく、そう遠くないあたりで日本軍の砲弾が数発、炸裂した。衛生兵を呼ぶ大声が聞こえ、それから「おい、みんな、ドク・キャスウェルがやられたぞ！」という声がした。

砲火のことなど頭から消し飛び、気分が悪くなった。私は声のしたほうへと駆けだし、ケント・キャスウェルの姿を探した。重傷でないことを一足ごとに祈りながら走った。すでに数人の海兵隊員がドクを取り囲み、ドクの仲間の衛生兵が首に包帯を巻きつけていた。顔を覗き込んで「元気かい？」と言うと（馬鹿なことを言ったものだが、悲しさに喉が締めつけられ、うまく言葉が出なかったのだ）、ドク・キャスウェルは壕に横たわったまま私を見上げた。何か言おうと開いた口から、大量の血が流れ出た。私は胸が張り裂けそうだった。これではとても助からない。砲弾の破片で頸動脈《けいどうみゃく》を切ったのだろうか。

「何も言わなくていい、ドク。みんながここから運び出してくれるから。きっと大丈夫だから」。私はやっとのことでそう言った。

「よーし、みんな、運ぶぞ」。応急処置を終えた衛生兵が言った。

ドクに「じゃあな」と言って立ち上がったとたん、六〇ミリ迫撃砲弾の収納ケースが壕の縁《へり》に落ちているのに気がついた。その分厚い金属製の底板が、砲弾の破片で切り裂かれていた。ドクの首を貫通した破片が、このケースを切り裂いたのだろうか。そう考えて、私は身震いした。

大砲や迫撃砲による砲撃、艦砲射撃、空爆……目の前の大名渓谷と左手の大名高地を標的にしたわれわれの猛攻は続いた。日本軍の抵抗もすさまじく、戦場のあらゆる人間、あらゆるものに攻撃を加えつづけた。攻勢に出る戦車＝歩兵部隊は残らず砲火にさらされた。それでも火炎放射戦車を含む合計三〇輛の戦車から放たれた砲弾が谷間に炸裂し、大地を焦がした。それからふたたび敵陣めがけて地海空の総力を結集した砲撃・爆撃が仕掛けられ、その轟音《ごうおん》と衝撃たるや、静寂という言葉の存在すら忘れてしまうほどだった。われわれはペリリュー島でも相当の修羅場をくぐり抜けてきたが、大名での激闘はその規模といい、継続日数といい、まったく別次元と言ってよかった。耳を聾《ろう》するわが軍の攻撃は何時間も、何日間も、いつ果てるともなく続いた。日本軍の反撃もやむことはなかった。私はしつこい頭痛に悩まされた。延々と続く砲火の轟《とどろ》きに頭がしびれ、なかば朦朧《もうろう》となってしまう。こんな経験は生まれて初めてだった。

これほどの喧騒と混乱の真っ只中に昼も夜もなく投げ出されて、平気な人間がいるとは思えなかった。それでも、砲声の大部分はわが軍のものだったし、われわれは手ごろな壕にも恵まれていた。日本兵はこんな猛攻にいったいどうやって耐えていたのだろう。彼らはじっと洞窟の奥に立てこもり、こちらの攻撃が小休止するとうじゃうじゃ出てきて、すかさず反撃に転じる。ペリリューのときと同じだった。こちらの戦法としては、砲撃と空爆で洞窟をつぶすか、周到に固められた守備陣形を切り崩すしかなかった。

第５連隊のポール・アイセン２等兵が、日本軍の銃弾をかいくぐって、《死の谷》を疾駆する　沖縄（アメリカ海兵隊所蔵）

大名渓谷をめぐる戦いのさなか、われわれは渓谷そのものとおぼしいところを渡った。入り口に近いあたりだったろうか。そこまでたどり着くのに、われわれは何日も戦闘を続けた。何日目かには数えるのさえやめてしまった。第二大隊が銃火をぬって渡り終えるまで、われわれは手前の平地で待機し、やがて土手の縁へと進んだ。分散隊形をとる。下士官の一人が私を含めた四人に、どこそこの地点を渡って向こう岸にいる第二大隊のすぐ後ろにつけ、と命じた。対岸はとんでもなく遠くに見えた。左手では日本軍の機関銃が火を噴き、頭上では味方の砲弾が空を裂いていた。

「さっさと行け。渡りきるまで絶対に止まるな」

と上官は言った（右側で、大隊の仲間が渡りはじめるのが見えた）。迫撃砲の弾薬袋は置いていけ、誰か別の人間に運ばせる、とも言われた。私はトンプソン式短機関銃（トミー）を肩にかついだ。

われわれは平地を離れ、高さ三メートルほどの土手を下まで滑り降りた。足が勝手に地面を蹴って走る、そんな感じだった。先頭を切っている男はK中隊でもなじみの古参兵だったが、残りの二人は補充兵だった。片方は名前だけ知っている。もう片方は名前も知らなかった。がむしゃらに突っ走りながら、トミーとピストルと背嚢《はいのう》だけの軽装で助かったと思った。

谷を下った先に小さな流れがあり、そこを過ぎると向かいの稜線まで登り坂になっていた。日本軍の機関銃が轟く。いくつもの銃弾が私の頭をかすめ過ぎ、曳光弾《えいこうだん》が長く白い縞を残していった。右も左も見なかった。心臓が飛び出しそうになりながら、ただ必死に走りつづけ、バシャバシャと流れを渡り、左手の丘から渓谷へと張り出した突出部まで、夢中で駆け上がった。渓谷を越えるのに、三〇〇メートルほどは走ったに違いない。

突出した丘の陰までは機銃掃射も追ってこず、私は駆け足程度に速度を落とした。右前方の古参兵も足をゆるめた。ほかの二人はどこかと振り返ってみると、どちらも土手を駆けだしてすぐに撃たれていた。一人は手足を投げ出して倒れている。明らかに即死だ。もう一人は負傷して、斜面を這い戻ろうとしていた。それを助けようと、何人かの海兵隊員が低い姿勢で走り出た。

「間一髪だったな、スレッジハンマー」。古参兵が言った。

「ああ」と私はあえぎながら言った。あとの言葉が出なかった。

坂を登っていくと、第二大隊のライフル兵二人に出会った。

「若いのがあそこで撃たれた。あんたらで運んでくれるか？　あの尾根下に衛生兵がいるはずだ」。一人がそう言って、負傷兵と応急救護所のおおまかな位置を順に指さした。

尾根をやってきたK中隊の同僚二人に声をかけると、手伝おうと言ってくれた。一人は担架をとりに山道を駆け戻っていった。残った三人で尾根を進み、見当をつけた藪《やぶ》に分け入って、負傷兵を見つけた。若者はライフルをつかんだまま、仰向けに倒れていた。われわれが近づくと、「よかった。来てくれてほっとした」と口を開いた。

「傷はひどいのか？」。私はそばに膝をついて訊いた。

「気をつけて！　ニップが向こうの藪にいる」と、若者が言った。

私はトミー（トンプソン式短機関銃）を肩から下ろし、彼が示す方向を警戒しながら話を続けた。仲間二人も武器を構えたまますぐそばに膝をつき、茂みを透かして敵兵をうかがいながら、担架を待った。

「どこを撃たれた？」。傷ついた海兵隊員に私は訊いた。

「ここです」。若者はそう言って、右の下腹部を指さした。

若者はよくしゃべり、少しも痛くなさそうだった。被弾のショックで感覚が麻痺しているのだろう。傷の箇所が箇所だけに、そのうち猛烈に痛みだすのは目に見えていた。ダンガリー・ズボンの裂けたあたりが血に染まっている。私は若者の弾薬帯とベルトをはずし、ズボンも脱がせて傷の具合を見た。通常の丸い銃創ではなく、かなり深い裂傷だった。砲弾の破片にやられたときの特徴である。長さ五センチばかりの傷口からまだ少量の血がにじみ出していた。

「何にやられた?」。私は訊いた。

「うちの中隊の六〇ミリ迫撃砲に」。負傷兵は答えた。

胸がきりきりと痛んだ。彼と同じ中隊の砲手がしくじって近距離に何発か撃ち込んでしまったというのだろうか。

私の心を読んだかのように若者は続けた。「でも、撃たれたのは自分のせいです。迫撃砲で攻めるあいだ、離れて待機しろって言われてたのに、ニップのやつが見えたんで、もうちょっと近づいたら仕留められると思って。ここまで来たら迫撃砲弾が飛んできて、このざまです。でも、この程度ですんで運がよかった。ニップは逃げちまったけど」

「もういいから、ゆっくり休むんだ」。私がそう言ったところへ、担架が到着した。

われわれは若者を担架に乗せ、ライフルとヘルメットも添えて、少し離れた応急救護所まで降りていった。そこは深く切れ込んだ谷間で、数人の衛生兵が立ち働いていた。しっかりした壁をめぐらし、地面もちゃんとならしてあって、防御の点でもぬかりはない。担架に乗せられた者、自分で歩ける者など状態はさまざまだが、すでに十数名の負傷兵が手当てを受けていた。

担架を下ろしてやると、若者は「ありがとうございました。幸運を」と言った。われわれも幸運を祈るよと応え、早く帰国できるといいな、と言い添えた。

われわれは少し離れて別行動をとり、斜面沿いに身を隠せる場所を探した。次の命令を待つためだ。私はゆったりした二人用の壕を見つけた。そこからは左右どちらの方向にも、谷間を望むことができた。谷から攻めてくる敵の監視もしくは迎撃用に使われていたのは明らかだ。おそらく本来は日本軍のライフル兵が二人配備されていたのだろう。軽機関銃の射撃手だったかもしれない。壕は乾いた粘土に深い穴を掘ったもので、背後は険しい斜面になっている。ただし、この壕にも周辺にも、装備やごみなど敵の残したものはいっさい見当たらなかった。空《から》の薬莢《やっきょう》一つ、弾薬袋一つない。ただ壕の外の軟らかい土に、足袋《たび》や軍靴《ぐんか》の跡が散らばっているだけだった。

日本軍は余計な情報を与えまいと、ひどく用心深くなっていて、死体は極力放置しないほか、ときにはちょうどライフル射撃場のように、使用ずみの薬

大名渓谷　左の海兵隊員はトンプソン短機関銃を構えている。相棒が持っているのはブローニング自動小銃。沖縄（アメリカ海兵隊所蔵）

莢までことごとく拾い集めていったりする。誰かが死んだか傷ついたかしたらしい場所でも、地面におびただしい血痕が見つかるだけ、といったこともあった。可能なかぎり後始末をして、死傷者が出た痕跡を隠そうというのだろう。ただ、空薬莢までが持ち去られ、足跡しか残っていないために、われわれはまるで亡霊を相手に戦っているような、一種不気味な思いにとらわれたものだ。

四月に本部《もとぶ》半島で戦った第六海兵師団によれば、日本軍がこういう用心をするようになっていることはすでに確認していたという。ペリリューではそんなことはなかった。ガダルカナル戦の経験者からも、戦死した日本兵の所持品をあらためるとたいがい日記が見つかったと聞いていた。グロスター岬の戦闘でも同じだった。

それぞれの場所で味方のすさまじい砲撃をやり過ごしたあと、われわれは武器をかついで尾根伝いに移動し、K中隊に合流した。われわれが合流すると、部隊は長い縦列隊形をとって西に進み、連隊の右翼に陣取った（行軍が数日間続いて、日付はもう覚えていなかった）。砲弾に破壊された丘は立ち木を失い、ますます低く、平坦になりつつあった。われわれは壕を掘って身を隠したが、断続的に砲撃は続き、自分たちがどこにいるのかさっぱりわからなくなった。大名渓谷のどこかにいることだけは聞かされていた。首里高地が左手前方にその姿を見せていた。

五月二一日、天気が悪くなり、雨が降りだした。初めは小雨だったのが、夜更けには土砂降りになった。それが一〇日間続いた豪雨の始まりだった。冷たい雨が地を叩き、あたり一面、泥また泥のぬかるみになった。山道を進もうにも、一足ごとに滑って転ぶありさまだった。

第一海兵師団が大名の日本軍守備部隊を相手に高価な代償を払いつつ、悲惨な戦いを続けていたその同じころ、右翼の少し先を進んでいた第六海兵師団は凄絶《せいぜつ》なシュガーローフ攻略戦を繰り広げていた。シュガーローフ・ヒルとそれを取り巻く丘（ホースシューとハーフムーン）は那覇から首里へと連なる丘陵地帯にあった。大名同様、これらの丘も首里高地を守る複雑な防衛線の要《かなめ》の一つだった。

五月二三日の午前中、第一海兵師団と第六海兵師団の境界線が右翼（西）方向に移され、第六海兵師団は陣容を立て直すことになった。第五連隊第三大隊は延びた前線を埋めるべく、第一海兵師団の右翼に入った。

この行軍のことはまざまざと記憶に残っている。それまで経験したこともない、最悪の戦場に突入したのだから。われわれはそこで一週間以上も釘づけになった。あの戦闘を思い出すと、今でも体が震えだす。

武器と装具をかついだわれわれは、縦列隊形でぬかるんだ谷間を回り道し、足をとられながら荒れた丘の斜面を進んでいった。敵に見つかって攻撃されるのを避けるためだ。雨は断続的に続いていた。先に進むにつれて、ぬかるみはひどくなった。目的地が近くなると、日本兵の死体が目立ちはじめた。五月一日以降の戦死者が、ほとんどの場所でそのまま放置され散乱していた。

それまで死体のそばに壕を掘るときは、状況の許すかぎり、死体の上に土をかけるのが常だった。気休め程度でも悪臭を断ち、たかるハエを追い払うためだが、この戦場ではそれもできなかった。シュガーローフ・ヒルとその周辺では凄絶な攻防が一〇日間も続き、日本軍の大砲や迫撃砲の攻撃も絶え間なかったため、敵の死体を埋めることは不可能だったのだ。

それどころか、海兵隊員の遺体を動かすことさえままならないことに、われわれはまもなく気づかされた。息絶えた味方がそのまま倒れている。これは古参兵でも見慣れない光景だった。仲間の遺体は多少の危険を冒してでも前線から運び出し、ポンチョをかけて、それから戦死者登録のスタッフに回収してもらう、というのが海兵隊の確固たる伝統だった。しかしわれわれが踏み込んだこの戦地では、多くの戦死者を放置せざるを得なかった。激烈な死闘を経てシュガーローフ・ヒルが陥落したあとも、その事情は変わらなかった。

雨は五月二一日に降りはじめたが、これは第六海兵師団がシュガーローフ・ヒルを占領確保するのとほぼ同時だった。深い泥のせいで、五体満足な兵士も思ったように動けず、負傷者の救出や必要な弾薬と糧食の運搬に四苦八苦するありさまだった。残念ながら、死んだ人間は後回しにするほかなかった。

われわれは丘のふもとのどろどろになった谷間を重い足どりで歩いた。左手に海兵隊員の遺体が六体見えた。どれもゆるやかな斜面の泥のなかに突っ伏している。日本軍の砲撃を逃れようと、とっさに地面にしがみついたらしい。六人とも「固まって」いた――つまり横に並んで、互いに三〇センチも離れていない。おそらく全員同じ砲弾にやられたのだろう。ほぼ一列に、泥をなめるように伏せた褐色の顔また顔。恐ろしい砲爆にさらされながら、仲間同士で交わされた不安や激励の言葉が耳に聞こえるようだった。どの兵士も錆《さ》びかけたライフルを握っていた。どこから見ても、苛酷な実戦はこれが初体験の、新規の補充兵だったことがわかる。

いちばん手前の若者は左手を伸ばして、断末魔のあがきか、泥をつかんでいた。血の気のない手首には、美しいピカピカの金時計が精巧な金の鎖で留めてあった。たいがいの兵士は――私もそうだが――夜でも文字盤が見え、濡らしても落としてもビクともしない質素な腕時計を、これまた質素な緑の布製バンドで留めている。私は妙な違和感を覚えた。海兵隊員が、それも前線で、やけに目立つ金ピカの時計をしているとは。もっと腑に落ちないのは、闇にまぎれてこっそり高級時計を略奪する日本兵がいなかったことだった。

遺体の横を過ぎるとき、われわれは一人一人、顔を向けてそのむごたらしい光景をじっと見つめた。みんなの表情に、なんともやりきれない思いがにじみ出ていた。

悲惨な戦場に慣れてくると味方の死体を見ても何も感じなくなる、などという話は聞いたり読んだりしていた。だがわれわれの仲間に関するかぎり、そんなことは決してなかった。日本兵の死体はいくら見ても平気だったが、海兵隊員の死体は出会うたびに胸が痛み、とても無頓着ではいられなかった。

ハーフムーン・ヒル

頭上を砲弾がけたたましく飛び交うなか、われわれは大名渓谷西側の新たな攻撃地点に移動した。前線を形成するK中隊の兵士たちは二人、三人と、ハーフムーン・ヒルと呼ばれる、砲撃跡も生々しい草木一本ない泥だらけの丘へと進み、先陣部隊が使っていた壕におさまった。われわれ迫撃砲班は丘のふもと、最前線のおよそ一〇〇メートル後方にあるちょっとした高みの陰に位置を定めた。ハーフムーン・ヒルとのあいだの地形はほぼ平坦に近かった。われわれが砲を設置したすぐ前の隆起もごく低いもので、塹壕《ざんごう》の横に立ち上がると、丘の上（に展開するK中隊）の前線まで見通すことができた。

その向こう、砲煙を透《す》かして左手前方にひときわ高く見えるのが、日本守備軍司令部のある首里高地だった。そのまがまがしい難攻不落の自然の要塞の上に、わが軍の大砲、重迫撃砲、砲撃支援艦が、緩急をつけながら絶えず攻撃を加えていた。だが、敵もひるまない。目標をしっかり見きわめて、大砲や重迫撃砲でこちらの攻撃陣地をくまなく襲ってくる。そんな反撃が連日、昼も夜も絶えることなく続いた。

ハーフムーンはわれわれの南にあった。われわれの右方、少し離れたところには軌間の狭い鉄道線路があり、それがハーフムーンと右手のホースシューと呼ばれる丘のあいだの平地を南に走っていた。そこを抜けると線路は西に曲がって、那覇市街へと延びている。ある士

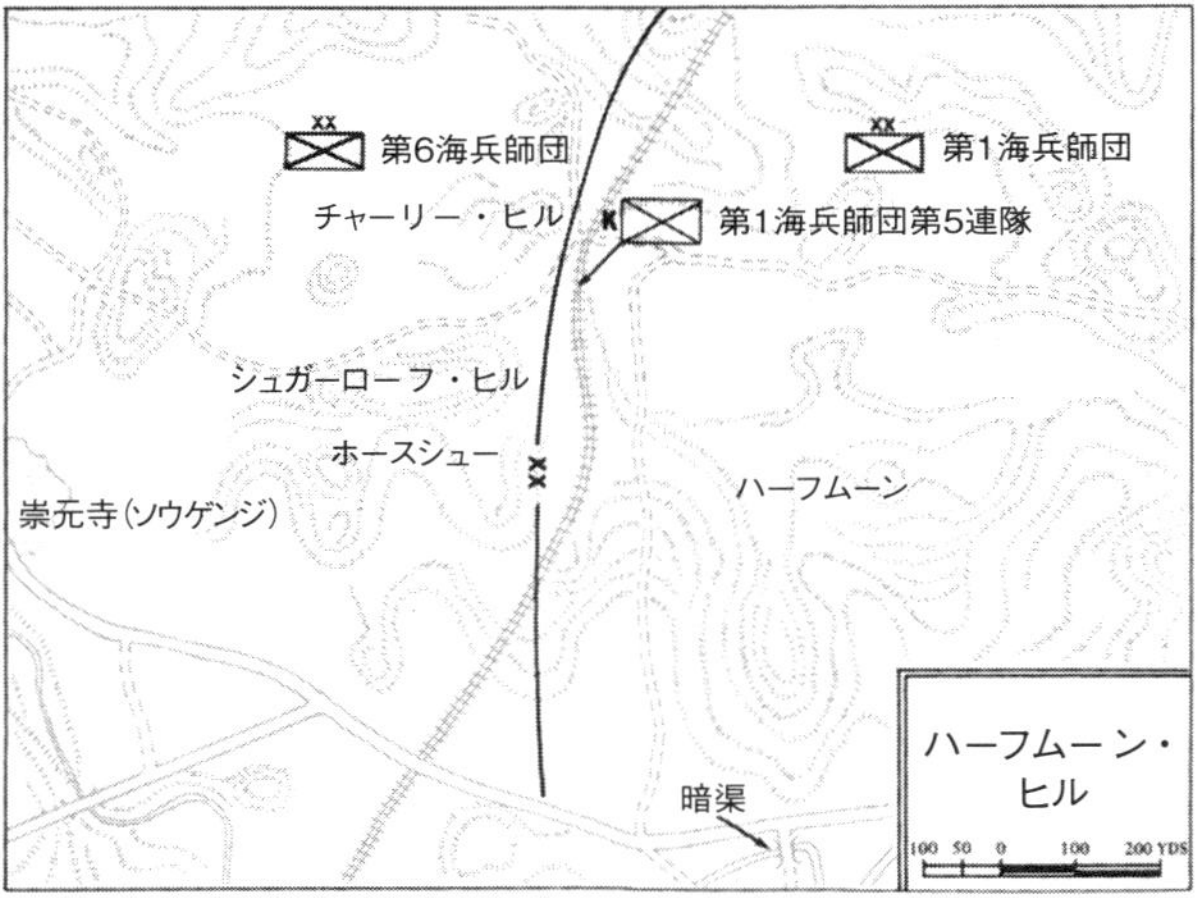

官の話では、線路を隔てた向こう側、われわれの右手（西）からやや後方にかけて広がるのがシュガーローフ・ヒルということだった。

Ｋ中隊は第五連隊第三大隊の右翼をにない、ハーフムーンのふもとを西側へと進んだ。日本軍は南方向に三日月状に張り出した二つの山腹の洞窟群を占領して、頑強に抵抗を続けていた。われわれ中隊の壕は、ハーフムーンのふもと西端の起伏を利用してうがったものだった。そこから右は低い平地へと一気に下っている。

中隊の戦闘指揮所は迫撃砲班の右手、線路沿いの低地にあった。土手の上に防水シートの天蓋《てんがい》を張ったもので、雨に濡れることもない快適な場所だった。一方、何の覆いもないタコ壺では、ライフル兵も機関銃兵も迫撃砲兵も、冷たい雨に四六時中打たれ、濡れネズミになって惨めに凍《こご》えていた。この戦場に移動したころから、また雨が激しくなった。

五月二一日から小やみなく降りつづいた豪雨は、大名渓谷を泥沼にも似た濁流の海に変えた。戦車はぬかるみにはまり、水陸両用のアムトラックさえ泥沼を乗りきることはできなかった。前線の環境は痛ましいほど劣悪だった。物資の補給と死傷者の後送が深刻な問題になった。食糧、水、弾薬も底をついてきた。タコ壺はたびたび水をかき出さなくてはならなかった。兵士の服もブーツも足も体も、つねにずぶ濡れだった。睡眠をとることも不可能に近く、心身両面のストレスが海兵隊員をむしばみはじめていた。

耐えがたい状況をさらに悪化させていたのが、壕のすぐ外に転がる海兵隊員と日本兵の死体だった。K中隊がハーフムーンに到着する前の、五日間にもわたる激闘で倒れた兵士たちが、そのまま放置されていたのだ。毎日戦闘が続くうちに、一つまた一つと死体の数は増えていく。ハエがうようよとたかり、アメーバ赤痢にかかる者も出はじめた。K中隊の面々は、第一海兵師団の仲間とともに、そんな生き地獄のなかで一〇日間も戦いつづけることになる。

われわれは迫撃砲を分散させ、泥地にしては精いっぱいの砲壕を掘った。スナフと私は磁石と観測点からの報告をもとに、迫撃砲の発射仰角《ぎょうかく》を定めた。微調整のため榴弾《りゅうだん》を数発撃ってみたところ、厄介《やっかい》な問題が出てきた。発射ごとに、その反動で砲の底板が軟弱な地面に大きくめり込んでしまうのだ。それでも、そのうち雨もやむだろうと考えた。かりにやまないとしても、底板の下に弾薬箱の破片でも敷けば固定できる、と。ところが、それがとんだ見込み違いだった。

　砲を壕に据え、目標に向けた試し撃ちを行ない、弾薬も準備して、ようやく初めて陣地の周囲に目をやった。そこには、身の毛もよだつ地獄のような光景があった。以前ここは、草のそよぐ低地を絵のように美しい小川がうねり流れる、牧歌的な谷間だったはずだ。それが見渡すかぎり、目をそむけたくなるような泥だらけの荒れ地に変わっている。死と腐敗と破壊がないまぜになった異様な気配に、息が詰まりそうだった。われわれの右手、私の砲壕と線路のあいだにある遮蔽物《しゃへいぶつ》に守られた浅い壕には、海兵隊員約二〇人の遺体が横たわっていた。それぞれ担架に乗せられ、足元までポンチョに覆われている。悲しい光景ではあるけれど、戦闘経験者にとってはよくある一場面でしかない。遺体はとりあえずそこに置かれて、やがて埋葬のため後方へ運んでもらえる時を待っているのだ。彼らはまだしも幸運だった。少なくとも今は、生きているあいだ彼らを苦しめた雨からも、死んでから腐乱を早めようとたかってくるハエの群れからも、守られている。だが、戦場に置き去りにされた、ほかの多くの死体はどうだろう。あたりは砲弾のえぐった穴がそこかしこに口を開け、爆発に巻き込まれた土や泥が一面に飛び散っている。どの着弾跡にも半分水がたまり、その多くには海兵隊員の遺骸があった。痛ましいことに、遺骸の多くは死んだときの姿勢のまま、錆《さ》びた武器をつかんで、なかば泥水に浸かっている。そのまわりを巨大なハエの大群が飛び回っている。

「かわいそうに、なんで連中にもポンチョをかけてやらないんだろう」。暗然と周囲を見やりながら、私の塹壕仲間がつぶやいた。土気色の顔に衝撃が隠せなかった。問いかけの答えは、彼がそうつぶやいたとたんに飛んできた。日本軍の七五ミリ弾がヒューン、ヒューンと立て続けに落ちてきたのだ。われわれが壕に逃れるのと、砲弾が轟音もろとも炸裂《さくれつ》するのと同時だった。首里高地司令部の砲手はわれわれのいるあたりに狙いを定めたらしい。壕から誰か出るたびに砲撃が始まることは、すぐにわかった。負傷した仲間を担架に乗せ、運ぶわれわれも負傷者も弾に当たることなく砲火をついて後方に搬送するのは、至難のわざだった。多くの死体が置き去りになっている理由は、明々白々だった。

激戦のなかで息絶えた日本兵の死体も、いたるところに転がっていた。アメリカ軍、日本軍を問わず、さまざまな歩兵用の装備も散らばっている。ヘルメット、ライフル、ブローニング自動小銃、背嚢《はいのう》、弾薬帯、水筒、軍靴、弾薬箱、薬莢、機関銃用の弾薬帯――それらがわれわれのまわりから丘の上まで、ハーフムーン全域に点々と落ちていた。

ぬかるみは一部、膝まで沈むところもあった。たぶんもっと深い場所もあったのだろうが、試してみる無鉄砲者はいなかった。死体の周囲一、二メートルまでは泥だまりをウジ虫が這っているが、もっと先になると、雨水に押し流されていく。丘には高木も低木もいっさい残っておらず、遮蔽物一つなかった。砲弾が草地をずたずたに裂き、もはや緑はないに等しい。夕刻にはまた土砂降りになった。泥また泥の世界に砲声が轟き、砲弾がえぐった穴からは濁水が溢れ出し、もの言わぬ哀れな死者が腐臭とともに横たわっている。破壊された戦車にアムトラック、そして打ち棄てられた装備類。ただただ荒涼とした風景だった。

たちこめる屍臭は圧倒的だった。そのとてつもない恐怖に耐える方法は一つしかなかった。自分を取り巻く生々しい現実から目をそむけ、空を見上げること。そして頭上を過ぎる鉛色の雲を見つめながら、これは現実じゃない、ただの悪い夢だ、もうすぐ目が覚めてどこか別の場所にいることに気づくはずだ、と何度も何度も自分に言い聞かせることだった。だが、絶えることなく押し寄せる腐臭はごまかしようもなく鼻腔《びこう》を満たし、呼吸するたびに意識しないわけにはいかなかった。

私は一瞬一瞬をしのいで生き延びていた。死んだほうがましだったと思うことさえあった。われわれは底知れぬ深淵に——戦争という究極の恐怖の真っ只中に、いた。ペリリューのウムルブロゴル・ポケット周辺の戦闘では、人の命がいたずらに失われるのを見て、沈鬱な気分におそわれた。そして首里を前にしたここハーフムーンでは、泥と豪雨のなか、ウジ虫と腐りゆく死体に囲まれている。兵士たちがもがき苦しみ、戦い、血を流しているこの戦場は、あまりに下劣であまりに卑しく、地獄の汚物のなかに放り込まれたとしか思えなかった。

第五連隊第三大隊がハーフムーンを占領してまもないころ、われわれは数人の作業班を組んで、膝まで泥に浸かりながら、戦線の後方から迫撃砲の定位置まで弾薬を運ぼうとしていた。途中、線路の路盤に設営された中隊指揮所の近くを通りかかった。

「おい、あれを見ろよ。スタンピーの様子がおかしいぞ!」。仲間の一人がうわずった声を押し殺すように言った。われわれは全員足を止めて、指揮所のほうを見た。そこにはわれわれの上官「スタンピー」・スタンリーがいた。防水シートの外に出て、一人で立とうとするものの、左右から支えられて立つのがやっとというありさまだった。顔はげっそりとやつれ、マラリア特有の悪寒《おかん》にぶるぶる震えている。顔を上げるのもつらそうだ。両側の兵士が何やらスタンピーをいさめている。スタンピーは精いっぱい逆らっていた。だが、よほど容《よう》態《だい》が悪いのだろう、その姿はいかにも弱々しかった。

「気の毒に、例の熱病にやられて足腰も立たないんだ。なのに、見ろよ。たいした男だな。前線からはずれるのがいやなのさ」。スナフがまじめな顔で言った。

「見上げたもんだ」。別の誰かが言った。

われわれはスタンピーの人柄を高く買い、大いに尊敬していた。優秀な指揮官で、部下の信頼も厚かった。その彼がマラリアに冒され、足元もおぼつかなくなっている。冷たい雨に打たれ、重圧に耐え、日々ひたすら体を酷使するこんな戦場では、健康な人間でさえ、いつ倒れてもおかしくない。マラリア感染者が踏みとどまることなどできるはずもなかった。

ハーフムーンの前線を引き継いだ翌朝の日の出ごろ、ジョージ・サレットと私は丘の上の観測点まで登っていった。ハーフムーン・ヒルは上から見ると三日月形を成していて、その両辺が南方向に曲がっている。われわれ第三大隊は丘の頂、三日月の中心部分に位置を占めていた。日本軍は前線の南に延びる両翼の反対斜面、特に左翼（東側）の洞窟群に立てこもっている。

われわれの正面は頂上から急な斜面になっていて、そこからゆるやかな勾配《こうばい》が三〇〇メートルほど続き、その先は、前線とほぼ平行に走る広い道路の土手になっていた。堤の途中には大きな暗渠《あんきょ》がこちらに向けて口を開けている。正面の地域は水はけがよく、ぬかるみもないかわりに、草木もほとんど見当たらなかった。砲撃の跡もあまり目立たない。丘の南端にはさまれた土地には、浅い溝が二本、五〇メートルほどの間隔で掘られていた。溝の位置はわれわれの前線よりも道路のほうに近い。暗渠の開口部まで続くなだらかな斜面は、われわれのいる北側の丘と、南に延びた両翼部分、それに南端を東西に走る道路によって区切られ、どこか古代ローマの半円劇場を連想させるものがあった。「劇場」の見晴らしは完璧だった（が、三日月の両翼にあたる斜面の裏側は残念ながら見えなかった）。

われわれと交代した第四連隊第二大隊が出発するとき残した伝言によると、日本兵は夜になると反対側斜面の洞窟から出てきて、猛烈な攻撃を仕掛けてくるという。それに対抗するため、わが軍の戦艦から、あるいは六〇ミリ迫撃砲を使って、毎晩、照明弾が雨の降りしきる夜空にひっきりなしに撃ち上げられた。

夜明けの空が白むにつれて、小糠雨《こぬかあめ》と薄い霧越しにあたりの地形がもっとはっきり見えてきた。われわれはさっそく迫撃砲三門の目標を定め、それぞれ重要な三つの地点に狙いをつけて、試射弾を放った。

たちまち敵は反応した。巨大な九〇ミリ迫撃砲弾が次々に稜線を襲いはじめた。その密度と間隔の短さから言って、一門だけではなく、迫撃砲班がいっせいに攻撃を仕掛けているのがわかった。敵は丘の頂に照準を合わせ、われわれの左方から中隊前線の右端まで、稜線沿いに砲弾を落としていった。ものすごい砲撃だった。巨大な砲弾が飛んできては落下し、閃《せん》光《こう》や轟音とともに爆発する。榴散弾の破片が唸りを上げ、何人かの兵士が重傷を負った。爆発のたびに、きな臭い泥が飛び散った。負傷者はふもとへと運ばれたが、斜面が泥で滑りやすくなっていて、楽な作業ではなかった。衛生兵の手当てを受けて後方へと送られていく彼らは、一様にショックを受け、身も心も引き裂かれ、血を流していた。

やがて、ふっと不穏な静けさが前線に降りた。突然、誰かが「出てきたぞ！」と叫んだ。日本兵が一人、暗渠の奥から走り出てきた。銃剣を持ち、ふくらんだ背嚢を背負っている。男は斜面に走り出ると、われわれの左手に折れ、丘のふもと南側の隠れ場めざして全力で駆けだした（三〇メートルの全力疾走に挑んでいるようにも見えた）。われわれのライフルとブローニング自動小銃がいっせいに火を噴き、日本兵は味方の陣地にたどり着く前に、もんどり打って倒れた。仲間たちから喝采がわき起こった。

日が高くなるまでに、さらに多くの日本兵が一人また二人と暗渠から飛び出し、同じ山陰に向かって突っ走ろうとした。丘の背面に兵力を集めようとしているのは明らかだった。そこからなら、われわれの前線に対して反撃もしやすく、奇襲や侵入といった作戦にも出られる。できるだけ早く、彼らの足を止めておくに越したことはなかった。敵兵を一人でも斜面の陰に行かせてしまうと、そのうち夜陰《やいん》にまぎれてわれわれの壕の招かれざる客にならないともかぎらない。

日本兵が暗渠から駆け出すたびに、われわれは狙撃を加え、ほぼ確実に仕留めていった。こちらのライフル兵、ブローニング自動小銃兵、機関銃兵にとっては、格好の狙撃訓練と言ってよかった。ライフルによる反撃もなく、敵の迫撃砲も鳴りをひそめていたからだ。

私は休む間もなかった。双眼鏡を手に着弾を観測し、射程を調整し、背斜面と道路への砲撃を指示していく。私のトミーは、この日のような二、三百メートルという距離では、M1ガランド式銃に比べて正確性や安定性に欠ける。観測壕にはM1銃と弾薬もあったので、私としては敵兵が飛び出すのを見るたび、連絡電話と双眼鏡を放り出してM1銃をひっつかみたいところだった。だが、迫撃砲班が砲撃を展開しているかぎり、観測を続けるほかはない。

日本軍はあくまでも背斜面への移動にこだわった。撃ち損じに恵まれて、攻撃網を突破する者もいたが、六〇ミリ迫撃砲は着弾目標を確実にとらえていた。暗渠を出た日本兵がわれわれの砲弾を受けて倒れるのも見えた。

反撃を受けることもなく銃砲を撃ちつづけるうちに、隊員たちの緊張が解けてきた。生死をかけた戦闘のはずなのに、ライフル射撃場か、もっと言えば、昔ながらのシチメンチョウを狙う射撃会のような様相を帯びてきたのだ。仲間たちは、誰がどの日本兵を仕留めたのか、口々に主張しはじめ、にぎやかに冗談を言い合い、喝采をあげつづけた。この数週間、激しい砲撃や銃撃のもとで極度の緊張を強いられてきたのだから、ささやかな息抜きに飛びついたのも無理はない。とうとう敵兵は一人も出てこなくなり、私は迫撃砲班に「撃ち方やめ」の命令を伝えるよう指示された。われわれは腰を下ろして待機した。

小休止のあいだ、私は迫撃砲観測壕の横にある機関銃の壕に足を運んだ。そこにはブローニングの30口径空冷式重機関銃が一挺据えてあり、その射手を訪ねたのだ。その男はペリリュー戦のあと補充兵としてK中隊に加わり、私とはパヴヴで仲良くなった。われわれは彼を「キャシー」と呼んでいた。カリフォルニアで深い仲になったコーラスガールの名だ。既婚者で、妻を深く愛している男だったから、海外遠征の途中でキャシーと関係を持ち、しかも彼女を忘れられないことにひどい罪悪感を覚えていた。

機関銃壕に二人きりで座っているうちに、彼がキャシーの写真を見たくないかと切り出した。私は見たいと答えた。彼はぐっしょり濡れた背嚢をもったいぶった手つきでそろそろと取り上げ、なかからビニールの防水マップホルダーを出した。そしてズック地の覆いを取ると、「これだよ」と写真を差し出した。

私は目玉が飛び出るかと思った。二〇×二五センチのその写真は、私がそれまで見たなかでも極上の部類に入る美女の、全身ポートレートだったのだ。彼女が着ているのは、(着ていると言うのも気が引けるほど) 布地の極端に少ない舞台衣装で、天から授かった見事な肢体を惜しげもなくさらすものだった。

私が大きく息をのむと、キャシーは「美人だろう?」と言った。

「すごいね！」。私は返し、「しかし厄介だな。とびきりのコーラスガールに、愛する妻か」と付け加えた。奥さんと恋人宛ての手紙を逆の封筒に入れないよう気をつけるんだな、などと軽口もたたいた。彼はただ笑って、美しい娘の写真を見つめながらかぶりを振った。

ほとんど信じられないほど現実離れした場面だった。疲れきり恐れおののく二人の若者が、雨の降りつづく丘のぬかるんだ機関銃壕に座っている。周囲は悪臭を放つ泥また泥で、そこここに腐乱死体が埋もれ、あるいはなかば埋もれかけている。丸々と太ったウジ虫がうようよのたくっているあたりは、日本兵の死骸が横たわっているしるしだろう。そんな陰惨な場所で、二人してセミヌード美人の写真を観賞しているのだ。肥《こえ》だめで真珠を見つけたようなものだった。

その写真を見るうちに、私はあることに気づいて衝撃を受けた。この世には弾が飛んでくることもなく、人々が血を流したり、苦しんだり、死にかけたり、泥のなかで腐ったりすることもない場所がほんとうにあるのだということを、だんだん信じられなくなっていたのだ。私は絶望的な思いにかられた。こんな戦いを続けているうちに、私の精神は病んできているのではないか。こんな極限状況に置かれていると、気がふれる人間も少なくない。そんな場面をこの目で何度も見てきたのだ。第一次世界大戦では「シェルショック」、もっと専門的には「ニューラスシーニア（神経衰弱）」などと呼ばれたが、第二次世界大戦では「戦争神経症」という用語が用いられていた。

セミヌード美人の写真がこういうことを考えるきっかけになったというのも妙な話だが、

そのとき固く心に誓ったことは鮮明に覚えている。私は日本人に殺されるかもしれないし、負傷することもあり得るだろうが、正気だけは絶対に失うまい。そう心に決めたのだ。平和な母国の一般市民なら、たとえ気の狂いそうな思いはしても、その実たいした問題ではないことも多いかもしれない。しかしこの戦場では、どんなに意志の強い人間でも、精神に異常をきたすだけの理由は十分すぎるほどあるのだ。

ひそかな決意が功を奏したのか、私は延々と続く、底なし沼のような恐ろしい日夜をなんとかしのぐことができた。もっとも夜になると、正気の縁《ふち》から滑り落ちそうになるときもあった。照明弾や曳光弾が燃えつきて、束の間闇に閉ざされるときなど、埒《らち》もないことを考えはじめて歯止めがきかなくなったことも、一度や二度ではなかった。

「また出てきたぞ!」。誰かが叫んだ。キャシーは写真をすばやく背嚢に戻すと、くるりと向きを変え、左手で機関銃の握把《あくは》をつかんで引き金に指を置き、右手で槓桿《こうかん》を握った。どこにいたのか、弾薬手が現れて、すぐ弾帯を装塡《そうてん》する定位置についた。観測壕に取って返そうとしたが、ジョージがもう連絡電話を持っているのが目に入ったし、迫撃砲の発射準備はまだできていないはずだ。私はキャシーの壕で、彼のM1ライフルを構えた。

敵兵が数人、暗渠から走り出るのが見えた。一〇人目を数えたところで、銃撃の火蓋が切られた。敵兵は信じがたいほど勇敢なことに、数メートル間隔で横一線の隊形をとり、遮るもののない荒野を無言でこちらに突き進んできた。あっぱれだが、いかにも無謀だった。われわれの攻撃を阻んだり牽制《けんせい》したりするための、援護射撃すらないのだ。まるで機動演習でもやっているようで、彼らがわれわれに迫る可能性はゼロに等しかった。
私は機関銃のわきに立ち、狙いを定めて、ライフルを連射しはじめた。日本兵たちは控え銃の姿勢を保ち、反撃すらしてこない。こちらの前線では、誰もがわめきながら銃弾を繰り出していた。敵は完全武装のうえ背嚢や袋類まで身に着けていた。ということは、食糧や予備の弾薬まで帯びているということだ。これが本格的な反攻の始まりなのかもしれなかった。

数秒とたたないうちに、一〇人中八人までが突っ伏すように、またあるいはくるりと一回転しながら、地面に崩折れた。そのまま、ぴくりとも動かない。残った二人は不毛な努力と悟ったのだろう、回れ右して暗渠のほうへ逃げ戻りはじめた。われわれの多くは銃撃をやめて成り行きを見つめた。それでも何人かは撃ちつづけたが、弾は当たらず、二人ともそのまま逃げ延びるかと思われた。だが最後の最後に、浅い溝の近くで一人が前のめりに倒れた。残った一人は立ち止まらなかった。

キャシーがその兵士に機関銃の照準を合わせたちょうどそのとき、「撃ち方やめ」の命令が前線に伝えられた。だが機関銃がうるさくて、われわれの耳には届かなかった。キャシーは弾薬筒五つごとに煙弾が一撃放たれるよう、弾帯を設定してあって、その八発ほどを立て続けに発射した。弾は逃げる日本兵の背嚢に命中し、肩胛骨《けんこうこつ》のあいだに食い込んだ。

私はキャシーの背後に立ち、機関銃の銃身越しにその様子を見ていた。煙弾は男の脊椎か何かに当たって、方向が変わったに違いない。一発が右肩から飛び出し、もう一発が左肩を破って出た。撃たれた日本兵はライフルを取り落とし、顔から泥土に突っ込んで、それきり動かなくなった。

「やった、やつを仕留めたぞ！」。キャシーは歓声をあげ、跳ね回りながら私の背中を叩き、弾薬手と握手した。有頂天になるのも無理はなかった。見事に敵を倒したのだ。

溝のそばに倒れた敵兵が這いずりはじめ、溝のなかに転がり込んだ。仲間の一部が銃撃を再開した。降り注ぐ弾丸が、溝のなかを必死で這う兵士のまわりで土を撥《は》ね上げた。溝が浅くて身を隠すこともできないのだ。機関銃の煙弾がまがまがしい赤い矢のように、地面にぶつかっては跳ねた。

そのとき、それまでめったに見られなかったことが起きた。日本兵と戦うべき海兵隊員が、その日本兵に憐れみの情をかけたのだ。仲間の一人がこう叫んだ。「やめろよ！　もういいじゃないか。あれだけやられてりゃ、絶対、助かりっこないさ」

別の誰かが怒声を張り上げた。「馬鹿野郎！　あんちくしょうはニップなんだぜ。おまえ、頭でもいかれちまったのか？」

銃撃は続き、ほどなく目標をとらえた。傷ついた日本兵は泥だらけの溝で、徐々に動かなくなった。彼も彼の同志たちも精いっぱい戦った。「天皇陛下の御《おん》ために名誉の戦死を遂げられました」――家族はそんなふうに告げられるのだろう。だが実際は、無駄死にだった。彼らの命は屍臭《ししゅう》漂う泥だらけの山腹で、満足な理由もなく、ただいたずらに失われていったのだ。

だがこの事態に仲間の多くは浮かれていた。長いあいだ砲火に耐えてきただけに、なおのことはしゃぎたかったのだろう。そこへシャドウの罵声《ばせい》が飛んできた。「きさまら、撃ち方やめ、と言ったのがわからんのか！」。彼は滑ったり転んだりしながら前線を動き回り、あちこちで笑顔の海兵隊員を見つけては、口汚く当たり散らした。左手にヘルメットを持ち、戦闘帽を脱いで泥にたたきつける動作を繰り返す。帽子が泥でごわごわになっても、いっこうにお構いなしだ。目をつけられた誰もが、仏頂面《ぶっちょうづら》でじっと座ったり立ったりしたまま、鬼中尉が罵詈《ばり》雑言《ぞうごん》を吐き出し終えて離れていくのを、辛抱強く待った。

機関銃壕でもシャドウは立ち止まり、まだ歓喜に跳ね回っているキャシーを「いい加減にしろ、このお調子者が！」と怒鳴りつけた。それから私をじろりとにらんだ。「きさまは迫撃砲の射弾観測が仕事だろうが。そのろくでもないライフルにちょっかいを出すな、この馬鹿」

めったに逆上などしない私だが、このときばかりはむっとした。あと腐れさえなければ、M1銃でこの男の脳天をぶん殴っていたに違いない。

さすがにそれはこらえたが、上官の馬鹿げた言動に、向こう見ずにもこう口走っていた。「迫撃砲は射撃態勢になっておりません。自分らはニップを殺すために送られてきたのではないのですか？　それならチャンスがめぐってきたとき、どの武器を使おうと何の問題もないはずであります」

シャドウの威嚇的な形相に驚きの色が浮かび、ついで困惑の表情に変わった。いぶかしげに小首をかしげて私の言葉を反芻《はんすう》する上官の前で、私は口を慎むべきだったと後悔しながら黙って立っていた。シャドウに同行している優秀な三等軍曹が私をにらみつけるような、笑いかけるような、微妙な顔をした。突然、シャドウが背を向けて歩きだした。私にはもう目もくれず、尾根づたいに、壕を過ぎるたび、なかにいる兵たちにいちいち悪態をつきながら遠ざかっていく。もう二度と軽率な口はきくまいと、私は自分に言い聞かせた。

日が暮れようとするころ、腐臭に満ちたよどんだ大気をぬうようにそぼ降る雨を透かして、目の前に広がる風景に目をやった。キャシーが撃った日本兵の荷物から、かすかな煙が上がっていた。曳光弾が何かに引火したのだろう。煙は細く、まっすぐに立ちのぼり、途中でふっと横に広がっていく。支柱に円盤を載せたような、と言ったらいいだろうか。今にもかき消えそうな、幻想的な光景だった。不思議な煙が、まるで墓標のように、屍臭を吸ってよどんだ空気のなかに浮かんでいる。動くものは何もない。点々と転がる屍《しかばね》。そこには、ただ寒々とした死があるだけだった。

ジョージと私は迫撃砲壕に戻るようにと命じられた。観測壕の夜番は誰か別の人間がするのだろう。中隊の前線から迫撃砲の発射地点に戻るのは、大仕事だった。体力的にもきついし、危険このうえない。尾根後方の泥だらけの斜面を下っていくのは、油を塗った滑り台を歩くようなものだった。

戦闘の初めのころ反撃に出た日本兵が、数えきれないほど大勢、尾根のいたるところで殺されていた。死体はできるだけ早い機会に土で覆ってある。だが前線ではまだ殺戮《さつりく》が続いている。夜間に尾根の陣地を襲って殺される敵兵もいる。われわれにはシャベルで泥をかけることしかできなかった。

ただでさえひどい状況なのに、あたりで敵の砲弾が炸裂するともっとおぞましいことになる。大量の土や泥がはじき飛ばされて、埋まっていた死体が顔を出したり、ちぎれた肉片が飛び散ったりするのだ。砲壕の周辺はもちろん、丘全体が悪臭を放つ堆肥《たいひ》の山のようだった。

ぬかるんだ斜面で足を滑らせたが最後、そのままふもとまで転げ落ち、反吐《へど》をはきながら起き上がるはめになりかねない。事実、そんな場面を何度か目撃した。足をとられてふもとまで滑り落ち、恐怖に顔を引きつらせて立ち上がると、信じがたい光景に目をむく。泥にまみれた戦闘服のポケットから、また弾薬帯から、あるいはゲートルの締め紐まで、ありとあらゆるところから、丸々とした無数のウジ虫がばらばらと落ちてくるのだ。仲間の手も借りて振り落としたり、弾薬箱のかけらやナイフの先でこそげていくしかなかった。

そんな話は仲間うちでもしなかった。神経の図太くなった古参兵にとっても、あまりに恐ろしく忌まわしいことだったからだ。苛酷をきわめる状況に兵たちは押しつぶされ、私の知る最も屈強なつわものでさえ、悲鳴をあげる瀬戸際まで追い込まれていた。戦争について書く人間も、こんな胸の悪くなるような事柄はふつうは書かない。そんな身の毛もよだつ戦場に生きて、昼も夜もなく延々と戦いつづけ、しかも正気でいられるなどということは、自分の目で見ないかぎり想像もつかないだろう。だが、私はそれを沖縄でいやというほど見てきた。私にとって、あの戦争は狂気そのものだった。

第一三章　突破口

日本軍の歩兵はたびたびわれわれの前線を攪乱《かくらん》する行動に出た。夜な夜な前線への侵入を試み、ときには成功した。敵兵の夜襲にからんで、この時期、こんなことがあった。スナフは以前ペリリュー島で戦闘指揮所の面々にあることを宣言していたのだが、その宣言を沖縄の地で果たして、上官の鼻をあかしたのである。われわれがペリリューの前線を退いたある夜、スナフはトミー（トンプソン式短機関銃）で二人の日本兵を撃った。一人は死に、もう一人も瀕死の重傷だった。するとある三等軍曹が、死んだ兵士を埋めるようスナフに命じた。スナフは猛然と抗議した。あそこでもし自分が撃っていなかったら、敵はそのまま指揮所に乱入していたはずだと。たしかに正論だった。軍曹は、そうかもしれんが死体は埋めねばならない、おまえが撃ったのだから埋めるのはおまえの仕事だ、と譲らなかった。そこでスナフは宣言した。金輪際《こんりんざい》、指揮所に向かう敵兵を撃つことはしない、と。

その日も未明から薄い霧がかかり、雨が地面を叩きつけていた。そんな惨めな状態ではとても眠るわけにはいかず、うとうとするのが関の山だが、スナフの声ではっと目覚めた。

「止まれ。誰だ、そこを行くのは。合い言葉は？」

疲れきって頭はぼうっとしていたが、鉛色の空を背景にスナフの顔のシルエットが浮かんで見えた。ヘルメットから雨粒がぽたぽたとこぼれ、角張った顎を覆う分厚い髭の一本一本に水滴がついて、ビーズのように淡い光をとらえていた。私が膝からトミーをつかむのと同時にスナフも45口径ピストルを構えて、二〇メートルほど先を進む二つのかすんだ人影に狙いをつけた。薄暗いのと霧や雨のせいで見通しが悪く、二人ともアメリカ軍のヘルメットをかぶっているという以外、ほとんど何もわからない。スナフの誰何《すいか》の声に、二つの人影は立ち止まって名乗るどころか、急に足を速めた。

「止まれ、止まらんと撃つぞ!」。スナフが叫んだ。

二つの影は滑りやすい斜面を、鉄道線路に向かって一目散に走りはじめた。スナフは銃弾を数発放ったが、どれも当たらなかった。まもなく線路の方角から、味方の手榴弾《しゅりゅうだん》の爆発音が二度ほど聞こえてきた。それから、ニップをやっつけたぞ、と叫ぶ声がした。すぐに夜が明け、われわれは事の顚末《てんまつ》を聞こうと、線路の堤のほうへ足を運んだ。

線路脇のタコ壺まで来ると、二人の銃撃手がにやにや、げらげら笑っていた。防水テントの下でぬくぬく眠っていた指揮所の面々が手榴弾の音にあわてて跳ね起き、土砂降りのなかへ飛び出してきたのが痛快だったらしい。われわれが着くころには、飛び出してきた上官たちも指揮所にぞろぞろと戻りかけていた。手を振ってみたが、きつい目でにらまれただけだった。

自分の壕に帰る前に、敵兵の死体を見た。海兵隊のヘルメットをかぶっているものの、それ以外は日本兵の服装だった。一人は手榴弾を顔面に受けて、顔がないどころか、首から上はほとんど残っていない。もう一人のほうはそこまでひどくなかった。

スナフと私が壕に戻って落ち着いたころ、指揮所からハンク・ボーイズ一等軍曹がつかつかとやってくるのが見えた。各壕に立ち寄っては、日本兵を見過ごして指揮所の一歩手前まで来させた責任者が誰なのか、調べて回っている。いよいよわれわれの番になり、おまえたちはどちらか一人が見張り番のはずなのに、どうしてやつらを見逃したのかと訊かれた。

すぐさまスナフが答えた。「ああ、たしかにやつらが通るのは見ましたよ。でも指揮所のほうへ行くんだと思ったもので」（日本兵を誰何したことや、発砲したことには触れなかった）

ハンクは仰天して、「どういう意味だ？」と詰め寄った。

スナフは肩をいからせて言った。「覚えていますかね。自分はペリリューで指揮所を襲おうとしたニップを二人撃って、その死体を埋めさせられました」

「ああ。だから？」。ハンクが脅すように低く言った。

「だから、言いました。どうしても自分に埋めさせるというなら、今後、指揮所に向かうニップを見かけても、もう絶対に、止めたりしないってね」

私は低い声でうめくように言った。「おい、やめろよ、スナフ」

上官にこんな口をきいて、ただで済むはずがない。ハンクは恐れを知らぬ猛者《もさ》で、われわれの信頼も厚かったが、やるべきことをやらない海兵隊員には容赦なく雷を落とした。部下を思いやって人間らしく扱ってくれるが、それもわれわれが命令に従い、最善を尽くしていればこそだった。それができない者へどんな仕打ちをするのか――それは見たくなかった。だが、もう避けられそうにない。私は顔をそむけて、なかば目を閉じた。まわりの壕からはらはらしながら成り行きを見守っていた兵士たちも、やはり顔をそむけた。

が、何事も起こらなかった。ちらっと盗み見ると、ハンクとスナフは仁王立ちしたまま、燃えるような目でにらみ合っていた。闘鶏と大鷲が互いに一歩も退かない、そんな図に見えた。

とうとうハンクが口を開いた。「二度とこんな真似は許さんぞ！」。そう言い捨てると、おもむろに指揮所のほうへ歩み去った。

スナフは何やらぶつぶつ言っていた。残りの人間はほっと胸をなで下ろした。私はてっきり、ハンクがスナフに、少なくとも線路脇の日本兵を埋めるよう命じるものだと覚悟していた。そうなれば、ペリリューのときと同じように、伍長であるスナフから私へとお鉢が回ってくる。だが、結局そんなことにはならず、誰かほかの人間が二つの死体に泥土をかけた。

ずっとあとになって、ハンクにこのときの心境を尋ねてみたことがある。彼が三つの戦闘でぬきんでた武勲を残し、K中隊を離れて帰国することになったときのことだ。ハンクは私の目を見てにやりとしたが、結局ノーコメントを通した。しかし、その口元がすべてを物語っていた。自分はスナフに一目置いていた、やつが任務を怠ったのでないことも承知していたよ、と。おそらくはハンク自身も士官の誰かに聞き取りを命じられただけなのだろう。

戦況は厳しく、ハーフムーンの膠着《こうちゃく》戦で倒れた死傷者は、見るに忍びないほど悲惨だった。島の景観は美しかったが、だからといって負傷兵の苦痛や戦死者の悲哀がやわらぐものでもない。だが、それ以上に酸鼻《さんび》をきわめたのが、その後の首里攻防戦である。傷つくにしろ、死ぬにしろ、あれほどひどい戦場がこの世にあろうとは思えなかった。

負傷者の大部分は敵の砲弾の破片にやられていたが、砲弾が炸裂《さくれつ》するショックで脳震盪《のうしんとう》を起こす人間も、いつになく多かった。絶え間なく重砲火にさらされていたことを考えると、それもうなずける。死傷者も、難を逃れた人間と同様、泥にまみれ、ぐっしょり濡れていた。そのことが血に染まった包帯や、衝撃と苦痛に生気の失せた顔をよけいに際立たせた。彼らを後送するために冷たい雨と深い泥のなかで苦闘するわれわれも、恐ろしさとやりきれなさをいっそう強く感じさせられたものだった。

脳震盪を起こした者も、一部は自力で歩くことができ、介助と誘導によって（方向感覚をまったく失ったとおぼしい者もいた）夢遊病患者のようにふらふらと戦場をあとにしていった。ショックと恐怖に怯《おび》えきった表情の者もいれば、よく知った顔なのに見分けがつかないほど変わり果て、衝撃にもう恐怖を感じることさえできず、ただうつけた表情を見せている者もいた。炸裂した砲弾が、彼らを文字どおり別世界へ送り込んでしまったのだ。そこから戻らない者もいた。二度と正気に返らず、心の幽界をさまよい、どこかの軍人病院で「生ける屍《しかばね》」として余生を送ったのである。

戦争神経症には多くの仲間が苦しんだ。症状はさまざまで、周囲の状況を認識できずに放心したままの者から、ただすすり泣く者、さらに極端な場合は大声でわめき叫ぶ者まで、実に幅広かった。ストレスは戦争にはつきものであって、われわれがまず闘わなくてはならない強敵である。小火器の射撃にさらされようと、敵の侵入や襲撃に脅かされて眠れぬ雨の夜がどれだけ続こうと、なんとか自分で対処するしかない。だが、膠着して長引く首里戦線で延々と砲撃を受けつづけることは、人間が耐え得る重圧の限界を超えていたのではないだろうか。実際、いつもなら何物にも動じない歴戦のつわものが、次々に精神的また肉体的につぶされていった。私の経験からすると、兵士が耐えるべき種々の苦難や危険のうちでも、果てしなく続く砲爆撃ほど人間の神経をボロボロにするものはないと思う。

負傷者以外にもかなりの数の人間が後送され、兵員名簿には「疾病《しっぺい》」と記載された。一部はマラリア患者だった。そのほか高熱を発した者、呼吸器をやられた者、体力の消耗が激しく、雨ざらしの露営といった過酷な環境に耐えられなくなった者もいた。肺炎にかかる者も続出した。ただし、体調を崩しても前線を去らない、気丈な兵士も多かった。一週間以上も冷たい雨に打たれてずぶ濡れのままでいれば、どこかおかしくなっても不思議ではない。それでも戦線に踏みとどまったのである。

実際、ほとんどの兵士が足に深刻な問題を抱えていた。足を痛めた歩兵というのは、たとえ最良の条件下にあっても惨めなものだ。ざっと十四、五日間にわたって（記録をたどると五月二一日から六月五日までだったようだが）われわれの足は水浸しで、軍用ブーツも泥でごわごわになっていた。砲弾の飛び交う前線にいるかぎり、ブーツを脱いで乾いたソックスを履く余裕はなかった。たとえ乾いたソックスを持っていたところで、革のブーツを洗って乾かすすべはない。大方の兵士が泥のこびりついたゲートルをはずしてズボンの裾をソックスのなかにたくし込んでいたが、それもほんの気休めだった。その結果、ほとんどの兵士の足は悲鳴をあげていた。

私の足も奇妙な痛みに襲われ、歩いたり走ったりするのがつらかった。血行をよくして温めようと指先をもぞもぞ動かすと、ブーツのなかにぬるっとした感触が残る。気色の悪いこのぬめりは、日を追うごとにひどくなった。歩くときも走るときも、私の痛む足は水浸しの靴のなかで前後にずるずると滑った。幸い感染症を起こすことはなかったが、それ自体ほとんど奇跡に近かった。

泥や水に長く浸かっていたために起こる足の異常を「浸漬足《しんし》」と呼ぶことは、あとになって知った。第一次世界大戦のころは、「塹壕《ざんごう》足」と呼んだらしい。この病気のやりきれない不潔さと苦痛は、私に忘れがたい不快感を残した。こんな経験をすればどんな人間でも、乾いた清潔なソックスが履けることを一生ありがたく思うに違いない。乾いたソックスを履くといったごくささいなことが、たいへんな贅沢に思えた。

雨がいっこうに上がらないせいで、手の指の皮膚も異様なほど皺だらけになった。爪がふやけ、手の甲や指関節がただれ、そこがかさぶたになった。かさぶたは日に日に広がり、指を動かすたびに痛んだ。弾薬箱などでかさぶたをこそげるのが癖になったほどだった。

兵士宛ての私信はカンバス地の袋に入れられ、たいがいは弾薬や食糧といっしょに届けられた。母国からの便りは、沈滞ぎみの士気を高めるという意味でも、はかりしれない価値があった。ところが、この戦場では手紙を読むのも一苦労なのだ。実際に何度もあったことだが、滝のような雨から手紙を守るためにその上にかがみ込んで、できるだけ手早く読まなくてはならない。ぐずぐずしているとインクがにじんで判読できなくなるからだ。

手紙の大半は家族や民間の友人からのものだったが、ごくたまに、すでに帰国したK中隊の元戦友の便りも混じっていた。最初のころは家族や「酒と女と歌」のもとに戻った喜びがつづられていたが、だんだんと苦々しい口調になり、母国に幻滅したといった文面が続くこともあった。できることなら懐かしい部隊に復帰したい、などと書いてあることさえある。帰国前に彼らがなめた辛酸《しんさん》や危険、首里目前でわれわれが置かれている現状を考えると、帰還した仲間たちの言葉には戸惑いを覚えた。

言い回しはそれぞれだが、彼らが何に幻滅しているかというと、要するにかつての戦友以外とは心が通わないということのようだった。母国ではガソリンや肉類こそ配給制になってはいるものの、日常生活は安泰で、何の苦労もない。戦役記念章と従軍星章を身に着けた元海兵隊員に酒やビールをおごろうという人々も多かった。だが、どんなにいい暮らしに恵まれても、どんな贅沢ができても、戦場で固く結ばれた男同士の友愛には代えられないというのだ。

戦争を食い物にする人間や、心身ともに健康なのに他人を犠牲にして兵役を免れる連中の噂も聞いた。母国の人間は「戦争がどんなものか、まるでわかっちゃいない。のほほんと暮らしてきたんだから」――そんなことを書いてよこしたのもあった。仲間と泥のなかに座っていて、「日本軍かドイツ軍がアメリカの都市を爆撃したら、一般市民も戦争の何たるかを理解するだろう」という声を耳にしたことも一度ではない。アメリカ市民に犠牲者が出ることなく、ただ怖い思いをするだけで済むなら、それもいいかもしれないと同調するむきもあった。ただし、爆撃されるのが自分の出身地でないことだけは、誰もが望んでいた。

あんなに帰国を望んでいた戦友が、海外戦線にふたたび志願することを考えているなどと書いてよこす気が知れなかった（実際、何人かはほんとうに志願した）。戦争にはうんざりしていても、ふつうの社会生活や安楽な国内の軍務に順応することのほうがむずかしかったのだ。その気持ちがようやく納得できるようになったのは、自分たちも帰国してからのことだった。この国には欠点があると言っては、やれコーヒーがぬるいの、駅やバス停で並んで待たされるのが許せないのと、つまらないことに不平を並べたてる人間がいかに多いことだろう。

先に帰国した仲間は熱烈な歓迎を受けた。のちには、生き残ったわれわれも温かく迎えられた。しかし母国の人々はわれわれが経験したことを理解していなかったし、また今にして思えば、理解できるはずもなかった。自分たちと戦争を知らない人々のあいだには永遠の溝がある、われわれにはそう思えた。自己憐憫《れんびん》に浸っていたわけではない。ただ母国の同胞に、あなたがたの幸運をわかってほしい、ささいな不便や不都合は黙って我慢してほしいと思ったのだ。

第一次世界大戦にイギリスの歩兵将校として参戦した詩人のシーグフリード・サスーンが、自身の帰国時に同じ思いを経験している。その思いが凝縮されているのが次の一節だ。

あなたたち　乙に澄ました　燃ゆる瞳の群衆よ
若き兵士の行軍を　歓呼で見送る人々よ
家に帰って　祈るがいい　あなたたちにはわからない
若さと笑いの行くところ　それが地獄だということが

詩人の言葉は、第一次世界大戦時のフランスだけでなく、ペリリュー島にも、首里手前の泥だらけの戦場にも当てはまるだろう。

当時、われわれのもとにやってきた年若い補充兵のなかには、状況になかなか適応できない者もいた。砲火に慣れるのがむずかしい、というだけではない。砲撃は頑健な古参兵さえ怖《お》じ気《け》づくほどすさまじかったが、それ以上に、われわれを取り巻く環境そのものが劣悪すぎた。沖縄戦線に投入された海兵隊の補充兵は、その多くが所属部隊の兵員名簿にさえ載らなかった。補充兵の配属通知がアメリカ海兵隊司令部に届く前に、撃たれてしまったからだ。

沖縄作戦では、私たちが名前も知らないうちに撃たれてしまう補充兵も多かった。心の整理もつかないまま、不安と希望を抱えて戦場にやってきて、たちまち負傷するか戦死するかして、怖じ気づき血を流し、もしくは冷たくなって、やってきた同じ道を後方へと戻っていった。彼らは絆《きずな》を断たれた若者だった。非情な戦場にやってきて、あっという間に退避を余儀なくされた、身寄りのない浮浪児だった。棚に並べられたまま誰にも読まれることのない本のように、名前も顔も知られないまま去っていった。われわれの中隊に所属もせず、友人をつくるいとまもなく、銃弾に倒れたのだ。

もっとも、早々に撃たれて百万ドルの傷を負った補充兵は、実のところ幸運だった(1)。

われわれの食事はおもに冷たい缶詰のC号携帯口糧と、ごくたまに携帯用コップで飲む熱いコーヒーだった。コーヒーがいれられれば、立派なごちそうといえた。降りしきる雨のせいで、小さな固形燃料では湯も沸かせないのだ。野戦食のシチュー缶の上にかぶさるようにして、雨を防がなければならないこともあった。そうしないと、冷たいシチューを口に運んでいるうちに缶が水浸しになってしまう。

食事をするのは、空腹でやむを得ないときだけだった。腐肉の臭いが鼻腔《びこう》に満ちてたびたび吐き気を催す状況では、よほどの空腹でもなければ食欲の起きるはずもなかった。この時期、食事の量は少なかったけれども、私は機会をつかまえては、温めたコーヒーやブイヨンを飲むようにした。

連日の雨で、武器も錆《さ》びつく可能性があった。われわれはたいがい、45口径自動ピストルのホルスターに、支給された緑色のビニールカバーを詰めていた。この詰め物はほどくと長い帯状になるので、カービン銃やライフル銃、トンプソン式短機関銃などの上にかぶせることができる。迫撃砲を使っていないときはもっと大きなビニールカバーをかぶせておいた。こちらのカバーは自分たちがかぶるための支給品だった。日本軍が万一マスタードガスを使用した場合、これに潜ってうずくまり、毒ガスを浴びるのを避けるのだ。武器にはたっぷり油も差したので、戦場の悪条件を考えると不具合は驚くほど少なかった。
砲撃と泥のため、衛生設備はいっさいなかった。各人が手榴弾の容器や弾薬箱を使用し、排泄物は壕の周辺のすでに汚れた泥のなかに投げ捨てた。

昼間の戦場はもとより凄惨《せいさん》をきわめたが、夜は夜で、それは恐ろしい悪夢の連続だった。照明弾や曳光弾《えいこうだん》が一晩じゅう、上空を照らしていたが、その合間合間には、あたりが闇に閉ざされるぞっとするような瞬間が訪れた。

冷たい雨の降るなか、泥だらけのタコ壺で眠るのは不可能に近かった。それでも、相棒が見張りに立って壕にたまる水をかき出してくれているあいだに、濡れたポンチョにくるまって短時間まどろむことはあった。たいがいは壕の底に座るかしゃがむかして、うとうと仮眠するしかない。

いつもは負傷者の面倒を見たり弾薬をとりに出たりする以外、夜中にあえて壕の外に出ることはなかった。曳光弾や照明弾があたりを照らすと、誰もがその場に凍りつき、次に暗くなるまで待ってから移動した。照明があたると、緑がかった不気味な光に照らされて、ななめに落ちてくる雨粒が銀の矢のようにきらめいた。強風にあおられれば、雨足はほとんど地面と平行になって見えた。砲弾跡にたまった泥水も、死者や生者のヘルメットや武器も、光を反射してぎらぎらしていた。

私は頭のなかで、周囲の地形の特徴や目標物の位置を整理した。草木はまったくなかったので、斜面の隆起や窪《くぼ》み、同僚のタコ壺壕、着弾跡、死体、戦車やアムトラックの残骸などがおもなポイントになった。とりわけ、生死を問わず、味方の兵がどこにいるかをつかんでおくことが重要だった。侵入や襲撃を試みる敵に発砲する際、味方を撃たないように居所を頭に入れておかなくてはならない。死体の位置と姿勢をもれなく確認しておくことも大切だった。侵入を図る日本兵は、照明弾が打ち上がると地面に伏せて死体のふりをする。うっかりすると死体にまぎれて見落としかねないのだ。

この地に留まる時間が延びるにつれ、ますます夜が果てしもなく長く思えてきた。緊張が極限に達し、夢うつつの仮眠からいきなり目覚めては、あたりが照らされていれば、相棒が敵兵の侵入を警戒していることをこっそり確かめたものだ。私自身もすばやく周囲に目を走らせ、とりわけ背後に気を配った。ハーフムーン・ヒルを離れるころには、照明弾が上がっていない時間帯まで、しじゅう半目を開いている状態に陥った。

私の目に、死んだ海兵隊員たちが起き上がり、無言で戦場をうろつく姿が見えはじめた。たぶん夢を見ていたのだろう。目が覚めているようで、実は眠っていたのかもしれない。それとも、とことん疲れ果て、あらぬものが見えたのだろうか。幻覚にしても、奇怪で空恐ろしかった。しかも、いつも同じ夢だ。死者たちが水浸しの弾の孔《あな》や泥のなかからゆっくりと身を起こし、前かがみの姿勢で、足を引きずりながら、あてもなくさまよい歩く。その唇が動いて何かを私に告げようとする。何を言っているのか、私は懸命に耳をそばだてる。彼らは苦痛と絶望に悶々《もんもん》としているようだった。私に助けを求めているのだと思った。何より恐ろしいのは、彼らを救うすべが私にないことだった。

いつもそこではっと目覚めては、気分が悪くなり、夢のおぞましさに気がふれそうになった。物言わぬゾンビがまだいるのではないかと目を凝《こ》らしてみるが、それらしきものは何も見えない。照明弾が地上を照らしても、沈黙と寂寥《せきりよう》があたりを包んでいるばかり。どの死体も元の場所にあった。

西側の尾根下には砲弾のえぐった穴がいくつも口を開いていて、そのまわりには海兵隊員の死体が点々と転がっていた。いちばん端にある壕の右縁の向こうは急勾配で下り、その先のぬかるんだ平地へとつながっている。丘のふもと、私がいる場所のほぼ真下に、直径およそ一メートル、深さもおそらく一メートルほどの、一部水に浸かった着弾跡があった。その穴のなかにあった海兵隊員の遺骸の身の毛もよだつ姿が、今も脳裏に焼きついて離れない。瞼《まぶた》を閉じると、まるで昨日見たばかりのように、鮮やかによみがえってくるのだ。

その哀れな死体は敵陣に背を向けて座り、砲弾でできた穴の南側の縁にもたれていた。首をかしげ、ヘルメットで防護した頭を穴の縁にあずけているので、その顔——もしくはかつて顔だったもの――は私をまっすぐに見上げる格好になっている。両膝はねじれて、左右に開いていた。骨張った手が股の上に抱いているのは、錆びかけたブローニング自動小銃だ。カンバス地のゲートルがふくらはぎと軍用ブーツの上部をきちんと覆っている。くるぶしは泥水に隠れて見えないが、靴の爪先は外に出ている。ダンガリー地のズボンも、ヘルメットも、そのカバーも、何もかもが真新しく見えた。泥もはねていなければ、色が褪《あ》せた様子もない。

この男が新入りの補充兵だったことは間違いなかった。大柄な兵士で、どう見ても演習中、次の展開命令が出るまで「一〇分休憩《テイク・テン》」をとっているところにしか見えなかった。どうやらハーフムーン攻防戦の当初、それも雨が降りはじめる前に殺されたらしい。ヘルメットの縁の下からは緑色の戦闘帽のひさしがのぞいていた。帽子の下は、私がそれまで数えきれないほど見てきた死体のなかでも最もおぞましく、気味の悪い顔の残骸だった。

タコ壺壕の縁越しに下の穴を見るたびに、半分失われたその顔が薄笑いを浮かべて、こちらを見つめ返してきた。それはまるで、彼を切り裂いた暴虐な死神を前にしながら、なお生にしがみつく私たちのいじましい努力を嘲笑するかのようだった。それとも戦争自体の愚かさをあざ笑っていたのだろうか――「おれは大量殺戮《さつりく》の犠牲になった。人間の愚行のたわわな実りというわけだ。あんたと同じように、おれも生き延びたいと祈ったよ。ところが今やごらんのとおり。おれたち死んだ人間はこれで終わりだが、あんたの苦しみはまだ続く。これから一生、記憶を背負っていくんだ。母国の連中は首をひねるだろうよ。どうして忘れられないんだろうってな」

昼間の私はときたま、大きな雨粒がその死体のある穴に落ちてしぶきを上げるのに見入っては、昔のことを思い出したりしていた。子供のころはよく近所の溝にうずくまった緑色の大ガエルのまわりで雨粒が跳ねる光景に見とれていたものだ。祖母が私に、あの小さなしぶきは妖精が散らすもので、「水の赤ちゃん」というのだと教えてくれた。つまり私はタコ壺に座り、「水の赤ちゃん」が緑色の服の死体のまわりで跳ねるのを見つめているのだった。なんとちぐはぐな取り合わせだろう。この戦争のおかげで、心やさしいカエルのまわりで踊る小さな妖精が、死人にまとわりつく悪鬼に変わってしまったのだ。この戦場では、兵士が頭を使ってすることはほとんどなかった。ただ泥にまみれ、苦悩と不安を抱え、砲撃に震えながら、とりとめもない考えにふける以外には。

首里を前にした激戦のなかでは愉快なエピソードなど皆無に等しかったが、恐ろしい持久戦の末期ごろ、数少ない笑える出来事が起こった。私の壕の左手には別の迫撃砲兵二人が壕を掘っていたのだが、ある日の夜明けごろ、その壕から何やら争う物音が聞こえてきた。ポンチョをはねのけて、どたばた暴れはじめた気配だ。くぐもった唸《うな》り声、罵《のの》しり合う声もする。私は激しい雨のとばりに目を凝らし、トミーを肩にかついだ。状況から判断するかぎり、一人または二人の日本兵が疲れきった壕の住人に襲いかかり、生きるか死ぬかの取っ組み合いになったとしか思えない。しかし周囲の仲間に危険を知らせる以外、私には打つ手がなかった。

騒ぎはますます大きくなり、壕でもみ合う二つの人影も辛うじて見えてきた。仲間の窮地を救いたくても救えない。どちらが海兵隊員でどちらが日本兵なのか、見分けもつかないのだ。自分の壕を出て二人に駆け寄る者はいなかった。敵兵は隊員の片方を刺し殺し、今また残る一人と格闘しているのに違いなかった。

黒い人影が二つとも立ち上がった。至近距離で向かい合い、前のめりにパンチを交わした。全員の目が闘う人影に釘づけだったが、薄闇と豪雨のために、まだよく見えない。そのうちに口汚い怒声が聞き取れるようになった。「この野郎、そのカードをよこせ。おれのものだぞ」――聞き覚えのある声だった。沖縄戦の前にK中隊に加わった男だ。

「いいや、違う。おれのものだ。さあ、渡せ。なめた真似するんじゃねえ」――こちらも聞き慣れた声。ペリリュー戦を生き延びた古参兵、サントスだ。みんな驚いて駆けだした。

「おい、おまえたち、そこで何をやってる」。下士官が怒鳴った。

二人は上官の声に気づいて、すぐさま殴り合いをやめた。

「この能なしどもめ」。上官が二人に近づいて言った。「二人とも撃ち殺されたって、文句は言えんところだ。てっきり日本兵に壕を襲われたかと思ったじゃないか」

騒ぎの当事者は口々に、こいつが悪いんだと相手をなじった。そのころにはかなり明るくなっていたので、私も含めて、物見高い連中が壕に集まってきた。

「もめた原因は何ですか？」と私は訊いた。

「こいつだよ、馬鹿馬鹿しい。くだらん話だ！」。上官はそう吐き捨てると、首をすくめている壕の住人をにらみつけながら、私に一枚のレンジカード(2)を渡した。

わけがわからなかった。海兵隊員二人がどうしてレンジカードなんかを取り合うのか。しかし問題のカードを見て、合点《がてん》がいった。たしかに特別で、かけがえのない代物だった。そのレンジカードには女性がルビーレッドの唇を押し当てた、なまめかしい口紅の跡が残っていたのである。二人は前日の午後、砲弾を容器から取り出した折りにこの珍しいカードを見つけ、どちらが所有権を持つか、徹夜で議論していたのだという。それが明け方には腕ずくの争いになったというわけだ。

私がカードを返して自分の壕に戻ろうとしたときも、上官はまだ二人にこんこんと説教をしていた。このエピソードをさかなに、われわれは大いに笑った。だが、私はよく思ったものだ。迫撃砲弾の容器に兵卒の士気を高めるささやかな一品を忍ばせる——たしかに心憎い演出だが、その努力がどんな結果を招いたかを聞いたら、故国の弾薬工場で働くその女性はどんな顔をしただろうか。

五月末の数日間、われわれはハーフムーン左手の背斜面の洞窟に立てこもる日本軍から、小規模ながら痛烈な反撃を何度も食らった。そんなある朝、多数の敵兵が丘の向こうに集結しつつあるとの情報がもたらされた。私は観測壕を離れるよう命じられた。集中砲撃に備えて、迫撃砲陣地に戻れということだ。私は尾根を下り、硝煙の臭いのする砲弾跡だらけの荒れ地を越えて、無事、壕にたどり着いた。それからさっそく六〇ミリ迫撃砲三門の発射態勢をととのえ、左の稜線《りょうせん》の背後に狙いを定めた。

迫撃砲の射弾パターンは、日本兵を封じ込めて逃さないことを眼目に決めた。迫撃砲三門で一帯に大量の砲火を浴びせ、逃げ場を失った敵を殲滅《せんめつ》しようというのだ。したがって、目標地点を右から左へ、また左から右へ、なめるように速射しなければならない。弾薬係は榴弾の用意にてんてこまいだったが、迫撃砲の操作に忙しかった私は、そのことに気づく暇もなかった。そのうちに砲身がやけに熱くなってきた。われわれは砲身の下半分にダンガリーのジャケットを巻きつけ、その上に弾薬係の一人が着弾跡の穴からヘルメットに汲んできた水をかけて、どうにか速射を続けた(3)。

われわれは撃ちに撃った。停止命令が出るまでに何百発撃ったことだろう。ひどい耳鳴りがした。疲れ果て、激しい頭痛に襲われた。三つの砲壕のわきには、砲撃の激しさを示す榴弾の空《から》容器と弾薬箱が、うずたかく積まれていた。私も仲間も砲撃の結果が知りたくてたまらなかった。しかし、目標地点は尾根の反対側斜面なので、観測壕の連中にも確認はできなかった。

それでも、背斜面を実際に見たK中隊のある下士官の話では、われわれの砲撃網にひっかかったらしい敵兵の死体が累々《るいるい》と横たわり、その数は二〇〇を超えていたという。彼の話に嘘はなかったと思う。そのあと、尾根の周囲では日本軍の戦闘行動がやんだからだ。

首里

雨が小降りになり、すぐにも進撃が始まるという噂が流れた。敵軍の主力が首里戦線から撤退したとも聞いた。後方の守備を固めて、決死の戦いに臨む覚悟らしい。敵が弱体化したきざしは少しもなかった。悪天候にまぎれて退却していく日本兵を認めて、わが軍は艦砲や大砲、重迫撃砲による地上攻撃と、航空機数機による猛烈な空爆を加えた。だが、主力部隊が撤退しても、首里がそうやすやすと陥落するとは思えない。天候が回復すれば、また激しい戦闘が待っているはずだった。

わが第五連隊が大規模な首里進攻に出る前の穏やかなある日、戦死者記録所の連中が遺体を収容するためにやってきた。すでに担架に乗せてある遺体はともかく、着弾跡の穴やぬかるみで腐りはじめている死体は厄介だった。

われわれはヘルメットに腰かけて、回収兵がぞっとするような任務を果たそうとするのを、陰鬱な思いで見守った。回収兵はそれぞれ大きなゴム手袋をはめ、先端に硬いべろのついた長い棒（特大のフライ返しのような代物）を持ち歩いていた。手順としては、まず死体の横にポンチョを一枚広げて、それからフライ返しを死体の下にいくつか差し込み、ポンチョの上にごろんと転がす。二度、三度やってもうまくいかないこともあり、死体の一部がもげるたびにわれわれはたじろいだ。とれた手足や頭は生ごみのようにすくって片づける。な

首里高地に空中投下された物資を回収する　深い泥のため前線への陸上輸送は不可能になっていた（アメリカ海兵隊所蔵）

んという任務かと同情を覚えた。腐乱した遺体は、動かされたことで、前にも増して（増すことが可能ならの話だが）強烈な悪臭を放った。

五月二八日の夜明けには雨も上がり、われわれは午前中の出撃に備えて待機した。一〇時一五分ごろ、長距離迫撃砲や機関銃によるまばらな反撃をついて南へと進撃を開始。本格的な抵抗もなく、好天にも恵まれ、われわれは意気揚々と歩を進めた。実際、その日は数百メートルも前進できた。この区域としてはたいへんな成果だった。

泥のなかの行軍は依然として困難だったが、ハーフムーン周辺の悪臭漂う、水のたまったごみ穴のような壕を去ることができて、われわれは大喜びだった。夜には、翌日も首里高地へとまっしぐらに進んで正面突破を狙うことを知らされた。

二九日午前九時ごろ、第五連隊第三大隊は首里高地に攻め込んだ。L中隊が先陣を切り、すぐあとにK中隊とI中隊が続いた。その少し前には第五連隊第一大隊のA中隊が東進して首里城趾《じょうし》に突入、南部連合軍の旗を掲げていた。日本守備軍の抵抗拠点に南軍の旗が揚がったことを知って、南部出身者はそろって歓呼の声をあげた。北部出身者は不満の声をもらし、西部出身者はどうしたものかと迷っていた。

その夜、首里城付近に壕を掘って休むわれわれの心は、達成感に満ちていた。首里を制圧するという戦略が作戦を遂行するうえでいかに重要か、誰もが知り抜いていたからだ。

今は廃墟と化しているけれど、アメリカ軍の絶え間ない砲爆に破壊されるまでは、首里城の周辺が風光明媚《ふうこうめいび》な土地だったことはうかがい知れた。城そのものは惨憺《さんたん》たるありさまで、元の外観はほとんど想像もつかない。辛《かろ》うじてわかるのは古い石造りの建物だったということ、それにテラスや庭園らしきものと外堀に囲まれているということだけだ。瓦礫《がれき》のあいだをぬって歩きながら、私は石畳や石造物、黒焦げになった木の幹を見つめた。以前はさぞ美しかっただろうに、と思わずにはいられなかった。

翌日、われわれはふたたび攻勢に出た。敵の反撃もすさまじかった。それがどこだったのかはわからない。この数日間、自分たちがいったいどこにいるのか、いたのか、すっかり混乱していた。

ともあれ、五月末のある夕暮れどき、われわれは泥だらけの滑りやすい尾根を登り、頂上付近で露営するよう命じられた。六〇ミリ迫撃砲三門のうち一つは尾根下の斜面に据えることになったが、われわれともう一つの分隊は尾根に壕を掘って、夜間はライフル監視に立つようにと言われた。天候がまた崩れ、雨が降りはじめた。

首里城壁の瓦礫　沖縄（アメリカ海兵隊所蔵）

迫撃砲班長のマックは姿が見えず、ペリリューで班長を務め、現在は同じ大隊の八一ミリ迫撃砲小隊の指揮をとっているデュークが、代わりにやってきた。デュークは下士官の一人に、班員には尾根沿いに二人用の壕を五メートル間隔で掘らせるようにと伝えた。私の相棒がふもとへ弾薬と食糧をとりにいき、私は穴掘りの準備にかかった。

この尾根は高さは三〇メートルほどだが、非常に険しく、てっぺんも狭かった。あたりには、棄てられた日本兵の背嚢《はいのう》やヘルメットその他の装具がいくつか散らばっていた。泥土の状態を見ると、長時間にわたって激しい砲火を浴びたらしい。そこにいるだけで胸が悪くなるような場所だった。砲撃でかなりの日本兵が死んだのだろう、腐肉のいやな臭いが漂っている。ハーフムーン・ヒルに戻ったような気がした。南正面に目を凝らしても、深まる闇と谷間の霧、それに雨のとばりのせいで、薄ぼんやりとかすんでいる。

私の両側で穴を掘っている男たちが、悪臭と泥に悪態をついた。私も粘りけのある重たい土をシャベルですくいはじめた。まず輪郭をつくってから、深く掘り進めるつもりだ。一杯すくうたびに、シャベルを地面に叩きつけて泥を落とした。そうしないと糊のようにくっついて取れないのだ。私は疲労のきわみにあり、ねばねばした泥をすくいながら、もうこれ以上は無理だと何度思ったかしれなかった。

泥に膝をついてほんの二〇センチも掘ったころ、腐った肉の臭いがいっそう強烈になった。それでも掘るしかないから、口を閉じ、浅く短い息をして作業を続けた。もう一杯分の泥をえぐり出すと、おびただしいウジ虫の群れが湧き出してきた。まるで地中の仲間に押し出されたように見えた。思わず声をあげた私は、通りかかった下士官に、こんなところを掘るのかと抗議した。

「小隊長の指示を聞いたろう。五メートル間隔で掘れと言われたはずだ」

私は吐き気をおさえながらシャベルを突き立ててウジ虫をすくいとり、尾根の向こうに放り捨てた。続いてシャベルをふるうと、泥に埋もれた日本兵の上着のボタンや布きれが出てきた——それに新たなウジ虫の群れも。私は辛抱強く作業を続けた。シャベルをもう一振りすると、今度はもっと固いものに当たった。腐りかけた日本兵の死体の胸骨だった。私は恐怖に凍りつき、信じられない思いで見つめた。シャベルの刃が泥を掘り抜いたあとに見えるのは、汚れてはいるがまぎれもない人骨、あばらのついた硬骨と軟骨だ。骨で滑った刃先は腐った下腹部にずぼっとめり込んでいた。ものすごい腐臭に圧倒され、ふらふらとあとずさった。

息が詰まって、まともに声も出なかったが、必死でわめいた。「こんなとこ掘れない！

ニップの死体がある！」

やってきた下士官が死体と私を見て、怒鳴った。「命令は聞いただろうが。五メートル間隔で穴を掘れと言われたんだ」

「ニップの死体をくり抜いて穴を掘れっていうんですか！」と私は食い下がった。

ちょうどそのときデュークが尾根づたいにやってきた。「どうした、スレッジハンマー？」

私は半分あばいてしまった死体を指さした。デュークはただちに下士官に命じて、少々ずれてもいい、別のところを掘らせろと言った。私はデュークに礼を言い、下士官をにらみつけた。ただ、このおぞましい経験のさなかでも、嘔吐することはなかった。理由はわからない。忌まわしいことばかりあまりに長く続いたので、感覚も神経も麻痺してしまい、何事が起ころうと、叫んであとずさる以外の反応ができなかったのだろう。

まもなく、最初の穴のかたわらにそれなりの壕が出来上がった（問題の《発掘現場》には泥をかけ直したが、ひどい悪臭を断つ助けにはならなかった）。仲間が戻ってきて、われわれは夜営の支度《したく》をととのえた。はるか左手の方向で小火器の銃声がしたが、われわれの周辺は静まり返っていた。デュークは後方の尾根下で地図とにらめっこしていた。そのうちに、降りてこいと召集がかかった。翌日の攻撃についての打ち合わせだという。

腐臭漂うタコ壺を一時でも離れられる。私は嬉々として腰を上げ、滑りやすい斜面を注意深く下りはじめた。相棒も立ち上がり、斜面に一歩足を踏み出したとたんに、滑って転んだ。あとは勢いのまま、腹這いの姿勢で下まで滑り落ちた。まるで板を滑り落ちるカメのようだった。尾根下に着いてみると、相棒はその場に突っ立って、やっちまったと両手をなかば広げていた。胸元やベルトを見下ろすその表情には、驚きと恐怖と嫌悪がないまぜになっている。もちろん泥にまみれていたが、そんなことより問題なのは、弾帯と言わず、ポケットと言わず、ジャケットやズボンの折り返しと言わず、生白い太ったウジ虫がうようよ這い出しては落ちてくることだった。私は木の枝を拾い、相棒にも一つ手渡した。相棒はウジ虫を払い終えてから二人で、悪臭のしみた戦闘服から薄気味悪い幼虫を払い落とした。相棒はウジ虫を払い終え、気丈にも、ずぶ濡れの犬のように身震いして一言毒づくと、木の枝をポイと投げ捨てた。

その夜はものすごい土砂降りになった。これほどの豪雨を目にしたのは、大げさでも何でもなく、生まれて初めてだった。猛烈な風が吹き、横殴りの雨が尾根を打ち、われわれの顔や手を直撃した。照明弾が上がっても、明るさは一瞬しか持たなかった。強風の見えざる手にたちまちさらわれてしまうからだ。視界は二メートルもなく、両脇の壕にいる仲間の姿さえ見えなかった。こんな夜に日本兵の侵入や逆襲にあったら最悪だろうなと、私は夜通しそんなことを考えていた。

少し離れた左翼方向の前線では、機関銃の響きやライフルの銃声、手榴弾の爆発音などが、かなり激しく夜明けまで聞こえていた。しかしわれわれのいる近辺は、気は休まらないにしても、ありがたいほど平穏だった。朝になって、自分たちが左翼の連中のように敵襲に悩まされずに済んだ理由がわかった。われわれの露営地は、右も左もかなり先まで切り立った崖になっていて、谷底の日本兵は濡れた急斜面を這い上がることができなかったのだ。

日本軍が首里の守備拠点を死守していた五月下旬の数日間に、東ではアメリカ陸軍歩兵師団（第七七歩兵師団と第九六歩兵師団）が、また西の那覇周辺では第六海兵師団が、ついに南進を開始した。この両方がそろって進撃を始めたことで、日本守備軍の主力は挟み撃ちにあう恐れが出てきた。こうして敵軍は退却するほかなくなった。五月三〇日未明までに日本陸軍第三二軍の大部分が、退却を援護する若干の後方部隊だけを残して、首里戦線を離脱していた。

Dデイ以降それまで六〇日に及ぶ沖縄地上戦で、推定六万二五四八人の日本兵が命を失い、四六五人が捕虜となった。アメリカ軍側の死者は五三〇九人。二万三九〇九人が負傷し、三四六人が作戦行動中、行方不明になった。しかも、戦闘はまだ終わっていなかったのである。

原　注

（1）第五連隊第三大隊のK中隊は一九四五年四月一日、士官を含めて総員二三五人で上陸した。作戦中、補充兵二五〇人が加わり、合計四八五人が所属したことになる。だが作戦終了時に残っていたのは五〇人。そのうち、四月一日の上陸者はわずかに二六人だった。

（2）レンジカードというのは、六〇ミリ迫撃砲弾の容器一つ一つに入っている一三×一八センチのカードである。カードには射程、照準設定、射程に応じた爆薬量といった数値が列記されている。したがって、このカードも砲弾容器の数と同じだけ存在することになる。

（3）長時間にわたる速射で「砲身が真っ赤になった」などという記述をよく見かける。ドラマチックで印象的な言い回しではあるが、私の経験からすると、砲身が赤熱した状態で迫撃砲を安全に、また正確に撃てるものかどうかは疑わしい。私の経験では、速射のために砲身が非常に熱くなった場合——周囲の空気だけでは十分な冷却効果が得られないほど熱くなった場合——砲口から砲弾を装塡するのはかなり危険なことなのだ。私も無茶をしたことが一度あるけれども、その熱のせいで、砲弾が砲身の底に届く前に火薬筒に火がついてしまった。その結果、砲弾はふらつきながら飛び出し、想定距離のわずか半分で着弾する始末となった。

第一四章　首里を過ぎて

首里の高台を過ぎて、陸軍の戦域内にあるぬかるんだ丘をいくつか越えたころ、二〇人ほどの日本兵捕虜に出会った。捕虜はみなフンドシ一丁の裸にむかれ、道ばたの泥のなかに素足で立たされていた。荒廃した丘のふもとをくねくねと続く小道の途中だった。薄汚れて戦い疲れた様子のわが陸軍歩兵が数人、見張りを務めていた。捕虜たちは通訳の陸軍中尉に命令されて、われわれK中隊の行軍の邪魔にならないよう道をあけているのだった。

われわれは前方の砲声が響くあたりに向かって、滑りやすい泥道を難渋しながら進んでいた。私はすぐ前を行くごま塩頭のライフル兵とともに泥を呪い、それでも首里を突破できたのは万々歳だな、などと他愛ないやりとりを交わしていた。そのとき突然、一人の日本人捕虜がライフル兵の前に歩み出て、進路をふさいだ。

「道をあけろ、この馬鹿野郎」とライフル兵がわめいた。

日本兵は平然と腕組みをし、顎を上げて、いかにも横柄なそぶりを見せた。ライフル兵と私はいきり立った。ライフル兵は日本兵を突き飛ばして、泥のなかに尻もちをつかせた。だが敵兵はすっくと跳ね起きて、また同じように立ちはだかった。

「こいつ、どういうつもりだ?」。私も大声で言い、迫撃砲の弾薬袋を下ろして、45口径ピストル銃に手をのばした。

ライフル兵は肩からライフルをはずすと、左手で銃床《じゆうしよう》を、右手で握把《あくは》をつかんだ。それから泥だらけのブーツでしっかり踏んばり、両膝を曲げて、「道をあけるんだよ、トウヘンボクめ」と、またわめいた。

われわれ二人が止まったので、後ろの海兵隊員も動けない。事情がわかって、彼らも日本兵をなじりはじめた。

「何をぐずぐずしてる。さっさとどけ！」。背後で誰かが怒鳴った。

陸軍中尉殿が、いったい何事かと隊列沿いにやってきた。両襟にきちんと銀の階級章と兵科章をつけ、きれいに髭もそり、泥だらけの軍用ブーツ以外は清潔そのものだ。ライフル兵のただならぬ姿勢を見て、このままでは捕虜を一人失うと悟ったか、「連中を邪慳《じやけん》に扱ってはならん。戦争捕虜だぞ。ジュネーヴ協定によって、戦争捕虜は人道的に扱わねばならんのだ」と言った。中尉は必死だった。なにしろ、泥にまみれたむさ苦しい海兵隊員の顔また顔が、道ばたに並んだ捕虜たちをにらみつけ、悪罵《あくば》を浴びせているのだ。

「ジュネーヴ協定なんぞくそ食らえだ。その吊り目野郎がどかないなら、そいつの大口にこの床尾をまっすぐ叩き込んで、クソいまいましい反っ歯《そつぱ》を残らずへし折ってやる」。ライフル兵がそう啖呵《たんか》を切って、おもむろにライフルを前後に揺らしはじめると、敵兵の傲岸《ごうがん》な表情もさすがにこわばった。まずいことになったとは中尉も思ったのだろうが、どう収めればいいのか途方にくれているのがありありと見てとれた（海兵隊員はめったに捕虜はとらない、というのが通説だった)。捕虜の護送を担当している陸軍のライフル兵二人は悠然と構えて、きみたち海兵隊員に同感だと言わんばかりに笑って見せた。彼らも人肉粉砕機《ミート・グラインダー》と呼ばれた凄絶《せいぜつ》な戦闘を体験して、われわれと同じように、日本兵に対する同情心などこれっぽちも持ち合わせていないのだ。この中尉は直属の上官ではなく、どこかの後方支援の部隊から派遣されてきたのに違いなかった。

ちょうどそのとき、海兵隊の士官の一人が隊列後方から急ぎ足でやってきた。陸軍中尉はその姿を見てほっとしたらしく、状況の説明に及んだ。士官が近寄ってきて、ライフル兵に列に戻るようにと穏やかに言った。それから通訳の中尉に、捕虜に道をあけさせられないなら、連中の身の安全は保障できないと告げた。中尉が捕虜たちにやさしげに日本語で何か言うと、彼らは全員道ばたからさらに退いて、われわれが楽々通れるだけの余地をつくった。中尉の動作と口調は、小学生に指示を与える先生のようだった。少なくとも、頑強な日本兵に命令を下す将校には見えなかった。

この間、日本兵のほとんどはまったく怖じ気《おけ》づく気配がなかった。ただ屈辱的な降伏を口惜しく、また恥ずかしく思っているだけのようだった。横柄な態度をとった兵士も、最後に逆らってみせることで心の痛みを和らげたかったのかもしれない。当時のアメリカ人はたいがい、「死んでも勝つ」とか「死ぬまで戦う」とかいった日本人の断固たる決意を理解できなかった。日本人にとっては、投降することこそ究極の不名誉だったのだ。

われわれにしても、捕虜を虐待すべきだとか、乱暴に扱うべきだとか思っていたわけではない。だが同時に、相手が誰であるにせよ、われわれの進路をふさいで無事で済むなどということは許しがたいと思っていた。私の見るところ、通訳担当の将校はえてして捕虜の待遇を気にしすぎ、むやみに腰が低かった。ミート・グラインダーで実際に戦っているほかの歩兵たちも同じように考えていた。われわれは、日本軍の射撃兵に撃たれて目もあてられない重傷を負った味方の兵が、仰向けのまま担架で退避させられていくのを、あまりにも多く目撃してきたのだ。

首里戦線をなんとか抜けたあと、われわれは敵の抵抗が少ない、もしくはまったくない地域を速やかに進んだ。補給部隊や通信部隊、後送部隊はわれわれに遅れまいと悪戦苦闘していた。相変わらず泥が深刻な問題だったのだ。小やみにはなっても、雨はまだ続いていた。

あれはどこだったか、道路の土手下を通っていたときのことだ。知らない海兵隊員が土手の上から大声で部隊名を訊いてきた。野戦電話と小さくまとめた電線を一巻き携えている。少し後ろを同僚がやはり電線を抱えてついてくる。二人とも髭《ひげ》を剃って、さっぱりした風体《ふうてい》だ。どうやら後方支援の連中のように見えた。

「おい、所属部隊はどこだ?」。前の男が上から大声で訊いてきた。

「ケイ・スリー・ファイヴだ」と私も大声で答えた。第五連隊第三大隊K中隊の略称である。

後ろの同僚が男に訊いた。「何部隊だって?」

「ケイ・スリー・ファイヴだと。何のこっちゃ」

その一言がわれわれの癇《かん》にさわった。型どおりのやりとりだと気にもかけていなかった仲間たちが色をなして、土手の男をにらみつけた。私も頭に血がのぼった。中隊と自分が侮辱されたのだ。私の横にいた迫撃砲兵が弾薬袋を投げ出して、土手を駆け上がった。「わからなけりゃ、教えてやるぜ、後方部隊のぼんくら野郎め！　きさまのケツを鞭で叩いてわからせてやる」

私は騒ぎを起こす気分ではなかった。激昂して戦う相手は日本兵だけで十分だ。が、もう抑えはきかなかった。私も弾薬袋を棄てて、土手を駆け上がった。ほかの迫撃砲兵も私にならった。

「何の騒ぎだ？」。隊列の後方で誰かが叫んだ。

「後方部隊のあんちくしょうがK中隊を侮辱しやがった」。誰かが答えた。

土手の斜面はたちまちK中隊の面々でいっぱいになった。土手の上の二人はすっかりうろたえていた。なにせ、泥にまみれた髭面の海兵隊員が口汚くわめきながら、武器や荷物を棄てておいて、殺気立った様子で迫ってくるのだ。騒ぎを知って中隊の士官一人と下士官二人が急遽《きゆうきよ》、われわれを追い越して土手を駆け上がった。

士官が振り向いて怒鳴った。「全員、駆け足で列に戻れ！　戻るんだ！　ぐずぐずするな！」

われわれは足を止めた。命令に従わないと厳しいお仕置きが待っているのは、誰もが知っている。土手の上の二人が恐れをなして、そそくさと後方に退いていくのが見えた。何度も不安げに振り返っては、追手がいないのを確かめている。連中から見れば、われわれはただ、怒り荒ぶる脅威の集団だったに違いない。だがこれで、この二人も、海兵隊員の団結心《エスプリ・ド・コー》の真の意味と正しいありようを思い知ったことだろう。

夕暮れが迫るころ、私は日本軍が完璧な状態のまま置き去りにした七五ミリ両用砲を、ためつすがめつしていた。クランクやハンドルを回してみると、大きな砲身がそれにつれて上下する。仕掛けは理解できないながら、仲間の何人かと面白がってつついていた。が、遊びはいきなり中断された。突然、敵の砲弾が甲高い唸《うな》りをあげたかと思うと、K中隊がたむろしている近くの稜線《りょうせん》で次々に炸裂《さくれつ》したのだ。

「衛生兵、来てくれ!」

われわれは誰がやられたのかと心配しながら、山腹を駆け上がった。追撃のないことを願いながら、現場の救護に手を貸そうと懸命に走った。砲弾から上がる煙と、死傷者の手当てや搬送に奔走する海兵隊員の姿が見えた。

黄昏《たそがれ》のなか、私は怪我人の上にかがみ込んだ人だかりに駆け寄って、愕然《がくぜん》とした。負傷者は、いつも葉巻を噛んでいる好漢ジョー・ランバートだった。爆薬の知識は誰より豊富で、私とは付き合いも長い。ランバートの横に膝をついて、私は眉をひそめた。体の数ヵ所を砲弾の破片でやられていた。

衛生兵はランバートをポンチョの上に寝かせ、運び下ろして後送する用意をしていた。大丈夫か、しっかりしろよと私は声をかけ、病院船の白衣の天使に惚れるんじゃないぞと陳腐なジョークを飛ばした。故郷に帰ったらビールでも飲みながらおれのことを思い出してくれ、とも言った。重傷で助かる見込みのほとんどない仲間にかける、お決まりのセリフだった。

薄闇のなかで、ランバートが私を見上げた。火のついていない葉巻の端をぎゅっと嚙み、自嘲的な口調で「スレッジハンマー、とんだお笑い種《ぐさ》だよな。おれみたいな中隊の古株がポンチョに乗って退場とはな」とつぶやく。

私は戦友を慰めようと、そらぞらしい言葉を並べた。ランバートが死ぬことはもうわかっている。ほんとうは泣きたかった。

「葉巻に火をつけてやりたいけど、どうやら禁煙タイムらしいんだ」

「いいんだよ、スレッジハンマー」

「きれいな天使につけてもらえよ」。私の言葉をしおに、衛生兵がポンチョを持ち上げ、丘の斜面を下りはじめた。

私は立ち上がって、宵口の空に浮かんだ美しい松林のシルエットを見やった。風が吹いて、新鮮な樹脂の香りが頰を打った。アメリカ南部の松の匂いになんと似ていることだろう。だがかわいそうに、勇者ランバートが故郷の土を踏むことは二度とないだろう。それでも私は感謝の思いでいっぱいだった。ついに命運が尽き、瀕死の重傷を負ったそのとき、ランバートは見晴らしのいい小高い丘の草地に、かぐわしい松林のすぐそばに、いた。首里周辺の鼻が曲がりそうな泥沼で死ぬことはなかったのだ。

ランバート伍長はK中隊きっての人気者の一人だった。ペリリューのブラディノーズで戦った人間なら、誰でも伍長の活躍をたびたび目にしたはずだ。日本兵のひそむ洞窟の上に立ち、爆薬を板に貼りつけた「かばん爆弾」をロープで垂らして揺すり、絶妙のタイミングでロープを放って「洞穴《ほらあな》に点火！」と叫ぶ。と、次の瞬間、くぐもった轟音《ごうおん》とともに爆発が起こる。伍長は不敵に笑い、われわれのもとへと降りてくる。その姿は顔からブーツまで汗みずくだ。それからまた葉巻に火をつけ（それがまたかばん爆弾の火種にもなる）、洞窟にどれだけの被害を与えたかを論じる。丸っこい顔の大男で、陽気な豪傑だった。噂では、ペリリュー戦後、帰国が予定されていたのに、K中隊を離れたくないと拒否したという。衛生兵が去ってまもなく、ランバートの死亡が伝えられた。この戦争で悲痛な思いにくれたことは数えきれないが、ランバートほどの男が、こんなにも長く、こんなにも勇猛に戦ったあげくに非業《ひごう》の死を遂げたことも、その一つだった。

次の日、われわれは尾根の下の広い谷を進んでいった。爆撃で破壊された数ヵ所の道で、日本兵の装備品や死体を見かけた。五月の最終週、敵が首里から退避した際に行なわれた大規模な爆撃の爪跡に違いない。日本軍の補給品がたくさん捨ててある場所にも出くわした。食べ物の大部分はわれわれの舌には合わなかった。彼らの缶詰食は、ペリリューで網袋に入れてあるのを初めて見たのだが、犬用のビスケットみたいな味がした。ただし私が見つけたホタテの缶詰は美味だった。これを行軍パックにいくつか忍ばせたのは正解で、C号携帯口糧やK号携帯口糧にうんざりしたときには、ほっとする別メニューになってくれた。

われわれが広い谷間の草地を足早に横切っているところに、向かいの尾根の岩陰から敵兵が銃弾を放ってきた。われわれは迫撃砲を据えつけ、狙撃手のいるあたりに目標を定めて、砲撃を始めた。担架班がやってきて、遮蔽物《しゃへいぶつ》のない斜面を登り降りした。われわれ四人も担架搬送の加勢に駆り出された。衛生兵が一人、撃たれてしまったのだ。

われわれは草の生い茂るゆるい斜面を登り、その衛生兵《ドク》のもとにたどり着いた。別の担架チームとすれ違ったが、彼らが運んでいるのは、負傷した衛生兵が手当てをしていた海兵隊員だった。その海兵隊員がまず撃たれ、衛生兵が応急処置にやってきた。衛生兵はその治療中に腿を撃ち抜かれ、傷の痛みをこらえてさらに負傷兵の救護を続けたが、今度はもう片方の腿も撃たれたのだった。衛生兵はわれわれの顔を見ると、気をつけろ、きみたちも撃たれるぞと警告した。

われわれは衛生兵を急いで担架に乗せ、一瞬も無駄にすまいと走りだした。衛生兵はかなり背の高い、がっちりした体格の持ち主で、われわれの誰よりも大きかった。しかも負傷者の積み込み地点までは相当の距離があった。斜面を下り、広い谷間を越え、その先の深い用水路まで運んでいくのだ。水路には車の渡れない橋がかかっていて、その向こうに救急用ジープが待っていた。過去二週間の激闘と睡眠不足がたたって、われわれは全員、疲労困憊《ひろうこんぱい》のきわみにあったから、これはたいへんな重労働だった。二度も撃たれていながら、衛生兵はわれわれに止まって休むように言いつづけた。だがわれわれは、一刻も早くドクをジープに送り届け、後送してもらわなければ――そんな使命感でいっぱいだった。

それでも結局は折れて、一息入れることにした。担架を下ろし、草の上に大の字に倒れて、魚のようにあえいだ。衛生兵は落ち着いた声で、無理するなよ、焦らなくていいからと言った。私はわが身を恥じた。利己心のかけらもないこの献身的な衛生兵は、自分の負傷のことより、自分を運んでいる仲間の疲労を気づかっているのだ。

われわれはまた担架をかついで、用水路までやってきた。土手に緑の茂みがあって、小さな赤いトマトがなっている。私はその実を三つ四つもぎ取って、狭い橋を渡るときに担架の端に置いた。食べたら気分がよくなるぞ、と声をかけると、衛生兵は礼を言い、だがこれはきみたちが食べろ、おれは病院でうまいものが食えるんだからな、と笑った。

六月四日、われわれは篠《しの》つく雨のなか、平坦な田園地帯を足早に南進していた。敵の抵抗はまばらだったが、民家や小屋、日本軍の砲座などは、残らず確認する必要があった。ちっぽけなあばら家を捜索した際、私は一人の老婆に出会った。戸口そばの床に座っていた老婆に、念のためトミーを構えて、表に出てくるよう身ぶりで示した。老婆は座ったまま白髪頭《しらがあたま》を下げ、節くれだった両手をこちらに差し出して、手の甲の入れ墨を見せた。このしるしは沖縄人特有のものだと聞いていた。

「ノー・ニッポン」。老婆はゆっくりそう言って、かぶりを振った。私を見上げるその表情から、かなりの痛みをこらえていることがうかがえた。それから老婆はボロボロになった青いキモノの前をはだけて、左下腹部の大きな傷を指さした。かなり前に銃弾または砲弾の破片を受けたものらしい。傷の状態はひどかった。かさぶたに覆われた傷口周辺が広い範囲で変色し、壊疽《えそ》を起こしていた。息が詰まる思いだった。腹部がこの状態では命も危ないだろう。

老婆がキモノをかき合わせた。それからそっと手をのばして私のトミーの銃口をつかむと、おもむろにそれを自分の眉間に向けさせた。そのうえで、銃身を手放すと、盛んに身ぶりで伝えてくる。引き金を引けというのだ。なんということだ、と私は思った。この老婆は悲嘆のあまり、自分を救ってくれ、こんな苦しい思いを終わらせてくれと、私にすがっているのだ。私は銃を肩にかけ、首を横に振って、「ノー」と言った。それから外に出て、大声で衛生兵を呼んだ。

「どうした、スレッジハンマー」

「あのなかにかわいそうなばあさんがいる。横腹を撃たれて、ひどい怪我だ」

「処置できるかどうか、見てみよう」

二人はあばら家から五〇メートルほど離れたところにいた。そのとき、あばら家で銃声が聞こえた。私ははっと振り向き、衛生兵とともに身をかがめて警戒姿勢をとった。

「M1の銃声だな」。私は言った。

「たしかに。どうしたんだろう」。衛生兵が応じた。

ちょうどそのとき、あばら家から一人の海兵隊員が出てきた。呑気《のんき》そうにライフルの安全装置を確認している。よく知っている男で、当時は中隊本部に配属されていた。私は男の名前を呼んだ。「その小屋にニップでもいたのか？　さっき確認したところだが」

「いいや」とこちらに向かって歩きながら、男は答えた。「薄汚いばあさんはいた。苦しいので殺してほしいというから、思いどおりにしてやったよ！」

衛生兵と私は顔を見合わせ、ついで近づいてくる男を見つめた。おとなしく物腰のやわらかな若者で、民間人を冷酷に殺害できる柄ではなかった。

あばら家の戸口に崩折れている色あせたキモノ姿の人影を見たとたん、私は逆上した。「なんということをするんだ。おれだって撃ってくれと頼まれた。だが、衛生兵を呼んで助けにいくところだったんだ！」

老婆を撃ち殺した男は、困惑の表情で私を見た。

「この人でなし野郎！」と私は叫んだ。「そんなに人間が撃ちたきゃ、ブローニング銃か機関銃の射手と持ち場を代わったらどうだ？　ろくでもない指揮所なんか飛び出して、ニップどもを撃ってみせたらどうなんだ。やつらならしっかり撃ち返してくれるぞ」

小声でもごもご謝りかけた男に、衛生兵も毒づいた。

私はさらに、「おれたちが殺さなきゃいけないのはニップなんだ。こんなばあさんじゃないんだ！」とたたみかけた。

男の顔が紅潮した。下士官がやってきて、何事だと尋ねた。衛生兵と私が事情を話すと、上官も烈火のごとく怒って、「この馬鹿ものめが」とどやしつけた。

「おーい、スレッジハンマー。出発するぞ！」。誰かの呼ぶ声が聞こえた。

「おまえたちは出発しろ。あとはおれが引き受ける」と下士官が言った。われわれはこっぴどく叱りつけられている男を尻目に、迫撃砲班に追いつくために走りだした。この男の非情な行動に正式な懲罰が下ったかどうかは、わからずじまいだった。

第一海兵師団の右翼を受け持った第七連隊は西海岸に前線を拡大し、小禄《おろく》半島を包囲した。ついで第六海兵師団が進入、一帯の日本守備軍を殲滅《せんめつ》しようと、一〇日間に及ぶ消耗戦を繰り広げた。海兵師団が殺した日本兵は五〇〇〇人に近かったが、捕虜はわずかに二〇〇人だった。一方、海兵隊の犠牲も大きく、一六〇八人の死傷者を出した。

六月四日、第一連隊が第五連隊に代わって、第一海兵師団の南部進撃作戦を遂行することになる。第五連隊は第三水陸両用軍団の支援に回ったが、こちらの任務も疲れきった海兵隊員には危険の多いものだった。先進部隊の背後で、厳しい哨戒《しょうかい》および掃討の任務につかなくてはならなかったからだ。

われわれは最前線の後方部隊として、低い尾根に壕を掘った。背後には民家の廃墟がいくつかあり、南正面は見渡すかぎり広い盆地になっていた。六月五日から六日にかけての夜間に、雨がやんだ。ぐっしょり濡れた泥まみれの軍用ブーツをほぼ二週間ぶりに脱いだときの、体の芯からこみ上げる安堵感《あんどかん》は、一生忘れないだろう。べとついてむっと臭うソックスをめくるように脱ぐと、足裏の皮がべろべろとはがれた。マイロン・テスローという仲間がめちゃめちゃ臭い足だなとけなしたが、ブーツを脱いでみれば、自分の足も負けず劣らず臭いのだった。私のカーキ色のウールソックスは陸軍の支給品で、海兵隊支給の白ソックスよりも分厚く、しっかりしていた。これがぬるぬるねばついて、しかも鼻が曲がるほど臭いのだから、とてもヘルメットのなかで洗う気にはなれない。もとはと言えば、四月にある兵士からキャンディバーとの物々交換で手に入れたものだ。水に濡れても快適だというから、ずいぶん得をしたと思っていた。そんなわけで未練はあったが、壕のわきに投げ捨てて、臭い死体を埋めるようにシャベルで泥をかけた。

足を洗うというのはなんと気持ちのいいものだろう。弾薬箱に足を載せて、日光浴をさせながら、爪先をもぞもぞ動かしてみる。誰もが待ちかねたように、足を洗って乾かした。私の足はひどい状態だった。足の裏全体が赤むけて、ほとんど血が出そうになっていた。正常な皮膚の皺はすべて消え、土踏まずに赤みがかった深い亀裂がいくつか走っていた。それでも、日干しをしたあと乾いたソックスとブーツを履くと、多少は楽になった。ただ、足の裏がまともな状態に戻るまでには、そのあと何ヵ月もかかることになる。

予備戦力として控えていたこの期間中に、単純な任務を命じられたことがあった。別の迫撃砲班員と二人で、西海岸へ物資補給についての伝言を届ける任務だった。歩兵ならしょっちゅう言いつけられるたぐいの雑用である。楽なうえに、うれしいおまけもつく。上官の監視を逃れてのんびり歩けるし、平定した地域を抜けていく道々、ちょっとした物見遊山《ものみゆさん》もできる。危ない橋を渡ることはないと思われた。

与えられた指示はごく簡単だった。わが中隊の一等軍曹ハンク・ボーイズによれば、海岸まで東西に走る幹線道路をひたすら西に進めばよいという。接触する相手と、伝言の内容を教えられ、ただし、道をはずれて戦利品を漁ったりしてはならん、と釘を刺された。包囲網をかいくぐった敵兵がいる可能性もあるから気をつけろ、とも注意された。

小禄半島南への楽しいハイキング――そんなイメージを抱きながら、われわれは意気揚々と出発した。そのころには体も服もさっぱりしていた。ダンガリーの上下は洗濯ずみだったし、ゲートルとブーツも乾かして泥を落としてあった。水筒はふだんどおり二本ずつ。野戦食のチョコレートバーも携行した。数時間の遠出のあいだに食べようというわけだ。相棒はカービン銃、私はトミーと45口径拳銃で武装していた。空はからりと晴れて、偵察任務のささやかな気晴らしにはうってつけの日和《ひより》だった。

大隊の受け持ち区域を出て幹線道路に入ったあとは、人っ子ひとり見かけなかった。あたりの静寂を破るものといえば、われわれの話し声と砂利をザクザク踏みしめる靴音、水筒の水が撥《は》ねるタポタポというくぐもった音、武器の銃床が水筒や銃剣の鞘《さや》にときどきぶつかる鈍い音だけだった。そんな戦闘後方地域に特有のひっそりした世界を、われわれは歩いていった。

あたりには戦火の名残がまざまざと残っていた。嵐のような前線は過ぎても、その爪痕《つめあと》は消えることがない。経験を積んだ目で無言の痕跡を読んでいくと、そこで生死を懸けたどんな戦いが繰り広げられ、どんな悲劇がもたらされたのか、頭に思い描くことができた。敵の死体にもたくさん出会ったが、そのときはかならず風上を通った。海兵隊員の死体は見かけなかった。ただところどころに転がっている、血染めの戦闘ジャケットや破れたブーツ、迷彩色の布カバーもろとも撃ち抜かれたヘルメット、捨てられた薬品箱、血を吸った野戦用包帯などを見ると、それらのかつての持ち主がどんな運命をたどったのかは、想像するまでもなかった。

やがて鉄道線路の土手を抜けて、とある町のはずれに入った。どの建物も徹底的に破壊されていたが、辛《かろ》うじて倒壊を免れたものもあった。風変わりな小店舗を見つけて、ちょっとなかを覗いてみた。飾り窓にいろいろな化粧品が並んでいる。店の前の路上には青いキモノ姿の死体があった。誰かが哀れに思ったのか、破れた戸板がかぶせてあった。その店の主だろうか。切符売り場だけが焼け残った、バスの発着所の前も通り過ぎた。われわれの右手遠方からは銃声や砲声が聞こえてきた。第六海兵師団が小禄半島の敵と戦っているのだろう。

何事もなく廃墟を抜けて、海岸のほうへ少し行ったころ、アムトラックがガタガタ言いながらやってきた。運転手は、この遠出で初めて見る生きた人間だった。呼び止めて話を聞くと、海岸でわれわれを待っていたのだが、気をきかせて出迎えにきたところだという。隊からの伝言を受け取ると、アムトラックをUターンさせて海岸へと引き返していった。これで任務は完了。私たちはまた廃墟の町へと戻っていった。

小さな化粧品店と戸板で隠された沖縄人女性の死体の横を過ぎ、左手にバスの発着所が見えるあたりに近づいた。かすかに風が吹いていた。発着所のはがれかけたトタン屋根が動いて、バタンと鳴った。あとはほんとうに静かで、遠くの銃砲声を別にすれば、穏やかな春の午後、故郷の廃屋《はいおく》となった農家のかたわらを歩いているような気分だった。一〇分ほど休憩するには格好な場所に思えた。発着所の内部を見物がてら、チョコレートバーを頬ばるのも悪くない。アムトラックが来てくれたので、そのくらいの時間的な余裕はあった。

と、そのとき、日本の機関銃の銃声が轟《とどろ》き、胸の高さを銃弾が立て続けにかすめた。われわれはあわてふためいて遮蔽物を探し、コンクリートの切符売り場の陰に飛び込んで、瓦礫《がれき》の上に突っ伏した。二人とも肩で息をしていた。

「おい、危なかったな、スレッジハンマー」

「危ないどころの話じゃないぞ！」

敵はどこか高いところにいるのだろう、完璧な狙い撃ちだった。もっと早く撃たれていたら危ないところだった。発着所の焼け跡に銃弾の雨が襲いかかり、地面をかすめて跳ねた。ガラスの砕ける音がした。バスの残骸を弾丸がとらえたのだ。

「野郎、いったいどこにいるんだ？」。相棒が言った。

「わからんが、銃声からすると二、三百メートル先だろう」

われわれはしばらくそこにへばりついていた。銃声がとだえ、トタンが風にめくれるのどかな音がたまにする以外は、静かになった。私は恐る恐る、切符売り場の基部から顔を出して外の様子をうかがった。ふたたび銃弾が襲ってきて、頭をきわどくかすめ、そばのコンクリートにぶつかって残響がこだました。

「ちきしょうめ、しっかり狙いを絞ってやがる」と相棒が唸《うな》った。

切符売り場は建物の前面にあって、そこからコンクリートの床が四方に広がっていた。逃げ道はなく、ここに隠れているしかない。相棒も狭いブースの反対側から周囲に視線を走らせて、同じ判断をしたようだ。敵が、今度はコンクリート部分の上を掃射してきた。上部にわずかに残っていた窓が吹っ飛んだ。南部式機関銃を持った日本兵がいるのは鉄道の土手の南側だと、目星がついた。

「あのバスのあいだを戻れば敵の死角になって、建物の裏から抜け出せるかもな」と相棒が言った。彼が背後を見ようとほんの少し横に動いたとたん、また銃弾が飛んできた。妙案ではなかったようだ。

「どうやら暗くなるまで待って抜け出すしかなさそうだ」。私は言った。

「そのようだな。明るいうちに出たら確実に撃たれる。袋のネズミにされちまったよ、スレッジハンマー。あんなひどい戦場をくぐり抜けてきたってのに、こんなところで蜂の巣にされたんじゃたまったもんじゃない。ちくしょう！」

一分、二分と時がたち、孤立したままさらに一時間、二時間と過ぎていった。われわれは四方に気を配って警戒した。機関銃に気をとられているうちに、別の日本兵に背後から襲われてはかなわないからだ。

日が傾きはじめたころ、敵の射撃手がいたとおぼしい方角でM1ライフルの銃声が聞こえた。数分後に首を出すと、うれしいことに、K中隊の仲間が五人ばかり、切り通しの方角から歩いてくるのが見えた。

「あそこのナンブに気をつけろ！」。われわれはそう叫びながら、彼らの背後、銃弾の飛んできた方向を指さした。

中隊の仲間が笑顔で機関銃を持ち上げた。「もうやっつけたよ。おい、大丈夫か？　きみらがいっこうに帰ってこないんで、一等軍曹殿が何かあったに違いないって、おれたちを捜索によこしたんだ」

国吉丘陵の死闘

六月も中旬になると、われわれの駐営地点の南にある国吉《くによし》（クニシ）丘陵という場所について、気になる噂が流れはじめた。その地では第一海兵師団のほかの歩兵連隊――つまり第七連隊とその後は第一連隊――が苦戦を強いられていて、われわれの救援が必要だというのだ。第五連隊はこのまま前線に出ずに済むのではないかという期待は、徐々にしぼんでいった。

偵察任務はまだ続いていた。私は日本軍が残していったホタテの缶詰を味わいながら、国吉丘陵などという場所がこの世になかったらどんなにいいだろうと思った。だが、避けがたいその日がやってきた。「装備をととのえろ。また移動だ」と上官の声が響いた。

南に進むうちに、晴れ間が広がり、暑くなってきた。戦場に近づくにつれて、銃声や砲声が大きくなってくる。大砲の地を揺るがす轟き、迫撃砲の重い響き、機関銃のたたみかける連射音、ライフルの鳴りやまない単発音。いつもながらの組み合わせだ。なじみのあの感覚がまたよみがえってきた。生き残れるだろうかという不安と恐怖。脳裏に焼きついた負傷者、死者、そして精神を狂わせた兵の、おぞましい姿。それは、いやでも刈り取らなければならない戦《いくさ》の産物だった。

首里から撤退した日本の沖縄守備軍は、島の最南端に近い一連の尾根沿いに、最後の防衛線を張った。西の拠点が国吉丘陵、中央が与座岳《よざだけ》(ユザダケ)、東の要《かなめ》が八重瀬岳《やえせだけ》(ヤエジュダケ)だった。

国吉丘陵は、長さ一キロ半近くにわたって険しい崖が続く丘だった。珊瑚の海底崖が隆起したもので、日本軍はその前面と背面に無数の洞窟や砲座を掘った。一方、北側は開けた平地になっている。平坦な草地や水田が一面に広がっていたから、日本軍は射撃には絶好の地歩を確保したことになる。

六月一二日、第七連隊が未明の急襲をかけ、丘陵の一部を占拠した。尾根は押さえたものの、敵はまだその下の洞窟群にいた。その後の四日間、第七連隊は頂上で孤立することになる。もっとも、空中投下と戦車によって物資は補給され、死傷者も戦車が後送していった。

六月一四日には第一連隊が丘陵の各所に攻撃を仕掛けたが、激しい戦闘で大量の死傷者を出した。同じ日、オースティン・ショフナー中佐(ペリリューでは第五連隊第三大隊の指揮官）率いる第一連隊第一大隊は与座岳を攻撃し占拠したが、敵の抵抗と八重瀬岳からの集中砲火にさらされ、これまたおびただしい死傷者を出す結果となった。

六月一四日、われわれはふたたび修羅場へと突入した。午後、K中隊は道路南側の並木沿いに散らばって、野営の準備にかかった。前方の平野の向こうに国吉丘陵の砲煙が見え、銃声や砲声も響いてきた。われわれ迫撃砲班は道路そばに壕を掘り、高い土手の上にかかる、まだ無傷の美しい橋の上空あたりに照明弾が打ち上がるよう調節した。

日暮れ前に、何人かでその橋を見にいった。幹線道路から分かれた小径をたどって、水辺に下りる。澄みきった水が流れ、小石の多いきれいな川底が見えた。心なごむせせらぎだった。苔むした高い土手にも、両岸の岩のあいだにも、シダが生い茂っている。私はむしょうにサンショウウオやザリガニを探してみたくなった。そこは美しく、涼しく、平和な――すぐ上の阿鼻叫喚《あびきょうかん》の戦場とはまるで別世界の――場所だった。

あくる朝、われわれは与座岳にいる第一連隊第一大隊の救援に向かった。道沿いを進むうちに、枝が残らず砲弾に吹き飛ばされたやせた木の横を通った。その木には通信用電線が何本もさまざまな角度で引っかかっており、大きなモップを逆さに立てたように見えた。私と前を行く兵士とのあいだを銃弾が唸りを生じて跳ね飛び、道ばたの乾いた茂みに突っ込んで、わずかな砂塵《さじん》を巻き上げた。またあの人肉粉砕機《ミート・グラインダー》のなかに逆戻りするのか。そう思いながら、激しい銃声や砲声の轟く山腹へと登っていった。

与座岳はいかにも恐ろしげに見えた。その姿は、ペリリュー島の血なまぐさい珊瑚礁の丘を彷彿させた。右手に国吉丘陵、左手には八重瀬岳の急斜面が見える。陸軍の戦車隊が、機関銃や七五ミリ砲の攻撃をかいくぐって、八重瀬岳に肉薄しようとしていた。

われわれが与座岳で散発的な反撃を受けているころ、国吉では第五連隊第二大隊が第七連隊に加わって、丘陵の残りを制圧すべく過酷な戦闘に挑んでいた。日本軍の砲座や洞窟は猛烈な砲撃にさらされた。迫撃砲、大砲、艦砲射撃、二五機から三〇機による空爆など、その激しさはますますペリリューのブラディノーズの戦闘に似た様相を呈してきた。

第五連隊第二大隊は国吉をわずかに前進していたものの、味方の加勢が必要な状態だった。K中隊はその救援に向かい、六月一七日夜の戦闘にぎりぎり間に合った。敵の一個中隊が夜討ちをかけてきたのを、第二大隊とともに撃退することができたのだ。その戦闘のあと、翌朝には第五連隊の戦域でまだ制圧できていない丘陵部分を攻撃するのだと聞かされた。またしても底の知れない接近戦に突入するということだ。

丘陵に到達するには広い平地を横切らなくてはならないから、夜が明けるずっと前に行動を開始し、攻撃に備えた陣を敷くという。一人の士官がやってきて、第五連隊ならかならず国吉丘陵を落とせるなどと、見え透いた檄《げき》を飛ばした（第一連隊と第七連隊が丘を攻めきれず、大量の死傷者を出したことはみんな知っていた）。

闇にまぎれての移動は、グロスター戦やペリリュー戦の経験者なら誰もが嫌がることだった。われわれは、夜中にうろつくのは日本兵か愚か者だけだ、とかたくなに信じていた。数日前に配属されたばかりの補充兵は、何がなんだかわからず、ただかわいそうなほどうろたえていた。とはいえ、国吉丘陵に接近するには夜陰《やいん》に乗じて移動するしかないのも事実だった。まともに平地を横切ろうとするのは、殺してくださいと身を投げ出すようなもので、そのことは、すでに第一連隊と第七連隊が思い知らされていた。

われわれはゆっくりと、また用心深く、陸稲とサトウキビの畑を渡っていった。味方の砲弾が鞭打つような音を立てて頭上を飛んでいき、まもなく前方の山腹やその周辺で炸裂するのが見えた。耳慣れたライフルの発射音や機関銃の轟き、手榴弾の爆発音も聞こえた。敵の砲弾もあたりを揺るがせていた。これがおそらく最後の大きな戦いになる、誰もがそう確信していた。この戦闘で日本軍は殲滅され、作戦は完了する。暗闇のなかを進む私の心臓は高鳴り、喉が渇いて唾をのみ込むことさえままならなかった。パニックに襲われていたと言ってもいい。ここまで生き延びてきたけれども、そろそろ年貢の納めどきかもしれない。汗が噴き出し、祈りの言葉が口をついた。どうか弾が当たっても、死んだり体が不自由になったりしませんように。実際、回れ右して逃げ出したいくらいだった。

日本兵は戦線のいたるところに手榴弾を投げ、ライフルや機関銃による攻撃もあった。やがて前線右手で妙なことが起こった。われわれの陣内なのに、アメリカ製手榴弾の破裂音が聞こえはじめたのだ。

「おい、みんな、ニップがおれたちの弾薬箱をくすねたらしいぞ。あの音はそうだろう？」

「そうだな、クソったれめ、手に入るものは何でも利用しやがる」

次に何発か手榴弾の音がしたときには、もうアメリカ製の手榴弾がわれわれの近辺で炸裂することはなかった。やがてこんな命令が闇から闇へ伝わってきた。補充兵全員に手榴弾の正しい使用法を理解させよ、と。なんと、新兵の一人が、弾薬箱から手榴弾をキャニスター（容器）ごと出し、キャニスターの封印テープをはがしただけで、そのまま投げていたことが判明した。日本兵がキャニスターを開けて手榴弾を取り出し、安全ピンを抜いて投げ返してきたというわけだ。私のまわりの古参兵たちは、事情を知って啞然《あぜん》とした。しかしこの出来事はほんの一例にすぎない。この時期に補充されてきた新兵は、戦闘のイロハも知らないことがほんとうに多かったのだ。

暁の光とともに、周囲の状況がはっきり見えてきた。そのときになって初めて、国吉丘陵の争奪戦がいかに過酷な死闘だったかが、そしてそれがいまだに続いているのだということが、はっきりと認識できた。

その日の昼どき、私は数人の仲間と頂上近くの岩のあいだで休憩をとっていた。頂の真下まで迫った部隊に、弾薬と水を渡す作業を終えたところだった。尾根には日本軍の機関銃掃射が続いていたので、あえて頭を上げる人間はいなかった。頂のそこここで銃弾が炸裂し、岩にぶつかっては宙にはじけ飛ぶ。私のすぐ横にはなじみのライフル兵がいた。ペリリュー戦を経験した優秀な古参兵だった。この一時間ほど、いつになく寡黙でふさいでいるようだったが、私と同じように、恐怖と不安と疲れでぐったりしているだけだと、気にも留めなかった。ところがその彼が、だしぬけに訳のわからないことをわめきはじめ、ライフルをひっつかんで「あの吊り目の黄色いろくでなしどもめ、おれの仲間をいったい何人殺したら気がすむんだ。許せん、このおれが始末してやる！」と叫んだかと思うと、がばっと身を起こして、頂上のほうへと走りだしたのだ。

「やめろ！」。私は叫んで、ズボンの上から彼の脚をつかまえたが、振りほどかれてしまった。

彼の隣にいた三等軍曹も「やめるんだ、馬鹿！」と怒鳴った。軍曹も半狂乱の男の脚をつかもうとしたが、手が滑った。それでも片方のブーツの先を辛うじてつかまえると、ぐいっと引っ張った。古参兵はバランスを崩して倒れ、仰向けになると、赤ん坊のように泣きはじめた。ズボンの前が黒く濡れていた。頭のタガがはずれたとき失禁したのだろう。軍曹と私は彼がまた立ち上がらないよう押さえながら、なんとか落ち着かせようとした。「よーし、もう大丈夫だぞ。おれたちが助け出してやるからな」。軍曹が言った。

われわれは衛生兵を呼んだ。古参兵は衛生兵に付き添われて、すすり泣き、身を震わせながら苛酷な戦場をあとにして、救護所へと下りていった。

「あいつは立派な海兵隊員だ、スレッジハンマー。そうじゃないってやつがいたら、誰だろうとただじゃすまさん。ただ、限界を超えたんだ。そういうことだ。限界を超えてしまったんだよ」

軍曹の声が悲しげに小さくなっていった。われわれがたった今目にしたのは、勇猛な男が我を失って乱心し、生きる意志さえ手放してしまう姿だった。

「軍曹殿が足をつかんで引き倒してくれたんで、助かりました。頂上まで行っていたら、今ごろは命がなかった」と私は言った。

「ああ、あのろくでもない機関銃の餌食《えじき》になってたな。それは間違いない」。軍曹は応えた。

その日の終わりまでにK中隊は国吉丘陵の東端に到達し、与座岳と八重瀬岳の高地を奪取した陸軍の部隊と合流した。食糧や水や弾薬といっしょに、郵便物も渡された。私の手紙のなかに、アラバマ州モービルの古い知り合いからのものがあった。彼も海兵隊に入り、沖縄北部に配備された役務支援群のどこかで後方任務にいそしんでいるという。手紙には、私の部隊が今どこにいるか折り返し返事をくれと書いてあった。場所がわかればすぐ訪ねていくという。数人の仲間に読んでやると、これが大受けだった。

「そいつ、戦争が続いてるって知らないのかな。いったい第一海兵師団がここで何をやってると思ってるのかね」

すぐ遊びにこいと誘ってみろ、それで、ほんとうの友達ならおれの代わりにここへ残ってくれと言ってみたらどうだ――そんなことを言いだすのもいた。結局、返事は出さなかった。

やがて思いがけない知らせが前線に伝えられた。その日の昼間、アメリカ第一〇軍司令官バックナー中将が戦死したというのである[1]。

国吉丘陵に援軍が到着してまもないころ（六月一八日午後）、私はハンク・ボーイズ一等軍曹に、与座と国吉の戦闘でわれわれが何人の仲間を失ったのか訊いてみた。K中隊の戦死者は、志願兵四九人に士官一人だと彼は答えた。前日いた隊員の半分が死んだことになる。着いたばかりの補充兵はほぼ全員が死ぬか、負傷していた。K中隊のかつての面影はもうなかった。二三五人の定員のわずか二一パーセントしか残っていないのだ。第五連隊第二大隊に合流していたのはわずか二二時間、国吉丘陵で戦った時間となるとさらに短かった。

原注

(1) サイモン・ボリヴァー・バックナー中将は、第二海兵師団第八連隊の沖縄における最初の戦闘を視察しようと、前線にやってきた。中将が二つの珊瑚礁石灰岩のあいだから戦況を見ていたところ、日本軍の四七ミリ砲弾六発が岩の下部に命中。胸部を負傷した中将はその後まもなく死亡した。海兵隊第三水陸両用軍団司令官ロイ・S・ガイガー少将が第一〇軍司令官に任命され、数日後の戦闘終了まで指揮をとった。

第一五章　苦難の果て

六月一一日から一八日にかけての国吉《くによし》（クニシ）－与座《よざ》（ユザ）－八重瀬《やえせ》（ヤエジュ）攻略戦で、第一海兵師団は一一五〇人にも及ぶ死傷者を出した。この激闘によって、沖縄における日本軍の組織的抵抗は終わりを告げる。

国吉丘陵をめぐる戦闘は忘れがたいものとなった。この丘はわれわれの多くにペリリューの尾根を思い出させた。われわれはまた、海兵隊が夜襲をかけたということ、そのことが難局の打開にあたって重要な役割を演じたという事実に、まだ馴染めずにいた。仲間うちで最も大きな驚きだったのは、最後に配属されてきた補充兵たちが、実戦に臨む覚悟も訓練も、まるでできていないということだった。それまでK中隊にやってきた補充兵は、まだしも有能だった（中隊配属に先だって後方地域で戦闘訓練もそれなりに受けていた）。ところが、国吉丘陵に突入する直前に加わった補充兵の大半は、本国からまっすぐ送られてきたのだ。ブートキャンプを出てから二、三週間、あるいはそれ以下の訓練を受けただけだと語る者もいた。

そんな補充兵だから、初めて敵の集中砲火にさらされて混乱し、使いものにならなかったのも無理はない。最前線で負傷者を救出しなければならないとき、新米兵のなかには危険を冒すのをためらう者もいた。古参兵はそんな弱腰に憤慨し、あまりの剣幕に新人たちも泣く泣く従った。日本兵よりも先輩のほうが怖かったのだ。新兵たちが臆病だったというわけではない。ただ訓練が足りず、しかるべき準備もできていなかった。対処のすべも知らないいま恐ろしい戦場に、激烈な衝撃と暴力の真っ只中に、投げ込まれてしまったのだ。いつもは補充兵をかばう兵卒仲間も、「頭に血がのぼって右往左往するだけの役立たず」などとこきおろした。もっと深みはあるが、品のない言葉も耳にした。

六月一八日の午後遅く、われわれは肩の荷を降ろした思いで国吉丘陵を下っていった。ふたたび第五連隊第三大隊のほかの中隊と合流したあとは、尾根の切り通しを二列縦隊で進んだ。くねくねとした道を南に向かいながら、道づれになった第二海兵師団第八連隊の兵たちと話をした。頼もしい支援連隊が南部掃討作戦の締めくくりに投入されたことを、われわれは喜んだ。なにしろ疲れ果てていたのだ。

途中、切り通しのわきに広い泥地があった。泥のなかには戦闘服をまとった完全装備の日本兵の遺体が転がっていた。見るに堪えない光景だった。戦車に轢《ひ》かれたのだろう、ぺしゃんこになって泥にめり込んだ姿は、踏みつぶされた巨大な昆虫のように見えた。

六月二一日に沖縄全島を制圧するまで、われわれは南へ南へと足を早めた。停止するのは洞窟やトーチカ、廃墟となった村などにひそむ、しぶとい日本兵の集団と戦うときだけだった。

中隊内で死傷者があまり出なかったのは幸いだった。日本軍はもう降伏寸前で、疲れきった古参兵がしみじみ願うのは、みずからの幸運があともう少しだけ——戦闘の終結まで——持ちこたえてくれることだけだった。

われわれはスピーカーを使って、敵の残党に降伏を呼びかけた。捕虜になった日本兵、それに沖縄の民間人にも呼びかけさせた。あるとき切り通しで、下士官と将校が投降してきた。将校のほうはアイヴィーリーグの卒業生で、完璧な英語をしゃべった。彼らが白旗を揚げて出てきた直後に、敵軍の銃撃が始まった。われわれ一〇人ほどの海兵隊員は土手に身を寄せて難を逃れたが、その将校と下士官は、銃弾が周囲の土を撥《は》ね上げるのも構わず、道のまんなかに立っている。狙撃者は明らかに降伏した二人を殺そうとしていた。

二人が平然と立っているのを見て、こちらの下士官の一人が声を荒らげた。「こっちに来て隠れろ、馬鹿野郎！」

敵軍の将校は柔和な笑みを浮かべて、部下に話しかけた。それから二人とも悠然と歩いてきて、言われたとおりかがみ込んだ。

K中隊の仲間たちが、巧みに偽装された洞窟の入り口にひそむ、一五〇ミリ曲射砲の砲撃班を狙い撃った。日本兵たちはライフルで大砲を守りながら、結局、全員が死んでいった。さらに進んだ先でも、亀甲墓《きっこうばか》に立てこもったグループを投降させようとしたが、彼らも言うことをきかなかった。マック中尉が扉の前に飛び出して、日本語で「コワガルナ。デテコイ。ケガハサセナイ」と声をかけた。それから短機関銃の二〇連発弾倉《だんそう》が空《から》になるまで扉の奥に銃弾を撃ち込んだ。われわれはみな首を振っただけで、また歩きつづけた。半時間ほどすると、五、六人の日本兵が飛び出して、戦いを挑んできた。われわれの後ろにいた海兵隊員たちが彼らを始末した。

われわれの大隊は、島の最南端に到達した最初のアメリカ軍部隊の一つだった。敵の狙撃兵がまだあちこちにいたが、景色は美しかった。われわれは海を見晴らす高い丘の上に立った。丘の下、左手に目をやると、陸軍の歩兵部隊がこちらに向かって進んでくるのが見えた。単独または小グループの敵兵を狩り出しては撃ち倒している。その部隊の前に、八一ミリ迫撃砲の砲撃も進んでくる。われわれも一部攻撃に加わったが、こちらの位置を知らせたあとも陸軍の砲撃がどんどん迫ってくるので、気が気ではなかった。やがて大きな砲弾が至近距離に飛んできて、われわれ大隊の士官も堪忍袋の緒が切れた。通信兵に命じて、砲撃を即刻やめなければこちらも八一ミリ迫撃砲をお見舞いするぞ、と陸軍の指揮官に伝えさせたのだ。陸軍の迫撃砲はおとなしくなった。

六月二〇日の夜、われわれは海を見下ろす高台に防衛線を張った。私は珊瑚砂の道路近くに迫撃砲の壕を掘り、一帯を照らす照明弾や榴弾《りゅうだん》を打ち上げた。ほかの班は、中隊の海寄りの区域を受け持った。

夜になると、あちこちに出没する日本兵との銃撃戦が延々と繰り返された。あるとき、何者かが珊瑚の道を踏みながらやってくる音が聞こえた。真っ暗で何も見えないから、新米の補充兵が声のするほうへカービン銃を二度放ち、合い言葉を、と叫んだ。笑い声が聞こえ、敵兵数人が走り過ぎざま、こちらに銃弾を撃ち込んできた。そのうちの一発が私の体をかすめ、隣の壕のわきに置かれた火炎放射器の水素シリンダーに命中した。穴のあいたシリンダーからシューッと気体のもれる音がする。

「あれがボカンといくことはあるのか？」。私は心配になって訊いた。

「いいや。水素タンクに当たっただけだ。火がつくことはない」と火炎放射兵が請け合った。


走り去る敵兵の靴音はしばらく聞こえていたが、やがて立て続けの銃声とともに、ぴたりと消えた。K中隊の誰かが連中を倒したのだろう。翌朝、死体の装備をあらためてみると、全員、飯盒《はんごう》のなかに炊いた飯を入れていた——何もかも蜂の巣状態になっていたけれども。逃げ場を失って海岸近くを泳いだり、浅瀬を歩いたりしている日本兵もいた。照明弾にその姿が浮き上がる。海兵隊員の一部は、波打ち際の石壁の陰に並んで、彼らを狙い撃った。そんな仲間の一人がカービン銃の弾の補充に上がってきた。

「来いよ、スレッジハンマー。イギリス軍を迎え撃つ民兵になった気分だぞ。独立戦争勃発、ってとこだ」

「遠慮するよ。壕にいるほうが楽でいい」

仲間はまた石壁のほうへと下りていった。彼らは一晩じゅう、銃撃を続けた。

夜明け前、敵の手榴弾が二発、爆裂するのが聞こえた。前面の谷を警戒するため道路の向こうに三七ミリ砲を設置したあたりで、日本兵が声を限りに叫び散らしていた。銃声が轟《とどろ》き、死に物狂いの怒号と罵声《ばせい》が交錯した。

「衛生兵、頼む！」

そして沈黙。入隊したての新米衛生兵が声に向かって駆けだしたのを、私は呼び止めた。

「ちょっと待て、衛生兵《ドク》。おれも行く」

勇者を気取ったわけではない。正直、私も怖かった。だが敵は裏をかくのがうまい。誰かついていったほうがいい、ととっさに思ったのだ。

「残れ、スレッジハンマー」と下士官の一人が言った。「おまえの迫撃砲が必要になることもある。さっさと行くんだ、ドク。ただし、気をつけろ」。それでも二、三分後には思い直したらしい。「わかった、スレッジハンマー。行くなら、行っていい」

私はトミーをつかんで、衛生兵のあとを追った。着いてみると、衛生兵は三七ミリ砲チームの海兵隊員に包帯を巻き終わるところだった。ほかにも数人、手助けしようと駆け寄ってきた。一連の急襲で、負傷者が出ていた。敵の将校が二人低い崖を這い登ってきて、砲壕に手榴弾を投げ込み、さらに日本刀で襲いかかってきたのだという。ある海兵隊員は刀の一撃をカービン銃で防いだ。仲間が日本人将校を撃つと、将校はもんどり打って崖の下に落ちたという。海兵隊員は指を一本失い、カービン銃もマホガニーの銃床《じゅうしょう》から金属の銃身にかけて裂けていた。

もう一人の日本人将校は三七ミリ砲の車輪のわきで死んでいた。白い手袋をはめ、ピカピカの革ゲートルを巻き、帯剣ベルトをかけ、胸には従軍記章といった、一分の隙もない軍服姿だった。鼻から上は原形をとどめていなかった。砕けた頭蓋骨とどろどろの脳味噌、血まみれの髄質だけが見えた。その死体をまたいで、暗い、ぼうっとした顔つきの海兵隊員が立っていた。死体の両わきに足を踏んばって、ライフルの銃床を両手で持ち、それをポンプのようにゆっくり、機械的に上げたり下げたりしている。銃の先がおぞましい塊を叩き、胸の悪くなるような音を立てるたびに、私はたじろいだ。三七ミリ砲の車輪はもちろん、ライフルの銃身にも、軍用ブーツにも、カンバス地のゲートルにも、脳味噌と血のりがべっとりとついていた。

その海兵隊員はショックに打ちのめされ、明らかに病的な状態にあった。われわれはこの男を両脇から抱きかかえた。負傷を免れた仲間の一人が血まみれのライフルをかたわらに置いた。「心配するな。おれたちがここから連れ出してやるからな」

哀れな兵は夢遊病者のように応じ、すでに担架に乗せられていた負傷兵がかつがれていくのに付いて、ふらふらと歩いていった。指を失った負傷兵が日本刀をもう片方の手で握りしめた。「こいつは土産に持って帰る」

われわれは頭のつぶれた敵の将校を砲壕の端まで引きずっていき、斜面の下に転がした。暴力と衝撃と血糊と苦難――人間同士が殺し合う、醜い現実のすべてがそこに凝縮されていた。栄光ある戦争などという妄想を少しでも抱いている人々には、こういう出来事をこそ、とっくりとその目で見てほしいものだ。敵も味方も、文明人どころか未開の野蛮人としか思えないような、それは残虐で非道な光景だった。

一九四五年六月二一日午後、われわれはアメリカ軍最高司令部が沖縄作戦の勝利を宣言したことを知った。われわれにはニミッツ提督の賛辞とともに、新鮮なオレンジが二個ずつ与えられた。私はそのオレンジを食べ、パイプ煙草をふかし、美しい紺碧《こんぺき》の海を見渡した。陽光が水面で躍っていた。八一回もめぐった昼と夜を経て沖縄の戦いがようやく終わったことが、まだ信じられなかった。このままゆったりと夢想に浸りたい気分だった。一刻も早く船に乗って、ハワイで休養と心身のリハビリを……。

「おいみんな、そういう噂だぜ。ほんとうだ。おれたちハワイに行くんだってよ」。仲間の一人が顔をほころばせて言った。だが、ライフル中隊で日々つらい試練にさらされ、すっかり疑い深くなっていた私は、すぐに信じる気持ちにはなれなかった。そしてその直感の正しかったことが、まもなく証明された。

「荷物をまとめて、武器を点検しろ。散兵線を敷いて北へ戻っていく。まだ降伏していないニップが一人でもいないか、しらみつぶしに調べていくんだ。敵の死体は全部埋めていく。日米両軍の装備類は回収する。50口径以上の薬莢《やっきょう》も、すべて回収して、きちんと整理する。出発の用意をせよ。以上」

最後の仕事

これが戦争小説なら、あるいは私が劇的効果をわきまえた語り手なら、沖縄最南端の崖から見事な夕陽を万感こめて見つめるシーンで、ロマンチックに話を締めくくることもできるだろう。しかしそれは、われわれが直面した現実ではなかった。K中隊はもう一つ、汚れ仕事をこなさなくてはならなかったのだ。

八二日間に及ぶ戦闘で疲労困憊《ひろうこんぱい》した部隊にとって、残党掃討というのは気の重い知らせだった。どう前向きに考えても、神経のすり減る仕事だ。われわれの遭遇した敵は、ただでは死なないとんでもなくしぶとい相手だった。「確率論」の網をかいくぐってどうにか生き抜いてきたわれわれは、怖《お》じ気《け》づいた。グロスター岬、ペリリュー島、沖縄本島と生き延びてきて、最後の最後で、洞窟に追い詰められた日本兵の生き残りに撃たれてしまうこともあり得るのだ。われわれにとっては受け入れがたい命令だった。だが、受け入れるほかはない。こうして、敵の死体を埋め、戦場の薬莢や装備を拾っていくうち、われわれの士気の低下は決定的になった。

「まったくの話、こいつらをやっつけたおれたちが、なんだって臭い死体の埋葬までやらなくちゃならないんだ？　後方支援のろくでなしどもに一度、この臭いを嗅《か》がせてやりたいよ。やつらは戦わずに済んだんだから」

「クソっ、薬莢拾いか。こんなにあほらしい、くだらん命令は聞いたこともないぜ」

敵と戦うことはわれわれの務めだが、敵の死体を埋めたり、戦場の後片づけをしたりするのは、歩兵部隊のやることではない。われわれはそう思っていた。みんな渋い顔で、不平不満を隠さなかった。こんなにも長く激しい戦いを続け、ついに勝利を収めた男たちの顔に泥を塗るような行為ではないか。われわれは納得できず、憤慨した。実際、仲間の古参兵数人が命令に従うことをきっぱりと拒否した。初めて目にする光景だった。私も含めた仲間たちが彼らを説得して、下士官との激論をやめさせなければ、命令不服従ということで厳罰を受けていたことだろう。

古参兵二人を脅したりすかしたりしながら説き伏せたときのことは、忘れられない。背嚢《はいのう》にくくりつけた塹壕《ざんごう》用シャベルをはずしながら、私は黙って命令に従ってくれと頼んだ。われわれが立っているのは戦火に荒れたトウモロコシ畑のなか、異様にふくれた日本兵の死体のかたわらだった。どちらの兵士も三つの戦闘作戦を生き抜いたベテランで、戦地での働きは目立って優秀だったが、それでも我慢の限界まで追い込まれていたのだ。悪臭を放つ日本兵の死体など埋めてやるつもりはさらさらないと言う。それでもなんとか説得したところへ、ハンク・ボーイズが鬼瓦《おにがわら》のような顔でやってきて、さっさと仕事をしろと怒鳴りつけた。

こんな具合に、いわゆる散兵線を保ちながら、のろのろ北へと戻っていった。埋めなくてはならない敵の死体を、われわれは呪った（埋葬といっても壕を掘るためのシャベルで土をかけるだけだったが）。「きちんと整理する」ために集める「50口径以上」の薬莢もいちいち呪った。戦車隊の援護をこんなにありがたいと思ったこともなかった。戦車の火炎放射砲はとくに、洞窟の厄介な日本兵を焼き払うのに効果的だった[1]。幸い、われわれの側に死傷者はほとんど出なかった。

　数日後、われわれは広い草原に集まったあと、次の命令があるまで解散ということになった。暑い日だったので、みな装備を下ろし、ヘルメットに腰かけて、水を飲んだり煙草を吸ったりした。下士官の話では、数時間はここにいるらしい。食事もとれという命令だった。

　私は仲間の一人と草原に近い小さな林まで足をのばし、木陰でK号携帯口糧を食べることにした。そこはまったく人の手の加わっていない自然そのままの土地で、自然植物園にでもいるようだった。丈の低い優雅なマツが濃い影を投げ、岩や土手にはシダやコケが生えていた。涼しくて、漂うマツの香りもみずみずしい。まるで奇跡のように、そこには戦争の影など微塵もなかった。

「驚いたな。きれいなものじゃないか、スレッジハンマー」

「ああ、夢みたいだ」。私はそう言いながら背嚢を下ろし、たおやかなシダの茂みのかたわら、やわらかな緑のコケの上に腰を落とした。それぞれ、インスタント・コーヒー用に携帯コップ一杯分の湯を沸かしはじめた。私は中隊指揮所付きの兵から物々交換で手に入れたハムの缶詰を取り出した（そもそもはある士官からくすねた代物だと聞いていた）。二人とも涼しい静かな木陰にゆったりと足を投げ出していた。戦争のことも、軍規のことも、その他の楽しからぬ現実も、百万キロのかなたで起こっていることのようだった。何ヵ月ぶりかで、身も心もくつろいできた。

そのとき、下士官の声が轟いた。「おい、おまえたち。腰を上げろ。出ていくんだ！　ここから出ていけ！」。一言一言に精いっぱいの威厳を込めた命令だった。

「もう出発ですか？」。仲間が驚いて訊いた。

「そうじゃない。だがおまえたちはここを出るんだ」

「なぜですか？」

「ここは兵卒の立入る場所ではない」。下士官はそう言って、後ろを向いて指さして見せた。士官のグループが野戦食を頬ばりながら、われわれが見つけたばかりの聖域にぶらぶらと入ってきた。

「でも、邪魔はしてませんよ」。私は異議を唱えた。

「出ていくんだ。命令に従え」

本人の名誉のために言っておくと、この下士官はどうもわれわれに同情しているふうで、無粋なことを言うのは本意でなかったようだ。われわれはむっつりと、まだ加熱中の携帯口糧と装備をまとめて暑い日なたに戻ると、埃っぽい草地にどっとすわり込んだ。

「馬鹿にしやがって」

「まったく」と私は言った。「士官連中とはずいぶん離れていたのにな。このいまいましい島での戦争が終わったと思ったら、今度は士官どもがこうるさくなって、くだらん御託《ごたく》を並べはじめてる。昨日まだ銃撃が続いているうちは、みんな仲間だとか何だとかさんざん言ってたのに」

われわれの愚痴は、一発のライフルの銃声でかき消された。突然、私もよく知っている海兵隊員が後ろ向きにばたりと倒れた。いっしょにいた親友がライフルを落として、駆け寄った。何人かがあとに続いた。若者は死んでいた――親友に頭を撃ち抜かれて。相手がふざけて銃口を親指でふさいだとき、その親友はライフルに弾は入っていないと思っていたらしい。

「引き金、引いてみな。弾は入ってないんだろ?」

親友は引き金を引いた。装塡《そうてん》ずみだったライフルが火を噴き、相手の頭を弾丸が砕いて貫通した。二人とも「撃つ意志のないかぎり、銃口を向けるな」という鉄則に背いたのだ。

そのときから数週間後に中隊を離れるまで、その男の顔からショックと落胆の色が消えることはなかった。男はその後、高等軍法会議にかけられて、おそらく懲役刑になるだろうと噂に聞いた。だが、彼にとって最もつらい罰は、実弾の入った武器をもてあそんでかけがえのない親友を殺《あや》めてしまったという、忌まわしい記憶を抱えて生きていくことだった。

中隊仲間がまだその草地に腰を下ろしているうちに、私を含めた五、六人に命令が伝えられた。トラックが待機しているから、装備を持って下士官に従え、というのだ。

中隊を去るのは心細かったが、いざ行ってみると悪くない任務だった。本部《もとぶ》半島まで長い道のりを埃にまみれて進む途中、自分たちが戦って突破してきた地域をいくつか通った。もっともこのころには、記憶にある土地もほとんど見分けがつかなくなっていた。広い道路やテント村、軍用品の集積場などが出来て、すっかり様変わりしていたのだ。役務支援の部隊数も、装備や物資の量も、信じがたいほどだった。泥や珊瑚の砂の小道が立派な道路になり、行き交う車輛を清潔な軍服姿の憲兵が交通整理していた。キャンプサイト、かまぼこ形兵舎、大きな駐車場などが、行く先々で目についた。

文明の世界に戻ってきた――そんな思いが強かった。底なしの淵からもう一度這い上がったのだ。それがうれしくてたまらない。われわれは子供のように歌い、口笛を吹き、脇腹が痛くなるまで笑いはしゃいだ。北へ進むにつれて、美しい田園風景が広がってきた。戦禍に巻き込まれることもほとんどなかったのだろう。最後にトラックは道を折れて、広々したイモ畑に入った。海と小島を見晴らす高い岩崖が近くにあり、あれが伊江島《いえ》だ、とドライバーが教えてくれた。

駐屯予定地の周辺は無傷のままだった。われわれは中隊の装具や備品をトラックから降ろし、テントを張って野営した。

本隊は数日後に到着した。全員総出でキャンプの設営にかかった。ピラミッド形のテントを立て、側溝を掘り、折り畳み式の寝台と寝具を運び、カンバスの天蓋《てんがい》を張って簡易食堂もこしらえた。毎日、旧友たちが病院から戻ってきた。元気いっぱいの者もいたが、見たところ重い傷が多少癒えただけという者もいた。悔しいことに、ハワイで休息という噂は立ち消えになった。それでも、長い沖縄での試練がついに終わったという安らかな思いには、言いしれないものがあった。

なじみの顔はほとんど残っていなかった。四月一日にともに沖縄に上陸したペリリュー経験者で健在なのは、わずか二六人にとどまった。また、ペリリューでも沖縄でも一度も負傷しなかった古参兵は、一〇人もいたかどうか疑わしい。アメリカ軍が被《こうむ》った人的被害の総計は、死者・行方不明者七六一三人、戦闘中の負傷者三万一八〇七人にのぼった。神経を病んだ《戦闘外》の事故兵は合計二万六二二一人。おそらく太平洋戦争では最悪の数字だろう。神経を病んだ兵の数が異常に多いのは、二つの理由からだと考えられる。一つは、日本軍が太平洋戦線では前例がないほどのすさまじい集中砲火を、アメリカ軍各部隊に浴びせたこと。もう一つは、死に物狂いの敵を相手に、終わりなき接近戦を続けざるを得なかったことだ。

海兵隊員と海軍の応援部隊（医療スタッフ）を合わせると、全部で二万二〇人が、戦死、負傷、行方不明のいずれかの運命に見舞われた。

日本軍側の死傷者数はよくわからない。とはいえ、沖縄では敵兵の死体が一〇万七五三九体まで数えられた。また、ざっと一万人の兵士が投降し、約二万人が洞窟に封じ込められたか、日本兵によって埋葬された。正確な記録はないけれども、最終分析では日本軍守備隊は、ごくまれな例外を除いて全滅したとされている。不幸なことに、およそ四万二〇〇〇人の民間人が両軍の戦火に巻き込まれ、砲撃や爆撃によって命を落とした。

戦いは終わった

テント村が出来上がると、われわれは戦場の緊張から解き放たれ、心もなごみはじめた。グロスター戦経験者の一部は真っ先に帰国を許され、補充人員が到着した。不穏な風聞も流れた。今度は日本本土を攻めることになるというのだ。そうなればアメリカ兵の死傷者も一〇〇万人に達する見込みだという。誰もそれ以上は語りたがらなかった。

八月六日、最初の原子爆弾が日本に落とされたと聞いた。一週間ばかりは、日本の全面降伏も間近いという話で持ちきりだった。そして一九四五年八月一五日、ついに戦争が終わった。

知らせを受けたときのわれわれは意外に冷静で、まさかという思いと、言いようのない安《あん》堵《ど》感《かん》がない交ぜになった、複雑な気持ちだった。日本人が降伏するはずはないと、われわれは思っていた。実際、頑としてこのニュースを信じない者も多かった。驚きに押し黙ったまま、われわれは死んだ戦友たちのことを思った。あまりにも多くの仲間が死んだ。あまりにも多くの者が腕や脚を失った。多くの輝ける未来が燃えつきて、過去の塵《ちり》となった。あまたの夢が、われわれを呑み込んだ狂気のなかに消えていった。歓喜の雄叫《おたけ》びもまばらには聞こえたが、深淵から生還した者たちはうつろな目で黙り込み、「戦争のない世界」に頭を馴染ませようとするのが精いっぱいだった。

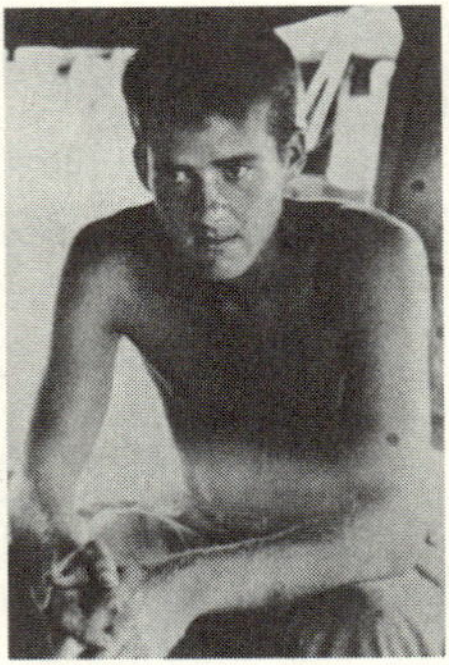
沖縄戦終了時の著者　テントキャンプにて（撮影者不明）

母国に帰れる――そう知ったときのうれしさといったらなかった。ただ、苦楽を共にした第五連隊第三大隊K中隊の仲間に、いよいよ別れを告げなくてはならない。二つの戦闘作戦のなかでつちかった絆を断ち切るのは、心が痛んだ。アメリカ軍でも最もすぐれた、最も名高い精鋭軍団の一つに私は身を置き、地獄のような逆境の時期にも、そこが私のねぐらであり、そこの仲間が私の家族だったのだ。敵とわれわれを隔てるものはわずかな（というより、ほとんどないにも等しい）空間だけというあの前線で、われわれはいかに時がめぐろうと消えることのない絆をつむぎ上げた。われわれは兄弟だった。みんなと別れて、私は大きな喪失感と悲しみを味わったが、第五連隊第三大隊K中隊は永遠に私の血肉の一部となって、ここにある。

戦争は野蛮で、下劣で、恐るべき無駄である。戦闘は、それに耐えることを余儀なくされた人間に、ぬぐいがたい傷跡を残す。そんな苦難を少しでも埋め合わせてくれるものがあったとすれば、戦友たちの信じがたい勇敢さとお互いに対する献身的な姿勢、それだけだ。海兵隊の訓練は私たちに、効果的に敵を殺し自分は生き延びよと教えた。だが同時に、互いに忠誠を尽くすこと、友愛をはぐくむことも教えてくれた。そんな団結心《エスプリ・ド・コー》がわれわれの支えだったのだ。

やがて「至福の千年期」が訪れれば、強国が他国を奴隷化することもなくなるだろう。しかしそれまでは、自己の責任を受け入れ、母国のために進んで犠牲を払うことも必要となる――私の戦友たちのように。われわれはよくこう言ったものだ。「住むに値する良い国ならば、その国を守るために戦う価値がある」。特権は責任を伴う、ということだ。

原注

（1）この掃討作戦の展開中にアメリカ軍の五個師団に殺された日本兵の総数は、八九七五人。全滅とまではいかないにしても、徹底したゲリラ戦を行なった敵兵の相当数が殺害されたと思われる。

訳者あとがき

本書はユージン・B・スレッジ著 *"With the Old Breed"* (Eugene B. Sledge, Presidio Press, 1981) の邦訳である。原題は直訳すれば「古兵《ふるつわもの》たちと共に」という意味だが、この「古兵たち (Old Breed)」とは著者が所属したアメリカ海兵隊の第一海兵師団の愛称である。この師団は、第一次世界大戦でも戦功を上げた第五海兵連隊などを麾下《きか》に収め、海兵隊のなかでも最も長い歴史を誇る師団としてこの愛称で呼ばれている。

著者ユージン・B・スレッジ (一九二三—二〇〇一年) はアメリカ南部アラバマ州の医師の家に生まれ、一九四二年に志願兵として海兵隊に入隊。第一海兵師団の歩兵 (迫撃砲手) として、一九四四年秋にはパラオ諸島ペリリュー島の攻略戦に、続いて一九四五年春には沖縄戦に従軍した。本書はその両戦場におけるすさまじい体験を記したものである。

中部太平洋に浮かぶペリリュー島は南北約九キロ、東西約三キロの小さな島である。この島をめぐる熾烈な攻防戦は、日米両軍に膨大な死傷者を出して、アメリカ海兵隊史上もっとも激しい戦いのひとつだったと称されている。アメリカ軍は本文にもあるとおり硫黄島の戦いに匹敵する損害率を記録した (日本軍の死傷者は、日本側の公刊資料では本書の記述と多少異なり、陸海軍と軍属合わせて戦死者一万二二人、戦傷者四四六人となっている。なお、生還者のうち三十数名は戦後の一九四七年四月まで密林にひそんでゲリラ戦を展開した）。「餓島」ガダルカナルや、「玉砕の島」サイパンやタラワ環礁、あるいは硫黄島の戦いなどに比べてよく知られていない戦場だけに、アメリカ側からの記述ではあるが、本書はその実態を伝える貴重な記録と言えるだろう。若き兵士たちが次々と倒れていくなかで、「無益な」「無駄な」生命の損失を繰り返し嘆く著者のことばが印象深い。

一方、沖縄戦の概要については周知のとおりだが、沖縄は面積（本島約一二〇〇平方キロ）も両軍の兵力（アメリカ軍約二二万、日本軍約一一万）もペリリュー島の約一〇倍の規模で、それだけに戦闘の規模も犠牲者もペリリュー島の戦いを大きく上回った。戦力の上ではアメリカ軍が圧倒的な優位を占めるなか、前線ではアメリカ軍側の一兵卒もおぞましい辛苦を味わった。本書の第二部では、彼我を問わず人間性を容赦なく踏みにじる戦争の「現場」が、第一部に引きつづき、赤裸々に語られている。

敬虔《けいけん》なクリスチャンである著者は戦場に一冊の聖書を携えていた。熱帯性の暴風雨と泥と汗と血にまみれた戦場で、著者は戦死した日本兵が所持していた小さな緑色の防水性ゴム袋にこの聖書を入れた。海兵隊の兵らは日記をつけることを禁じられていたが、著者は小さな紙片に日々の体験を書き付けては、この聖書のページのあいだに挟んでいったという。その膨大なメモが、本書の詳細かつ鮮烈な戦場の描写の骨格を成している。

なお、本書の原書はそうとうな分量であるため、著者のご遺族のご了解を得て、内容的に重複する部分など一部を割愛させていただいたことをお断りしたい。訳出には訳者、編集者、校正者をはじめ、長期にわたり多くのスタッフが関わったが、最終的な翻訳は第一部を伊藤が、第二部を曽田和子が担当してまとめた。また、本書の企画と編集を当初から進められた企画ＪＩＮの清水栄一氏と、学術文庫の一冊として形にする労を取られた講談社学術文庫出版部の阿佐信一氏の、手腕と眼力なくして本書はあり得なかっただろう。ここに謝意を表したい。

二〇〇八年六月

伊藤　真

解説

保阪正康

昭和史の検証を進めていて、最終的に私が理解したのは、戦争にはふたつの側面があるという事実であった。その側面とは、〈戦闘〉と〈政治〉といえるのだが、クラウゼヴィッツの『戦争論』に従うならば、「戦争とは政治の延長である」との言が実はこのふたつの側面をあらわしていると気づいたのである。

二十世紀の戦争には幾つかのルールがあり、〈戦闘〉が前面にでてくるのではなく、その戦闘を制御する〈政治〉が前面にでていなければならない。つまり文民統制こそがルールのひとつであった。このルールが確立していなければ、戦闘のみが暴走してそのいきつく先は国家の滅亡という現実であった。昭和の日本の戦争はこのルールをまったく無視していて、国家の滅亡寸前に昭和天皇を中心とした政治の力が辛うじて働いて終戦にもちこむことができたのだ。

本書は、アメリカの知識人がその青年期に、太平洋戦争下の一九四四（昭和十九）年に海兵隊員を志願して日本軍との戦闘（ペリリュー島と沖縄）に参加した体験記である。私は幾つかのこうした体験記にふれてきたが、本書はそのなかでもきわめてレベルの高い記録だと思う。著者は、戦後は大学教授として生きてきたとあるが、その心中には自らの戦争体験が根を下ろしていて、いつかその心情を書きのこさなければならないとの使命感があったようだ。戦争体験を経てから三十年余も過ぎて本書を著したところに、著者なりの苦悩があったと私には思える。

太平洋戦争下にあって、ペリリュー島も沖縄も、日本軍守備隊が頑強に抵抗した地である。そのためにアメリカ軍もまた日本軍に劣らないほどの戦死傷者をだしたといわれているが、その激戦地で著者が体験した事実がつつみ隠さずに紹介されている。平時になって著される戦記には、建て前のみが強調されていたり、兵士として狂気をかかえこんでいる事実が伏せられていたり、戦場においての残虐行為を避ける記述がめだつ作品も多く、それがゆえに戦闘の実態がわからない書も多い。まるでゲーム感覚のような戦記があらわれてくるのは、著者自身に体験を内省化する能力と知識がないからだろう。本書にはそうした特徴がまったく見られない。

ときにはこんなひどい描写を、と思われる内容も少なくない。しかし著者はそのような仲間たちの非人間的な行為を理性の枠にとどまって必死に自省する。たとえば次のような描写などその例である。

「われわれは頭のつぶれた敵の将校を砲壕の端まで引きずっていき、斜面の下に転がした。暴力と衝撃と血糊と苦難——人間同士が殺し合う、醜い現実のすべてがそこに凝縮されていた。栄光ある戦争などという妄想を少しでも抱いている人々には、こういう出来事をこそ、とっくりとその目で見てほしいものだ。敵も味方も、文明人どころか未開の野蛮人としか思えないような、それは残虐で非道な光景だった」

戦闘とはいかに非人間的な行為の連続なのか、著者の体験記はそのことを正直に綴りつづける。現実に日本兵（彼らはジャップとかニップといい、人間性のひとかけらもない存在と見て、殺害することに罪の意識はなかったことも告白されている）と戦うことで、日本兵の素顔を見ることになるのだが、そこにあるのは憎しみだったことも告白されている。

「日本兵は必勝の信念に燃えて戦いを挑んできた。それは、野蛮で、残忍で、非人道的で、苛酷きわまる、汚らわしい営みだった」（傍点・保阪）といい、それゆえ、「この戦争に勝って生き残るためには、好むと好まざるとにかかわらず、この現実にふさわしく兵員を養成することが必要だった」とも記している。海兵隊員として教育を受け、実際に戦場に赴くときにすでにそうした考えを身につけていたというのである。

第一部のペリリュー島での戦いを読んでいると、著者がしばしば用いる表現に、「こんな無駄があっていいものか」という語がある。ペリリュー島の戦いではそのような実感を著者はもちつづけたのだ。戦いに参加しての早い段階で、浅いタコ壺で一兵士が戦死する。そのときに著者は次のように書いている。

「人間の苦しみを少しでも癒やすために脳の神秘に挑みたいと、オズワルトは脳外科医を志していた。その明晰な頭脳が、ちっぽけな金属の塊によって無惨にも破壊されてしまったのだ。こんな無駄があっていいものか。国民の最も優秀な人材を台なしにしてしまうとは。組織的な狂気とも言うべき戦争は、なんと矛盾した企てだろうか」(傍点・保阪)

　戦争によって、有能な、将来のある青年が兵士として死んでいく。これほどの無駄があっていいものだろうか、と著者は怒る。戦場に身を置いて間もないときは、日本兵の遺体を見ても、「あの日本兵も、さまざまな希望や志を抱いていたことだろう」と思うが、しかしそういう感情はしだいに薄れていくことも明らかにしている。

　やがて戦場では、日本軍兵士の遺体を見ても、とくべつの感情はもたなくなり、逆に海兵隊員の死体を見るたびに悲しみは増し、日本兵への憎しみが増幅することも正直に語られている。本書は、一人の学徒がどのようにして兵士となっていくのか、兵士とはどういう感情に支配されるのか、さらには自らの精神のバランスをどこで保とうとしているのか、そのことを丹念に明かしている。

　私は、本書を戦場体験記として稀有の作品と評するのは、こうした戦争を知らない世代がもつ疑問を丁寧に解き明かしているからである。兵士というのは、まさに彼らのいうように地獄の体験をしているが、それでもなお理性とか理智をもってその体験の苦しみから抜けだそうと努力することに共鳴し、納得するからである。

　冒頭に私は、戦争には二面性があると書いた。〈戦闘〉と〈政治〉のふたつのことだが、本書はその〈戦闘〉のみを綴っている。まだ二十一歳か二十二歳の青年兵士にとって、戦争を進めている〈政治〉やそうした戦闘を止めようとしない〈政治〉には目は向かない。ただルーズベルト大統領の死が悲しみをもって語られているところに、当時のアメリカの指導者に対する信頼が読みとれる。それはこうした苛酷な〈戦闘〉に対して、〈政治〉の責任者としていつか歯止めをかける、あるいは終結へと導いてくれるだろうとの潜在的心理があるからと理解できる。

本書は、昭和という時代が戦争と向きあったときの欠落を教えてもいる。たとえば、日本軍の兵士は確かに恐れを知らぬ戦いをするのだが、その一面で負傷で横たわっているかに装い、近づいてきたアメリカ軍の衛生兵に斬りつけるといった行為をしているし、捕虜や遺体に対してルールのない残虐な行為を働いている（この点では、海兵隊員のなかにもまだ生きている日本兵の口から金歯を抜きとろうとする話も紹介されている）。どちらが先に残虐であったか否かは、意味のない論争ではあるが、総体的にいってアメリカ側兵士のほうが、二十世紀の戦争のルールを順守しているように見えるのである。

戦争のもつ二面性とは、〈日常〉と〈非日常〉という対比でも語ることができる。戦闘は、戦争という非日常のなかの、さらに非日常である。そこには数多くの「敵兵を殺傷すること」が最大の美徳としての規範が存在する。戦争ではない時代という日常の価値観とはまったく異なる空間であり、そこに身を置いている限り、人間はどこかで心理的なバランスを崩す。それゆえにアメリカ軍は兵士を一定期間、非日常の非日常の空間（戦場）で戦わせたあとに日常に戻すというローテーションを組んでいたのだろう。

反して日本軍の兵士は、戦争という非日常の空間のなかで、さらに戦闘を行うのみの非日常的空間にいつまでも閉じこめられている。もとより戦力に余裕のない戦いであったのだから仕方ないともいえるが、非日常空間において戦わされるだけの日本兵の精神状況はどれほど苛酷であっただろうかと推察される。〈政治〉がまったく機能しない〈戦闘〉のみを戦っている国家が、実は非日常の非日常という病理ともいうべき精神状態をかかえこんでしまった。そのことを本書は教えているのではないか。

いや私は本書からそこまでを読みとらなければならないと思う。

本書のなかで、非日常の日常を窺わせるエピソードも語られている。沖縄戦での、赤子に母乳を飲ませる母親とその周辺にまとわりつく男児の姿などがそうだ。あるいはさりげなく紹介されている沖縄戦で捕虜になるために投降してきた将校（彼は英語が達者で、アイビーリーグの卒業生でもあった）の姿などは、著者はひとつの風景として紹介しているが、私たちはこの光景からも多くの教訓を読みとる能力をもつべきであろう。

著者は戦場から離れて帰還する船上で、戦争にあってもっとも苦しむのは、「他者の苦しみに共感する力」であり、そして「他者のために深く感じる者」だと悟ったというのだ。こうした兵士の苦しみを解放するために、〈政治〉は〈戦闘〉の上位にあって、常に戦争をおさめることを考えるべきだということだろう。

日本軍の将校、下士官、兵士からこのような内省的な作品が書かれなかったことに、私は改めて複雑な思いをもったのである。

（ノンフィクション作家）

ユージン・B・スレッジ（Eugene B. Sledge）
1923年米国アラバマ州モービル市生まれ。42年に海兵隊入隊。第2次世界大戦に歩兵として従軍。戦後はアラバマ州モンテヴァロ大学で生物学教授。専門は鳥類学。2001年没。

伊藤　真（いとう　まこと）
京都大学文学部卒業。翻訳家。訳書に『告白』（角川文庫），『アフリカ苦悩する大陸』（東洋経済新報社）など。

曽田和子（そだ　かずこ）
東京外国語大学卒業。翻訳家。訳書に『毎秒が生きるチャンス！』（学習研究社），『ニッケル・アンド・ダイムド』（東洋経済新報社）など。

講談社学術文庫

定価はカバーに表示してあります。

ペリリュー・沖縄戦《おきなわせん》記《き》

E・B・スレッジ／伊藤《いとう》 真《まこと》，曽田《そだ》和子《かずこ》 訳

2008年8月7日　第1刷発行
2025年4月16日　第23刷発行

発行者　篠木和久
発行所　株式会社講談社
東京都文京区音羽2-12-21 〒112-8001
電話　編集（03）5395-3512
販売（03）5395-5817
業務（03）5395-3615
装　幀　蟹江征治
印　刷　株式会社ＫＰＳプロダクツ
製　本　株式会社国宝社
本文データ制作　講談社デジタル製作

ISBN978-4-06-159885-0

「講談社学術文庫」の刊行に当たって

これは、学術をポケットに入れることをモットーとして生まれた文庫である。学術は少年の心を養い、成年の心を満たす。その学術がポケットにはいる形で、万人のものになることは、生涯教育をうたう現代の理想である。

こうした考え方は、学術を巨大な城のように見る世間の常識に反するかもしれない。また、一部の人たちからは、学術の権威をおとすものと非難されるかもしれない。しかし、それはいずれも学術の新しい在り方を解しないものといわざるをえない。

学術は、まず魔術への挑戦から始まった。やがて、いわゆる常識をつぎつぎに改めていった。学術の権威は、幾百年、幾千年にわたる、苦しい戦いの成果である。こうしてきずきあげられた城が、一見して近づきがたいものにうつるのは、そのためである。しかし、学術の権威を、その形の上だけで判断してはならない。その生成のあとをかえりみれば、その根は常に人々の生活の中にあった。学術が大きな力たりうるのはそのためであって、生活をはなれた学術は、どこにもない。

開かれた社会といわれる現代にとって、これはまったく自明である。生活と学術との間に、もし距離があるとすれば、何をおいてもこれを埋めねばならない。もしこの距離が形の上の迷信からきているとすれば、その迷信をうち破らねばならぬ。

学術文庫は、内外の迷信を打破し、学術のために新しい天地をひらく意図をもって生まれた。文庫という小さい形と、学術という壮大な城とが、完全に両立するためには、なおいくらかの時を必要とするであろう。しかし、学術をポケットにした社会が、人間の生活にとってより豊かな社会であることは、たしかである。そうした社会の実現のために、文庫の世界に新しいジャンルを加えることができれば幸いである。

一九七六年六月

野間省一

日本の歴史・地理

勝 海舟著／江藤 淳・松浦 玲編

海舟語録

晩年の海舟が奔放自在に語った歴史的証言集。官を辞してなお、陰に陽に政治に関わった勝海舟。ざっくばらんな口調で語った政局評、人物評は、冷徹で手厳しい。海舟の慧眼と人柄を偲ばせる魅力溢れる談話集。

1677

佐々木 克《すぐる》監修

大久保利通

明治維新の立て役者、大久保の実像を語る証言集。明治四十三年十月から新聞に九十六回掲載、好評を博す。強い責任感、冷静沈着で果断な態度、巧みな交渉術など多様で豊かな人間像がゆかりの人々の肉声から蘇る。

1683

網野善彦著（解説・山本幸司）

中世の非人と遊女

専門の技能や芸能で天皇や寺社に奉仕した中世の職人の多様な姿と生命力をえがく。非人も清目を芸能とする職能民と指摘し、遊女、白拍子など遍歴し活躍した女性像を描いた網野史学の名著。

1694

五百旗頭《いおきべ》 真《まこと》著

日米戦争と戦後日本

日本の方向性はいかにして決定づけられたか。現代日本の原型は「戦後」にあるが、その大要は終戦前すでに定められていた。新生日本の針路を規定した米国の占領政策を軸に、開戦前夜から日本の自立までを追う。

1707

H・G・ポンティング著／長岡祥三訳

英国人写真家の見た明治日本 この世の楽園・日本

明治を愛した写真家の見聞録。写真百枚掲載。日本の美しい風景、精巧な工芸品、優雅な女性への愛情こもる叙述。浅間山噴火や富士登山の迫力満点の描写。スコット南極探検隊の様子を撮影した写真家の日本賛歌。

1710

島田俊彦著（解説・戸部良一）

関東軍 在満陸軍の独走

対中国政策の尖兵となった軍隊の実像に迫る。日露戦争直後から太平洋戦争終結までの四十年間、満州に駐屯した関東軍。時代を転換させた事件と多彩な人間群像を通して実証的に描き出す、その歴史と性格、実態。

1714

日本の歴史・地理

続・絵で見る幕末日本
A・アンベール著／高橋邦太郎訳

該博な知識、卓越した識見、また人間味豊かなスイス人の目に、幕末の日本はどのように映ったか。大君の居城、江戸の正月、浅草の祭り、江戸の町と生活など。好評を博した見聞記の続編。挿画も多数掲載。

1771

出雲神話の誕生
鳥越憲三郎著

『出雲国風土記』に描かれた詩情豊かな国引き説話と大神の名は、記紀において抹殺された——大和朝廷の策略と出雲の悲劇を文献史料の克明な検討により明かす。新見地から読み解く出雲神話の成立とその謎。

1783

お雇い外国人　明治日本の脇役たち
梅溪《うめたに》　昇著

明治期、近代化の指導者として日本へ招かれたお雇い外国人。その国籍は多岐にわたり、政治、経済、軍事、教育等あらゆる領域で活躍し、多大な役割を果たした。日本繁栄の礎を築いた彼らの功績を検証する。

1807

太平洋戦争と新聞
前坂俊之著

戦前・戦中の動乱期、新聞は政府・軍部に対しどんな論陣を張り、いかに報道したのか。法令・検閲に自由を奪われるのと同時に、戦争遂行へと社論を転換する新聞。批判から迎合・煽動的論調への道筋を検証。

1817

占領期　首相たちの新日本
五百旗頭　真著

東久邇内閣を皮切りに、幣原、吉田、片山、芦田、再び吉田——。占領という未曾有の難局、苛烈をきわめるGHQの指令のもとで日本再生の重責を担った歴代首相たちの事績と人間像に迫る。吉野作造賞受賞作。

1825

関ヶ原合戦　家康の戦略と幕藩体制
笠谷和比古著

秀吉没後、混沌とする天下掌握への道。慶長十五年九月十五日、遂に衝突する家康・三成の二大勢力。関ヶ原に遅参する徳川主力の秀忠軍、小早川秀秋の反忠行動、外様大名の奮戦など、天下分け目の合戦を詳述。

1858